Mission en
mer Ionienne

Patrick O'Brian

Mission en mer Ionienne

Données de catalogage avant publication (Canada)
O'Brian, Patrick, 1914-
Mission en mer Ionienne
Traduction de : The Ionian mission.
ISBN 2-89111-844-8
I. Herbulot, Florence.   II. Titre.
PR6029.B55I5914 1999   823'.914   C99-940645-0

Titre original
THE IONIAN MISSION

Traduction
FLORENCE HERBULOT

© Patrick O'Brian, 1981
© Presses de la Cité, 1998, pour la traduction française
© Éditions Libre Expression ltée, 1999, pour l'édition canadienne

Éditions Libre Expression
2016, rue Saint-Hubert
Montréal, (Québec) H2L 3Z5

Dépôt légal :
3e trimestre 1999

ISBN 2-89111-844-8

Mariae Sacrum

Note de l'auteur

La Royal Navy du temps de Nelson avait un goût marqué pour la musique et la poésie : tout carré digne de ce nom comptait au moins une demi-douzaine de flûtes allemandes et chaque mois la *Naval Chronicle* publiait plusieurs pages de poèmes dus aux officiers en service actif ou en demi-solde. Ces poèmes montrent sans doute sous son meilleur jour le talent des marins et fournissent un précieux matériau à l'écrivain désireux d'évoquer ce côté un peu inattendu de la vie navale, mais persuadé que ses propres pastiches ne sauraient donner la même impression d'authenticité. Pourtant, les morceaux peut-être moins réussis, qui n'eurent jamais l'honneur d'être imprimés, sont plus intéressants encore : j'en ai trouvé un certain nombre dans la bibliothèque du musée de Greenwich, mais il n'existe à mon avis pas de mine plus riche que les *Memoirs of Lieutenant Samuel Walters, R.N.*, restés sous forme manuscrite jusqu'en 1949 où ils furent publiés par Liverpool University Press, admirablement commentés par le professeur Northcote Parkinson auquel j'exprime tous mes remerciements pour les lignes que j'ai empruntées à cet ouvrage.

Chapitre premier

Le mariage était autrefois considéré comme un champ de bataille plutôt qu'un lit de roses, et peut-être certains, aujourd'hui encore, confirmeraient-ils cette opinion ; le docteur Maturin, qui avait fait un mariage beaucoup plus mal assorti que d'autres, entreprit de résoudre la situation d'une manière beaucoup plus expéditive, efficace et pacifique que la grande majorité des maris.

Il avait poursuivi pendant des années une femme étonnamment belle, fougueuse, élégante, avant de l'épouser au milieu de la Manche à bord d'un navire de guerre : pendant tant d'années, en fait, qu'il s'était transformé en célibataire endurci, bien trop endurci pour abandonner ses habitudes de fumer au lit, jouer du violoncelle aux moments les plus aberrants, disséquer tout ce qui l'intéressait jusque dans le salon ; trop endurci pour prendre l'habitude de se raser régulièrement, de changer de linge ou de se laver quand il n'en éprouvait pas le besoin — un mari impossible. Il n'était pas vivable ; et malgré quelques tentatives sérieuses au début de leur mariage, il se rendit vite compte qu'avec le temps, la contrainte nuirait à leurs relations, d'autant plus que Diana, aussi intransigeante que lui, était beaucoup plus encline à piquer une colère folle pour des détails — un pancréas dans le tiroir de la table de nuit, ou de la marmelade d'orange étalée sur un Aubusson. Par ailleurs, sa longue habitude du secret (car il était agent secret en même temps que médecin) le rendait moins propre encore à la vie domestique, que la dissimulation ronge. Il se retira donc peu à peu dans les appartements qu'il réservait, de longue date, dans une vieille auberge démodée, assez minable mais confortable, les Grapes, sur le libre territoire du Savoy, laissant Diana dans sa jolie maison moderne de Half Moon Street, toute pimpante de fraîche peinture blanche et meublée d'élégants mais fragiles bois satinés.

Ce n'était nullement une séparation ; c'est sans violence, rancune ou désaccord que Stephen Maturin s'écarta de l'intense vie sociale de Half Moon Street pour regagner la ruelle sombre et brumeuse proche de la Tamise, d'où il pouvait plus facilement assister aux réunions de la Royal Society, du College of Surgeons ou des sociétés entomologiques ou ornithologiques qui l'intéressaient beaucoup plus que les parties de cartes ou les réceptions de Diana, et où il pouvait avec plus de sécurité accomplir certaines des tâches délicates lui incombant en tant que membre du Renseignement naval, tâches que son épouse devait absolument ignorer. Ce n'était pas une. séparation touchant le moins du monde le cœur, mais une simple disjonction géographique, si légère que Stephen franchissait habituellement cette distance tous les matins, traversant à pied Green Park pour venir prendre le petit déjeuner avec sa femme, le plus souvent dans sa chambre car elle se levait tard ; et il était presque toujours présent à ses fréquents dîners, jouant admirablement son rôle d'hôte, aussi aimable et prévenant que le plus civilisé de ses invités, du moment que cela ne durait pas trop longtemps. En tout état de cause, avec un père et un premier mari militaires, Diana était accoutumée à la séparation. Elle était toujours enchantée de voir son mari, et lui de même ; ils ne se querellaient plus, à présent que toutes les raisons de désaccord avaient disparu ; et c'était probablement le meilleur arrangement possible pour un couple n'ayant rien en commun que l'amour, l'amitié et une série d'étranges et d'étonnantes aventures partagées.

Ils ne se querellaient plus, sauf lorsque Stephen abordait la question du mariage selon le rite romain, car leur union avait été célébrée avec toute la vivacité navale par le capitaine de l'*Oedipus*, jeune homme aimable et bon navigateur mais qui n'était pas prêtre ; et comme Stephen, à la fois irlandais et catalan de naissance, était papiste, il restait célibataire face à l'Église. Pourtant aucune persuasion, aucune parole aimable (et il n'osait pas en utiliser de dures) ne pouvait faire céder Diana : elle ne raisonnait pas, elle refusait, simplement, fermement. Parfois cette obstination le peinait, car en dehors de ses sentiments très forts en la matière, il lui semblait discerner quelque obscure crainte superstitieuse d'un sacrement inconnu, mêlée à l'aversion générale des Anglais pour Rome. Il y avait aussi des moments où cela ajoutait à leurs relations un petit parfum de clandestinité qui n'était pas totalement désagréable. Tout cela ne serait jamais venu à l'esprit de la fort respectable Mrs Broad, des Grapes, qui tenait à la parfaite réputation de sa maison, n'aurait jamais approuvé la moindre licence, et eût sans hésitation chassé un homme soupçonné de courir la gueuse. Mrs Broad connaissait le docteur Maturin depuis bien des années ; elle était tout à fait habituée à lui ; et quand il lui déclara son intention d'habiter à l'auberge, elle se contenta de le regarder un moment, stupéfaite qu'un homme pût envisager de dormir loin d'une femme aussi enchanteresse ; puis elle l'accepta comme « l'une des petites manies du docteur », avec un calme total. Certaines de ces petites manies l'avaient effectivement surprise, dans le passé : cela allait de loger des blaireaux, sauvés d'un combat, dans sa cave à charbon, jusqu'à l'introduction dans la maison de membres séparés, et même d'orphelins tout entiers, à disséquer, lorsqu'ils étaient en abondance, vers la fin de l'hiver ; mais elle s'y était habituée peu à peu. Le chant du violoncelle du docteur, toute la nuit, et les squelettes dans tous les placards, Mrs Broad s'en moquait ; plus rien ne pouvait l'étonner longtemps. Elle avait également la meilleure opinion de Diana, qu'elle en était venue à connaître assez bien pendant son premier séjour, plein d'anxiété, à l'auberge où Stephen l'avait conduite dès leur débarquement en Angleterre. Mrs Broad l'aimait pour sa beauté, qu'elle admirait du fond du cœur, pour sa gentillesse (« pas de façons, pas de grands airs, et n'hésite pas à prendre un verre avec quelqu'un derrière le bar ») et pour l'affection évidente qu'elle portait au docteur. Mrs Maturin venait très souvent aux Grapes, elle apportait des chemises, des bas de laine bleus, des boucles de souliers, laissait des messages, venait chercher de petites sommes d'argent, car Diana, beaucoup plus riche que Stephen, était plus imprévoyante encore. C'était apparemment un mariage étrange, mais Mrs Broad avait aperçu un jour Mrs Maturin dans l'un des carrosses du palais avec Lady Jersey — valet de pied en livrée royale par-derrière — et elle avait le vague sentiment que Diana était « quelque chose à la Cour », ce qui naturellement lui interdisait de vivre comme les mortels ordinaires, faits de chair et de sang.

Diana venait plus souvent encore depuis quelques jours : le docteur repartait en mer avec son meilleur ami, Jack Aubrey, capitaine de vaisseau dans la Royal Navy, autrefois connu dans le service sous le sobriquet de Jack Aubrey la Chance tant la fortune l'avait favorisé en prises. Mais ses affaires étaient à présent si terriblement embrouillées qu'il avait accepté volontiers un commandement temporaire peu enviable, celui du *Worcester*, soixante-quatorze canons, l'un des survivants des Quarante Voleurs, cette série tristement célèbre de vaisseaux de ligne construits sous contrat avec tant de malhonnêteté dans les échantillonnages, les fixations, les couples — dans toute leur construction — que cela excitait les commentaires même à une époque de corruption généralisée : des commentaires fort vifs, d'ailleurs, de la part de ceux qui devaient les conduire en mer. Le *Worcester* l'emporterait en Méditerranée, vers l'escadre de l'amiral Thornton et l'interminable blocus de la flotte française à Toulon. Et puisque Stephen devait partir en mer, il était évidemment nécessaire de préparer son coffre. Il l'avait fait tout seul bien des fois avant ce jour et y avait toujours trouvé la satisfaction de ses modestes besoins, même quand il était bien loin de la terre, sans parler de la Méditerranée, avec Malte ou Barcelone à quelques centaines de milles sous le vent, selon le vent ; mais ni Diana ni Mrs Broad ne pouvaient supporter sa façon de jeter tout pêle-mêle, les objets les plus fragiles enveloppés dans ses bas, et elles ne cessaient de s'en mêler : papier de soie, couches bien ordonnées de ceci et de cela, ordre rigoureux, et même étiquettes.

À présent, le docteur Maturin fouillait dans le coffre cerclé de cuivre, dans l'espoir de trouver sa meilleure cravate, la cravate blanche à jabot de la taille d'une petite bonnette qu'il devait porter pour le dîner d'adieu de Diana. Il y fouillait avec un rétracteur de chirurgie, un des instruments les plus efficaces que la science eût connus, mais ne trouvait rien ; et quand enfin les griffes d'acier raclèrent le fond, il s'écria :

— Mrs Broad, Mrs Broad, qui a caché ma cravate ?

Mrs Broad entra sans cérémonie, la cravate sur le bras, bien que Stephen fût en chemise.

— Pourquoi, oh pourquoi l'avez-vous emportée, s'écria-t-il, n'avez-vous pas d'entrailles, Mrs Broad ?

— Mrs Maturin a dit qu'elle devait être amidonnée, dit Mrs Broad, vous ne voudriez pas porter un jabot tout ramolli, je suis sûre.

— Il n'y a rien que j'aimerais mieux, marmonna Stephen en l'enroulant autour de son cou.

— Et Mrs Maturin dit que vous devez mettre vos jolies chaussures neuves, dit Mrs Broad. Que j'ai gratté les semelles.

— Je ne peux pas marcher jusqu'à Half Moon Street avec des chaussures neuves, dit Stephen.

— Non, monsieur, dit Mrs Broad avec patience, vous irez en chaise comme Mrs M. l'a dit ce matin. Les hommes attendent dans la salle depuis plus de dix minutes. (Son regard errant tomba sur le coffre ouvert, parfaitement rangé moins d'une demi-heure auparavant.) Oh, docteur Maturin, fi ! s'exclama-t-elle, oh, fi, docteur, fi !

— Oh, fi, Stephen, dit Diana en redressant sa cravate. Comment pouvez-vous être aussi atrocement en retard ? Jagiello ronge son frein au salon depuis un siècle et les autres seront là d'une minute à l'autre.

— Il y avait un taureau furieux à Smithfield, dit Stephen.

— Faut-il vraiment passer par Smithfield pour atteindre Mayfair ?

— Ce n'est pas nécessaire, comme vous le savez fort bien, mais je me suis soudain souvenu que je devais passer chez Bart. Et puis, écoutez-moi, ma chérie, vous n'avez jamais été à l'heure de toute votre vie, j'en suis tout à fait certain ; je vous supplie donc de garder votre ironie pour quelque occasion mieux appropriée.

— Allons, Stephen, vous êtes aussi furieux qu'un taureau vous-même, semble-t-il, dit Diana en l'embrassant. Et dire que je vous ai acheté un si joli présent. Montez le regarder : Jagiello pourra recevoir les premiers arrivants. (En passant devant le salon elle lança :) Jagiello, faites, je vous prie, les civilités pour nous si quelqu'un arrive : nous ne serons pas longs.

Jagiello était pratiquement chez lui à Half Moon Street : ce jeune homme d'une beauté absurde, ce Lituanien d'une richesse excessive, à présent attaché à l'ambassade de Suède, avait été emprisonné en France avec Stephen et Jack Aubrey et s'était enfui avec eux, d'où cette étonnante amitié.

— Là, dit-elle fièrement, montrant son lit sur lequel reposait un nécessaire de toilette orné d'or, qui était aussi une ménagère et un jeu de backgammon : de petits tiroirs sortaient de partout, d'ingénieuses tirettes et des pieds repliables le transformaient en table de toilette, en table à écrire, en lutrin ; et des miroirs et des chandeliers surgissaient des deux côtés.

— Acushla, mon cœur, dit-il en la serrant contre lui, c'est une splendeur royale — une magnificence impériale. Le médecin en chef de la flotte n'a rien de plus beau. Je vous suis si reconnaissant, ma chérie.

Et il était reconnaissant, infiniment touché : cependant que Diana révélait tous les détails de l'objet étincelant, expliquait comment il fonctionnait et comment elle avait surveillé les artisans, les houspillant pour qu'ils finissent à temps — jurons, persuasions, promesses, jusqu'à ce qu'elle fût sans voix, enrouée comme une vieille corneille, Stephen chéri —, il songeait à sa générosité, à son imprévoyance (quelque riche qu'elle fût, elle n'avait jamais d'argent disponible et ceci était très au-dessus de ce qu'elle pouvait se permettre), et à son ignorance de la vie navale, du placard étroit, humide, dans lequel un chirurgien vivait en mer, même le chirurgien d'un soixante-quatorze, d'un vaisseau de ligne : ce précieux travail d'artiste conviendrait peut-être fort bien à un officier supérieur, un militaire disposant d'un fourgon et d'une douzaine d'ordonnances, mais pour un marin il faudrait que ce soit enveloppé de toile cirée et dissimulé dans la partie la plus sèche de la cale. Ou peut-être pourrait-il trouver place dans la soute à biscuits...

— Mais les chemises, mon cher Stephen, poursuivait-elle, je suis absolument désolée pour les chemises. Je n'ai pas pu obtenir de cette femme horrible qu'elle les termine. Il n'y en a qu'une douzaine ici. Mais je vous enverrai les autres par le coche. Elles arriveront peut-être à temps.

— Dieu du ciel, s'exclama Stephen, c'est inutile, tout à fait inutile. Une douzaine de chemises ! Je n'en ai jamais eu autant à la fois depuis ma première culotte. Et de toute manière je n'en ai pas besoin de plus de deux pour ce voyage. Il est déjà presque fini avant d'être commencé.

— Je voudrais que vous soyez déjà revenu, dit Diana à voix basse. Vous allez tellement me manquer. (Puis, avec un coup d'œil par la fenêtre :) Voici la voiture d'Ann Trevor. Vous n'êtes pas fâché qu'elle vienne, Stephen ? Quand elle a appris que Jagiello dînait ici, elle a prié et supplié qu'on l'invite et je n'ai pas eu le cœur de dire non.

— Jamais de la vie, ma chère. Je suis tout à fait favorable à la satisfaction des désirs naturels, même chez Miss Trevor, même chez une rouquine, propriétaire absentéiste dans le County Kerry, exigeant des loyers exorbitants et dotée d'un vautour écossais anabaptiste en guise d'agent ou de régisseur. Et même, nous pourrions aller jusqu'à les laisser seuls deux minutes.

— Ce voyage me paraît diablement bizarre, dit Diana, les sourcils froncés devant la pile de chemises. Vous ne m'avez jamais raconté comment il s'était déclenché. Et c'est tellement soudain !

— Dans l'état de crise d'une guerre, les ordres de la marine sont généralement soudains. Mais j'en suis tout aussi ravi : j'ai certaines choses à faire à Barcelone comme vous savez, et je serais allé en Méditerranée de toute façon, avec ou sans Jack.

Jusque-là c'était tout à fait vrai ; mais Stephen n'avait pas jugé bon d'expliquer la nature exacte de ce qu'il avait à faire à Barcelone, pas plus qu'il ne dit avoir aussi un rendez-vous avec des royalistes français à proximité de Toulon, un rendez-vous avec certains messieurs totalement dégoûtés de Buonaparte, un rendez-vous qui pourrait déboucher sur de grandes choses.

— Mais il était convenu que Jack devait avoir la *Blackwater* et la conduire à la station d'Amérique du Nord dès qu'elle serait prête, dit Diana. On n'aurait jamais dû le fourrer sur ce vieux *Worcester* pourri avec un commandement temporaire. Un homme de son ancienneté, de son palmarès, aurait dû être anobli il y a bien longtemps et avoir un navire décent, peut-être même une escadre. Sophie est absolument furieuse ; de même que l'amiral Berkeley, et Heneage Dundas, et tous ses amis du service.

Diana était fort bien informée des affaires du capitaine Aubrey, époux de sa cousine Sophie et vieil ami de surcroît ; mais elle n'était pas tout à fait aussi bien informée que Stephen, qui intervint :

— Vous connaissez le guêpier dans lequel est Jack, bien entendu ?

— Bien sûr, Stephen, ne soyez pas stupide.

Bien sûr qu'elle était au courant : tous les amis du capitaine Aubrey savaient qu'en débarquant les poches pleines d'or français et espagnol, il était tombé plus facilement encore que la plupart des marins entre les griffes des requins de terre, en raison d'une disposition plus enthousiaste et plus confiante. Il avait fait un plongeon désastreux entre les bras d'un requin particulièrement rapace et se trouvait à présent noyé dans les procès, avec un risque de ruine à la fin.

— Je parle plutôt de la phase la plus récente. Il semble qu'il ait oublié la prudence que ses conseillers légaux l'incitaient à observer, et il semble à ceux-ci qu'une absence du pays soit à présent essentielle, pendant quelque temps. J'ai oublié les détails — désordre, hommes de loi jetés par la fenêtre d'un deuxième étage, bris de verrerie pour de nombreuses livres, employés menacés de mort, blasphèmes, atteinte à la paix du roi. C'est pour cela que les choses sont si soudaines. Et c'est pour cela qu'il a accepté ce commandement. Ce n'est rien d'autre qu'une parenthèse dans sa carrière.

— Il reviendra pour la *Blackwater*, alors, quand elle sera prête ? Sophie sera tellement heureuse.

— Eh bien, quant à cela ma chère, quant à cela... (Stephen hésita ; puis, surmontant cette réserve qui, parmi tant d'autres choses, le rendait si impropre à l'état de mariage, il ajouta :) Le fait est qu'il a eu grande difficulté à obtenir même ce commandement : ses amis ont dû faire les plus pressantes représentations aux personnes au pouvoir, leur rappelant les services rendus, les promesses du précédent Premier Lord ; et même avec tout cela il aurait pu ne jamais l'avoir si le capitaine... si un ami ne s'était pas fort joliment désisté. Il y a quelque obstacle, quelque rancune personnelle à l'Amirauté même ; et en dépit de ses états de service il pourrait être privé de la *Blackwater*, alors qu'il l'arme depuis si longtemps. La parenthèse en se refermant pourrait le trouver sur la plage, se rongeant le cœur pour obtenir ne serait-ce qu'une barque à rames portant le pavillon du roi.

— Je suppose que c'est son horrible vieux père, dit Diana.

Le général Aubrey, membre du Parlement dans l'opposition, radical loquace, enthousiaste et véhément, était un lourd handicap pour un fils servant la Couronne, dont les ministres ont la haute main sur les nominations et les promotions.

— Effectivement, c'est en partie la cause, dit Stephen, mais il y a plus, je crois. Connaissez-vous un homme nommé Andrew Wray ?

— Wray, du Trésor ? Oh oui. On le voit partout : j'ai dû danser avec lui au bal de Lucie Carrington, le jour où vous êtes allé voir vos vieux reptiles, et il était au dîner des Thurlow. Écoutez, voici une autre voiture : ce doit être l'amiral Faithorne. Il est ponctuel comme une horloge. Stephen, nous nous conduisons abominablement mal. Nous devons descendre. Pourquoi me parlez-vous de ce moins que rien ?

— Vous pensez que Wray est un moins que rien ?

— Sans aucun doute. Beaucoup trop intelligent, comme tant de ces hommes du Trésor, et une infernale canaille — il a traité Harriet Fanshaw d'une manière à ne pas croire. Un moins que rien, malgré ses belles manières, et un poseur : je ne le toucherais pas du bout d'une gaffe.

— Il occupe à présent les fonctions de second secrétaire de l'Amirauté, pendant la maladie de Sir John Barrow. Mais il était au Trésor, il y a quelque temps, quand Jack lui a dit qu'il trichait aux cartes, très ouvertement, avec sa franchise toute navale, chez Willis.

— Grand Dieu, Stephen ! Vous ne me l'avez jamais dit. Quel homme renfermé vous faites, sur mon honneur.

— Vous ne me l'avez jamais demandé.

— A-t-il provoqué Jack en duel ?

— Pas du tout. Je pense qu'il a choisi un moyen plus sûr. (Un triple coup retentissant à la porte lui coupa la parole.) Je vous dirai plus tard. Merci, ma chérie, pour ce magnifique présent.

Tandis qu'ils descendaient vers le hall, Diana dit :

— Vous savez tout des navires et de la mer, Stephen. (Stephen s'inclina : il pouvait effectivement savoir pas mal de choses, puisqu'il naviguait avec le capitaine Aubrey depuis le tournant du siècle, et en fait il était à présent presque toujours capable de distinguer bâbord de tribord ; il était extrêmement fier de connaître « gréement longitudinal », et même certains termes nautiques plus obscurs.) Dites-moi, ajouta-t-elle, qu'est-ce que cette gaffe dont ils parlent toujours ?

— Oh, quant à cela, matelot, dit Stephen, vous devez savoir que la gaffe est une sorte de perche avec un crochet au bout dont se sert le patron du canot du capitaine.

Il lui ouvrit la porte du salon, découvrant non pas une, mais deux jeunes femmes, fort occupées à tantôt se dédaigner l'une l'autre et tantôt adorer Jagiello, assis entre elles dans son superbe uniforme de hussard, l'air aimable mais absent. Voyant Stephen, il bondit, éperons cliquetants, s'écria « Cher docteur, comme je suis heureux de vous voir », le serra dans ses bras et lui fit un sourire charmant.

— L'amiral Faithorne, dit le maître d'hôtel d'une voix retentissante, et l'horloge sonna l'heure.

D'autres invités arrivèrent : profitant de l'ouverture fréquente de la porte, le chat de la cuisine s'introduisit en rampant et escalada le dos de Stephen pour se percher sur son épaule gauche, ronronnant avec bruit et se frottant l'oreille contre sa perruque. D'autres invités encore, dont l'un, le banquier Nathan, conseiller financier de Diana, était un homme comme Stephen les aimait, lui aussi totalement voué au renversement de Buonaparte, auquel il appliquait ses armes hautement spécialisées avec une efficacité singulière. Et bien que la cérémonie fût un peu gâchée par une scène déplaisante quand le maître d'hôtel vint enlever le chat, ils se rendirent enfin dans la salle à manger pour déguster le meilleur repas que Londres pût offrir, car en dépit de sa minceur de sylphide, Diana était assez gourmande et possédait, en plus d'un goût du vin bien formé, un excellent cuisinier. En cette occasion il avait consacré ses talents à la préparation de tous les plats favoris de Stephen.

— Puis-je vous servir quelques-unes de ces truffes, madame ? dit-il à sa voisine de droite, une douairière dont l'influence et le soutien avaient contribué à rétablir la réputation de Diana, endommagée par quelques relations peu judicieuses en Inde et en Amérique, et restaurée, mais seulement en partie, par son mariage.

— Hélas, je n'ose pas, dit-elle, mais j'aurais grand plaisir à vous voir en profiter. Si vous voulez croire les conseils d'une vieille femme, mangez toutes les truffes que vous rencontrerez aussi longtemps que vos entrailles pourront les supporter.

— Je crois bien que je vais le faire, dit Stephen, plongeant une cuiller dans la pyramide. Il se passera bien du temps avant que j'en voie d'autres. Demain, si Dieu le veut, je serai à bord et désormais nourri de biscuits, cheval salé, pois secs et petite bière : jusqu'à ce que Buonaparte tombe.

— Buvons à sa déconfiture, dit la douairière en levant son verre.

Toute la table but à sa déconfiture, puis, à intervalles décents, au retour du docteur Maturin, à son heureux retour, à la Royal Navy, à la santé de l'un et de l'autre, et enfin, debout — chose relativement difficile pour Miss Trevor qui dut se cramponner au bras de Jagiello —, au roi. Au milieu de tant de bonne humeur, de tant d'excellents bordeaux, bourgognes et portos, Stephen regardait avec inquiétude la pendule, un joli cartel français, au mur derrière la tête de Mr Nathan : il devait prendre la poste pour

Portsmouth et avait une horreur mortelle de manquer les voitures. Il vit avec angoisse que les aiguilles n'avaient pas bougé depuis la bisque de homard ; comme la plupart des pendules de la maison de Diana, le cartel était arrêté, et il savait que la décence lui interdisait de jeter un regard même subreptice à sa montre. Mais si Diana et lui vivaient des existences plus indépendantes que la plupart des couples, ils étaient vraiment très proches à bien d'autres égards ; elle saisit son regard et lui lança, du bout de la table :

— Mangez votre dessert en paix, mon chéri, Jagiello a emprunté le carrosse de son ambassadeur et il aura la gentillesse de nous conduire.

Peu après elle se retira avec les autres dames et Jagiello vint s'installer à la place de la douairière.

— Vous êtes plein de générosité, mon cher, vraiment. À présent, je pourrai voir Diana pendant encore une douzaine d'heures ; et je n'aurai pas à me tracasser pour cette infernale voiture de poste.

— Mrs Maturin a essayé de me faire promettre qu'elle conduirait, dit Jagiello, et j'ai donné ma parole qu'elle le ferait, une fois le soleil levé, sous réserve de votre approbation.

Le ton était incertain.

— Et s'est-elle soumise à vos conditions ? dit Stephen en souriant. C'est aimable à elle. Mais vous n'avez pas à vous faire de souci : elle conduit prodigieusement et ferait passer un attelage de chameaux par le chas d'une aiguille au trot enlevé.

— Oh, s'écria Jagiello, combien j'admire une femme qui monte et conduit, qui comprend les chevaux !

Il poursuivit son énumération des qualités remarquables de Mrs Maturin, qui n'avait attendu, pour être complète, qu'une compréhension approfondie des chevaux.

Stephen avait remarqué le visage amusé, bénin, cynique de Nathan au bout de la table, souriant devant l'enthousiasme de Jagiello : il y avait en Jagiello quelque chose qui faisait sourire les gens, se dit-il — sa jeunesse, son enthousiasme, son éclatante santé, sa beauté, peut-être sa naïveté. « Aucune de ces qualités ne sont miennes, et ne l'ont jamais été, se dit-il. Les Jagiello sont-ils conscients de leur bonheur ? Sans doute pas. *Fortunatos nimium...* » Une envie de café l'aiguillonna et voyant qu'au dernier tour ses invités, roses et un peu stertoreux, n'avaient pas touché les carafes, il dit tout haut :

— Peut-être, messieurs, pourrions-nous rejoindre les dames.

L'offre du carrosse de Jagiello était une surprise et les autres voitures avaient été commandées pour une heure précoce afin que le docteur Maturin puisse faire ses adieux et rejoindre la malle de Portsmouth avec une demi-heure d'avance. Les voitures se présentèrent donc à dix heures et demie et s'en allèrent, laissant Stephen, Diana et Jagiello avec une délicieuse impression de vacances, de temps libre, inattendu, inoccupé. Nathan restait aussi, en partie parce qu'il était venu à pied de sa maison, toute proche, en partie parce qu'il voulait parler d'argent avec Diana. Elle avait rapporté de l'Inde et des États-Unis quelques magnifiques bijoux, dont beaucoup qu'elle ne portait jamais ; et dans l'état actuel de la guerre, avec les stupéfiantes, les horrifiantes victoires de Napoléon sur les Autrichiens et les Prussiens, leur valeur avait considérablement augmenté. Nathan voulait qu'elle en prenne avantage et qu'elle transforme quelques-uns de ses rubis (« de grosses choses vulgaires, beaucoup trop grosses, comme des tartes aux framboises », disait-elle) en une liste choisie d'actions anglaises à coût très bas, ne trouvant pas d'acquéreurs à la Bourse — investissement qui rapporterait un revenu remarquable dans le cas d'une victoire finale des Alliés. Toutefois, il se contenta de sourire et de s'incliner quand elle suggéra que l'on emporte les restes de la bombe glacée dans la salle de billard pour les y manger tout en jouant.

— Car de toute façon, Stephen doit faire ses adieux à son olivier, observa-t-elle.

La salle de billard était peut-être la seule de tout Half Moon Street à posséder un olivier : la pièce avait été construite sur le jardin de derrière, et Stephen, descellant une dalle près d'une fenêtre adéquate, y avait planté une bouture enracinée venant d'un arbre de ses terres de Catalogne, lui-même descendant de l'un de ceux de l'Académie athénienne. Il s'était assis à côté et montrait à Nathan les cinq feuilles nouvelles et la promesse presque certaine d'une sixième. Avec tout autre mari, Nathan aurait pu parler d'actions et de Bourse ; mais Stephen ne voulait absolument rien avoir à faire avec la fortune de sa femme — il lui en laissait l'entière responsabilité.

— Venez, Stephen, dit-elle en posant sa queue de billard. Je vous ai laissé une assez jolie position.

Le docteur Maturin, attaquant scie en main une jambe

22

fracassée, était un opérateur hardi, habile et déterminé, aux gestes rapides, sûrs, précis. Mais le billard n'était pas son jeu. Sa théorie était assez bonne mais sa pratique méprisable. Ayant longuement étudié les possibilités, il donna à sa boule un coup hésitant, la regarda rouler délibérément et tomber dans la poche supérieure droite sans toucher aucune des autres, et revint à son olivier. Les autres joueurs appartenaient à un tout autre monde : Nathan rassembla les boules dans un coin, les poussant par une longue série de carambolages presque imperceptibles et les dispersant juste pour laisser à son adversaire une situation des plus inconfortables ; Jagiello accomplit quelques exploits étonnants en haut de la table par un coup au but ; mais Diana jouait un jeu beaucoup plus audacieux et adorait taquiner la chance. Elle fit le tour de la table, l'œil prédateur, envoyant à grands bruits les boules de côté et d'autre. À un moment — elle avait déjà recueilli trente-sept points et il ne lui en manquait plus que trois pour gagner — ses boules étaient bizarrement placées, juste au milieu. Elle hissa sa mince personne sur le bord de la table, et elle était sur le point de jouer, toute la longueur de son corps suspendue au-dessus du tapis, quand Stephen lança :

— Appuyez-vous, chère, appuyez-vous, je vous en prie.

Il était tout à fait possible qu'elle attendît un enfant et cette position ne lui plaisait pas du tout.

— Bah, dit-elle, abaissant la queue dans sa main étendue.

Elle visa, l'œil cligné, le bout de sa langue visible au coin de la bouche ; elle fit une pause puis, d'un coup fort et régulier, envoya la rouge tout droit dans la poche droite en bas tandis que sa boule fonçait vers celle de gauche. Elle glissa de la table avec tant de grâce agile et souple, avec un tel air de triomphe ravi que le cœur de Stephen manqua un battement et que les autres hommes la regardèrent, pleins d'affection.

— La voiture du capitaine Jagiello, dit le maître d'hôtel.

Pour ce qui était des champs de bataille et des lits de roses, le capitaine Aubrey connaissait beaucoup mieux les premiers, en partie du fait de sa profession qui, à de longs intervalles souvent froids et toujours mouillés, l'amenait en conflit violent avec les ennemis du roi — sans même parler de l'Amirauté, du Navy Board et du caractère difficile des supérieurs et subordonnés —, en partie parce qu'il faisait un très mauvais jardinier. En dépit de tous ses soins jaloux, les roses d'Ashgrove Cottage produisaient plus de pucerons, de chenilles, de mildiou, de rouille, de moisissure que de fleurs — jamais assez, à aucun moment, pour faire le lit d'un nain, et moins encore d'un officier de marine de six pieds de haut pesant dans les deux cent vingt-cinq livres. Au sens figuré, son mariage était plus proche des roses que beaucoup ; il était beaucoup plus heureux qu'il ne le méritait (ne pourvoyant pas très régulièrement aux besoins de sa famille et n'étant pas strictement monogame), et s'il n'éprouvait pas un bonheur idéal, s'il souhaitait peut-être secrètement une compagne un peu moins possessive et plus consciente de la nature charnelle de l'homme, il était profondément attaché à Sophie ; et de toute façon il s'absentait souvent plusieurs années de suite.

Il se tenait pour l'instant debout sur la dunette du *Worcester*, tout prêt à repartir ; et son épouse était assise un peu derrière lui, dans un fauteuil incongru, sorti sur le pont pour cette occasion.

Le navire était mouillé sur une seule ancre dans Spithead depuis bien des heures, le Blue Peter aussi fermement établi en tête du mât de hune de misaine que s'il y était cloué, le petit hunier déferlé, les barres de cabestan en place et amarrées au quart précédent, tout prêt pour l'appareillage : un état de tension furieuse habitait tout l'équipage — officiers hargneux, dîner retardé, regards indignés tournés vers la terre. Le navire évita avec la fin du jusant et le capitaine Aubrey s'approcha de la lisse tribord, sa lunette toujours braquée sur Portsmouth. Son visage, son visage naturellement aimable et joyeux, était strict, sombre, sévère : le vent restait favorable, mais tout juste, et dès la rentrée du flot, son navire n'aurait plus qu'à regagner le mouillage — il ne réussirait jamais à sortir contre la marée. Il avait horreur du manque de ponctualité ; et c'était un manque de ponctualité caractérisé qui le maintenait en ces lieux ; il avait déjà obtenu un long, long moment de répit de l'amiral commandant le port, qui aimait beaucoup Mrs Aubrey ; mais cela ne pouvait durer et, à tout instant, une drissée allait apparaître sur ce mât de pavillon, là-bas, le signal d'appareillage du *Worcester*, et il faudrait bien qu'il appareille, avec ou sans son chirurgien, laissant l'équipage de la gigue se débrouiller de son mieux pour regagner le bord.

Le coffre du docteur Maturin avait embarqué, ainsi que l'étui bien connu de son violoncelle, apportés en leur temps de la malle de Portsmouth ; mais le docteur n'était pas avec eux. C'est en vain que Bonden, patron du canot du capitaine, avait harcelé le cocher et le garde : non, ils n'avaient pas vu un petit bonhomme jaunâtre et pas beau avec une grosse perruque ; non, ils ne l'avaient pas laissé par accident à Guildford, Godalming ou Petersfield, et pourquoi ? Parce qu'il était jamais monté dans c'te foutue voiture, mon gars. Bonden pouvait mettre ça dans sa pipe et le fumer, ou se le fourrer dans le cul, comme il le préférait ; et il y avait dix-huit pence à payer pour la contrebasse, que c'était un bagage pas naturel, non accompagné.

— Combien j'ai horreur du manque de ponctualité, dit le capitaine Aubrey. Même à terre. Holà, devant, à tourner cette ligne à déferler. (Ceci lancé d'une voix si forte qu'elle éveilla les échos des murailles du fort Noman's Land, et les mots « ligne à déferler » se mêlèrent un peu à sa prochaine remarque, adressée à sa femme :) Vraiment, Sophie, on pourrait croire qu'un homme aussi intelligent que Stephen, un philosophe naturel prodigieux, puisse réussir à comprendre la nature de la marée. Voici que la lune est à son périgée, en syzygie, et toute proche de l'équateur, comme je vous l'ai montré la nuit dernière, et vous avez compris immédiatement, n'est-ce pas ?

— Oh, parfaitement, mon chéri, dit Sophie, l'air un peu perdue : du moins elle gardait un souvenir très clair du globe pâle au-dessus du château de Porchester.

— Ou du moins pourrait-il comprendre son importance pour les marins, dit Jack, et une grande marée de vive-eau, en plus. Parfois je désespère... Chère, dit-il en regardant à nouveau sa montre, j'ai peur qu'il faille nous dire au revoir. Si jamais il apparaît à Ashgrove Cottage, vous lui direz de prendre la poste pour Plymouth. Mr Pullings, une chaise de gabier, s'il vous plaît, un cartahu pour les bagages, et faites passer pour les enfants.

Le cri courut dans tout le navire : « Les enfants à l'arrière, les enfants au rapport du capitaine, tous les enfants à l'arrière », et les deux petites filles de Jack arrivèrent en courant de la cuisine, les doigts serrés sur de gros morceaux de pudding aux raisins froid, à demi dévorés, et suivies de George, leur petit frère, vêtu de son premier pantalon, dans les bras d'un quartier-maître velu. Mais le visage de pleine lune de George était anxieux, préoccupé ; il chuchota dans l'oreille poilue du marin. « Vous pouvez pas attendre ? » demanda le marin. George secoua la tête : le marin ôta le pantalon, maintint le petit garçon bien à l'extérieur de la lisse sous le vent et réclama une poignée d'étoupe.

Sur la dunette Jack continuait d'observer entre les mâts innombrables — la moitié de la flotte de la Manche, et des transports sans nombre, avec de petits bateaux de toutes tailles et de toutes formes circulant entre eux et la côte. Il avait le débarcadère de Sally Port bien cadré dans sa lunette, avec le va-et-vient des canots des vaisseaux et sa gigue en attente, son patron assis dans la chambre, mangeant du pain et du fromage d'une main et haranguant ses camarades de l'autre : derrière Sally Port, la placette triangulaire au sol accidenté, non pavé, et tout au fond l'auberge Keppel Head avec son large balcon blanc. Sous son regard, un carrosse à quatre chevaux prit le tournant à tombeau ouvert, dispersant officiers, matelots, soldats et putains pour s'arrêter, encore agité d'un dangereux roulis, au milieu de la place.

— Notre numéro, monsieur, dit l'aspirant des signaux, sa lunette fixée sur le mât de pavillon — et maintenant *Worcester appareillage*. Une autre drissée — l'aspirant feuilletait fébrilement le livre — *Sans autre... autre...*

— *Retard*, dit Jack sans ôter son œil de la lunette. Faites l'aperçu. Mr Pullings : amenez le Blue Peter. Tout le monde à déraper.

Il vit une femme passer les rênes à un homme, sauter du siège du cocher et descendre en courant jusqu'au bateau, suivie d'une petite silhouette noire sortie de la voiture, chargée d'un énorme paquet.

— Sophie, dit-il par-dessus le sifflet des boscos et le martèlement des pas, est-ce que ce n'est pas Diana ?

— J'en suis sûre, dit-elle en regardant à la lunette. Je reconnais d'ici sa mousseline brodée. Et c'est le pauvre Stephen avec le paquet.

— Enfin, dit Jack, enfin. Toujours le même coup de théâtre infernal. Heureusement, grand Dieu, qu'il a quelqu'un pour s'occuper de lui, même si ce n'est que Diana. Mr Pullings, notre équipage squelettique pourra mettre un certain temps à déraper l'ancre, quoique cela soit fait, j'en suis sûr, avec toutes les apparences d'empressement. Mon cœur, hélas, il faut vous en aller.

Il la conduisit jusqu'au gaillard d'arrière où la chaise de gabier se balançait, prête à la descendre jusqu'au canot de l'*Arethusa* prêté par leur ami Billy Harvey.

— Au revoir, mon très cher, dit-elle, souriant comme elle

le pouvait, de grosses larmes montant à ses yeux. Que Dieu vous bénisse et vous garde.

— Que Dieu vous bénisse aussi, dit Jack. (Et d'une voix dure, peu naturelle, il lança :) Un cartahu pour les enfants !

Un par un on les descendit comme de petits paquets jusqu'à leur mère, les yeux fermés, les mains bien serrées.

— Mr Watson, dit-il à l'aspirant chargé du canot, ayez la bonté de dire en passant à ma gigue d'envoyer plus de toile, d'envoyer tout ce qu'ils ont. Mes compliments et mes remerciements sincères au capitaine Harvey.

Il se retourna pour donner les ordres qui conduiraient le *Worcester* hors de la rade avec les derniers moments du jusant : Bonden étant un admirable marin de petit bateau, il disposait de dix minutes, ce qui pourrait suffire tout juste avec cette brise, et ces dix minutes devaient être consacrées à persuader les regards les plus incisifs de la Navy que le *Worcester* obéissait aux ordres avec tout le zèle imaginable et ne restait pas assis là, les mains dans les poches. En temps ordinaire, il aurait laissé tout cela à Tom Pullings, son premier lieutenant, compagnon de bord ancien et de toute confiance ; mais il savait qu'il n'y avait pas à bord un seul homme qui ne fût parfaitement au courant de ses intentions, le navire étant doté d'un petit équipage temporaire de vieux marins expérimentés, tous matelots de navires de guerre, et comme les marins adorent la duperie, surtout la duperie destinée à tromper l'amiral commandant le port, il craignait de les voir forcer la note. La situation était délicate — appliquer cette connivence tacite de désobéissance à un ordre direct tout en maintenant sa réputation d'officier efficace — et peut-être courait-on çà et là avec un peu trop d'enthousiasme pour que ce soit tout à fait convaincant. À un moment, un coup de canon à terre lui mit le cœur aux lèvres, exactement comme lorsque ce même amiral, alors capitaine de frégate, l'avait surpris au temps de sa jeunesse à faire le pitre au lieu de s'occuper du réglage exact du foc ; mais ce n'était que le grand homme soulignant son désir qu'*Andromache* envoie un lieutenant à son bureau : *Andromache* avait consacré plus de quarante secondes à la mise à l'eau d'un canot. Quoi qu'il en soit, Jack ne voulait pas risquer d'encourir le même reproche sous les yeux de toute la flotte et le *Worcester* était bien en route, son ancre caponnée, ses huniers bordés (mais à peine) et ses perroquets libres dans les cargues quand la gigue coupa son sillage sous toute sa toile pour le remonter sur tribord.

Au large, le début du flot levait un clapot déplaisant contre la brise et l'accrochage allait exiger un discernement très précis. Bonden possédait le discernement le plus précis de ce genre de chose : il déciderait peut-être d'attendre que le navire soit dégagé de l'île de Wight, mais de toute manière il n'y avait aucun risque de voir le canot se défoncer contre le flanc.

Jack était encore en colère ; de plus il était gelé, malheureux. Il regarda le canot dans la houle, le matelot d'étrave prêt avec sa gaffe, Bonden à la barre évaluant la mer, tantôt lofant, tantôt faisant porter et Stephen, l'air tout doux, dans la chambre, sa boîte sur les genoux : il renifla et descendit sans un mot. Sur le visage de la sentinelle, à la porte de la grand-chambre, le sourire se transforma à son passage en un air de respect raide et lointain.

Sur le gaillard, Mr Pullings dit à un aspirant :

— Mr Appleby, courez chez le commis et demandez-lui une demi-pinte d'huile d'olive.

— De l'huile d'olive, monsieur ! s'exclama l'aspirant. Oui, monsieur, immédiatement, ajouta-t-il en discernant un éclair de silex dans le regard du premier lieutenant.

— Vas-y, Joe, dit Bonden.

Le matelot s'accrocha dans les porte-haubans, la grande voile de lougre descendit tout d'un coup et d'une voix sèche, officielle, Bonden dit :

— À présent, monsieur, s'il vous plaît. On ne peut pas rester croché toute la journée sous le vent de la barque. Je m'occuperai de votre vieux paquet.

Le *Worcester* était un navire à flancs droits et pour embarquer il fallait franchir une série de petites marches lisses, mouillées, glissantes et peu profondes, montant tout droit de la flottaison, sans confortable frégatage, sans inclinaison vers l'intérieur, pour aider le pèlerin sur son chemin ; il y avait pourtant des tire-veille de chaque côté, permettant tout juste à des loups de mer agiles et fort marins de rejoindre le pont ; mais le docteur Maturin n'était ni agile ni encore loup de mer.

— Allez-y, monsieur, dit le patron du canot avec impatience en voyant Stephen ramassé, hésitant, un pied sur le plat-bord.

L'espace entre le navire et la gigue s'élargit à nouveau et avant qu'il atteigne les proportions d'un abîme, Stephen fit un bond convulsif, atterrit sur la première marche et saisit les tire-veille, de toutes ses forces. Il resta là, haletant, à contempler la paroi abrupte qui le surplombait : il savait qu'il s'était fort mal conduit, qu'il était en disgrâce. Bonden, malgré sa vieille amitié, l'avait accueilli sans un sourire en disant : « On a bien pris son temps, monsieur. Savez-vous qu'on a presque failli *manquer la marée* à cause de vous ? Et c'est pas gagné encore ! » Et durant le trajet depuis la côte il en avait entendu beaucoup sur « manquer la marée, et une sacrée belle marée de vive-eau encore » et sur la rage affreuse du capitaine, « qu'on lui donne l'air d'un empoté devant toute la flotte rassemblée — comme un lion enragé pendant tout le jusant ; que s'il la manque pour finir, ça sera l'enfer à bord et la fournaise ardente ». Dures paroles de Bonden, et pas d'aimable échelle de coupée, ou même de chaise de gabier pour l'embarquer... Sur ce, le *Worcester* prit un coup de roulis, levant son vilain flanc babord si haut que le cuivre apparut tandis que le côté tribord, où Stephen s'accrochait, plongeait à la profondeur correspondante. La mer froide monta, délibérément, recouvrant ses jambes et la plus grande partie de son torse. Souffle coupé, il se cramponna furieusement.

Au retour du roulis, des mains vigoureuses, impatientes, le saisirent aux chevilles et il se trouva propulsé vers le haut. « Je ne dois pas omettre de saluer convenablement le gaillard d'arrière, se dit-il presque arrivé, cela atténuera peut-être ma faute. » Mais dans son agitation il oublia qu'il avait un peu plus tôt attaché son chapeau à sa perruque, pour l'empêcher de partir au vent, et quand, atteignant l'espace sacré, il voulut l'ôter — quand l'une et l'autre s'élevèrent ensemble —, son geste apparut plus comme une facétie mal venue que comme une marque de respect, à tel point que certains des jeunes messieurs, deux des mousses et un soldat qui ne le connaissaient pas partirent d'un honnête fou rire, tandis que ceux qui le connaissaient n'en furent nullement amadoués.

— Ma parole, docteur, dit Mowett, officier de quart, vous avez largement pris votre temps, semble-t-il. Vous nous avez presque fait manquer la marée. À quoi pensiez-vous ? Et vous êtes tout mouillé — tout trempé. Comment avez-vous fait pour vous mouiller ?

Mr Pullings, debout près de la lisse au vent, l'air raide et lointain, lui dit : « Le rendez-vous était pour l'étale de pleine mer, il y a deux marées de cela, monsieur », sans aucun mot d'accueil.

Stephen avait connu Mowett et Pullings alors qu'ils n'étaient que des gamins morveux et de peu de poids, et à tout autre moment il leur aurait rivé leur clou sans remords ; mais aujourd'hui leur immense supériorité morale, la puissante et muette désapprobation générale de l'équipage du *Worcester* et son misérable état d'humidité le laissèrent sans un mot, et bien qu'au fond de lui il se rendît à demi compte que cette rudesse était en partie feinte, qu'elle correspondait à cet humour naval dont il avait si souvent souffert, il ne put se résoudre à répondre.

L'expression sévère de Pullings s'adoucit quelque peu.

— Vous vous êtes fait rincer, je vois, dit-il, ne restez pas ici dans vos habits mouillés : vous allez attraper la petite mort. A-t-elle atteint votre montre ?

Souvent, bien souvent, dans la carrière du docteur Maturin, elle — c'est-à-dire la mer, cet élément si hostile pour lui — avait atteint sa montre alors qu'il embarquait ; et parfois même elle s'était refermée au-dessus de sa tête ; et chaque fois ce fait ne manquait pas de le plonger dans la stupéfaction et la détresse.

— Oh, s'écria-t-il, fouillant dans son gousset, oui, je crois bien. Il tira sa montre et la secoua, répandant un peu plus d'eau sur le pont.

— Donnez-la-moi, monsieur, dit Pullings. Mr Appleby, prenez cette montre et plongez-la dans l'huile.

La porte de la chambre s'ouvrit.

— Eh bien, docteur, dit Jack, l'air encore plus grand que d'habitude et beaucoup plus intimidant, je vous souhaite le bonjour, ou plutôt un bon après-midi. Voilà une heure étrange pour se présenter à bord, vous avez largement pris votre temps, vous nous avez bien fait lanterner, me semble-t-il. Savez-vous que vous nous avez presque fait manquer la marée ? Manquer la marée sous les fenêtres de l'amiral ? N'avez-vous pas vu le Blue Peter hissé tout au long du quart du matin — eh non, quart après quart, que diable ? Je dois vous dire, monsieur, que j'ai vu des hommes enfermés dans un tonneau et jetés par-dessus bord pour moins que cela ; pour beaucoup moins. Mr Mowett, vous pouvez border et envoyer enfin le foc et la trinquette. Enfin, dit-il avec emphase en regardant Stephen. Quoi, mais vous êtes tout mouillé. Vous n'êtes tout de même pas tombé à l'eau comme un rustaud ?

— Que non pas, dit Stephen, piqué au vif et perdant toute humilité. C'est la mer qui est montée.

— Eh bien, il ne faut pas rester ici à dégouliner sur le pont ; ce n'est pas beau à voir et vous risquez de prendre froid. Venez vous changer. Votre coffre est dans ma chambre : lui, du moins, a quelque notion de ponctualité.

— Jack, dit Stephen tout en changeant de culotte dans la chambre, je vous demande pardon. Je suis tout à fait désolé de mon retard. Je le regrette extrêmement.

— La ponctualité, dit le capitaine Aubrey — mais, sentant que ce début d'une tirade sur la grande vertu navale n'était guère généreuse, il saisit la main libre de Stephen et poursuivit : Le diable m'emporte, j'étais comme un chat sur les braises tout au long de cette horrible matinée et depuis le dîner ; et j'ai parlé un peu hâtivement. Rejoignez-moi sur le pont quand vous serez changé, Stephen. Apportez l'autre lunette et nous jetterons un dernier coup d'œil à la terre avant de doubler Wight.

Le jour était d'une limpidité totale, les fortes lunettes montraient nettement Sally Port, l'auberge, son balcon blanc, et sur le balcon Sophie et Diana côte à côte, Jagiello près de Diana, très grand, son bras en écharpe, et près de Sophie une série décroissante de têtes qui devaient être les enfants ; de temps à autre un volettement de mouchoirs.

— C'est Jagiello, là-bas, dit Stephen. Je suis venu dans sa voiture. C'est la source de tous ces ennuis.

— Mais Jagiello est sûrement un fameux conducteur ?

— Une véritable réincarnation de Jéhu : nous sommes sortis de Londres en trombe, lui conduisant à la manière lituanienne, debout, penché sur ses chevaux, les encourageant de ses cris. Tout a été très bien pendant un certain temps, et j'ai pu bavarder tranquillement avec Diana, car lui et son bétail parlaient la même langue ; mais quand nous avons changé de chevaux la situation s'est transformée. De plus, Jagiello n'est pas habitué à conduire en Angleterre : la Lituanie est un pays aristocratique où le menu peuple s'écarte, et quand le coche indolent de Petersfield refusa de se ranger, il fut si mécontent qu'il décida de le raser de près en guise de réprimande. Mais le charretier toucha notre cheval de tête d'un coup de fouet si vif que nous avons embardé, accroché un poteau et perdu une roue. Sans grand mal, puisque la voiture ne s'était pas retournée ; ayant réussi à réveiller le forgeron et lui à rallumer sa forge, tout s'est rétabli en une couple d'heures, hormis le bras de Jagiello, vilainement foulé. J'ai rarement vu quelqu'un d'aussi fâché. Il m'a dit en privé qu'il n'aurait jamais dépassé le petit galop s'il avait su qu'il conduirait à travers une démocratie. Ce n'était pas vraiment honnête ; mais il était horriblement vexé, avec Diana qui le regardait.

— Ces étrangers sont susceptibles, dit Jack. Jagiello est si sympathique que parfois on l'oublie presque, mais au fond il n'est qu'un étranger, le pauvre homme. Je suppose que vous avez pris les rênes ?

— Que non point. C'est Diana qui les a prises, eh oui, le soleil étant levé. Elle est beaucoup plus habile à mener un attelage à quatre que moi, la chère créature.

Il avait la chère créature au bout de sa lunette, bien éclairée par le soleil. Depuis tant d'années qu'il la connaissait, elle se battait contre des circonstances défavorables : étant jeune fille, une existence coûteuse, à la mode, sans argent pour y faire face ; puis une pauvreté pire encore, et la dépendance ; puis des amants difficiles, embarrassants, passionnés ou même violents ; et tout cela avait usé son caractère fougueux, le rendant farouche et caustique, de sorte que pendant longtemps il n'avait jamais associé Diana au rire : la beauté, l'ardeur, la classe et même l'esprit, mais pas le rire. À présent, tout était changé. Il ne l'avait jamais connue si heureuse que depuis quelques mois, ni si jolie. Il n'était pas assez fat pour penser que leur mariage ait un très grand effet en la matière ; c'était plutôt le fait de s'installer enfin, entourée de relations nombreuses et variées, cette vie riche et facile qu'elle menait ici — elle adorait être riche ; pourtant un mari visible, tangible, exerçait sans doute quelque influence, même s'il n'était pas l'idéal par la race, la naissance, l'aspect, la religion ou les goûts — même s'il n'était pas ce que ses amis auraient pu souhaiter à une époque antérieure. Jack était silencieux, totalement concentré sur Sophie, là-bas, très loin : elle se penchait vers le petit garçon à ses côtés ; elle l'élevait très haut par-dessus le balcon, et il agitait la main avec ses sœurs. Il aperçut le mouvement de leurs mouchoirs à travers le gréement d'*Ajax* et de *Bellerophon*, et derrière l'oculaire de sa lunette il eut un sourire tendre, expression fort peu familière à ses compagnons de bord. « N'allez pas imaginer — Stephen poursuivait son discours intérieur — que je sois le moins du monde favorable aux enfants (comme s'il avait été accusé d'un crime). Il y en a déjà beaucoup trop comme cela, une monstrueuse superfluité : et je n'ai aucunement le souhait, pas le moins du monde, de me voir perpétuer. Mais dans le cas de Diana, cela ne pourrait-il faire son bonheur ? » Comme si elle était consciente de son regard, elle agita la main elle aussi, et, se tournant vers Jagiello, montra du doigt le navire.

L'*Agamemnon*, retour de Gibraltar, traversa leur champ de vision, vaste nuage de toile blanche, et quand il fut passé, Portsmouth avait disparu derrière le cap.

Jack se redressa, referma sa lunette, jeta un coup d'œil aux voiles : elles étaient réglées à peu près selon ses vœux, ce qui n'était guère étonnant, puisqu'il avait lui-même inculqué au jeune Mowett son idée de la manière dont un navire devait être mené, et elles poussaient les mille huit cent quarante-deux tonnes du *Worcester* à travers l'eau à la vitesse raisonnable de cinq nœuds, à peu près le mieux que l'on pût espérer avec cette brise et ce courant.

— Voilà notre dernier contact avec les conforts terrestres pour une période considérable, observa Stephen.

— Pas du tout, nous n'allons que jusqu'à Plymouth pour compléter l'équipage, dit Jack, absent, les yeux en l'air : les mâts de perroquet du *Worcester*, d'une seule pièce, étaient bien trop prétentieux, bien trop raides pour sa coque à flancs plats. S'il avait le temps, à Plymouth, il essaierait de les remplacer par des espars en deux parties, avec mâts de cacatois distincts.

Il orienta volontairement son esprit vers le problème de la mise en place de ces mâts de cacatois hypothétiques, en arrière du chouquet et assez bas pour que ce navire si mal assemblé souffre moins dans le mauvais temps méditerranéen : il connaissait la force démoniaque du mistral dans le golfe du Lion, et la mer courte et meurtrière qu'il pouvait lever en moins d'une heure, une mer sans rien de commun avec les longues vagues atlantiques pour lesquelles ces navires avaient en principe été construits. Il le fit pour atténuer la douleur de la séparation, dont la force inattendue l'étonnait ; mais comme sa tristesse persistait il monta sur les filets de hamac et, appelant le bosco, grimpa là-haut, tout là-haut, pour voir quelles transformations il faudrait faire quand ses mâts de perroquet raccourcis seraient à bord.

Il était toujours là-haut, balancé entre ciel et mer avec l'aisance familière et inconsciente d'un orang-outang, en discussion technique serrée avec son bosco barbu et têtu, opiniâtre et conservateur, quand, plus de cent pieds sous lui, le tambour se mit à battre « Roast Beef of Old England » pour le dîner des officiers.

Stephen entra dans le carré, belle et longue pièce avec au milieu une belle et longue table, éclairée par une grande fenêtre de poupe sur toute sa largeur, une pièce qui, en dépit des cabines des lieutenants de chaque côté, pouvait largement recevoir une douzaine d'officiers, chacun avec un valet derrière sa chaise, et tous les hôtes qu'il leur plairait d'inviter. Mais pour l'instant elle était très peu habitée : trois habits rouges d'infanterie de marine près de la fenêtre, le maître debout au milieu, les mains sur le dossier de sa chaise, perdu dans ses pensées, le commis, l'œil fixé sur sa montre, Pullings et Mowett près de la porte, buvant du tafia et attendant manifestement Stephen.

— Vous voici, docteur ! s'exclama Pullings en lui serrant la main, ponctuel à la seconde ! (Son aimable visage tanné était tout sourire, mais il y avait plus qu'une lueur d'inquiétude dans ses yeux, et à voix basse il poursuivit :) Le pauvre Mowett a peur de vous avoir contrarié, monsieur, à jouer la mauvaise humeur quand vous avez embarqué : ce n'était qu'une blague, voyez-vous, monsieur, mais nous avons peur que vous n'ayez pas saisi, étant, comment dirais-je, tellement mouillé.

— Jamais de la vie, mon cher, dit Stephen. Que buvez-vous ?

— Tafia coupé.

— Alors donnez-m'en un verre, je vous prie. William Mowett, à votre très bonne santé. Dites-moi, quand les autres messieurs vont-ils apparaître ? J'ai été privé de mon petit déjeuner et je suis affamé : n'ont-ils pas le sens de l'heure ?

— Il n'y a pas d'autres messieurs, dit Pullings. Nous n'avons qu'un équipage squelettique et de ce fait (avec un grand rire, car il venait tout juste d'imaginer ce trait d'esprit), nous n'avons qu'un carré squelettique, ha, ha ! Venez, laissez-moi vous présenter les autres : j'ai une surprise pour vous et je suis impatient de vous la montrer. Je n'y tiens plus de vous montrer ma surprise.

Mr Adams, le commis, avait vu le docteur à Halifax, Nouvelle-Écosse, au bal du commissaire, et il était très heureux de le retrouver ; Mr Gill, le maître, triste contraste avec le visage rond et plein d'entrain du commis, dit qu'il l'avait connu à l'époque où il était second maître sur l'*Hannibal* et où Stephen l'avait réparé après la bataille d'Algésiras — « quoiqu'il y ait eu beaucoup trop d'entre nous pour que vous puissiez vous souvenir de moi », dit-il. Le capitaine

Harris, de l'infanterie de marine, était absolument ravi de naviguer avec le docteur Maturin : son cousin James Macdonald avait souvent parlé de l'habileté avec laquelle le docteur avait coupé son avant-bras, et il n'était rien d'aussi confortable que la pensée que si l'on était réduit en pièces, il y avait à bord une main vraiment éminente pour vous remettre en état. Ses lieutenants, jeunes hommes fort roses, se contentèrent de s'incliner, quelque peu impressionnés, car Stephen était hautement réputé pour sa virtuosité à réveiller les morts, et en tant que compagnon invariable de l'un des capitaines de frégate les plus heureux du service.

Pullings les pressa de s'asseoir, prit sa place en bout de table, avala à toute vitesse sa soupe — la soupe habituelle du carré, comme Stephen le remarqua, le parfait cataplasme ; en même temps il flairait un parfum délicieux, familier, quoiqu'il ne pût lui donner de nom — puis lança au valet :

— Jakes, est-ce fait ?

— C'est fait, monsieur, fait et parfait, fut la réponse distante.

Et quelques instants plus tard, le valet arrivait en courant de la cuisine avec un pâté doré.

Pullings y plongea son couteau, y plongea sa cuiller, et son inquiétude laissa place au triomphe.

— Voilà, docteur, dit-il en passant son assiette à Stephen, voilà ma surprise — voilà votre véritable bienvenue à bord !

— Dieu me bénisse ! s'exclama Stephen en regardant le pâté d'oie aux truffes — plus de truffes que d'oie —, Mr Pullings, mon cher, je suis stupéfait, stupéfait et ravi.

— Je l'espérais bien, dit Pullings.

Et il expliqua aux autres que voilà bien longtemps, quand il avait été fait lieutenant, il avait observé que le docteur aimait les truffes. Aussi s'était-il rendu dans la forêt, la New Forest, où il vivait quand il était à terre, et lui en avait-il trouvé tout un panier, pour lui souhaiter la bienvenue ; et Mowett avait composé une chanson.

« Bienvenue à bord, bienvenue à bord, chanta Mr Mowett,
Sobre comme Adam ou saoul comme un lord,
Mangez comme Lucullus ou buvez comme un roi,
Dormez sans entendre des sirènes la voix,
Bienvenue, cher docteur, oh, bienvenue à bord,
Bienvenue à bord,
Bienvenue à bord ! »

Les autres frottèrent leurs verres sur la table en chantant « Bienvenue à bord, bienvenue à bord », puis burent à sa santé le mince liquide âpre et pourpré que le carré du *Worcester* dénommait bordeaux.

Malgré sa minceur, le bordeaux n'était nullement aussi désagréable que la substance appelée porto qui mit un terme au repas. C'était probablement la même base, vinaigre et cochenille, mais Ananias, le marchand de vin de Gosport, y avait ajouté mélasse, alcool pur, et peut-être un peu d'acétate de plomb, une fausse date et un mensonge patent en guise d'étiquette.

Stephen et Pullings s'attardèrent autour du carafon après le départ des autres et Stephen dit :

— Je n'aime pas avoir l'air insatisfait, Tom, mais vraiment, ce navire n'est-il pas plus qu'à l'ordinaire humide, confiné, pesant, inconfortable ? La moisissure sur la poutre qui traverse ma cabine a deux pouces d'épaisseur et bien que je ne sois pas Goliath, je me cogne la tête dessus. J'ai vraiment connu des logements plus agréables sur une frégate, alors que ceci, si je ne me trompe, est un navire de ligne et rien de moins.

— Je n'aime pas non plus avoir l'air insatisfait, dit Pullings, ou dénigrer un navire auquel j'appartiens, mais de vous à moi, docteur, de vous à moi, ceci est plus proche de ce que nous appelons un cercueil flottant que d'un navire. Et quant à l'humidité, que peut-on espérer ? C'est l'un des Quarante Voleurs, construit au chantier Sankey : bois de vingt ans et bois vert plein de sève assemblés côte à côte avec du cuivre — bien peu de cuivre — et ensuite surchargé de mâts pour faire plaisir aux terriens, de sorte que quand le vent se lève tous ces bois se séparent. Il est de construction britannique, monsieur, et la plupart de ceux sur lesquels nous avons navigué, vous et moi, étaient espagnols ou français. Ces gens-là ne sont peut-être pas très bons au combat ou en mer mais, Dieu du ciel, pour la construction, ils en connaissent un bout. (Il posa son verre puis ajouta :) Je voudrais bien qu'on ait un baril de bière de Margate. Mais la bière, ce n'est pas distingué.

— Ce pourrait être plus sain, dit Stephen. Ainsi, nous devons faire escale à Plymouth, m'a-t-on dit ?

— C'est exact, monsieur : pour compléter l'équipage. Vous aurez vos deux assistants — et j'espère bien que ça leur plaira quand on leur montrera les niches à chiens où ils devront vivre — et il nous faut nous procurer la plus grande part de l'équipage, trois cents hommes à peu près. Grand Dieu, docteur, comme j'espère que nous pourrons mettre la main sur quelques vrais marins ! Le capitaine peut toujours remplir la moitié d'une frégate avec de bons marins volontaires, mais pour un vaisseau de ligne, cela ne donnera pas grand-chose — pas de parts de prise à espérer sur un vaisseau de ligne en blocus. Et bien entendu, il nous faut trois autres lieutenants et peut-être un aumônier : le capitaine est contre mais l'amiral Thornton aime qu'il y ait des aumôniers à bord et nous serons peut-être obligés d'en transporter une demi-douzaine pour la flotte. Il est plutôt du genre dévot, notre amiral, quoique bon combattant, et il pense que cela encourage les hommes d'avoir de vraies funérailles avec un vrai pasteur pour dire les paroles. Il nous faut aussi des aspirants et cette fois le capitaine a juré qu'il ne prendra que ceux qui ont vraiment été élevés en mer, capables de hisser, ariser et barrer, calculer les marées et prendre les hauteurs de soleil, et qui comprennent quelque chose aux mathématiques ; il n'embarquera pas une nursery flottante, dit-il. Car même si vous avez du mal à le croire, docteur, une douzaine de bons aspirants bien formés sont fort utiles à bord pour apprendre leur tâche aux matelots débutants ; nous sommes certains d'en avoir pas mal — des débutants, je veux dire — et il faudra qu'ils apprennent leur métier assez vite, avec les Français qui deviennent si hardis et les Américains qui remontent jusque dans la Manche.

— Est-ce que les Français ne sont pas tous bloqués à Rochefort et Brest ?

— Leurs vaisseaux de ligne ; mais quand ça se met à souffler méchamment de l'ouest et que nos escadres doivent se réfugier à Torbay, leurs frégates s'échappent et tombent durement sur nos navires marchands. Je suis à peu près sûr qu'on aura un convoi à escorter jusqu'à Gibraltar. Et puis il y a aussi les corsaires, reptiles arrogants dans le Golfe. Mais enfin, les pontons nous enverront peut-être quelques lots convenables : le capitaine a de bons amis à Plymouth. Je l'espère vraiment, car il n'y a personne dans le service qui soit capable comme lui d'en faire un bon équipage, et un bon équipage peut contrebalancer un vieux navire à flancs plats avec tous ses défauts. Il a les canons qu'il faut, après tout, et je le vois d'ici nous envoyer droit dans la ligne française, si seulement ils sortent de Toulon, droit en plein milieu, crachant des deux côtés.

Le porto, en plus de la cochenille, contenait une bonne proportion d'alcool impur et Pullings, un peu éméché, s'écria :

— Les deux volées en plein dedans, il coupe la ligne, il prend un premier rang, il en prend un autre, on en fait un lord, et de Tom Pullings un capitaine de frégate, enfin !

Il tourna vers la porte qui s'ouvrait son visage radieux, illuminé.

— Eh bien, monsieur, je suis sûr que ça arrivera avant peu, dit Preserved Killick.

C'était le valet du capitaine, matelot vulgaire, quelconque, laid, assez malotru en dépit de ses longues années de service, mais très ancien compagnon de bord et donc autorisé à la familiarité dans un carré désert.

— Preserved Killick, dit Stephen en lui serrant la main, je suis heureux de vous voir. Buvez ceci (en lui tendant son verre), cela vous fera du bien.

— Merci, monsieur, dit Killick, ingurgitant le liquide sans sourciller ; et d'une voix officielle, quoique sans rien changer à son attitude familière et fruste : Les compliments du capitaine, et quand le docteur M. aura le loisir et le désir d'un peu de musique, il serait heureux de sa compagnie dans la chambre. Qu'il est en train d'accorder son vieux violon à la minute même, monsieur.

Chapitre deux

Derrière une large table, sur le gaillard du *Worcester*, siégeait son premier lieutenant ; à ses côtés, le secrétaire du capitaine, le chirurgien, le commis, le bosco et les autres officiers. Sur tribord, une vague masse d'hommes, la plupart mal habillés, la plupart l'air perdu et misérable, tous dégageant une forte odeur de savon, car les pontons les avaient astiqués jusqu'à ce qu'ils brillent ; quelques-uns pourtant semblaient à l'aise et quand Mr Pullings appela « Suivant », l'un de ces derniers s'approcha de la table, se toucha le front de la main et resta là, doucement balancé : un homme d'âge moyen, en pantalon vague et jaquette bleue déchirée à boutons de métal, un mouchoir rouge vif autour du cou. Il semblait sortir de beuverie et s'était certainement battu la nuit précédente ; Pullings le regarda avec beaucoup de satisfaction et dit :

— Alors, Phelps, êtes-vous venu ajouter à notre fardeau ?

— C'est ça, monsieur, dit Phelps, et ensuite, très vite, au secrétaire : Ebenezer Phelps, né à Dock en soixante-neuf, habitant Gorham's Rents, Dock, trente-quatre années de mer, dernier navire *Wheel 'em Along*, matelot de maîtresse ancre.

— Et avant cela, *Circe* et *Venerable*, dit Pullings, et un sacré foutu mauvais caractère dans l'un et dans l'autre. À classer matelot qualifié. Phelps, mieux vaudrait faire un somme en bas avant que le capitaine vous voie. Suivant.

Un quartier-maître costaud fit avancer un homme pâle aux genoux cagneux, vêtu d'une culotte et des restes d'un manteau de cocher : il s'appelait William Old.

— Quel est votre métier, Old ? demanda gentiment Pullings.

— Je ne voudrais pas avoir l'air de me vanter, dit Old qui reprenait confiance, mais j'étais estampeur. (Un silence s'établit ; le secrétaire leva les yeux de son livre, sourcils froncés ; le quartier-maître chuchota « Veille au grain, matelot » d'un grondement rauque, et Old ajouta :) Pas sur cuivre, monsieur, ou sur laiton, mais sur étain, compagnon estampeur. Mais tout le commerce de l'étain, les pots, les plats, tout ça part à vau-l'eau et...

— Avez-vous jamais été en mer ? demanda Pullings.

— Je suis allé une fois à Margate, monsieur.

— À classer terrien s'il passe le docteur, dit Pullings, il pourrait être utile pour l'armurier. Suivant.

— Oh, monsieur, s'exclama le compagnon estampeur que le quartier-maître allait emmener, monsieur, s'il vous plaît, est-ce que je peux avoir ma prime maintenant, Votre Honneur ? Ma femme attend là-bas sur le quai avec les enfants.

— Explique-lui pour le billet, Joblin, dit Pullings au quartier-maître. Suivant.

C'était à présent le tour des enrôlés de force, dont un certain nombre de vrais matelots, certains repris très loin au large par Mowett, avec le grand canot, sur des navires marchands rentrant au port, d'autres capturés à terre par la presse. Le premier d'entre eux, un homme nommé Yeats, ressemblait plus à un jardinier prospère, ce qu'il était, d'ailleurs, comme il l'expliqua au lieutenant : un pépiniériste. Il avait un demi-acre de serres ; ses affaires allaient bien ; serait ruiné si on l'enrôlait ; sa femme ne comprenait rien au métier et elle attendait un enfant. Sa détresse extrême était évidente, de même que sa sincérité.

— Que fait cette ancre sur votre main ? demanda Pullings en désignant la marque, tatouée bleu et rouge. Vous avez navigué : ne le niez pas.

Oui, il avait navigué quand il était petit, cinq mois sur l'*Hermione*, malade presque tout le temps, et quand elle avait désarmé à Hamoaze il avait marché vers l'intérieur des terres le plus loin possible et n'était jamais revenu près de la côte, jusqu'à jeudi dernier, où la presse l'avait pris alors qu'il traversait le pont pour aller voir un client important à Saltash. Ses affaires seraient ruinées s'il ne rentrait pas.

— Eh bien, j'en suis désolé, Yeats, dit Pullings, mais la loi est la loi : tout homme qui a été en mer peut être enrôlé de force.

Dans des cas comme celui-ci, certains officiers auraient

fait des réflexions sur la nécessité de trouver des hommes pour la flotte, de servir — de protéger le pays —, ou même parlé de patriotisme, pour l'édification de l'ensemble de l'équipage : d'autres se seraient montrés cruels ou bourrus. Pullings se contenta de dire :

— Allez avec le docteur, en secouant la tête.

Yeats jeta un regard désespéré aux hommes assis derrière la table, croisa les mains et s'en alla sans un mot, trop consterné pour parler.

Derrière l'écran de toile, Stephen le fit déshabiller, lui appuya sur le ventre, sur l'aine, et dit :

— Vous levez de lourdes charges dans votre métier.

— Oh non, monsieur, dit Yeats d'une voix basse et démoralisée. Nous ne portons que...

— N'ayez pas l'audace de me contredire, dit Stephen sèchement. Répondez aux questions quand elles vous sont posées et pas avant, c'est compris ?

— D'mande pardon, monsieur, dit Yeats en fermant les yeux.

— Vous levez de lourdes charges. Je constate les signes d'une hernie naissante. J'ai peur que nous soyons obligés de vous refuser. Ce n'est pas encore grave, mais vous devez boire très peu de bière ou de vin et jamais d'eau-de-vie ; vous devez renoncer au tabac, ce vice épouvantable, et vous faire saigner trois fois l'an.

Dans la grand-chambre, salon, salle de musique, refuge et paradis du capitaine, Jack marchait de long en large en dictant à un vieux secrétaire, complice et confident, prêté par son ami le commissaire de l'arsenal : « Le capitaine Aubrey présente ses meilleurs compliments à Lord Alton, et son profond regret que le *Worcester* ne soit pas un navire approprié pour un jeune gentilhomme de l'âge du fils de Son Excellence ; il ne possède pas de maître d'école et la nature de ses devoirs actuels exclut... exclut que je joue les sacrées nourrices sèches : reprenez cette excellente expression que vous avez trouvée pour les autres, Mr Simpson, s'il vous plaît. Mais si l'enfant entrait dans une bonne école de mathématiques quand il aura douze ans et recevait l'enseignement des rudiments de trigonométrie, de navigation, de grammaire anglaise et française pendant à peu près une année, le capitaine Aubrey serait heureux de répondre aux souhaits de Son Excellence, dans le cas où il se verrait nommé à un commandement plus approprié. »

— Lord Alton a beaucoup de relations auprès du gouvernement, vous le savez, monsieur, observa le secrétaire, qui connaissait Jack depuis bien des années.

— J'en suis certain, et je suis sûr qu'il trouvera très vite un capitaine plus docile. À présent, la même chose à peu près pour Mr Jameson : mais dans ce cas son fils est trop vieux. Il est peut-être très bon en latin et en grec mais ne sait pas distinguer un loch d'un logarithme ; par ailleurs, bien peu de jeunes gens s'habituent facilement à la mer quand ils ont quinze ans. Et ensuite ? Dites-moi, savez-vous quelque chose de ce neveu de l'amiral Brown ?

— Eh bien, monsieur, il me fait l'impression d'un jeune monsieur assez lourd : son dernier capitaine l'a débarqué et on m'a dit qu'il n'a pas réussi à passer lieutenant à Somerset House.

— Ah, c'est cela. Je l'ai vu se ridiculiser en essayant de faire virer le yawl quand il naviguait sur *Colossus* : il était ivre ce jour-là. Mais je crois qu'il faut que je le prenne. Son oncle a été très bon pour moi quand j'étais gamin. Nous essaierons de lui délier l'esprit : il pourra passer l'examen à Gibraltar et l'amiral lui donnera peut-être son brevet pour faire plaisir à son oncle — ils étaient compagnons de bord à l'époque de l'armement contre l'Espagne, je m'en souviens, dit Jack, le regard perdu à travers la fenêtre de poupe. (Il revoyait Hamoaze plus de vingt ans auparavant, déjà aussi encombré de navires, et lui-même lieutenant tout neuf, rayonnant de bonheur comme un soleil levant, conduisant les deux officiers à terre avec la gigue.) J'écrirai cette lettre moi-même, dit-il. Quant aux jeunes Savage et Maitland, ils peuvent venir, sans aucun doute. Mais il y a aussi cette lettre délicate, confidentielle et semi-officielle à l'amiral Bowyer, à propos des derniers lieutenants : je ne sais rien du tout de Mr Collins et de Mr Whiting, excepté qu'ils sont très jeunes et très proches du bas de la liste ; mais je ne prendrai pas Mr Somers si je peux l'éviter.

— L'honorable Mr Somers, dit Simpson d'un ton entendu.

— Aucun doute, mais c'est un paresseux et qui n'a rien d'un marin ; trop riche pour son propre bien et celui du càrré ; ne tient pas le vin et n'a pas le bon sens de l'éviter. Imaginez-le prenant le quart de minuit par mauvais temps avec une côte sous le vent, imaginez-le partant avec les canots pour un coup de main, ce serait vraiment jouer avec la vie des hommes. Je n'admets pas les gens qui considèrent le service comme une simple commodité, comme si c'était un établissement public pour les bons à rien. Non. Nous devons le formuler avec beaucoup de soin, en soulignant avec le plus grand respect qu'à aucun prix nous ne voulons l'avoir à bord au lieu de l'un des deux autres messieurs que nous avons demandés, Thorneycroft et Patterson : tous deux sont à terre, je le sais fort bien.

— Mr Widgery, de l'arsenal, vient vous voir, monsieur, dit Killick.

— Ah oui, dit Jack, ce sera à propos de mes mâts de cacatois. Mr Simpson, vous jugerez sans doute utile de consulter le commissaire à propos de cette lettre ; et peut-être voudrez-vous me montrer votre brouillon ce soir. Il n'y a pas une minute à perdre : la canaille pourrait se présenter à bord d'un moment à l'autre, et ensuite il sera beaucoup plus difficile de s'en débarrasser. Et veuillez dire à Mrs Fanshaw avec toutes les civilités voulues que je serai très heureux de dîner avec elle et le commissaire dimanche. Vous prendrez un verre avec Mr Widgery avant de partir ?

— Vous êtes fort aimable, monsieur. Mais avant que je l'oublie, le capitaine Fanshaw vous supplie d'inscrire le petit-fils de sa sœur sur les livres avant que le rôle d'équipage soit établi. Le nom est Henry Meadows, bientôt huit ans, rien d'extravagant.

— Bien sûr, dit Jack, classé comment ? Valet du capitaine n'est pas plus mal qu'autre chose. Killick, faites entrer Mr Widgery et apportez le madère.

Le coup de canon de retraite résonna sur Hamoaze, Catwater et le Sound ; les lumières se mirent à scintiller à Plymouth, à Dock et dans la ville flottante des navires de guerre, chacun aussi peuplé qu'un village. Celles de la grand-chambre du *Worcester* étaient plus brillantes que beaucoup car son capitaine avait encore tout un lot de paperasse à faire et il avait allumé sa lampe Argand : les bordereaux des pontons étaient posés sur sa table avec les listes des réserves du charpentier, du canonnier et du bosco, les énormes rouleaux de papier du Victualling Yard et une première esquisse de liste de quarts, résultat de quelques heures de consultation intense avec son premier lieutenant ; mais sur tous ces beaux tas reposaient plusieurs feuilles de musique manuscrite, et son violon à côté ; c'est cela qu'il étudiait quand Stephen entra.

— Vous voilà, Stephen. Killick, Killick, holà, les toasts au fromage, vous m'entendez ? Stephen, je suis heureux de vous voir.

— Eh bien, d'ailleurs, vous avez l'air heureux. La journée fut-elle bonne ?

— Tolérable, je vous remercie. Tolérable. Je dois dire que le commissaire nous a favorisés, pour une fois : nous avons presque nos effectifs complets et il a promis de nous donner la moitié des Skates demain dès son désarmement.

— Le *Skate*, le tout petit navire qui est entré après nous, avec une queue de requin clouée à l'étrave ? Malgré votre soif ardente d'hommes, vous ne pouvez pas attendre grand-chose de cette petite boîte flottante.

— Pour être précis, mon frère, c'est un brick ; et même si son équipage n'est pas très nombreux, ses hommes viennent de servir quatre ans ensemble aux Antilles sous le jeune Hall, un excellent marin ; ils ont participé à toutes sortes de combats et je suis à peu près sûr qu'on pourra tous les classer matelots qualifiés. Nous avons la plus grande chance de pouvoir les récupérer, je vous en donne ma parole.

— Peut-être les Skates se jugeront-ils moins chanceux, ainsi transférés sans avoir le temps de voir leurs amis après quatre ans d'absence.

— C'est dur, dit Jack, très dur. Mais la guerre, en fait, est une affaire dure et cruelle. (Il secoua la tête, puis son visage s'éclaira :) Et l'arsenal a été des plus élégants à propos de mes mâts de perroquet et de cacatois séparés — ils ont convenu que cela réduirait les contraintes, et nous les aurons demain matin, repris sur le vieil *Invincible*.

— C'est prêt, dit Killick, que j'ai tout posé dans la salle à manger. Pas un pouce de place sur cette table-ci (avec un regard furieux aux papiers).

— En fait, dit Jack tandis qu'ils mangeaient leur souper, je ne me souviens pas d'un armement plus facile et plus satisfaisant. Un bon tiers de nos hommes sont des matelots, qualifiés ou légers, sans compter les Skates, et beaucoup des autres sont robustes, d'un matériau prometteur.

— Il y avait beaucoup de tristes crétins abrutis parmi ceux que j'ai examinés, dit Stephen, d'humeur désagréable et porté à la contradiction : il avait horreur du système de l'enrôlement forcé.

— Oh, bien entendu, il y a toujours quelques mauvais numéros parmi les quotas que nous envoient les magistrats ; mais cette fois-ci nous n'avons que peu de vrais

voleurs ; un seul parricide qui s'est révélé incapable de plaider et qu'on a envoyé à la Navy ; et de toute façon il ne
pourra guère renouveler ses exploits ici — il ne risque guère
de trouver un autre père à bord. C'est aussi le cas pour les
braconniers. Dans l'ensemble, je suis très satisfait : avec le
vieux levain et le nouveau, comme on dit dans la Bible, je
ne doute pas que nous ayons un équipage tolérablement
alerte d'ici que nous rejoignions la flottille. Et pour les
encourager j'ai acheté un joli stock de poudre d'origine privée, le stock d'un fabricant de feux d'artifice récemment
décédé, une affaire prodigieuse. J'en ai eu vent par le
contrôleur des rôles — il veut épouser la veuve —, et bien
qu'elle soit un peu mélangée avec du réalgar et d'autres
choses, le maître armurier me jure qu'elle est bonne. La
seule chose qui me sépare de la félicité totale, dit Jack,
repoussant plus loin encore dans son esprit le nuage des
problèmes judiciaires, c'est la menace de ces pasteurs et
l'absence des autres lieutenants : l'armement représente
toujours un travail extravagant, qui retombe beaucoup trop
sur les épaules du pauvre Pullings. Il nous faut, et très vite,
d'autres lieutenants. Pullings est épuisé et les quelques jours
à venir vont être très durs.

— C'est bien vrai : et le manque de repos le rend hargneux. Il s'en est pris à moi avec une férocité inconcevable
pour avoir refusé une maigre poignée d'hommes : sa frin-
gale de matelots est démesurée, insatiable, inhumaine. Il
faut que je lui donne une dose confortable ce soir. Soixante-
quinze gouttes de teinture de laudanum et demain nous
retrouverons l'aimable Thomas Pullings, complaisant, obli-
geant ; faute de quoi ce sera la pilule bleue pour lui. Pilule
bleue et potion noire.

— Avec un peu de chance, les autres devraient apparaître
demain et cela le déchargera un peu ; et le commissaire a le
projet d'envoyer les pasteurs à bord d'un navire marchand.
Vos assistants ont embarqué cet après-midi, je crois. J'espère que vous en êtes satisfait.

— Je ne doute pas qu'ils soient aussi compétents que
leurs certificats l'affirment, aussi compétents que ce que
nous sommes en droit d'attendre de chirurgiens. (Stephen
était médecin et les chirurgiens — quoique bien souvent
hommes de valeur, à titre individuel — n'avaient pas encore
échappé à leur longue, trop longue association avec les bar-
biers.) Mais même si l'un était Podalirios et l'autre
Machaon, je préférerais encore être seul.

45

— Ne sont-ils pas bien ? demanda Jack. J'essaierai d'arranger un transfert s'ils ne vous plaisent pas.

— Vous êtes fort bon ; mais ce n'est pas que j'aie une aversion quelconque pour le jeune homme ou pour le vieux. C'est seulement que je déteste la notion même de subordination. Un caporal somnole en tout homme et chacun a tendance à utiliser l'autorité quand il la possède, détruisant ainsi ses rapports naturels avec ses compagnons, état de chose désastreux pour les deux côtés. Supprimez la subordination et vous supprimez la tyrannie : sans subordination il n'y aurait ni Néron, ni Tamerlan, ni Buonaparte.

— Sornettes, dit Jack, la subordination est l'ordre naturel : il y a de la subordination au paradis — les Trônes et les Dominations ont préséance sur les Puissances et les Principautés, les Archanges et les anges ordinaires ; il en est de même dans la Navy. Vous n'avez pas choisi le bon endroit pour l'anarchie, mon frère.

— Quoi qu'il en soit, dit Stephen, je préférerais de beaucoup naviguer seul. Mais avec quelque six cents êtres entassés dans ce navire de bois moisi et peu sûr, certains vermineux, certains vérolés, et quelques-uns peut-être hébergeant les germes du typhus, j'ai besoin de quelque assistance, ne serait-ce que pour le train-train ordinaire, sans même parler de combat, Dieu garde. Et d'ailleurs, comme il est probable que je serai absent une partie du temps, je me suis tout particulièrement attaché à trouver un premier assistant exceptionnellement qualifié et recommandé. Mais dites-moi, pourquoi êtes-vous si opposé à ces hommes d'Église ? Vous n'en êtes sûrement plus à croire à la superstition ?

— Bien sûr que non, dit Jack très vite. C'est uniquement pour les hommes (réponse invariable). Par ailleurs, reprit-il après une pause, on ne peut pas dire de paillardises avec des pasteurs. Cela ne se fait pas.

— Mais vous ne dites jamais de paillardises, dit Stephen.

C'était vrai, ou du moins presque vrai : sans avoir rien de prude, Jack Aubrey préférait l'action à la parole, les faits aux fantasmes, et s'il possédait un petit stock d'histoires salaces pour les fins de dîners où les imaginations s'échauffent et tournent à la lubricité, il les oubliait en général, ou en négligeait la chute.

— Eh bien, voilà, dit Jack. (Puis :) Avez-vous déjà rencontré Bach ?

— Quel Bach ?

— Bach de Londres.

— Non pas.

— Moi, oui. Il avait écrit certaines pièces pour mon oncle Fisher et son jeune homme les avait recopiées au propre. Mais elles se sont perdues il y a bien des années, aussi, la dernière fois que j'ai été en ville, je suis allé voir si je pourrais retrouver les originaux : le jeune homme s'était installé, ayant hérité la bibliothèque musicale de son maître. Nous avons cherché dans les papiers — un désordre pareil, vous ne pourriez le croire, et moi qui avais toujours pensé que les éditeurs étaient ordonnés comme des abeilles —, nous avons cherché des heures et nous n'avons pas trouvé les pièces de l'oncle. Mais voici le nœud de l'affaire : Bach avait un père.

— Juste ciel, Jack, que me dites-vous là ? Quoique, à bien réfléchir, il me semble avoir connu d'autres hommes dans le même cas.

— Et ce père, ce vieux Bach, comprenez-moi bien, avait écrit des piles et des piles de partitions dans le cellier.

— Curieux endroit pour composer, peut-être ; mais enfin, les oiseaux chantent bien dans les arbres, n'est-ce pas ? Pourquoi pas les Allemands antédiluviens dans un cellier ?

— Je veux dire que les piles étaient rangées dans le cellier. Les souris, les cafards et les filles de cuisine avaient réduit en ruine quelques cantates et une immense grande Passion selon saint Marc, en vieux hollandais ; mais un peu plus bas tout allait bien et j'ai rapporté plusieurs pièces, violoncelle pour vous, violon pour moi et quelques-unes pour les deux ensemble. Ce sont des choses étranges, fugues et suites du siècle dernier, en pattes de mouche et parfois compliquées, et pas du tout dans le goût moderne, mais je vous assure, Stephen, il y a de l'étoffe là-dedans. J'ai essayé plusieurs fois cette partita en *ut* et l'argument est si profond, si secret et profond que je le démêle à peine encore, et suis incapable de le faire chanter. Comme j'aimerais entendre jouer cela vraiment bien — avec l'aisance d'un Viotti, par exemple.

Stephen étudiait la suite pour violoncelle qu'il avait en main, en fredonnant et chantonnant *sotto voce*.

— Pa da dam, pi di dim, pom pom *pom*. Ah, il faudrait pour cela la main la plus délicate du monde, dit-il, sans quoi cela sonnerait comme une danse d'ours. Oh, la double corde... Et comment manier l'archet ?

— Ferons-nous une tentative sur la double sonate en *ré*

mineur, dit Jack, pour ravauder l'écheveau de nos noirs soucis à la sueur de nos durs labeurs ?

— Sans plus tarder, dit Stephen. On ne saurait imaginer meilleur moyen de ravauder un écheveau.

Ni l'un ni l'autre n'avaient jamais été plus que des amateurs relativement accomplis ; au cours des années récentes ils n'avaient guère eu le loisir de pratiquer, et diverses blessures (une balle de mousquet américain dans le cas de Jack, un interrogatoire français dans celui de Stephen) avaient à tel point ralenti leurs doigts qu'ils étaient parfois obligés d'indiquer les notes à la voix ; se frayant un chemin à travers la difficile sonate, ils firent et refirent de la nuit une chose si abominable que finalement l'indignation de Killick éclata et qu'il dit au cuisinier du capitaine : « Et les revoilà partis, tralali, tralalère, à gratouiller toute la foutue nuit, et mes toasts au fromage qui se collent aux assiettes comme de la glu, que j'ose même pas aller les rechercher ; et pas la queue d'une honnête chanson du début à la fin. »

Peut-être pas, mais après un passage particulièrement difficile, sévère, abstrait, le dernier mouvement s'acheva en une récapitulation, une culmination triomphante, qu'ils purent tous deux jouer à première vue et répétèrent plusieurs fois ; et le bonheur grave de la musique habitait encore le capitaine Aubrey quand il sortit sur le gaillard dans le matin clair pour voir hisser à bord ses mâts de perroquet raccourcis et les mâts de cacatois correspondants, suivis presque immédiatement par le grand canot de la *Tamar* amenant du côté babord une vingtaine de Skates, moroses mais résignés, et manifestement compétents, et par une barque de Plymouth avec deux jeunes hommes à visage rose, rasés avec beaucoup de soin, portant des uniformes identiques, leur meilleur, et des expressions solennelles. La barque s'accrocha au porte-hauban tribord : les jeunes hommes grimpèrent en courant par ordre d'ancienneté — deux semaines pleines les séparaient —, saluèrent le gaillard, jetèrent un rapide coup d'œil de l'arrière à l'avant à la recherche de l'officier de quart. Ils ne virent aucun personnage calme et digne, faisant les cent pas, une lunette sous le bras et une épaulette à l'épaule, mais au bout d'un moment un grand homme maigre et très sale en pantalon goudronneux et jaquette ronde se détacha du petit groupe affairé au pied du mât de misaine ; ses yeux étaient bordés de rouge, son expression sévère, à juste titre, car Pullings avait dû assurer le quart en plus de tous ses autres devoirs depuis que le *Worcester* avait quitté Portsmouth. Le premier jeune homme ôta son chapeau et dit d'une voix humble :

— Collins, monsieur, j'embarque, s'il vous plaît.

— Whiting, monsieur, s'il vous plaît, j'embarque, dit l'autre.

— Vous êtes très bienvenus, messieurs, dit Pullings ; je ne vous donnerai pas la main car elle est pleine de graisse, mais vous êtes très bienvenus. Nous avons un travail colossal à faire pour pouvoir un jour appareiller. Il n'y a pas une minute à perdre.

Jack à ce moment parlait au canonnier, lui expliquant que la poudre des barils marqués X était mélangée avec du réalgar et celle des XX avec de l'antimoine ou du cuivre, tandis que d'autres contenaient du lycopodium, du camphre ou du strontium, mais il remarqua avec satisfaction qu'en fait aucun des deux jeunes gens ne perdait une minute. Leurs coffres à peine embarqués, ils avaient quitté leurs habits propres et s'activaient, plongés dans les travaux du petit mât de perroquet, couverts de graisse comme tous ceux qui s'efforçaient d'en faire passer la tête à travers les élongis et le chouquet.

— Ce n'est peut-être pas de la poudre de combat, Mr Borrell, dit Jack, mais elle conviendra très bien pour l'exercice. Faites remplir une douzaine de gargousses pour chaque canon. J'aimerais voir comment l'équipage se comporte dès que nous aurons appareillé ; peut-être demain à la marée du soir.

— Une douzaine de gargousses, bien, monsieur, dit le canonnier d'un ton approbateur.

Le capitaine Aubrey était de l'école de Douglas et Collingwood, hommes qui estimaient que le premier objectif d'un navire était d'amener ses canons à portée de l'ennemi puis de tirer aussi vite et précisément que possible, et Borrell partageait cette conviction de tout son cœur. Il s'écarta pour remplir les gargousses avec ses assistants dans la soute à poudre et Jack leva les yeux avec un sourire vers le petit mât de perroquet : il y avait de l'ordre dans ce chaos apparent d'hommes, d'espars et de cordages, et Tom Pullings avait l'opération bien en main. Il baissa les yeux et son sourire s'évanouit : un petit canot encombré de pasteurs approchait du navire, suivi d'un autre avec une dame en deuil, accompagnée d'un petit garçon.

— J'avais espéré la convaincre de mettre le gamin à l'école, dit Jack à Stephen après le souper, tandis qu'ils attaquaient un morceau de Scarlatti relativement simple que tous deux connaissaient bien. J'avais espéré la convaincre qu'un voyage de ce genre, quelques mois sur le blocus de Toulon, un tour de relève sans le moindre avenir — une simple parenthèse, comme vous le disiez l'autre jour —, ne servirait à rien pour son fils et qu'il y avait bien d'autres capitaines avec des maîtres d'école et de longues commissions devant eux : je lui en ai nommé une demi-douzaine. Et j'avais espéré n'embarquer personne à son premier voyage, cette fois, pas le moindre galopin qui ne me serve à rien et auquel je ne peux servir à rien. Mais impossible de la convaincre — elle a pleuré, ma parole, elle a versé des larmes. Je n'ai jamais été si mal à l'aise de ma vie.

— Mrs Calamy est veuve d'officier, si j'ai bien compris ?

— Oui, Edward Calamy et moi avons navigué ensemble sur *Theseus* avant qu'on l'ait fait capitaine de vaisseau sur *Atalante*. Ensuite on lui a donné le *Rochester*, soixante-quatorze, le même navire que celui-ci : il s'est perdu corps et biens dans la grande tempête d'automne de l'an huit. Si je lui avais dit que nous sortons du même chantier, elle aurait peut-être remmené son petit coquin.

— Pauvre petit coquin. Pullings l'a trouvé baigné de pleurs et l'a réconforté : l'enfant l'a emmené en bas et lui a donné un grand morceau de cake. Cela dénote un cœur généreux chez Mr Calamy. Je souhaite qu'il prospère, quoiqu'il soit vraiment chétif, terriblement chétif.

— Oh, je pense qu'il le fera, à moins de se noyer ou de prendre un coup sur la tête. Mrs Borrell s'occupera de lui — la Navy est équipée pour nourrir les galopins, en somme, mais je vais vous dire, Stephen, je vais vous dire : la Navy n'est pas équipée pour s'occuper de toute une maudite... de toute une réunion bénie de clergé. Ce n'est pas six pasteurs qui ont embarqué, mais sept : sept, sur mon honneur sacré. Combien j'espère que cette brise tienne encore trois marées, que nous puissions appareiller avant qu'ils nous envoient la moitié du banc des évêques.

La brise ne tint pas. Le *Worcester* avait à peine guindé ses nouveaux mâts de perroquet, enfléché ses haubans, embarqué son eau douce et reçu la visite de l'amiral commandant le port qu'une inquiétante houle s'établit, le faisant rouler et tanguer malgré l'abri de Hamoaze et annonçant les grands rideaux gris de pluie poussés par un fort suroît dont la violence augmenta progressivement jour après jour, vidant le Sound, bloquant les vaisseaux de guerre à leur mouillage d'Hamoaze et les navires marchands à Catwater, chassant l'escadre du blocus de Brest jusqu'à Torbay et parsemant les côtes de bois flotté, issu principalement de vieux naufrages, anglais, français, espagnols, hollandais et neutres. Mais certains étaient récents, et pour la plupart anglais, car non seulement il y avait à présent beaucoup plus de navires marchands anglais qu'étrangers exposés au naufrage, mais la Royal Navy, tenant la mer par tous les temps, tout au long de l'année, s'usait très vite ; et bien que l'on construisît sans cesse de nouveaux navires, aussi vite que les ressources et les matières premières limitées le permettaient, beaucoup d'autres restaient en service actif alors qu'ils n'étaient plus navigables — on en avait perdu treize dans l'année, en dehors de ceux qu'avaient pris les Américains ou les Français.

Du moins ce retard donna-t-il au *Worcester* le temps pour mille dispositions de dernière minute — par exemple l'achat d'une provision de savon ou de papier buvard —, si souvent oubliées, même sur les navires les mieux tenus, avant qu'ils n'aient noyé la terre et avec elle toutes les sources d'avitaillement ; il permit aussi à d'autres personnes de présenter des requêtes au capitaine Aubrey, à d'autres lettres d'arriver à bord, pour l'escadre de l'amiral Thornton et pour le *Worcester* même. Certaines étaient adressées à son capitaine : des lettres longues, compliquées, pas particulièrement encourageantes, de son homme de loi, des lettres qui donnaient à Jack un air vieilli, accablé de soucis.

— Combien je déteste traînailler ainsi, dit-il, c'est une sorte de manque de ponctualité forcé. Et le pire est que Sophie aurait parfaitement pu venir à bord passer une semaine ; et Diana aussi, je pense. Du moins cela vous a permis de faire la connaissance de vos nouveaux compagnons de carré. Ce doit être assez encombré là en bas, mais j'espère que vous les avez trouvés de bonne compagnie, érudits et ainsi de suite ?

Jack n'avait pas encore dîné avec le carré et ses nouveaux habitants : il avait été fort occupé par un nouvel arrimage de la cale destiné à améliorer l'assiette du *Worcester*, mais de plus, en partie parce que c'était la coutume et en partie pour oublier ses soucis juridiques, il avait aussi dîné presque chaque jour avec d'autres capitaines : aimables dîners bien arrosés pour la plupart, et relativement bonne façon d'oublier un moment les tracas. Par ailleurs il s'était rendu assez loin dans les terres afin de présenter ses respects à Lady Thornton et lui demander si elle souhaitait qu'il porte quelque chose à l'amiral.

— Mais à présent que j'y pense, poursuivit-il, l'un d'eux, l'Écossais, n'est pas du tout pasteur, c'est un professeur de philosophie morale, à débarquer à Port Mahon où sans doute ils ont besoin de ses services. Philosophie *morale*. En quoi cela diffère-t-il de la vôtre, Stephen ?

— Eh bien, la philosophie naturelle ne s'intéresse pas à l'éthique, aux vertus et aux vices ou à la métaphysique. Le fait que le dodo ait une crête sur le sternum alors que l'autruche et ses proches n'en ont pas ne présente aucun problème d'ordre moral ; pas plus que la dissolution de l'or par l'eau régale. Nous érigeons des hypothèses, c'est vrai, à une hauteur tout à fait étonnante pour certains d'entre nous, mais nous espérons toujours les soutenir en temps utile par des faits démontrables : ce n'est pas le domaine du moraliste. Peut-être pourrait-on dire que le philosophe moral est à la recherche de la sagesse plutôt que de la connaissance ; et d'ailleurs, ce qui l'occupe n'est pas tant l'objet de la connaissance que de la perception intuitive, donc difficilement susceptible de connaissance. Toutefois, la sagesse peut-elle être poursuivie avec plus de profit que le bonheur, la question reste entière. Sans doute les rares philosophes moraux que j'ai connus ne semblent pas avoir été particulièrement heureux dans l'une ou l'autre, alors que certains philosophes naturels tels que Sir Humphrey Davy...

Stephen poursuivit jusqu'au bout cette longue, très longue période, mais longtemps avant de s'arrêter, il lui apparut que le capitaine Aubrey méditait un bon mot.

— Je suppose donc, dit-il, avec un si large sourire que ses yeux bleus n'étaient plus que des fentes scintillantes dans son visage rouge, que vous et Sir Humphrey pourriez être décrits comme des philosophes immoraux.

— Sans doute certains pauvres esprits indigents et stériles pourraient-ils apprécier une si minable boutade, dit Stephen. Des cerveaux de comptoir, qui pourraient, si leur génie embiéré s'élevait aussi haut, qualifier encore le professeur Graham de philosophe contre nature.

Le capitaine Aubrey jubila en silence quelque temps — peu d'hommes aimaient leurs mots d'esprit autant que Jack — puis, toujours souriant, il dit :

— Eh bien, en tout cas, j'espère qu'il est de bonne compagnie. Je peux imaginer un philosophe contre nature et un philosophe immoral discutant pendant des heures à l'admiration de l'assistance, ha, ha, ha !

— Nous avons à peine échangé dix mots ; il a l'air d'un monsieur réservé, peut-être un peu sourd. Je ne me suis guère fait d'opinion sur lui ; quoiqu'il doive avoir beaucoup lu, sans doute, pour occuper une chaire dans une université respectable. Je crois bien avoir vu son nom sur un récent additif à l'Éthique nicomachéenne.

— Et comment sont les autres, les vrais pasteurs ?

Habituellement, ils n'échangeaient pas leurs points de vue sur les compagnons de carré de Stephen ; Jack, par exemple, n'avait pas dit un mot de son extrême déplaisir à voir arriver Mr Somers plutôt que l'un des autres lieutenants qu'il avait demandés, ni de sa conviction intime que le jeune homme était à Plymouth depuis plusieurs jours mais n'avait embarqué qu'une fois achevées les plus dures tâches de l'armement du *Worcester*. Mais les pasteurs n'appartenaient pas à l'équipage ; ils étaient des passagers ; on pouvait en discuter, et Stephen les décrivit brièvement. L'un était un recteur de Cornouailles, un invalide qui espérait retrouver la santé en Méditerranée où son cousin commandait le *Renown*. (« J'espère qu'il parviendra jusque-là : j'ai rarement vu pareille cachexie. ») Tous les autres étaient des ecclésiastiques sans bénéfice : deux avaient été appariteurs dans des écoles pour jeunes messieurs et jugeaient préférable à cela n'importe quelle autre existence, même à bord ; deux avaient essayé longtemps, avec peine et sans succès, de vivre de leur plume — ils étaient terriblement maigres et miteux — et l'un, venu des Antilles, s'était ruiné par l'invention d'un défécateur à double fond.

— Il semble que la machine, qui est destinée à la purification du sucre, n'exige que l'investissement d'un très petit capital pour connaître un grand succès ; et que tout gentilhomme ayant quelques centaines de livres disponibles pourrait s'offrir un carrosse sur ses bénéfices en très peu de temps. Mais allons, cher, attaquerons-nous jamais Scarlatti, cette pauvre âme, ou resterons-nous ici assis jusqu'à l'aube, bloqués par le vent comme notre malheureux galion ?

— Il n'y a pas une minute à perdre, dit Jack, attrapant son archet. Que le combat commence.

Les jours gris se traînaient dans la pluie violente et continuelle, le mauvais temps levant une mer qui faisait tanguer et rouler le *Worcester* à son mouillage au point que la plupart des habits noirs désertèrent la table du carré et que même les visites d'un navire à l'autre cessèrent. Mais dans l'après-midi du mardi le vent tourna à l'est, juste assez pour permettre au *Worcester* de se déhaler jusque dans le Sound et de mettre le cap sur Penlee Point, toutes voiles d'étai établies, les huniers brassés à mort, tous les matelots sur le pont, tous les terriens en bas. Puis, rasant la pointe de si près que le gaillard d'arrière retint collectivement son souffle tandis que Stephen se signait discrètement, il s'écarta, amena la brise sur sa hanche babord, borda ses basses voiles et fonça dans la Manche sous toute sa voilure de route, le premier à quitter Plymouth depuis le début du coup de chien en dehors d'un cotre des douanes.

— Le patron est diablement pressé, observa Somers à Mowett quand Jack, jetant un coup à Rame Head qui se profilait dans la pluie par le travers tribord, descendit d'un pas décidé.

— Attendez qu'on rappelle aux postes de combat, dit Mowett, il y aura exercice ce soir et il faudra manier vos canons à bonne allure pour lui plaire.

— Oh, quant à cela, dit Somers, je ne suis pas inquiet. Je sais comment faire sauter mes hommes, je crois.

Jack était diablement pressé, c'est vrai. Non seulement il avait toujours hâte d'être en mer, et plus encore cette fois que d'habitude, hors de portée des hommes de loi, avant qu'on ne puisse lui imposer un convoi, mais il savait fort bien que l'escadre de Brest avait été chassée de sa position et qu'il avait quelque chance de s'emparer d'un corsaire français qui, profitant de cette absence et du vent d'est, serait sorti au large à la poursuite des navires marchands britanniques : un corsaire ou peut-être, avec beaucoup de chance, une frégate. Car si n'importe quelle frégate française de sa connaissance pouvait sans aucun doute semer le *Worcester*, qui ajoutait la paresse et le manque de réaction à son absence de beauté, son navire pouvait envoyer une volée de sept cent vingt et une livres de ses seuls grands canons, largement assez pour désemparer une frégate à longue portée à condition qu'ils soient pointés droit et tirent rapidement.

Il était pressé, mais joyeux : il avait conduit son navire en mer après un retard bien plus bref qu'en beaucoup d'autres occasions, malgré le temps passé à réduire sa mâture à quelque chose de plus proche de ses goûts ; grâce à l'amabilité de Fanshaw et au zèle de Mowett son équipage se chiffrait à six cent treize âmes, vingt-sept seulement de moins que l'effectif officiel du *Worcester*, avec une proportion de vrais marins très supérieure à ce qu'il était en droit d'espérer ; et même si, du fait de la faiblesse de son capitaine, il transportait l'habituelle nursery de très jeunes messieurs, quelques aspirants inutiles et un lieutenant qui ne lui plaisait guère, Jack, dans l'ensemble, s'en tirait assez bien.

Il plongea avec son premier lieutenant et le canonnier dans la puanteur familière du premier pont : eau de cale, vase des câbles, moisissure, hommes pas lavés. Bien plus de cinq cents matelots dormaient ici, serrés les uns contre les autres ; et comme il était impossible d'ouvrir les sabords ou de sortir les hamacs depuis plus d'une semaine, la puanteur dépassait l'ordinaire, bien que le long espace bas fût à présent vide en dehors de deux tas de terriens désespérément malades, morts en apparence, et de quelques manieurs de fauberts. Mais Jack ne se souciait pas d'eux, ni de l'odeur, qui faisait partie de sa vie depuis sa petite enfance : ce qui l'occupait c'était l'armement principal du navire, les deux rangées d'énormes canons, pièces de trente-deux livres, à demi visibles dans l'obscurité, amarrés à la serre contre la paroi, d'un bout à l'autre, couinant et grinçant quand le roulis déplaçait d'un ou deux pouces leurs trois tonnes en dépit des palans bien étarqués. L'équipage léger qui avait amené le *Worcester* à Plymouth n'avait pu tirer les canons de la batterie basse, mais avec l'embellie il était à peu près sûr d'y parvenir dans la journée et l'impatience l'habitait — l'artillerie était sa passion et il n'aurait pas un instant de repos avant d'avoir au moins entamé le long et difficile processus pour amener les servants des pièces au niveau de ses exigences considérables de feu rapide, et surtout précis. Penché, lanterne en main, il longea les deux rangées, chaque canon bien amarré, éponges, tire-bourre, refouloirs, cornes à poudre, écouvillons, coins de mire et anspects rangés à ses côtés ; écoutant attentivement Borrell rendre compte de chacun et Pullings proposer la composition des équipes, une fois de plus il bénit la chance qui l'avait doté d'officiers fiables et de suffisamment de vrais matelots de guerre pour fournir à chaque pièce au moins un premier et un second capitaines expérimentés.

— Bon, dit-il à la fin de la tournée, je pense que nous allons faire un peu de pratique ce soir. Je l'espère, en fait. Nous pouvons nous permettre plusieurs volées : ma poudre de Dock est une affaire étonnante et nous avons à peu près vidé la boutique de la veuve. Vous avez rempli beaucoup de gargousses, Mr Borrell ?

— Oh oui, monsieur, mais j'ai été obligé de remplir au hasard, que certains des barils avaient pas de marque et d'autres deux ou trois ; et y en avait qui était vraiment vieille à l'odeur et au goût. C'est pas qu'elle était pas fine et propre et sèche, monsieur : je fais pas de réflexion.

— J'en suis sûr, maître canonnier, mais j'espère que vous n'avez pas trop goûté la poudre avec de l'antimoine. L'antimoine est une chose embarrassante, à ce qu'on dit. C'est vraiment très humide, ici, ajouta-t-il en enfonçant profondément le doigt dans la moisissure qui couvrait le barrot au-dessus de sa tête penchée. Il nous faut certainement un bon coup de réchauffage, comme on pourrait dire.

— Une bonne partie de l'humidité descend par les écubiers et la gatte, monsieur, dit Pullings, fort désireux de trouver quelques vertus à son navire. Le bosco a une équipe là-bas pour mettre en place des sacs d'écubier. Mais dans l'ensemble, monsieur, il est assez sec, plus sec que je ne l'escomptais dans cette houle. Il travaille manifestement moins avec les nouveaux mâts de cacatois et respire à peine sous les porte-haubans.

— Oh, une houle comme celle-ci ne lui fait pas de mal, dit Jack ; pour autant que quelqu'un l'ait étudié, c'était pour l'Atlantique. Mais que fera-t-il dans cette mer courte de Méditerranée, qui se lève si vite ? Eh bien, ce sera intéressant à voir. Et il sera intéressant de voir l'effet de l'antimoine. L'effet sur les canons, je veux dire, Mr Borrell ; je suis sûr qu'il faudrait que vous en mangiez un boisseau pour qu'un homme de votre constitution s'en ressente.

— S'il vous plaît, docteur Maturin, dit-il, sur le gaillard, quel est l'effet de l'antimoine ?

— C'est un diaphorétique, un expectorant et un cholagogue modéré ; mais nous l'utilisons surtout comme émétique. Vous avez entendu parler de la pilule éternelle d'antimoine, sans doute ?

— Non pas.

— C'est l'une des formes de médecine les plus économiques que l'homme connaisse, puisqu'une seule pilule de ce métal peut servir à toute une famille, étant ingérée, rejetée et récupérée. J'en ai connu une que l'on s'était transmise sur plusieurs générations, peut-être depuis l'époque de Paracelse lui-même. Mais elle doit être utilisée avec discrétion : Zwingerius la compare à l'épée de Scanderberg, qui est soit bonne, soit mauvaise, forte ou faible, selon celui qui la prescrit ou l'utilise ; une médecine louable si elle est appliquée à juste titre à un homme fort, sans quoi elle peut n'être qu'un méchant vomitoire. D'ailleurs on dit que ce nom signifie poison des moines.

— C'est ce que j'ai toujours pensé, dit Jack, mais ce que je voulais savoir, en fait, c'est son effet sur les canons, si l'on en mélange un peu avec la poudre.

— Hélas, je suis totalement ignorant de ces choses. Mais si l'on s'appuie sur l'analogie, cela devrait conduire la pièce à vomir son boulet avec une force peu commune.

— Nous le saurons bientôt, dit Jack. Mr Pullings, je crois que nous pouvons battre le branle-bas.

Chacun à bord du *Worcester* savait qu'il allait se passer quelque chose. Aucun des matelots ne fut spécialement étonné quand, après avoir fait sortir et rentrer une fois les canons, le capitaine longea le passavant vers l'étrave dans le silence d'un navire entièrement vidé pour le combat, chacun muet à son poste, officiers et aspirants devant leur division, sur tous les ponts, les mousses assis sur leurs gargousses derrière chaque pièce, les mèches lentes charbonnant dans leur baille d'où l'odeur capiteuse s'élevait en volutes ; le *Worcester*, tendu, dans l'attente, oscillait doucement sur la houle, dans la Manche vide et grise. Ils ne furent pas spécialement étonnés quand, atteignant la pièce de chasse tribord dont le premier capitaine était son patron de canot, Barrett Bonden, il tira sa montre et dit :

— Trois volées : tirez en haut du roulis.

Rugissement du vacarme habituel, langues de feu, habituelle activité furieuse des servants dans le nuage de fumée : écouvillon, recharge avec la poudre d'exercice, boulet et bourre en place, pièce en batterie, amorcée, chaque mouvement tendant à réduire de quelques secondes l'intervalle entre deux décharges. Car c'était là l'équipe qui devait fixer la norme à laquelle les autres seraient comparés. Pas de surprise, mais une appréciation sincère de leur rapidité ; mais stupéfaction, stupéfaction totale d'un bout à l'autre, quand après cinquante et une secondes Bonden appliqua la mèche sur l'amorce de la seconde charge et que le canon émit un hurlement immense, aigu, strident, extravagant, en projetant une vaste langue de lumière blanche brillante, dans laquelle les fragments de bourre se détachaient en noir.

Seul un miracle empêcha l'équipe stupéfaite d'être écrasée par le recul du canon et Jack dut mettre la main aux palans pour éviter à la pièce de ressortir d'elle-même avec le roulis. Son visage portait le même air de stupeur que tous autour de lui, mais il retrouva plus vite que les autres le calme olympien qui sied au capitaine et quand Bonden saisit le cordage en murmurant « D'mande pardon, monsieur, je ne m'attendais pas... », il se remit à compter les secondes en observant :

— Allons, Bonden, vous perdez du temps.

Ils firent de leur mieux, ils s'activèrent avec vaillance, mais leur rythme, leur coordination étaient brisés et deux minutes pleines s'écoulèrent avant que le canon ne soit en position, pointé, amorcé ; Bonden se pencha dessus avec une expression d'appréhension absurde sur son visage rude, endurci par les combats, ses assistants s'écartant de la pièce autant qu'il était décent ou même plus, dans une atmosphère de tension extrême. Il abaissa la main : cette fois le canon cracha cramoisi, une noble et durable flamme cramoisie, une fumée cramoisie, dans un grondement profond, solennel, musical ; et tout au long du pont la discipline absolue des servants de canons disparut dans un éclat de rire enchanté.

— Silence partout ! s'écria Jack en giflant un mousse tordu de rire, mais c'est d'une voix un peu tremblante qu'il ajouta : Tape en place. Amarrez votre pièce. Au roulis, pièce numéro trois.

Après l'explosion sourde de la poudre classique avec laquelle il était chargé, le canon numéro trois produisit un bleu splendide, un vert splendide ; et cela continua dans tout le navire, batterie après batterie : des couleurs ravissantes, d'étranges résonances inconnues, une joie infinie (quoique sévèrement réprimée) et un résultat absolument épouvantable quant au temps.

— C'est vraiment l'exercice le plus joyeux que j'aie connu de ma vie, dit Jack à Stephen dans la grand-chambre. Comme j'aurais voulu que vous voyiez le visage de Bonden, on aurait cru une vieille fille avec un pétard dans la main. Et cela s'est révélé à peu près aussi efficace qu'un vrai combat pour la cohésion de l'équipage. Grand Dieu, comme ils riaient sur le premier pont en raccrochant les hamacs. Nous en ferons un navire heureux, malgré tous ses défauts. Si le vent tient, je me rapprocherai de terre demain soir et je les laisserai casser quelques vitres.

Au cours de sa longue carrière, le capitaine Aubrey avait constaté que de toutes les formes d'exercice des canons, aucune n'était aussi efficace que de tirer sur une marque fixe à terre, surtout si elle comportait des fenêtres. Avant d'avoir complètement maîtrisé l'opération, les servants avaient tendance à gâcher une bonne part de leurs boulets dans un vrai combat, et si tirer sur des barriques placées par les canots était très utile — infiniment plus que la simple parodie de mise en batterie habituelle sur bien des navires —, il y manquait la joie extrême, le danger réel qu'il y avait à tirer sur des biens de valeur, proprement défendus : quand les circonstances le permettaient, il conduisait son navire tout près des côtes ennemies pour bombarder certains des petits postes avancés ou batteries construits tout au long des côtes pour protéger les ports, estuaires et lieux où les Alliés risquaient de débarquer. À présent, la brise étant passée bien au nord de l'est et donnant tous les signes d'une poursuite de ce mouvement, il détermina sa position par deux observations lunaires précises et changea de cap pour apercevoir l'île de Groix peu avant l'aube. Bien que la nuit se soit épaissie et gâtée durant le quart de minuit — pas de lune visible, moins encore d'étoiles —, il était sûr de ses calculs, confirmés avec précision par la moyenne de ses trois chronomètres, et s'il espérait avant tout quelque corsaire sorti de Brest ou même une frégate en chasse de navires de commerce, s'il les ratait il pourrait du moins fournir à son équipage un joli choix de postes à bombarder.

Peu avant les deux coups du quart du jour, il monta sur le pont. Le quart en bas n'avait pas encore été appelé et la tranquille routine nocturne avait un peu de temps à courir avant le début du lavage des ponts et le tumulte des pierres à briquer de toutes tailles. La houle avait faibli et ici, sous le vent d'Ouessant, lointaine à l'arrière mais efficace, la brise n'était qu'un chant régulier dans le gréement, trois quarts en arrière du travers bâbord. Le navire était sous basses voiles et huniers, rien de plus. Depuis l'arrivée des autres lieutenants, Pullings ne prenait plus le quart mais il était déjà debout, bavardant avec Mowett près de la lisse sous le vent : tous deux avaient leur lunette de nuit braquée sur le sud-est.

— Bonjour, messieurs, dit Jack.

— Bonjour, monsieur, dit Pullings. Nous parlions de vous. Plaice, en vigie sur le gaillard d'avant, pense avoir vu un feu. Mowett a envoyé une bonne vue là-haut : il ne distingue rien mais de temps en temps nous avons l'impression de voir quelque chose à la montée et nous nous demandions s'il fallait vous appeler. Cela ne va pas du tout pour le phare de Groix.

Jack prit la lunette et observa longtemps avec attention.

— Maudite visibilité... marmonna-t-il en se frottant l'œil avant d'y remettre la lunette.

L'ampoulette fut retournée, on piqua deux coups, les sentinelles lancèrent « Bon quart partout », l'aspirant de quart donna un coup de loch, annonça « Cinq nœuds, une brasse, monsieur, s'il vous plaît » et le nota sur la table de loch, un aide-charpentier vint annoncer qu'il y avait deux pieds, quatre pouces dans la sentine — le *Worcester* faisait pas mal d'eau — et Mowett dit :

— À relever la barre : gabiers d'avant, à relever les hommes d'arrière aux pompes ; appelez le quart en bas.

— Là, monsieur ! s'exclama Pullings, non, beaucoup plus près !

Au même moment, les vigies du gaillard d'avant et de tête de mât s'écrièrent : « Voile par le travers babord ! »

Les brumes de la nuit mourante s'étaient écartées, montrant non seulement une lanterne de poupe et un feu de mât mais toute la silhouette fantomatique d'un navire, grand largue, cap au sud, à moins de deux milles. Jack eut tout juste le temps de le voir amener son petit perroquet avant qu'il s'évanouisse, s'évanouisse totalement.

— Tout le monde sur le pont, dit-il, éteignez les feux. À rentrer la bonnette d'artimon : envoyez grand et petit perroquets, trinquette, foc. Faites passer pour le maître.

Il s'empara de la table de loch et gagna la cabine de veille du maître où les cartes s'étalaient, la route du *Worcester* marquée jusqu'à la dernière observation. Gill arriva en courant, pas lavé, pas coiffé ; cet homme morose était un pilote de la Manche et un fin navigateur. À eux deux ils déterminèrent la position du navire : Lorient plein est, et le jour leur montrerait l'île de Groix par l'avant tribord. Si le temps se dégageait ils en verraient le phare bien avant l'aube.

— Un navire important, monsieur ? demanda le maître.

— Je l'espère bien, Mr Gill, dit Jack en sortant de la cabine.

En fait il en était sûr mais ne voulait pas contrarier la chance en affirmant que ce qu'il avait aperçu était soit une frégate lourde, soit quelque chose de mieux encore, un vaisseau de ligne se faufilant le long de la côte pour gagner Rochefort : de toute manière, un navire de guerre, et nécessairement français, étant donné l'avance que le *Worcester* avait prise sur l'escadre du blocus.

Les ponts se remplissaient rapidement du quart en bas, titubant, à demi vêtu et tout abruti, arraché à une brève heure de sommeil mais tout de suite animé en apprenant qu'il y avait un navire en vue.

— Un deux-ponts, monsieur, dit Pullings avec un sourire ravi. Il a amené son grand perroquet avant de disparaître à nouveau.

— Parfait, Mr Pullings, dit Jack. Branle-bas de combat. Que chacun prenne son poste en silence : pas d'appel, pas de tambour.

Il était évident que l'étranger, faiblement visible à présent dans la brume, avait réduit la toile pour guetter l'éclat du phare de Groix : preuve supplémentaire qu'il se rendait vers Rochefort ou la Gironde, car si sa destination avait été Lorient il se serait rapproché de terre depuis longtemps.

Le ciel s'éclaircissait dans l'est et Jack restait lunette à l'œil, réfléchissant à ce qu'il allait faire dans l'étrange silence du pont — les hommes chuchotaient absurdement à côté de leurs canons, les canons eux-mêmes sortaient sans bruit, les ordres se donnaient à mi-voix. En bas il entendait démonter les cabines : l'équipe du charpentier dégageait la batterie de l'avant à l'arrière. Le cri d'un pasteur réveillé en sursaut monta par le panneau où l'on mettait en place les écrans de combat mouillés.

Il restait possible que l'étranger fût un transport ou un avitailleur, auquel cas il laisserait porter sur Lorient dès qu'il apercevrait le *Worcester*. Grave et soucieux, Jack constata que sous ses voiles basses et ses huniers l'autre marchait vraiment à une vitesse remarquable : un navire à fonds propres, sans aucun doute, et qui pourrait encore distancer le *Worcester* sous toute sa voilure, même s'il amenait grand-voile et perroquets. Mais si c'était ce qu'il espérait, si l'adversaire acceptait le combat, il lui fallait l'entraîner bien au sud de Lorient, loin sous le vent, de sorte qu'avec cette brise il ne pût regagner le port et la protection de ses remarquables batteries. Évidemment cela imposerait de jouer du canon un certain temps avec les Français et, s'ils n'étaient pas les meilleurs marins du monde, ils avaient souvent des qualités extraordinaires d'artilleurs, alors que son équipage manquait d'expérience. Avec un brusque coup au cœur, il se souvint qu'il avait oublié de commander la mise en place des gargousses de combat au lieu de la poudre d'exercice lorsqu'on avait rechargé les canons. C'était totalement contraire à ses principes, mais en fait cela n'avait pas grande importance — il avait observé avec soin la chute des boulets, et la poudre colorée fonctionnait aussi bien que la meilleure poudre rouge à gros grains du roi. De toute manière, dès que l'étranger serait à un mille de plus sous le vent, donc trop loin pour gagner Lorient, il faudrait s'en rapprocher. Jack avait l'immense avantage d'un navire préparé, prêt au combat, tout le monde sur le pont, canons en batterie, et déjà Pullings avait fait préparer les bâtons de bonnettes et les cacatois. Il serait bien curieux qu'après la surprise, la hâte et la confusion déclenchées à bord du Français pendant les sept ou huit minutes nécessaires pour gagner ce mille — il serait bien curieux qu'ils ne parviennent pas à l'aborder, surtout que l'île et ses dangers se trouvaient justement sur le chemin.

— Mr Whiting, préparez les couleurs françaises, le numéro soixante-dix-sept et une réponse quelconque à leur signal de reconnaissance. Laissez les pavillons se coincer dans les drisses.

La brume légère se leva : il était là, un soixante-quatorze, très haut, très propre, très beau. Probablement le *Jemmapes* : en tout cas pas un navire à décliner le combat. Pourtant ils étaient étrangement inactifs à son bord : le *Worcester* approchait très vite, droit sur sa hanche tribord, grignotant cette précieuse distance au sud de Lorient, mais il ne bougeait pas. Soudain Jack comprit que tous les hommes à bord étaient à la recherche du phare de Groix. Il apparut, net et clair, un double éclat. Le Français établit ses cacatois et pendant qu'on les bordait, quelqu'un aperçut le *Worcester* — on entendit des trompettes à bord du Français, des trompettes et le roulement urgent d'un tambour. Ses yeux étaient tellement habitués au demi-jour que même sans lunette il voyait le monde se presser sur le pont. Après quelques instants il envoya les couleurs et changea de cap pour couper la route au *Worcester*.

— Abattez de deux quarts, dit Jack au maître qui gouvernait (cela les entraînerait encore plus loin au sud). Mr Whiting, couleurs françaises, s'il vous plaît. Mr Pullings, lanternes de combat.

Lanternes de combat à bord du Français aussi, lumière

62

dans tous les sabords, canons en batterie. Le numéro français et le signal de reconnaissance : réponse lente et évasive du *Worcester,* qui ne trompa l'ennemi que quelques instants. Ces quelques instants emportèrent les deux navires un furlong de plus vers le sud : dans très peu de temps le *Jemmapes* — c'était bien le *Jemmapes* — ne serait plus en mesure de remonter vers Lorient. Il n'en manifestait d'ailleurs pas le moindre désir, bien au contraire. Son commandant le menait de la plus vaillante manière, manifestement déterminé à livrer bataille dès que possible, comme s'il avait entendu le grand principe de Lord Nelson : « Ne vous souciez pas de manœuvres, attaquez tout droit. »

Quelques années plus tôt, Jack aurait mis en panne pour attendre le *Jemmapes* avec autant de générosité, mais aujourd'hui il voulait une double sécurité ; il voulait que l'adversaire cherche à prendre l'avantage du vent et il maintint le *Worcester* à un quart et demi d'écart, surveillant l'ennemi attentivement : les deux navires couraient, repoussant chacun une belle vague d'étrave. Les hamacs montaient sur le pont à toute vitesse à bord du *Jemmapes* : son embelle et son gaillard d'avant étaient dans la plus grande confusion, et à la place de cet homme, avec un navire aussi rapide, à fonds aussi propres, Jack serait resté un peu à l'écart jusqu'à ce que l'équipage soit mieux organisé ; mais non, pas du tout, il arrivait le plus vite possible, et Jack constata qu'il en avait fortement sous-évalué la vitesse. C'était une vraie flèche, et une fois le mille essentiel parcouru il faudrait s'en rapprocher le plus vite possible pendant qu'on avait encore l'avantage du vent et de la préparation, se rapprocher et aborder. Cela lui avait toujours réussi. Tout au long du pont du *Worcester*, les coffres d'armement étaient ouverts. Pistolets, coutelas, féroces haches d'abordage.

Il vit l'éclat de la pièce de chasse du Français, le nuage de fumée arraché par le vent, et un plumet blanc s'éleva de la mer grise bien au-delà de l'étrave tribord du *Worcester*.

— Nos couleurs, Mr Whiting (fixant de sa lunette le gaillard d'arrière de l'ennemi). (Puis, plus fort :) Holà, du mât : envoyez la flamme.

Il vit le mouvement de barre qui ferait porter la volée du *Jemmapes* : il pivota, pivota et disparut dans un nuage de fumée montant jusqu'à ses huniers, la volée groupée, unique et destructrice, que seul pouvait se permettre un navire neuf et robuste. La visée était bonne mais ils avaient tiré un peu après le haut de la houle et leurs boulets bien groupés vinrent labourer la mer, une centaine de yards trop courts. Une douzaine de ricochets montèrent à bord, l'un brisa le cotre bleu ; un trou apparut dans la grand-voile et quelques poulies dégringolèrent sur le pont derrière lui — on n'avait pas eu le temps de mettre en place les filets casse-tête. Acclamations étouffées de l'avant, de l'embelle, tous les yeux tournés vers l'arrière, attendant l'ordre de tirer. En bordure de son champ de vision, il vit Stephen au pied du fronteau de dunette, en chemise de nuit et culotte : le docteur Maturin se rendait rarement à son poste de combat dans l'amphithéâtre avant qu'il n'y ait des blessés à traiter. Mais l'esprit de Jack Aubrey était trop occupé par les calculs délicats du combat à venir pour la conversation : totalement absorbé, il calculait les routes convergentes, les variantes possibles, les innombrables détails précédant obligatoirement le déluge de fer qui rendrait tout le monde beaucoup plus heureux. Dans de tels cas, et Stephen en avait connu un bon nombre, Jack était comme lointain, étranger, très différent du compagnon joyeux et un peu léger qu'il connaissait si bien : visage dur et fort, calme mais intensément vivant, efficace, décidé, visage sévère mais qui exprimait d'une certaine manière un bonheur farouche et vif.

Une minute entière se passa. La seconde volée du Français devait être prête. Il aurait fallu en supporter deux ou trois, et à portée décroissante, avant de pouvoir exécuter son plan, mais un équipage novice a horreur de se faire tirer dessus sans pouvoir répondre.

— Encore une, dit-il de sa voix forte, encore une et vous pourrez leur répondre. Attendez l'ordre et tirez à démâter. Tirez droit. Ne gâchez pas un coup.

Grondement féroce tout du long, puis le feu rugissant du Français et, presque au même instant, le martèlement énorme des boulets frappant la coque du *Worcester*, les échardes de bois volant à travers le pont, les espars cassés tombant de là-haut.

— Ne faites pas ça, gamin, dit Jack au petit Calamy qui s'était plié en deux lorsqu'un boulet avait traversé le gaillard, vous risquez de mettre votre tête sur le chemin d'un boulet.

Un coup d'œil de l'avant à l'arrière : pas grand dommage, et il allait donner l'ordre de tirer quand l'angle inférieur de la grand-voile se libéra, arraché.

— Ferlez, ferlez, dit-il, et le battement sauvage s'arrêta. Tribord trois quarts.

— Trois quarts tribord, bien, monsieur, dit le quartier-maître à la roue, et en un long mouvement régulier le *Worcester* amena ses canons en ligne.

Il était face à la houle, un bon tangage mais pas de roulis.

— Attendez le bon moment, lança-t-il, tirez à démâter. Ne gâchez pas un coup. À mon ordre, de l'avant à l'arrière.

Le vent chantait dans le gréement. Le Français était sur le point de remettre en batterie : c'était le moment de le surprendre. Jack devait envoyer sa volée le premier, semer la pagaille, et cacher son navire dans la fumée.

— Pièces d'avant parées. Feu !

De l'avant à l'arrière, long feu roulant, énorme vacarme envahissant ; et un caprice du vent ramena vers l'arrière les volutes de fumée dense — fumée rouge, verte, bleue, cramoisie, orange, avec de surnaturelles langues de flammes d'un éclat intense dans la grisaille. Il sauta sur les filets de hamac pour percer le nuage, ce nuage anormal, qui s'attardait : le *Jemmapes* ne répondait pas.

— Pour l'amour de Dieu, qu'est-ce qui ne va pas ? dit-il tout haut, tandis que sous lui les servants des canons écouvillonnaient, chargeaient, tassaient et tiraient comme des fous furieux sur leurs palans, tandis que les gargousses fraîches montaient de la soute.

La fumée se dégagea enfin : le *Jemmapes* s'enfuyait, à toute vitesse, apparemment indemne en dehors d'un petit feu vert sur sa dunette, s'enfuyait au plus près vers Lorient, sidéré, éberlué de ces nouvelles armes secrètes — déjà il renvoyait de la toile.

Les canons étaient à nouveau en batterie. Avec trois degrés d'élévation il lui envoya une autre volée, une volée d'enfilade sur son arrière sans défense, une volée accompagnée d'un rugissement sauvage et sonore. Mais bien que plusieurs boulets aient frappé la coque, ils ne le freinèrent pas ; et l'éclat à présent normal du feu du *Worcester* ne le conduisit pas à mettre en panne. Le temps que Jack lance « Tribord toute » pour prendre la chasse, l'ennemi avait gagné un quart de mille, et sur le gaillard du *Worcester* les imbéciles sautaient en tous sens, en criant : « Il fuit, il fuit, nous l'avons battu ! »

Le *Worcester* serra le vent, les régleurs de voiles bondirent sur les bras et s'envolèrent pour établir les voiles d'étai, mais il ne pouvait marcher aussi près de la brise que sa chasse, de tout un quart, et sans sa grand-voile il lui manquait deux bons nœuds de vitesse au plus près. Quand le *Jemmapes* eut pris tant d'avance que la pièce de chasse pouvait à peine l'atteindre, Jack fit faire une embardée, lui envoya une dernière volée maussade à portée extrême, puis dit :

— Rentrez vos canons. Mr Gill, cap sud sud-ouest : toute la voilure de route. (Il constata qu'il faisait jour, que le soleil se levait au-dessus de Lorient et ajouta :) Éteignez les lanternes de combat.

Tout en parlant, il vit le visage de Pullings et sa déception cruelle : s'ils avaient retenu leur première volée encore cinq minutes, le *Jemmapes* n'aurait jamais pu atteindre Lorient. Avec cette brise, l'île de Groix, ses récifs et la côte placés comme ils l'étaient, le combat rapproché aurait été obligatoire, que le *Jemmapes* garde son cap ou pas : cinq minutes de plus et Pullings aurait été capitaine de vaisseau, ou mort. Car le succès dans un combat égal représentait une certitude de promotion pour un premier lieutenant survivant : la seule chance possible, pour Pullings, d'échapper à la longue liste encombrée des lieutenants, car il n'avait pas de relations de famille ou d'intérêt, pas d'accointances, aucun espoir en dehors de la chance ou de l'habileté de son patron, et Jack Aubrey avait mal jugé cette situation, qui peut-être ne se représenterait plus jamais dans toute la carrière de Tom Pullings. Jack sentit monter la tristesse, bien plus grande que son abattement habituel après un combat véritable et, regardant le point d'écoute qui pendouillait, il dit d'une voix dure :

— Quelles victimes, Mr Pullings ?

— Pas de mort, monsieur ; trois blessures par éclats de bois et un pied écrasé, c'est tout. Et la pièce numéro sept, batterie basse, démontée. Mais je suis désolé de vous dire, monsieur, je suis vraiment désolé de vous dire que le docteur a pris un mauvais coup.

Chapitre trois

Le docteur Maturin avait connu de nombreux combats en mer, et malgré deux captures et un naufrage il n'avait encore jamais pris de mauvais coup, car en tant que chirurgien il passait la plupart du temps sous la flottaison, protégé des éclats de bois, mitraille et boulets, dans une sécurité relative, sinon un grand confort. Mais cette fois il avait été blessé trois fois, en trois endroits différents : d'abord, une poulie à talon, en tombant, l'avait renversé, puis un éclat déchiqueté d'orme, provenant des jottereaux du petit mât de hune, lui avait à demi dépouillé le crâne, et enfin, l'une des échardes de dix-huit pouces arrachées en pluie à la lisse du gaillard d'arrière du *Worcester* par un boulet de trente-deux livres s'était abattue sur ses pieds tandis qu'il gisait là, les perçant à travers ses pantoufles de feutre et leurs semelles. Blessures spectaculaires — pendant qu'on l'emportait en bas il laissait une trace sanglante —, mais sans gravité ; ses assistants le recousirent (Lewis, le plus âgé, était particulièrement habile à l'aiguille), et si la douleur était spécialement aiguë et insistante, la teinture de laudanum, remède favori de Stephen, y pourvoyait. Il pouvait à présent en absorber avec bonne conscience et la tolérance issue d'un long abus lui permettait de la boire à la pinte. Ce n'étaient donc pas les blessures, ni la perte de sang, ni la douleur, qui l'abattaient à ce point, mais plutôt le flot incessant des visiteurs.

Ses assistants le laissaient à peu près tranquille, sauf quand ils changeaient ses pansements, car non seulement il était un patient dangereux, têtu, obstiné et même violent lorsqu'on tentait de lui administrer des médicaments selon un système autre que le sien, mais il était aussi leur supérieur par le rang tant naval que médical, étant d'abord médecin et ensuite auteur de travaux fort estimés sur les maladies des marins, et officier fort apprécié du Sick & Hurt Board ; par ailleurs, il n'était pas plus logique qu'un autre et, en dépit de ses principes libéraux et de sa haine de toute autorité, capable d'une irritabilité tyrannique face à la potion gluante du petit matin. Mais il n'avait aucune autorité sur les passagers du *Worcester,* et pour eux le contrat social constituait un lien irrécusable. Le devoir leur commandait de rendre visite au malade, à moins qu'ils ne fussent malades eux-mêmes (et le pauvre Mr Davis était prostré par le moindre roulis ou tangage) ; ils n'avaient absolument rien d'autre à faire : tout au long de leur traversée nonchalante, presque sans vent et anormalement calme du golfe de Gascogne et leur descente de la côte portugaise, ils se succédèrent dans la salle à manger du capitaine où la bannette de Stephen avait été accrochée. Ils n'étaient d'ailleurs pas seuls. Ses vieux compagnons de bord, Pullings et Mowett, qui venaient s'asseoir près de lui chaque jour, étaient fort bienvenus ; mais tous les autres membres du carré venaient de temps à autre, sur la pointe des pieds, et proposaient des remèdes d'une voix basse et prévenante. Des hommes qui l'avaient écouté avec une attention pleine de respect quand il allait bien le conseillaient à présent sans la moindre vergogne ; et Killick traînait par là avec son bouillon fortifiant, les boissons concoctées par la femme du canonnier et des recettes de cuisine pour renforcer le sang. N'eût été le bienheureux opium qui lui permettait de planer parfois au-dessus de son irascibilité, ses sympathisants l'auraient poussé au tombeau, cousu dans un hamac avec deux boulets aux pieds, avant qu'ils n'aperçoivent le cap Rocca de Lisbonne ; car s'il parvenait à peu près à supporter la douleur, il avait toujours trouvé l'ennui mortel, et le commis, le capitaine d'infanterie de marine (des étrangers, pour lui) et deux des pasteurs radotaient sans fin. En dehors de l'inventeur du défécateur à double fond, dont il avait entendu l'histoire sept fois, ils n'avaient rien à dire, et ils le disaient pendant ce qui semblait des heures, tandis que son sourire, de plus en plus figé et durci, tournait au *risus sardonicus.*

Mais par trente-huit degrés de latitude nord il commença à se remettre ; l'irritabilité fiévreuse l'abandonna, il devint placide et doux, sa complaisance ne fut plus le résultat d'une extrême retenue. Il découvrit d'agréables qualités chez deux des hommes d'Église et le professeur Graham. Quand le cap Saint-Vincent apparut dans la brume par l'avant babord, il était assez bien pour qu'on le portât sur le pont dans un fauteuil avec deux barres de cabestan amarrées sur les côtés, genre chaise à porteurs, afin de lui montrer le désert d'océan gris sur lequel le lieutenant Aubrey, Sir John Gervis et le commodore Nelson avaient vaincu une flotte espagnole grandement supérieure, le jour de la Saint-Valentin 1797. Et quand le *Worcester* fut amarré le long du nouveau môle de Gibraltar, pour embarquer des vivres frais et attendre l'épuisement du levanter, ce fort vent d'est qui l'empêchait de franchir le détroit pour pénétrer en Méditerranée, il se prélassa au soleil dans la galerie de poupe, ses pieds bandés sur un tabouret, un verre de jus d'orange frais en main, et le professeur Graham à ses côtés : car si l'Écossais était un être gris, assez affirmatif et sans humour, il avait beaucoup lu et à présent, ayant surmonté en partie sa réserve initiale, il se révélait un compagnon reconnaissant, un homme plein de talents et nullement ennuyeux. Stephen avait reçu la visite de plusieurs connaissances terriennes, dont la dernière lui avait apporté des spécimens de quatre cryptogames peu courants qu'il avait toujours eu envie de voir ; il les observait à présent avec tant de plaisir, tant d'intensité, qu'il ne répondit pas tout de suite à la question du professeur :

— Quelle était donc la langue que vous parliez avec ce monsieur ?

— La langue, monsieur ? dit-il avec un sourire — il se sentait d'humeur particulièrement aimable et même joyeuse : C'était du catalan.

Il avait été tenté de dire araméen, par manière de plaisanterie ; mais Graham était trop savant, trop fin linguiste pour avaler cela.

— Vous parlez donc le catalan, docteur, aussi bien que le français et l'espagnol ?

— J'ai passé une bonne partie de ma vie sur les rives de la Méditerranée, dit Stephen, et dans ma jeunesse malléable j'ai acquis une certaine connaissance des langages que l'on parle à son extrémité occidentale. Je ne possède cependant pas votre maîtrise de l'arabe et moins encore de votre turc, Dieu me pardonne.

— Pour revenir à notre bataille, dit Graham, ayant digéré cela, ce que je ne comprends pas, c'est pourquoi le capitaine

Aubrey a commencé par tirer ses boulets aux couleurs extraordinaires.

— Quant à cela, dit Stephen, souriant à l'idée que Graham se faisait d'une bataille (de leur noble balcon, ils voyaient s'étaler devant eux toute la baie, avec Algésiras sur la rive opposée, où il avait pris part à un vrai combat : cent quarante-deux blessés sur le seul *Hannibal*, sang et tonnerre toute la journée), vous devez savoir que dans leur sagesse les lords de l'Amirauté ont stipulé que pendant les six premiers mois de son armement aucun capitaine ne peut se permettre de tirer chaque mois plus de boulets que le tiers du nombre de ses canons, sous peine d'amendes et pénalités lourdes et nombreuses ; et après cela, seulement la moitié. Whitehall suppose que les marins savent d'instinct comment orienter leurs pièces avec précision et les faire tirer à toute vitesse cependant que le navire s'agite sur les vagues : les capitaines qui ne partagent pas cette aimable illusion achètent de la poudre s'ils en ont les moyens. Mais la poudre est chère. Une volée d'un navire de cette taille en use, je crois, quelque deux cents livres.

— Saperlote, dit Graham, profondément secoué.

— Saperlote, vraiment, monsieur, dit Stephen, et à un shilling dix pence la livre cela représente une somme considérable.

— Vingt, dix-neuf, cinq, dit Graham. Vingt livres, dix-neuf shillings et cinq pence.

— Vous comprendrez donc que les capitaines recherchent le meilleur marché pour leur poudre privée : celle-ci venait d'une fabrique de feux d'artifice — d'où les couleurs inhabituelles.

— Il n'y avait donc pas intention de tromper ?

— *Est summum nefas fallere* : la tromperie est une impiété grossière, mon cher monsieur.

Graham le regarda fixement, puis son visage gris et grave revêtit un sourire un peu artificiel, et il dit :

— Vous voulez badiner, sans doute. Mais les faux pavillons, les couleurs françaises, avaient certainement pour objet d'attirer l'ennemi plus près pour qu'il pût être plus facilement détruit ; et cela faillit réussir. Je m'étonne que nous n'ayons pas envoyé un signal de détresse, ou même prétendu nous rendre : cela les aurait fait venir encore plus près.

— Pour l'esprit naval, certains faux signaux sont plus faux que d'autres. Il existe en mer des degrés d'iniquité clairement délimités. Un officier de marine par ailleurs parfaitement honorable peut prétendre, par un symbole, qu'il est français, mais il ne peut pas prétendre que son navire a heurté un rocher, non plus qu'il ne peut amener ses couleurs et ensuite reprendre le combat, sous peine de blâme universel. Il serait l'objet de la répréhension du monde entier — du monde maritime.

— La fin recherchée est la même dans l'un et l'autre cas, la tromperie égale. Je n'hésiterais certainement pas à hisser toutes les couleurs du spectre si cela devait avancer de cinq minutes la chute de cet homme maudit. Je veux parler de celui qui s'est proclamé empereur des Français. La guerre est le temps de l'action efficace, non des bons sentiments, non plus que du partage des mérites relatifs de la contrefaçon et des simulacres.

— C'est illogique, je l'admets, dit Stephen, mais telle est la loi morale selon l'esprit naval.

— L'esprit naval, dit Graham, saperlote.

— L'esprit naval a sa propre logique, dit Stephen, et peut désobéir à bon nombre des règles de la guerre avec bonne conscience — jurer est défendu, par exemple, et pourtant nous entendons quotidiennement un langage grossier, outrancier, et même obscène ou blasphématoire. De même, les coups de badine, ou de *garcette*, comme nous disons, aux hommes qui semblent se déplacer trop lentement, mais vous en verrez parfois sur ce navire, qui est pourtant plus humain que beaucoup. Toutefois, toutes ces transgressions et bien d'autres telles que le vol des réserves, que nous appelons cappabar, ou la négligence des fêtes religieuses, ne sont portées que jusqu'à des limites traditionnelles et bien déterminées, au-delà desquelles il est mortel d'aller. La loi morale des marins peut sembler étrange aux terriens, et même parfois fantasque ; mais, comme nous le savons tous, la raison pure ne suffit pas, et même si leur système est illogique, il leur permet de conduire ces machines d'une énorme complexité d'un point à un autre, en dépit des éléments, souvent turbulents, souvent contraires, toujours humides et capricieux.

— C'est pour moi source perpétuelle d'émerveillement qu'ils arrivent si souvent, dit Graham, et je me souviens de ce qu'un ami à moi écrivait à ce propos. Ayant dûment reconnu la complexité de la machine, comme vous l'observez si justement, l'infinité de cordes et cordages, les voiles, les diverses forces qui agissent sur elles et l'habileté nécessaire pour manier le tout, en dirigeant le vaisseau dans la direction désirée, il poursuivait comme ceci : quelle pitié qu'un art si important, si difficile, et si intimement occupé de lois invariables de nature mécanique, soit possédé de telle sorte par ses détenteurs qu'il ne peut s'améliorer mais doit mourir avec chaque individu. N'ayant pas les avantages d'une éducation préalable, ils ne peuvent organiser leur pensée ; à peine peut-on dire qu'ils pensent. Ils peuvent moins encore exprimer ou communiquer à d'autres la connaissance intuitive qu'ils possèdent ; et leur art, acquis par la seule habitude, est peu différent d'un instinct. Nous ne sommes pas plus autorisés à attendre une amélioration ici que dans l'architecture de l'abeille ou du castor. L'espèce ne peut s'améliorer.

— Peut-être votre ami fut-il malheureux dans ses connaissances maritimes, dit Stephen avec un sourire, aussi malheureux qu'il l'est dans ses références à l'abeille et à sa construction, dûment reconnue par tous les mathémati-ciens comme géométriquement parfaite et donc non sus-ceptible d'amélioration. Mais laissons l'abeille de côté ; j'ai pour ma part navigué avec des marins qui non seulement s'activaient à améliorer l'architecture de leurs machines et l'art de les conduire, mais ne cherchaient qu'à communi-quer la connaissance qu'ils possédaient. Que de récits n'ai-je pas entendus des rubans du capitaine Bentinck, ou plutôt de ses haubans, et de ses routes triangulaires, du nouveau gouvernail du capitaine Pakenham, du mât de fortune du capitaine Bolton, de l'amélioration des araignées, des culs de porc, des queues de rat, du renard et des boudins...

— Des boudins, mon cher monsieur ! s'exclama Graham.

— Boudins, ou bourrelets. On les barrotte sur les pescars tribord, pour l'allure du près largue.

— Les pescars tribord... le près largue, dit Graham. (Avec un soupçon d'appréhension Stephen se souvint que le pro-fesseur avait une mémoire remarquable, capable de citer de longs passages en nommant le tome, le chapitre et même la page d'où ils étaient tirés.) Mon ignorance m'est doulou-reuse. Vieux marin expérimenté, vous comprenez toutes ces choses, bien entendu.

Stephen s'inclina et poursuivit, mais en restant sur un terrain un peu moins périlleux :

— Sans même parler des innombrables dispositifs pour mesurer la vitesse du vaisseau à travers l'eau à l'aide de pales rotatives ou de la pression de l'océan circumambiant

— des machines aussi ingénieuses que le défécateur à double fond. Cela me rappelle : s'il vous plaît, quelles sont les qualifications nécessaires pour un homme d'Église anglican, quel séjour en séminaire, quelles études théologiques ?

— Je pense qu'il a dû obtenir son diplôme dans l'une des universités, et il a certainement trouvé un évêque disposé à l'ordonner. Mon impression est que l'on n'exige rien de plus — pas de séminaire, pas d'études théologiques —, mais je suis sûr que vous en savez plus sur l'organisation anglicane que moi car je suis, comme tant de mes compatriotes, presbytérien.

— Non pas, car comme tant des miens, je suis catholique.

— Vraiment ? Je supposais que tous les officiers de la Navy étaient obligés de renier le pape !

— Ils le sont en effet, les officiers brevetés : mais les chirurgiens sont nommés par un mandat du Navy Board. Je n'ai rien renié, ce qui est un soulagement, sans aucun doute ; mais par ailleurs si je ne renonce pas à l'évêque de Rome, je ne peux guère espérer devenir amiral et hisser ma marque. Les sommets de l'ambition navale me sont interdits.

— Je ne comprends pas. Sans doute un gentilhomme du domaine de la physique ne saurait espérer devenir amiral ? Mais vous vous plaisez à être facétieux, je n'en doute pas.

Les facéties ne plaisaient pas au professeur Graham. Il eut l'air quelque peu offensé, comme si l'on s'était moqué de lui, et prit congé peu après.

Mais il revint l'après-midi suivant : Stephen et lui observaient à présent le Rocher à courte portée, le *Worcester* ayant été délogé pour faire place au *Brunswick* et au *Goliath*, et Pullings l'ayant tourné l'arrière au quai pour que l'on puisse gratter et peindre son flanc tribord. C'était l'un de ces jours où quelque qualité particulière de la lumière, au-delà du simple éclat du soleil, fait briller et chanter les couleurs : une fanfare militaire jouait sur l'Alameda, ses cuivres luisant comme l'or sous la tente, tandis qu'à travers les jardins et du haut en bas de la Grande Parade s'écoulait une foule aimable, habits rouges, jaquettes bleues, et une extraordinaire diversité de vêtements civils d'Europe, du Maroc, des provinces turques, d'Afrique, de Grèce et du Levant et même de bien plus loin dans l'est. Les turbans blancs et les robes bleu-gris pâle des coptes de Tanger, le rouge sombre et les larges chapeaux de paille des Berbères, le noir des juifs de Barbarie circulaient parmi les poivriers, mêlés à des Maures et des nègres de haute taille, à des marins des îles grecques en jupe plissée, à des Catalans en bonnet rouge et à de petits Malais en vert. Sur le bastion Jumper se trouvait un groupe des jeunes messieurs du *Worcester*, quelques-uns longs et maigres, d'autres vraiment très petits, et Stephen crut remarquer qu'ils étaient rassemblés autour d'un chien monstrueux ; mais quand ils s'écartèrent, il apparut que la créature était un veau, un jeune taureau noir. D'autres Worcesters erraient parmi les géraniums et les ricins : c'étaient les groupes choisis de permissionnaires, ceux qui avaient eu le temps et la prévoyance de se fournir de chapeaux blancs ou vernis noirs à coiffe peu profonde avec le nom du navire brodé sur le ruban, de jaquettes bleu clair à boutons de cuivre, de pantalons de toile d'un blanc immaculé et de petits souliers ; chacun avait dû passer l'inspection du maître d'armes, car si le *Worcester* n'était pas encore un navire remarquable, Pullings était très jaloux de sa réputation et il agissait selon le principe que l'apparence de vertu peut induire sa présence réelle. Peu d'entre eux étaient déjà ivres et la plupart de leur hilarité — clairement audible à un demi-mille — était pure gaieté. Derrière eux, derrière cette foule bigarrée, s'élevait le rocher gris et fauve, vert seulement à sa bordure inférieure, et au-dessus de sa longue crête, l'étrange brouillard ou nuage suscité par le levanter, un nuage qui venait se dissiper dans la lumière éclatante de la face occidentale. Stephen avait dans sa lunette le mont Misery, où sur le ciel blanchâtre se découpait nettement un singe : haut, très haut au-dessus du singe, un vautour planait dans le vent. Stephen et le singe observaient l'oiseau.

Le professeur Graham se racla la gorge.

— Docteur Maturin, dit-il, j'ai un cousin qui occupe un poste confidentiel auprès du gouvernement : il est chargé du rassemblement d'informations plus dignes de confiance que les journaux, ou les rapports commerciaux ou même consulaires, et il m'a demandé de rechercher des gentils-hommes qui pourraient l'assister. Je ne connais guère ces choses — elles sont très en dehors de ma province —, mais il me semble qu'un médecin, possédant les langages méditerranéens, avec de nombreuses relations éparpillées sur ces rivages, serait particulièrement approprié pour un tel objet, par-dessus tout s'il était de conviction romaine ; car il semble que la plupart des collègues de mon cousin sont des protestants, et il est évident qu'un protestant ne saurait entrer dans l'intimité des catholiques aussi bien qu'un coreligionnaire. Permettez-moi d'ajouter que mon cousin dispose de fonds considérables.

Le singe lointain montra le poing au vautour : l'énorme oiseau pivota et, planant de côté, traversa le détroit pour rejoindre l'Afrique sans un mouvement d'ailes — un vautour fauve, observa Stephen avec satisfaction quand la couleur apparut dans le virage.

— Eh bien, quant à cela, dit-il en déposant sa lunette, il me semble que je ne ferais qu'une bien pauvre source d'information. Même dans une petite ville — et vous devez avoir remarqué à quel point un navire ressemble à une petite ville surpeuplée avec sa hiérarchie, ses habitants qui se connaissent tous, ses promenades et ses lieux de rafraîchissement propres à chaque classe, ses commérages perpétuels —, même dans une ville un homme de médecine s'éloigne rarement. Mais un navire est une ville qui transporte ses murailles avec elle, où qu'elle aille. Un chirurgien de marine est lié à son poste, et même quand le navire est au port, il est encore fort occupé avec ses patients et ses paperasses, de sorte qu'il ne voit guère du pays ou de ses habitants. Oh, c'est vraiment grande pitié que de voyager si loin et de voir si peu.

— Mais pourtant, sûrement, monsieur, vous descendez sur la terre ferme, de temps à autre ?

— Pas du tout aussi souvent que je le souhaiterais, monsieur. Non. J'ai peur de ne pouvoir être de grande utilité à votre cousin ; et d'ailleurs la dissimulation nécessaire, les cachotteries, le manque de franchise, je dirais même la duplicité indispensable dans une telle entreprise seraient profondément répugnantes. Mais, à présent que j'y pense, est-ce qu'un aumônier naval ne répondrait pas tout à fait à vos fins ? Il a beaucoup plus de temps à passer à terre. Voici nos compagnons de bord cléricaux, voyez-vous, qui se promènent, libres comme l'air, avec d'autres de leur espèce. Là, juste à côté du dragonnier. Non, mon cher monsieur, ceci est un platane commun : à droite des palmiers dattiers — le dragonnier, pour l'amour de Dieu.

Dans l'ombre verte du dragonnier, douze ecclésiastiques se promenaient, six du *Worcester*, six de la garnison, tous bien rasés, admirant avec discrétion les barbes majestueuses, arabes, juives et berbères qui les entouraient sur la parade.

— Nous disons adieu à tous sauf l'un d'entre eux, observa le professeur Graham. Le carré semblera étrangement désert.

— Vraiment, dit Stephen, cinq d'un coup ? J'avais entendu dire que Mr Simpson et Mr Wells devaient nous quitter, *Goliath* et *Brunswick* étant arrivés, mais que deviendront les autres, et qui doit rester ?

— Mr Martin doit rester.

— Mr Martin ?

— Le monsieur borgne. Et Mr Powell et Mr Comfrey vont directement à Malte avec le navire avitailleur, là-bas.

— Le chébec, ou la polacre ?

— Le navire de droite, dit Graham un peu agacé. Le navire si affairé, avec des marins grimpant dans les mâts. Et Mr Davis a décidé de rentrer, par la terre, aussi loin qu'il pourra. Il juge que la mer ne convient pas à sa constitution et cherche actuellement un moyen de transport approprié.

— Il a tout à fait raison, sûrement : pour un homme de son âge et dans son état de santé, il serait mortel de rester enfermé dans un habitat confiné, humide et malaisé, avec un air trop rare ou si abondant que l'on en est tout entier assailli et meurtri ; sans même parler de l'humidité tombante, si fatale à quiconque a passé le climatère. Non : pour aller en mer, un homme doit avoir la jeunesse, une santé impavide et l'estomac d'une hyène. Mais j'espère que le pauvre monsieur pourra assister au dîner d'adieu ? De grands préparatifs sont en cours, me dit-on. Le capitaine viendra et j'attends moi-même le festin avec impatience. Je suis las des œufs et du lait caillé, et ce scélérat — montrant du menton Killick qui cognait des chaises dans la grand-chambre derrière eux avant de faire entrer une équipe de manieurs de faubers pour transformer l'endroit en un désert humide et impeccable — ne me donne rien d'autre.

Mr Davis ne put assister : il était dans une diligence espagnole, avec huit mules l'emportant aussi vite qu'elles le pouvaient loin de tout ce qui se rattache à la mer. Mais il avait envoyé ses excuses, ses compliments, ses remerciements et tous ses vœux, et ils occupèrent sa chaise avec un jeune second maître maigre et méritant nommé Honey, Joseph Honey. Quand les cloches des églises de Gibraltar sonnèrent l'heure, le capitaine Aubrey pénétra dans le carré encombré d'habits bleus, d'habits rouges et d'habits noirs. Son premier lieutenant l'accueillit et lui proposa un verre de bière.

— Je crains que la compagnie ne soit pas tout à fait complète, monsieur, dit-il, et il se retourna pour adresser des signes cabalistiques au valet du carré.

— Se pourrait-il que le docteur soit en retard ? demanda Jack. Mais au moment où il disait ces mots on entendit un piétinement étouffé, deux ou trois horribles jurons, et Stephen entra sur ses pieds bandés, soutenu aux coudes par son valet, un soldat de peu d'esprit mais docile et de bonne nature, et Killick. Ils l'accueillirent, non par une acclamation car la présence du capitaine les contraignait, mais avec beaucoup d'entrain et, tandis qu'on s'asseyait, Mowett dit en lui souriant à travers la table :

— Vous avez merveilleusement bonne mine, cher docteur, je suis heureux de le voir. Mais cela n'a rien d'étonnant, car « La calamité même, quand la pensée l'épure/Peut adorner l'esprit d'une inspiration pure. »

— Comment vous pouvez supposer que le mien a besoin d'ornements, je ne saurais le dire, Mr Mowett, dit Stephen. Vous avez à nouveau caressé votre muse, me semble-t-il ?

— Vous vous souvenez de ma faiblesse, monsieur ?

— Certainement, et pour vous le prouver, je vous répéterai quelques lignes que vous composâtes lors de notre premier voyage ensemble, notre premier *armement* :

« Art sacré de Maron, capte par ta puissance
D'un cœur compatissant l'aimable bienveillance ;
Alors j'exprimerai en mots inimitables
Des côtes sous le vent l'horreur épouvantable. »

« Très bien, excellent, il a raison, il a raison », s'écrièrent plusieurs officiers, qui tous avaient connu l'horreur épouvantable, non pas une fois mais plusieurs.

— Voilà ce que j'appelle de la poésie, dit le capitaine Aubrey. Pas de ces maudites, de ces minables divagations à propos d'amoureux et de vierges et de prés fleuris. Et puisque nous en sommes aux calamités et aux côtes sous le vent, Mowett, récitez-nous le morceau sur le malheur.

— Je ne suis pas sûr de m'en souvenir très bien, monsieur, dit Mowett, tout rougissant à présent que la table entière le regardait.

— Oh mais si, certainement, le morceau où l'on dit qu'il

renforce l'audace — la patience qui tient bon, vous savez bien : je le fais réciter à mes filles.

— Eh bien, monsieur, si vous insistez, dit Mowett en reposant sa cuiller à soupe.

Son expression naturelle, aimable et joyeuse, fit place à un air grave et solennel ; il fixa du regard la carafe et déclama, d'une voix étonnamment forte :

« Que le malheur, mon âme, renforce ton audace ;
Arme ta patience, tiens bon, point ne te lasse !
Et cette patience nourrira ta sagesse
Au fil du cours des ans s'enrichissant sans cesse
Alors naît le succès, alors point l'espérance,
Et renommée, enfin, sera ta récompense. »

Sous les applaudissements des convives et tandis que la soupe laissait place à un énorme plat de langoustes, Mr Simpson, assis aux côtés de Stephen, dit :

— Je n'avais pas idée que ces messieurs de la Navy caressaient la muse.

— Ne le saviez-vous pas ? Pourtant, Mr Mowett n'a d'exceptionnel que la puissance et l'ampleur de son talent ; et quand vous serez sur le *Goliath* vous trouverez le commis, Mr Cole, et l'un des lieutenants, Mr Miller, qui envoient souvent des poésies à la *Naval Chronicle* et même au *Gentleman's Magazine*. Dans la Navy, monsieur, nous buvons aussi souvent que nous le pouvons à la source castalienne.

Ils burent aussi des liqueurs plus capiteuses, et si le carré du *Worcester*, étant pauvre, ne pouvait s'offrir que le déplorable et rugueux vin local, il y en avait en quantité ; et ce fut tant mieux, car après cette entrée en matière animée, le dîner approcha dangereusement du pot au noir : ceux qui n'avaient pas encore navigué avec le capitaine Aubrey étaient un peu impressionnés par sa réputation, sans même parler de son rang, tandis que la présence de tant de pasteurs exigeait de tous un assez haut degré de décorum. Et même les remarques sur la manière démodée dont le *Brunswick* portait sa voile d'étai de perroquet de fougue sous la grand-hune étaient déplacées dans une compagnie où tant de personnes n'auraient pu distinguer voile d'étai et brigantine. Les plus jeunes officiers restaient muets et mangeaient avec application ; Somers s'attaqua au vin, et bien qu'il en ait dit du mal comme toute personne habituée à un bordeaux décent, il en but beaucoup ; le capitaine d'infanterie de marine se lança dans le récit d'une étrange aventure qui lui était arrivée à Port of Spain mais, se rendant compte que la fin scabreuse ne correspondait en rien à l'occasion, fut obligé de la conduire à une conclusion pitoyablement boiteuse, et sans objet, quoique décente. Gill, le maître, s'efforçait de surmonter sa mélancolie profonde mais sans pouvoir faire beaucoup mieux qu'un regard brillant, attentif, un sourire figé ; Stephen et le professeur Graham s'étaient retirés dans leur contemplation privée ; et pendant que l'assemblée dévorait son mouton, on n'entendit guère autre chose que le bruit de mâchoires puissantes, quelques remarques bien intentionnées mais mal informées du capitaine Aubrey sur la dîme, et une explication détaillée du fonctionnement du défécateur à double fond, tout en bas de la table.

Mais Pullings fit tourner les bouteilles avec plus d'ardeur que jamais, en s'exclamant :

— Professeur Graham, buvons ensemble, monsieur ; Mr Addison, je bois à la santé de votre nouvelle paroisse flottante ; Mr Wells, je vous souhaite bonne navigation sur le *Brunswick*, cul sec, monsieur.

Jack et Mowett l'appuyèrent et quand le dessert arriva, la température de la réunion était parvenue un peu plus près de ce que Pullings espérait.

Le dessert était un « spotted dog », le favori de Jack : un pudding blanc tacheté de noir par les pruneaux comme un dalmatien, et digne d'un vaisseau de ligne, porté par deux hommes robustes.

— Dieu me bénisse, s'exclama Jack avec un regard de tendresse pour ses flancs luisants, un peu translucides, un chien tacheté !

— Nous avons pensé que cela vous plairait, monsieur, dit Pullings. Permettez-moi de vous en trancher une part.

— Savez-vous, monsieur, dit Jack au professeur Graham, que ceci est le premier pudding décent que l'on me sert depuis que j'ai quitté la maison. Par quelque malchance on a négligé d'embarquer la graisse de rognon de veau, et vous conviendrez avec moi qu'un pudding n'est que moquerie, sépulcre blanchi, sans graisse de rognon de veau. Il y a un art dans le pudding, c'est certain, mais qu'est-ce qu'un art sans graisse de rognon de veau ?

— Qu'est-ce, effectivement, dit Graham. Mais il y a aussi des boudins dans l'art, si j'ai bien compris, dans l'art de diriger un navire. Hier à peine j'ai appris à ma grande surprise que vous barrottez les boudins sur les pescars tribord, pour naviguer au près largue.

La surprise de Graham n'était rien au regard de celle du carré. « Au près largue ? dirent-ils, les pescars ? Pescars tribord ? » Le pudding de Jack lui resta coincé dans la gorge un moment avant qu'il comprenne que quelqu'un s'était moqué de la crédulité du professeur, plaisanterie traditionnelle et fort ancienne dans la marine, infligée fréquemment aux jeunes messieurs nouvellement arrivés, à lui-même il y avait bien longtemps, et par Pullings et Mowett au docteur Maturin quelques années auparavant ; mais jamais, à sa connaissance, à un homme aussi éminent que Graham.

— Nous avons des boudins, monsieur, c'est vrai, dit-il en avalant son dessert, et en grand nombre. Il y a ces guirlandes de cordages effilés et rentrés les uns dans les autres que nous serrons autour du grand-mât et de la misaine, juste au-dessous des drosses, avant le combat, pour éviter que les vergues ne tombent ; et puis il y a le boudin à l'étrave d'un canot, qui sert de pare-battage ; et les boudins que nous posons sur l'organeau des ancres pour éviter l'usure. Mais quant aux pescars, je crains que quelqu'un ne se soit moqué de vous. Cela n'existe pas.

Les mots étaient à peine sortis de sa bouche qu'il eût voulu les reprendre : il connaissait extrêmement bien Stephen et cette expression détachée, rêveuse ne pouvait indiquer qu'une conscience coupable.

— À moins, ajouta-t-il très vite, qu'il ne s'agisse d'un terme archaïque. Oui, en fait je pense...

Mais il était trop tard. Le capitaine Harris, de l'infanterie de marine, expliquait déjà « au près largue ». À l'aide d'un morceau de pain frais de Gibraltar et de flèches tracées avec le vin il montrait le navire serrant la brise du plus près possible : « ... et voilà ce que l'on appelle naviguer au près, ou au plus près comme les marins disent dans leur jargon ; alors que largue, c'est quand le vent souffle non pas tout à fait de derrière mais, disons, de la hanche, comme ceci. »

— Suffisamment loin par l'arrière du travers pour que les bonnettes portent, dit Whiting.

— Vous voyez donc, poursuivit Harris, qu'il est tout à fait impossible de naviguer à la fois près et largue. C'est une contradiction de termes.

L'expression lui plut et il répéta « une contradiction de termes ».

— Nous disons effectivement « près et largue », dit Jack,

nous disons qu'un navire navigue bien près et largue quand il peut à la fois serrer le vent de près au besoin et marcher vite quand il est largue. C'est sans aucun doute ce que voulait dire votre informateur.

— Je ne crois pas, monsieur, dit Graham. Je pense que votre première supposition était la bonne. On s'est moqué de moi. Je suis satisfait. Je n'en dirai pas plus.

Il n'avait pas l'air satisfait ; au contraire, il avait l'air profondément mécontent en dépit d'un aspect de complaisance formelle. Mais il n'en dit pas plus, pas plus du moins au docteur Maturin, sauf en une occasion. Le dîner suivit son cours, le vin fit son œuvre, et quand le porto fut sur la table le carré résonnait du bruit confortable d'une réception se déroulant bien, de rires et de conversations animées ; les jeunes officiers avaient retrouvé leur langue — loquacité décente — et l'on proposa des devinettes ; Mowett fournit aimablement un morceau traitant de brise légère par l'arrière du travers, qui commençait par :

« Les voiles capricieuses en poses suppliantes
Exhibent tous leurs charmes à l'inconstant zéphyr ;
Les bonnettes déploient leurs ailes caressantes
Et les voiles d'étai se gonflent en long soupir. »

Et Stephen, conscient qu'il s'était mal conduit mais aussi du fait que sa mauvaise conduite avait été découverte, profita d'une pause entre deux chansons pour dire qu'à moins que le vent fût favorable demain, il avait l'intention de descendre à terre pour acheter une corneille à l'échoppe du juif de Mogador, fameux pour ses oiseaux de toutes sortes y compris les corneilles, « pour voir s'il était vrai que ces oiseaux vivent cent vingt ans » — petite plaisanterie pâle et chétive mais qui faisait rire le monde depuis deux mille cinq cents ans. Elle fit rire aujourd'hui, après quelques instants de réflexion ; mais le docteur Graham dit :

— Il est bien peu probable que vous viviez aussi longtemps vous-même, docteur Maturin ; un homme déjà si avancé en âge et avec de telles habitudes ne saurait prétendre atteindre un tel nombre d'années. Cent vingt ans, vraiment !

Ce furent les derniers mots qu'il dit à Stephen jusqu'à ce que le *Worcester* mette à la cape devant Port Mahon à Minorque, après avoir quitté Gibraltar dès l'instant où le vent passa suffisamment au nord de l'est. La brise était à présent portante pour entrer dans Mahon mais rien, pas même son respect pour l'érudition et sa considération pour le professeur Graham, n'aurait pu conduire Jack à pénétrer dans cette longue rade, facile d'entrée mais diaboliquement difficile à quitter sauf avec brise de nord. Il avait vu souvent des vaisseaux de ligne bloqués là par le vent, autrefois, quand lui-même, avec son petit brick très marin, parvenait juste, mais tout juste, à sortir au louvoyage ; et avec l'escadre de l'amiral Thornton à deux jours de mer si la brise tenait, il n'avait pas l'intention de perdre une minute, en fût-il supplié à genoux par un chœur de vierges. Le *Worcester* mit donc en panne au large du cap Mola et Mr Graham fut descendu dans un canot, mais au moins on lui consentit le confort relatif de la pinasse. Il lança à Stephen un froid « Bien le bonjour » et s'en fut.

Stephen regarda la pinasse hisser sa voile et se hâter sur le clapot bref, aspergeant ses occupants à chaque plongeon et les trempant fréquemment. Il était désolé d'avoir offensé Graham, homme énergique, intelligent, sans rien du savant cloîtré et jamais ennuyeux. Mais un tel degré de ressentiment manquait d'amabilité et il le vit partir sans trop de regrets. « Et de toute manière, se dit-il, il ne pensera plus jamais à moi en tant qu'agent d'intelligence potentiel, et moins encore réel, sainte mère de Dieu. »

— Des puffins ! s'exclama une voix près de lui. Sûrement il ne peut y avoir de puffins ici ?

Stephen se retourna et vit Mr Martin, le dernier pasteur restant, le plus maigre et le plus terne des deux hommes de lettres.

— Bien sûr que ce sont des puffins, dit-il, ne nichent-ils pas dans les trous du cap Mola, là-bas ? Bien sûr, ils sont moins nettement blanc et noir que ceux de l'Atlantique mais ce sont bien des puffins — la même voix, la nuit, dans leur terrier, le même œuf blanc solitaire, le même poussin affreusement obèse. Voyez comme ils tournent avec la vague ! Bien sûr que ce sont des puffins. Vous avez étudié les oiseaux, monsieur ?

— Autant que je l'ai pu, monsieur. Ils ont toujours été mon grand régal. Mais depuis que j'ai quitté l'université, j'ai eu fort peu de loisirs, peu d'occasions de lire, et je n'ai jamais été à l'étranger.

Avec sa blessure et la surabondance d'ecclésiastiques, Stephen n'avait pratiquement eu aucun contact avec Mr Martin, mais à présent son cœur s'ouvrit à ce jeune homme qui partageait sa passion, qui avait appris beaucoup de choses et qui avait payé ses connaissances de longs voyages à pied, de nuits passées dans les étables, meules de foin, bergeries et même prisons quand on le prenait pour un braconnier, et de la perte d'un œil détruit par une chouette. « Le pauvre oiseau ne voulait que protéger sa couvée : comment aurait-il pu savoir que je ne lui voulais pas de mal — j'étais coupable de mouvements abrupts. Par ailleurs, c'est assez pratique lorsqu'on regarde à la lunette de ne pas avoir à fermer l'autre œil. » Ils échangèrent des récits d'outardes, de balbuzards, d'échasses, de courvites isabelle ; et Stephen décrivait le grand albatros avec un entrain approchant l'enthousiasme quand il entendit le capitaine Aubrey dire d'un ton de fort déplaisir : « Larguez le petit hunier. Donnez-lui un coup de canon. »

C'était la conduite de la pinasse, retour de Mahon, qui provoquait ses remarques. Aux yeux de Stephen elle semblait revenir assez bien, au louvoyage, virant avec netteté de temps à autre, mais il était clair, d'après le visage des autres officiers présents sur le gaillard, que Mr Somers ne manœuvrait pas le canot à leur satisfaction. À un moment, ils agitèrent tous la tête à l'unisson, les yeux froncés et désapprobateurs et effectivement, quelques instants plus tard, un espar fut emporté — un espar qui pourrait être remplacé à Malte, mais pas beaucoup plus près. Quand la pinasse vint bord à bord dans un craquement sinistre, le capitaine Aubrey dit :

— Mr Pullings, je souhaite voir Mr Somers dans la chambre, et il s'éloigna.

Somers sortit de la chambre dix minutes plus tard, rouge et renfrogné. Le gaillard était encombré d'officiers et de jeunes messieurs qui regardaient Minorque décroître par la hanche babord tandis que le navire faisait route au nord-est pour son rendez-vous avec l'amiral : un coup d'œil leur montra l'état d'esprit de Somers et tous évitèrent soigneusement son regard tandis qu'il faisait les cent pas un moment avant de descendre.

Il était toujours d'une humeur grincheuse et rancunière quand le carré se réunit pour souper, et ils s'efforcèrent de l'égayer. Depuis longtemps tous les marins présents savaient qu'il n'avait rien d'un homme de mer, mais ils étaient conscients de l'importance de bonnes relations dans une petite collectivité entassée, où l'on était toujours les uns sur les autres sans possibilité de s'écarter pendant toute la durée de l'armement ; toutefois Somers ne voulut pas se laisser entraîner à un état d'esprit plus heureux. Nul ne savait où il avait servi son temps, mais c'était probablement à bord d'un navire qui n'observait pas les conventions que tous avaient toujours connues, et dont l'une était que toute dissension sur le pont soit oubliée — du moins, prétendument oubliée — à table. Vers la fin du repas il fit un effort de conversation, bavardant avec Mr Martin et le plus jeune des lieutenants d'infanterie de marine, Jackson, qui l'admirait pour sa beauté, sa richesse relative et ses relations : sans mentionner le moindre nom il leur expliqua la différence, telle qu'il la voyait, entre les capitaines boscos et les capitaines gentilshommes, les premiers étant ceux qui prêtaient la plus grande attention aux devoirs mécaniques, domaine des simples mariniers, les seconds étant l'âme véritable de la Navy, hommes fougueux qui laissaient de telles choses à leurs inférieurs, réservant toutes leurs énergies pour une direction générale supérieure et pour le combat, dans lequel ils conduisaient leurs hommes (qui les respectaient, et les adoraient presque) de manière incomparable. Son enthousiasme pour les gentilshommes atteignit presque le niveau de celui de Stephen à propos de l'albatros — le menu peuple reconnaissait instinctivement le sang et en acceptait la supériorité, il savait qu'un homme d'ancienne lignée était en quelque sorte d'une autre essence, et pouvait le distinguer immédiatement, comme s'il portait un halo. Le jeune Jackson abonda dans son sens, applaudissant ses envolées, jusqu'au moment où il jeta un coup d'œil autour de la table et vit les visages graves de ses compagnons : un certain doute l'envahit et il fit silence. À ce moment, Somers était trop ivre pour le remarquer, ou pour faire attention à la conversation forte et déterminée qui noya sa voix. Il était en fait ivre à tel point, même pour la marine, qu'il fallut le porter dans sa couchette : c'était assez habituel et comme il n'avait pas de quart à prendre cette nuit, nul ne fit de commentaire (le commis était rituellement réduit au silence à l'extinction des feux, bien que le *Worcester* ne fût nullement considéré comme un navire où l'on buvait beaucoup). Mais son état le lendemain matin n'avait rien d'habituel : il était si mal en point que Stephen, ayant prescrit trois drachmes de baume de Lucatellus, lui dit qu'il pouvait parfaitement décliner l'invitation à dîner du capitaine, pour raison de santé. Somers manifesta une gratitude touchante des attentions du docteur Maturin et quand il s'éloigna, Stephen se dit qu'il avait souvent connu des hommes arrogants et suffisants en public — des hommes ayant peu de tact social instinctif — mais assez agréables avec un seul compagnon. Il fit cette réflexion sur un ton général à Mr Martin : assis sur la dunette sous un ciel sans nuage après leur dîner avec le capitaine, ils observaient la mer d'un bleu pur mouchetée de blanc et les différentes mouettes errant dans son sillage ; mais Martin était trop occupé de l'outarde, la grande outarde d'Andalousie achetée à Gibraltar, plat principal du dîner, pour donner plus qu'un assentiment poli avant de revenir à cette noble volaille.

— Et dire que j'ai couché trois nuits dans une hutte de berger sur la plaine de Salisbury — une hutte sur roues — dans l'espoir d'en voir une à l'aube, sans même parler de mes veillées dans le Lincolnshire, et que j'en ai trouvé, un coq, sur mon assiette au cœur de l'océan ! C'est tout à fait comme un rêve.

Il était aussi plein d'enthousiasme pour la Navy : tant d'amabilité chez le capitaine, tant d'hospitalité cordiale, rien de la distance formelle, froide et hautaine qu'il avait été conduit à escompter. Et ces messieurs du carré étaient si amicaux et pleins d'égards ; il ne pourrait jamais rendre un trop grand hommage à l'amabilité de Mr Pullings et de Mr Mowett. Les autres officiers avaient été fort bons pour lui, eux aussi, tandis que le confort de sa petite cabine, en dépit de l'énorme canon, et le... il pourrait presque dire le *luxe* de leur chère, avec du vin tous les jours, l'étonnaient infiniment.

Stephen jeta un coup d'œil pour voir s'il parlait avec ironie, mais ne put détecter qu'honnête plaisir et satisfaction, ainsi qu'un éclat rosé né du porto du capitaine Aubrey.

— C'est vrai, nous avons de la chance avec nos compagnons de bord, observa-t-il, et j'ai remarqué que beaucoup d'officiers de marine, non, la majorité, sont de la même race joviale, libérale et de bonne nature. Les fats sont rares ; les hommes de lecture ne sont pas inconnus. Pourtant, du point de vue physique la vie navale est généralement représentée comme faite d'épreuves, d'inconfort et de privations.

— Tout est relatif, dit Martin, et peut-être que quelques années de vie dans une mansarde ou une cave et de travail pour les libraires ne sont pas une mauvaise préparation pour la Navy. Quoi qu'il en soit, c'est la vie qu'il me faut.

Aussi bien comme naturaliste que comme être social, je suis...

— Excusez-moi, messieurs, dit le capitaine des hommes du gaillard d'arrière, montant l'échelle de poupe suivi d'une horde de manieurs de fauberts.

— Que se passe-t-il, Miller ? demanda Stephen.

— Que nous espérons apercevoir l'escadre sous peu, dit Miller, et vous voudriez pas que l'amiral voie le pont tout couvert de saletés jusqu'aux genoux, monsieur, n'est-ce pas ? Et qu'on fasse des remarques dans toute la flotte.

La saleté n'était pas discernable à l'œil d'un terrien, sauf peut-être une très légère poussière de petits morceaux de cordages usés, tombés du gréement et réunis sous le vent de la lisse, mais Stephen et le pasteur furent chassés de la dunette vers le gaillard d'arrière. Cinq minutes plus tard, la marée des robustes nettoyeurs les délogeait à nouveau et ils migrèrent vers le passavant.

— Ne voulez-vous pas descendre, monsieur ? demanda Whiting, officier de quart. Le carré est presque sec à présent.

— Merci, dit Stephen, mais je voudrais montrer à Mr Martin une mouette mélanocéphale. Je pense que nous irons sur le gaillard d'avant.

— Je vais faire envoyer votre fauteuil à l'avant, dit Pullings, mais vous ne toucherez à rien, n'est-ce pas, docteur ? Tout est absolument propre, prêt pour l'inspection de l'amiral.

— Vous êtes fort bon, Mr Pullings, dit Stephen, mais je peux à présent marcher et tenir debout sans peine. Je n'ai pas besoin du fauteuil, mais je suis sensible à votre attention.

— Vous ne toucherez à rien, docteur, lança Pullings à leur suite. Et sur le gaillard d'avant un aspirant et deux matelots de maîtresse ancre, un peu âgés, leur demandèrent de faire très attention et de ne toucher à rien. Ils étaient mal venus, encombrants, mais au bout d'un moment, Joseph Plaice, ancien compagnon de bord de Stephen et matelot d'avant, leur apporta à chacun un sac de bourre pour les pièces d'étrave et ils purent s'asseoir dans un certain confort, sans toucher ni les cordages magnifiquement lovés ni les viseurs luisants des pièces.

— La Navy est l'existence qu'il me faut, dit à nouveau Martin. En dehors même de l'excellente compagnie — et je peux dire que pour autant que j'aie pu le voir les matelots ordinaires sont aussi obligeants que les officiers.

— Je l'ai certainement constaté, dans bien des cas. À l'arrière tous les honneurs, à l'avant tous les meilleurs, comme disait Lord Nelson, dit Stephen. À l'arrière ce sont les officiers et les jeunes messieurs, à l'avant les matelots — le contenant pour le contenu, vous comprenez. Pourtant, je pense qu'en parlant de l'avant il parlait des vrais marins ; car il vous faut observer qu'un équipage comme celui-ci récupère nécessairement bon nombre de rebuts, fripouille et racaille honteusement sale et rebelle, de bons à rien sans honneur pour commencer et parfois pour toujours.

Martin s'inclina et poursuivit :

— En dehors de cela, il est un aspect que l'on ne peut mentionner que bien plus tard, et c'est le matériel. Je dois vous demander pardon, monsieur, de faire allusion à un tel sujet, mais seul un homme ayant gagné son pain par une profession dans laquelle il ne peut compter que sur lui seul, dans laquelle tout défaut d'invention, tout accès de maladie est fatal, peut apprécier l'extraordinaire confort de la certitude de cent cinquante livres par an. Cent cinquante livres par an ! Dieu du ciel ! Et l'on me dit que si je consens à faire le maître d'école pour les jeunes messieurs, des gages annuels de cinq livres par tête sont dus pour chacun.

— Je vous conjure de n'en rien faire. Voici une mouette mélanocéphale, juchée là-bas sur la longue perche qui pointe à l'avant : vous voyez son fort bec rouge foncé, la noirceur pure de sa tête ? Elle est différente de ridibundus.

— Très différente. De près, aucune confusion n'est possible. Mais s'il vous plaît, monsieur, pourquoi ne dois-je pas enseigner les jeunes messieurs ?

— Parce que, monsieur, cet enseignement exerce un effet lugubre sur l'âme. C'est la mise en exemple de la mauvaiseté de l'autorité établie, artificielle. Le pédagogue possède l'autorité presque absolue sur ses élèves. Il les bat, souvent, et insensiblement il perd le sens du respect qui leur est dû en tant qu'êtres humains. Il leur fait du mal, mais le mal qu'ils lui font est bien plus grand. Il peut aisément devenir le tyran qui sait tout, qui a toujours raison, qui est toujours vertueux ; de toute manière il est en association perpétuelle avec ses inférieurs, le roi de sa compagnie ; et en un temps étonnamment court, hélas, cela lui impose la marque de Caïn. Avez-vous jamais connu un maître d'école digne de s'associer avec des hommes faits ? Le ciel sait que je n'en ai jamais rencontré. Ils sont tous horriblement pervertis. Pourtant, chose assez curieuse, cela ne semble pas s'appliquer aux précepteurs : peut-être n'est-il guère possible de jouer la prima donna devant un public d'une seule personne. Les pères, par ailleurs...

— Les compliments de Mr Pullings, monsieur, dit un aspirant, et il prie le docteur Maturin de bien vouloir ôter ses pieds de la peinture fraîche.

Stephen le regarda, puis regarda ses pieds. C'était tout à fait vrai : la surface luisante de la caronade qui lui servait de tabouret brillait, non, comme il l'avait supposé, de polissage ou d'embruns, mais d'une peinture noir d'encre, récemment étalée.

— Mes compliments à Mr Pullings, dit-il enfin, et demandez-lui, je vous prie, qu'il me fasse savoir, quand il en aura le loisir, comment je puis ôter mes pieds de la peinture fraîche sans marquer instantanément et de manière indélébile le pont, ici et à chacun des pas que je ferai jusqu'à la descente. Ces bandages ne sauraient être enlevés à la légère. Et de toute manière, monsieur (à Mr Martin), la question ne se pose guère, car comme vous l'avez remarqué vous-même, vous jugez le théorème de Pythagore impossible à comprendre ; et l'éducation des jeunes messieurs à bord est presque exclusivement une affaire de trigonométrie et même d'algèbre, que le ciel nous préserve.

— Dans ce cas je dois abandonner mes aspirants, je le vois, dit Martin avec un sourire. Mais je crois tout de même que la Navy est l'existence qu'il me faut — une vie idéale pour un naturaliste.

— C'est vrai, c'est une fort belle vie pour un jeune homme sans attaches à terre et doté d'une constitution robuste, un jeune homme point trop délicat quant à la nourriture et qui ne vénère pas son ventre. Je suis entièrement d'accord avec vous pour penser que la meilleure espèce d'officier de marine est d'excellente compagnie, mais il en est d'autres ; et le poison de l'autorité peut saper un capitaine, avec les plus infortunés effets sur tout l'équipage du navire. Par ailleurs, si pour votre malheur vous avez à bord un fâcheux ou un fat irascible, vous voilà cloîtré avec lui pour des mois et même des années, de sorte que ses défauts deviennent intensément fastidieux et les premiers mots de ses anecdotes, si souvent répétés, un tourment démoniaque. Quant à être l'existence idéale pour un naturaliste, eh bien, elle a effectivement des avantages, mais il vous faut considérer que la fonction première de la Navy est de prendre, brûler ou détruire l'ennemi, non de contempler les merveilles des profondeurs. Les ressources extrêmes du langage ne sauraient suffire à décrire la frustration qu'un naturaliste doit subir dans cette épuisante poursuite de fins purement politiques, matérielles : si l'on nous avait accordé quelques jours à terre à Minorque, par exemple, j'aurais pu vous montrer non seulement le traquet rieur, non seulement le curieux traquet de Minorque, mais le faucon d'Éléonore ! Le gypaète barbu !

— Je suis sûr que ce que vous dites est profondément vrai, dit Martin, et je m'incline devant votre expérience — je ne nourrirai aucune illusion. Et pourtant, monsieur, vous avez vu le grand albatros, les pétrels de l'Antarctique, les manchots et pingouins dans toute leur intéressante diversité, les éléphants de mer, le casoar des lointaines îles des Épices, l'émeu fouillant les plaines torrides, le cormoran huppé à l'œil bleu. Vous avez aperçu le léviatan !

— J'ai aussi vu le paresseux à trois doigts, dit le docteur Maturin.

— Voile en vue ! lança la vigie en tête du mât de misaine. Ho, du pont, là, quatre vaisseaux, six vaisseaux, une escadre par l'avant tribord.

— Ce sera la flottille de Sir John Thornton, dit Stephen. À présent, nous devons nous faire propres : peut-être devrions-nous appeler le barbier.

Le capitaine Aubrey, aussi propre que son meilleur uniforme brossé à neuf pouvait le faire paraître, la médaille d'Aboukir à la boutonnière, l'épée réglementaire au côté (l'amiral Thornton était très à cheval sur l'étiquette), descendit le flanc du *Worcester* avec toute la cérémonie navale appropriée, précédé d'un aspirant portant plusieurs paquets sous le bras. Il était grave et silencieux tandis que son canot d'apparat franchissait la vaste étendue de mer séparant les deux lignes d'énormes vaisseaux alignés, devant et derrière l'*Ocean*, chacun exactement à sa place, à deux encablures du suivant. Bien que ceci fût simplement une parenthèse dans sa carrière, un passage routinier dans l'incessant blocus de Toulon, avec fort peu de perspectives de combat, il fallait cependant tenir compte de la mer, des vents brusques et sauvages du golfe du Lion ; et l'inattendu restait toujours possible. L'amiral Thornton, marin remarquable, exigeait de ses capitaines un très haut degré de compétence ; il n'hésitait jamais à sacrifier des individus lorsqu'il jugeait que le bien du service était en jeu — il avait mis sur la plage à tout jamais bien des officiers —, et si Jack ne pouvait guère espérer se distinguer au cours de cette parenthèse, il était tout à fait possible qu'il y subît une disgrâce, en particulier du fait que l'amiral Harte, qui commandait en second, ne l'aimait pas. Ses pensées étaient plus sombres, son visage moins joyeux que d'habitude. Après les quelques premières semaines d'activité pour mettre le *Worcester* en état, semaines au cours desquelles il avait porté son artillerie à un niveau d'efficacité relativement correct, le navire s'était installé dans la routine habituelle de la vie navale, navire heureux dans l'ensemble ; et comme il disposait avec Tom Pullings d'un excellent second, il avait eu tout le loisir de s'inquiéter pour ses affaires terriennes, ses difficultés juridiques horriblement compliquées et périlleuses. Il avait conservé bien peu de latin de son passage bref, lointain et pour l'essentiel inefficace à l'école, mais une maxime lui courait encore en tête, dont la substance était qu'aucun navire ne saurait courir plus vite que le souci. Le *Worcester* avait couru quelque deux mille milles aussi vite qu'il pouvait le mener, pourtant le souci restait là, chassé uniquement par les exercices de canon et ses soirées avec Stephen, Scarlatti, le vieux Bach et Mozart.

Bonden amena le canot à effleurer le navire amiral. Jack fut accueilli à bord avec plus de cérémonie encore, les sifflets des boscos trillant follement, l'infanterie de marine présentant armes avec un superbe claquement simultané ; il salua le gaillard d'arrière, constata que l'amiral ne s'y trouvait pas, salua le capitaine de la flotte, serra la main du capitaine de l'*Ocean*, prit les paquets des mains de son aspirant et se retourna vers un homme en noir, le secrétaire de l'amiral, qui le conduisit en bas.

L'amiral leva les yeux des innombrables papiers éparpillés sur son vaste bureau, dit « Asseyez-vous, Aubrey. Excusez-moi quelques instants » et continua d'écrire. Sa plume grinçait. Jack se tint là, très grave, à juste titre, car l'homme devant lui, brillamment éclairé par le soleil méditerranéen pénétrant par la fenêtre de poupe, était le fantôme pâle, chauve et boursouflé de l'amiral Thornton qu'il avait connu : un homme sans aucun glorieux combat attaché à son nom mais doté d'une immense réputation de capitaine combattant et plus encore d'organisateur et de fanatique de la discipline, un homme à la personnalité aussi forte que celle de Saint-Vincent et qui lui ressemblait un peu, si ce n'est qu'il avait horreur du fouet et accordait beaucoup d'attention à l'observance religieuse — et qu'il était heureux en mariage. Jack avait servi sous ses ordres. Et s'il avait connu bien des amiraux depuis cette époque, il le trouvait toujours aussi redoutable, bien qu'effroyablement vieilli et malade. Jack restait là, à réfléchir au passage du temps et à ses mutilations. Il regarda, sans presque savoir ce qu'il voyait, la tête pâle et chauve de l'amiral avec quelques rares mèches de longs cheveux gris de chaque côté, jusqu'à ce qu'un vieux, vieux carlin, brusquement réveillé, déclenchât un furieux petit vacarme, se jetât droit sur lui et lui mordit la jambe, si l'on peut appeler morsure un pinçon si peu fourni en dents.

— Tais-toi, Tabby, tais-toi, dit l'amiral en continuant d'écrire.

Le carlin fit retraite, grognant et ronchonnant, roulant des yeux et défiant Jack de son coussin sous le bureau. L'amiral signa sa lettre, posa sa plume et ôta ses lunettes ; il fit un mouvement pour se lever, mais retomba. Jack sauta sur ses pieds et l'amiral tendit la main par-dessus les papiers, en le regardant sans grand intérêt.

— Eh bien, Aubrey, dit-il, bienvenue en Méditerranée. Vous avez fait une assez belle traversée étant donné le levanter. Je suis heureux qu'ils m'aient envoyé un vrai marin, cette fois : certains des gens que l'on nous attribue sont de tristes incapables. Et je suis heureux de voir que vous avez réussi à les convaincre de vous fournir des mâts raisonnables. Les gréements lourds et tout en hauteur, surtout sur un navire à flancs droits, ne sauraient convenir au service d'hiver par ici. Dites-moi, comment trouvez-vous le *Worcester* ?

— J'ai ici mon rapport sur son état, monsieur, dit Jack en prenant l'un de ses paquets. Mais peut-être me permettrez-vous d'abord de vous remettre ceci : quand j'ai eu l'honneur de lui rendre visite avant l'appareillage, j'ai promis à Lady Thornton que je vous le donnerais avant toute chose.

— Dieu me bénisse, des lettres de la maison, s'écria l'amiral, et ses yeux ternes et glauques retrouvèrent leur éclat et leur vie. Et deux aussi de mes filles. Ce jour est historique — je n'ai pas entendu parler d'elles depuis l'arrivée d'*Excellent*. Dieu me bénisse. Je vous en suis profondément reconnaissant, Aubrey, sur ma parole, vraiment.

Cette fois il se leva, dressant son corps alourdi sur des jambes décharnées pour serrer à nouveau la main de Jack ; ce faisant il aperçut le bas de soie déchiré, la petite tache de sang.

— Vous a-t-elle mordu ? s'exclama-t-il, oh, je suis vraiment désolé. Tabby, vilaine bête, quelle honte, dit-il en se penchant pour lui donner une tape : elle lui lança sans hésiter un coup de dent, sans même bouger de son coussin.

— Elle devient revêche en vieillissant, dit l'amiral, comme son maître, j'en ai peur, et elle se languit de faire un tour à terre. Savez-vous, Aubrey, que cela fait treize mois que je n'ai pas mis une ancre au fond.

Quand l'amiral eut parcouru les divers dossiers et jeté un coup d'œil à sa correspondance officielle pour voir s'il y avait quelques questions particulièrement urgentes, ils revinrent au *Worcester* et à la blessure de Jack. Le navire ne les retint pas longtemps ; ils le connaissaient tous deux, ainsi que la plupart des autres Quarante Voleurs, et Jack sentait l'amiral impatient d'être seul avec ses lettres. Mais Thornton exprima plusieurs fois son souci de sa blessure et de son bas déchiré :

— Au moins, je peux vous assurer que Tabitha n'est pas enragée, dit-il. Elle est juste un peu sotte et manque de discernement. Si elle était enragée, il ne resterait pas un seul officier général dans l'escadre, car elle a pincé l'amiral Harte, l'amiral Mitchell et le capitaine de la flotte maintes et maintes fois. Surtout Harte. Et aucun d'entre eux n'est tombé en convulsions, que je sache. Mais elle est vraiment revêche, je vous l'ai dit, comme son maître. Une bonne bataille avec les Français nous remettrait tous deux, nous rajeunirait et nous permettrait de rentrer enfin à la maison.

— Y a-t-il la moindre probabilité qu'ils sortent, monsieur ?

— Peut-être. Peut-être. Pas immédiatement, bien entendu, avec cette brise de sud et le baromètre stable ; mais l'escadre de terre a parlé de beaucoup d'activité depuis quelques semaines. Grand Dieu, combien j'espère qu'ils fassent une sortie ! s'exclama l'amiral en joignant et serrant les mains.

— Dieu le veuille, monsieur, dit Jack en se levant. Dieu le veuille.

— Amen à cela, dit l'amiral, et, se levant au roulis, il raccompagna Jack à la porte tout en observant : Nous devons réunir une cour martiale demain, je le crains. Vous y assis-

terez, bien entendu. Il y a un cas particulièrement déplaisant que je n'ai pas voulu laisser pour Malte et nous
traiterons les autres en même temps. Je voudrais que ce soit
déjà fait. Oh, et puis je crois que vous avez un docteur Maturin à bord. J'aimerais le voir à midi, et le médecin de la
flotte aussi.

Chapitre quatre

Jack Aubrey dînait avec son vieil ami Heneage Dundas, capitaine de l'*Excellent*. Ils avaient été aspirants et lieutenants ensemble ; ils pouvaient se parler avec la plus grande franchise et quand leur repas austère fut terminé — l'ultime et maigre poule de l'*Excellent*, bouillie non point jusqu'à la tendresse mais jusqu'aux tendons — et qu'ils furent seuls, Jack dit :

— J'ai été bouleversé de voir l'amiral.

— Cela ne m'étonne pas, dit Dundas, je l'ai été aussi quand je suis arrivé et que je suis monté à bord pour la première fois. Je n'ai pratiquement pas posé les yeux sur lui depuis lors, mais on dit qu'il est encore bien pire — il vient à peine sur le pont, sauf peut-être une demi-heure à la fraîcheur du soir, et ne reçoit pratiquement jamais. Comment l'avez-vous trouvé ?

— Épuisé, totalement épuisé. Il pouvait à peine se lever de son siège, ses jambes sont maigres comme des baguettes de tambour. Qu'est-ce qu'il a, au juste ?

— Tenir la mer, voilà ce qu'il a. Tenir cet infernal blocus le plus rigoureusement qu'il peut, avec de vieux navires délabrés, pour la plupart à court d'hommes et tous à court de vivres, une escadre épuisée, terriblement difficile et peu coopérative, et un commandant en second incompétent. Cela va le tuer, croyez-moi, Jack. Je suis ici depuis trois mois et je n'ai pas la moitié de son âge, mais vous savez ce qu'est un blocus rigoureux — un autre monde coupé de tout ; l'ordinaire rationné, les chemises mal lavées, le mauvais temps, l'équipage excédé, exaspéré d'avoir à tenir exactement le poste sous les yeux de l'amiral — et déjà un navire ressemble à une prison. Il en a fait des années, bien plus que n'importe quel autre commandant en chef.

— Pourquoi donc ne rentre-t-il pas ? Pourquoi ne le relève-t-on pas ?

— Qui pourrait le remplacer ? Harte ?

Ils eurent un rire dédaigneux.

— Franklin ? suggéra Jack, Lombard ? Même Mitchell. Ce sont tous des marins ; ils pourraient tenir le blocus. Franklin et Lombard l'ont fait à merveille devant Brest et Rochefort.

— Mais ce n'est pas seulement le blocus, tête de mule, s'exclama Dundas, l'amiral pourrait tenir le blocus avec un bras lié derrière le dos. S'il n'y avait que le blocus, il serait rose et gras comme vous et moi, quoique, je dois dire en passant, Jack, vous ayez l'air d'avoir perdu une bonne partie de votre lard depuis que je vous ai vu : je doute que vous fassiez plus de cent quatre-vingt-dix livres. Non, s'il n'y avait que le blocus, ils seraient une vingtaine à pouvoir le remplacer. Mais en dehors des Français, il a toute la Méditerranée sur les bras, et tout ce qui la touche : la Catalogne, l'Italie, la Sicile, l'Adriatique, la mer Ionienne et les Turcs, l'Égypte, les États barbaresques — et je peux vous dire, Jack, que les États barbaresques sont vraiment diaboliques à traiter. On m'a envoyé discuter avec le dey, et je m'en suis assez bien tiré, bien que notre consul ait essayé de me mettre des bâtons dans les roues. J'étais très satisfait de moi, jusqu'à ce que j'y retourne quelques semaines plus tard à propos de certains esclaves chrétiens, pour constater que mon dey avait été assassiné par les soldats et qu'il y en avait un nouveau à la place, qui désirait un nouvel accord et une nouvelle série de cadeaux. Je ne sais pas si le consul ou ses hommes avaient manigancé l'affaire, mais le Foreign Office a des gens là-bas : Ned Burney a reconnu un sien cousin vêtu d'un drap.

— Les civils ne peuvent quand même pas venir braconner sur nos terres, sur les domaines du commandant en chef ?

— Ils ne sont pas supposés le faire, mais ils le font. De même que l'armée, du moins en Sicile. Et cela complique encore les choses ; mais elles étaient compliquées de toute manière, dès le départ, en conscience, avec des douzaines de souverains, grands et petits. On ne sait jamais où l'on en est avec les États barbaresques mais ils sont indispensables pour notre avitaillement ; tandis que les beys et les pachas de Grèce et d'Adriatique n'obéissent presque jamais au sultan de Turquie — ce sont pratiquement des princes indépendants — et certains d'entre eux sont tout à fait prêts à se liguer avec les Français pour atteindre leur but. On ne peut pas compter sur les Siciliens ; et en dehors du fait qu'il ne faut pas le provoquer, à aucun prix, par peur des Français, je ne sais pas exactement où nous en sommes avec le sultan. Mais l'amiral le sait. Il tient tous les fils de cette toile dans ses mains — vous devriez voir les felouques, les houaris et les demi-galères qui l'accostent — et il serait sûrement difficile pour un homme nouveau de les reprendre, surtout du fait que les instructions mettent si longtemps à arriver. Nous restons souvent des mois de suite sans ordres de l'Amirauté, et sans courrier, d'ailleurs, et l'amiral est obligé de jouer à l'ambassadeur et au diplomate ici, là et ailleurs pour maintenir tous ces roitelets dans le calme, en plus de s'occuper de l'escadre.

— Le remplacer serait difficile, bien entendu. Mais ils n'ont quand même pas l'intention de le laisser ici jusqu'à ce qu'il se tue à la tâche ? S'il meurt, il faudra bien envoyer quelqu'un de nouveau, et sans personne pour le mettre au courant il sera complètement perdu. D'ailleurs on dit qu'il a demandé plusieurs fois à être relevé. Lady Thornton me l'a dit elle-même.

— Oui, c'est vrai, dit Dundas. (Il hésita : son frère aîné était Premier Lord, et il se demandait jusqu'à quel point il pouvait décemment révéler des informations confidentielles.) Oui, c'est vrai, mais entre vous et moi, Jack, entre vous et moi, il a toujours laissé une porte de sortie — il a toujours demandé à être relevé de telle manière qu'on puisse le presser de rester et qu'il y consente. Il n'a jamais envoyé d'ultimatum, et je ne pense pas que l'Amirauté sache à quel point il est malade. Ils lui ont envoyé des renforts, ils ont promu ses officiers et ils l'ont fait général de division de l'infanterie de marine ; et ils pensent que la situation est réglée.

— Pourtant, il meurt d'envie de rentrer à la maison. Quelle affaire bizarre.

— Je crois que l'explication est celle-ci : il meurt d'envie de rentrer, et il devrait rentrer ; mais il meurt plus encore d'envie d'un combat avec les Français. Tant que cela reste une possibilité, et c'est une possibilité très réelle car ils sont plus nombreux que nous, je suis persuadé qu'il restera. Ou bien il aura son combat, ou il mourra à bord de son navire.

— Eh bien, dit Jack, c'est tout à son honneur. (Puis il répéta :) Dieu veuille que les Français sortent. (Après une pause il se leva.) Merci pour le dîner, Hen, dit-il, j'ai rarement bu un aussi bon porto.

— C'était fort aimable à vous de venir, dit Dundas, je m'ennuyais terriblement de n'avoir personne à qui parler — morose comme un matou et fatigué de ma propre compagnie. Il n'y a pas beaucoup de visites entre les navires en blocus. Quelquefois je joue aux échecs, main gauche contre main droite ; mais ce n'est pas très drôle.

— Comment est votre carré ?

— Oh, tout à fait convenable dans l'ensemble. Ce sont pour la plupart des hommes jeunes, bien entendu, sauf mon second qui est assez vieux pour être mon père : je les invite à tour de rôle et je dîne avec eux le dimanche, mais ce ne sont pas des hommes avec lesquels je puisse me laisser aller, avec lesquels je puisse, comment dire, vraiment parler ; et les soirées n'en finissent pas, solitaires, mélancoliques et lentes, dit Dundas avec un rire. Il y a des gens avec lesquels il faut jouer au demi-dieu d'une méridienne à l'autre. Je m'en fatigue énormément et je ne suis pas sûr de tenir le rôle de façon très convaincante. C'est une chance extraordinaire pour vous d'avoir Maturin. Donnez-lui mon bon souvenir, voulez-vous ? J'espère qu'il trouvera le temps de venir me voir.

Maturin avait tout à fait l'intention d'aller le voir, car il aimait beaucoup le capitaine Dundas, mais auparavant il devait rendre visite à l'amiral et au médecin de la flotte. Il fut prêt très tôt le matin : son uniforme, révisé à fond et brossé par Killick, avait été inspecté par Jack au petit déjeuner, et à présent il se tenait sur le gaillard d'arrière, bavardant avec Mr Martin.

— L'enseigne en haut du mât du milieu indique que Sir John Thornton est amiral de l'escadre blanche, dit-il et comme vous le voyez l'enseigne elle-même est blanche ; alors que celle du mât arrière, ou *artimon* comme nous disons, du grand navire qui se trouve à gauche est rouge, d'où nous pouvons conclure que Mr Harte est contre-amiral de l'escadre rouge. Et de plus, si nous pouvions apercevoir le vaisseau amiral de Mr Mitchell qui commande l'escadre de terre, nous constaterions qu'il porte un pavillon bleu, aussi sur le mât arrière, d'où nous conclurions qu'il est contre-amiral de l'escadre bleue et par conséquent subordonné à la fois à Sir John Thornton et à Mr Harte, l'ordre des escadres étant la blanche, la rouge et la bleue.

— Trois hourras pour la blanche, la rouge et la bleue, dit

Mr Martin, son moral très remonté par le spectacle de tant de glorieux vaisseaux de guerre rassemblés sous le ciel brillant du matin : pas moins de huit énormes trois-ponts, et quatre autres vaisseaux de ligne, en dehors des plus petites unités.

Vergues exactement croisées, peintures fraîches et cuivres brillants dissimulaient le fait que beaucoup d'entre eux s'usaient rapidement sous la contrainte perpétuelle du temps, et que certains avaient même dépassé leur durée de vie normale ; et là où un marin aurait remarqué les mâts jumelés et les cordages de récupération dans le gréement, l'œil du terrien ne voyait qu'à peine une allusion à leur véritable état dans les voiles rapiécées et les pavillons effrangés.

— Et l'Union Jack, sur le vaisseau de l'amiral, dénote le commandement suprême, sans doute ?

— Je ne crois pas, monsieur, dit Stephen. On me dit que cela indique plutôt qu'une cour martiale doit avoir lieu dans la matinée. Peut-être voudriez-vous y assister ? Tout le monde peut écouter la procédure et cela vous donnera peut-être une vision plus complète de la Royal Navy.

— Ce serait fort intéressant, j'en suis sûr, dit Martin sobrement.

— Le capitaine Aubrey a la bonté de m'emmener dans son canot : on le prépare actuellement, et comme vous voyez c'est un véhicule de grande contenance. Je suis sûr qu'il vous y ferait place ; et vous n'aurez pas grande difficulté à embarquer sur le navire amiral. C'est ce que nous appelons un trois-ponts et il dispose d'une porte d'entrée fort commode dans le milieu. Je lui demanderai, si vous le souhaitez, quand il apparaîtra.

— Cela serait fort aimable, si vous êtes sûr que je ne sois pas importun.

Martin s'interrompit et, avec un mouvement de tête vers l'endroit, tout près des cages à poules, où l'on aérait quelques moutons et un grand chien lugubre, il dit :

— Cet enfant, avec le petit taureau, je le vois tous les matins quand je me lève assez tôt. S'il vous plaît, s'agit-il d'une autre coutume navale ?

— Je le crains, d'une certaine manière. Le jeune monsieur chétif est Mr Calamy. Il se languit d'être grand et fort, d'une force gigantesque, et quelques méchants membres plus âgés du poste des aspirants lui ont dit que s'il porte le veau sur ses épaules sur une certaine distance tous les jours, son squelette s'habituera insensiblement à l'augmentation graduelle du poids de l'animal, de sorte que quand ce sera un taureau de taille adulte, lui-même sera un nouveau Milon de Crotone. Je regrette de dire que le fils d'un évêque a été le premier à le lancer dans cette voie. Voyez, il retombe — comme il reprend son fardeau avec ardeur —, ils l'encouragent, bande de Judas — c'est une honte de tromper ainsi ce pauvre garçon —, le veau lui a donné un coup de pied, il maîtrise le veau, il repart en titubant. Et je suis désolé de dire que les officiers l'encouragent : même le capitaine l'encourage. Et voilà le capitaine, prêt à la minute.

Le capitaine Aubrey, en réalité, n'était pas tout à fait prêt. Les rats s'en étaient pris à son meilleur bicorne pendant la nuit — ils étaient fort embarrassants et hardis sur le *Worcester*, mais quelques mois de blocus y mettraient bon ordre, car les matelots et les aspirants les mangeraient — et Killick s'affairait sur la dentelle d'or. Il jeta un regard automatique en l'air, observant l'état du ciel, le réglage des voiles et du gréement, puis vers l'avant et l'arrière : son œil aperçut le petit groupe sur le passavant babord, il sourit et lança de sa forte voix joyeuse : « Tenez bon, Mr Calamy, ne baissez pas les bras, tout est dans la persévérance. » Le chapeau apparut. Jack se le planta sur la tête et, en réponse à la demande de Stephen, dit :

— Certainement, certainement. Smith, donnez la main à Mr Martin pour descendre. Venez, docteur.

Le canot d'apparat s'en fut, parmi la foule de ceux qui convergeaient sur le navire amiral pour la cour martiale ; les capitaines se réunirent et Jack salua plusieurs vieilles connaissances dont certains hommes qu'il aimait beaucoup. Mais il avait horreur de ces occasions et quand la cour se réunit, quand le capitaine de la flotte eut pris place en tant que président, avec l'assesseur et les membres de la cour autour de lui, et quand le secrétaire eut déposé devant chacun une liste des cas à juger, son visage s'assombrit. Il y avait la série habituelle des crimes trop graves pour qu'un capitaine puisse les résoudre seul, car la plupart entraînaient la peine de mort — désertion, réelle ou tentée, coups à des supérieurs, meurtres, sodomie, vol à une échelle ambitieuse, inévitables peut-être quand on rassemblait dans de telles circonstances quelque dix mille hommes, dont beaucoup contre leur gré. Mais il y avait aussi une série d'accusations d'officiers contre des officiers : un membre d'un carré contre un autre, des capitaines contre des lieutenants ou des maîtres pour manquement à leur devoir, désobéissance ou irrespect, des lieutenants contre des capitaines pour oppression et tyrannie ou langage scandaleux, malséant à la personnalité d'un officier, ou ivresse, ou les trois. Il détestait les affaires de ce genre, preuves d'amertume et de rancœur dans un service où des relations décentes étaient essentielles à l'efficacité des équipages, sans même parler de leur bonheur. Il savait fort bien que les hommes assurant un blocus prolongé, presque entièrement coupés de tout contact avec leur pays et le monde extérieur, apparemment oubliés, mal ravitaillés, mal nourris, tenant la mer par tous les temps, avaient toutes les chances de s'aigrir et que le moindre affront mal digéré pouvait atteindre des proportions monstrueuses ; pourtant, il fut désolé de constater la longueur de cette seconde partie de la liste. Tous les ennuis venaient de trois navires, le *Thunderer*, navire amiral de Harte, le *Superb* et le *Defender* ; leurs officiers devaient être en conflit constant entre eux et avec leurs capitaines depuis des mois. « Du moins, se dit-il, nous n'aurons pas le temps d'en traiter plus de quelques-unes et ensuite, avec les discussions et les pauses, la plupart des accusations mineures seront retirées. »

Pour l'essentiel, il eut raison, une cour martiale en mer étant une chose exceptionnelle, assez mal accordée avec la lente procédure habituelle au port ; pourtant, ils traitèrent beaucoup plus de cas qu'il ne l'avait prévu, l'assesseur — ici le secrétaire de l'amiral, Mr Allen — étant dans ce cas un homme à l'esprit aigu, énergique, méthodique et rapide.

Ils résolurent les premières affaires de routine à une vitesse remarquable, et les condamnations à mort, ou à être fouetté par tous les navires de la flotte, avec deux, trois et même quatre cents coups de fouet (ce qui représentait en fait à peu près la même chose) plongèrent le cœur de Jack dans l'affliction. Puis, quand il apparut que l'employé aux écritures accusé de connivence avec les ennemis du roi, cas fort inhabituel et sans aucun doute raison de cette réunion fort inhabituelle, s'était suicidé, la cour passa à quelques-unes de ces pénibles querelles de carré. D'une certaine manière, Jack en fut soulagé il ne connaissait rien de l'affaire de l'employé, mais elle aurait pu se révéler aussi monstrueuse que celle qu'il avait entendue à Bombay, où un chirurgien, un homme capable, respecté mais libre de ses pensées, avait été pendu pour avoir dit qu'il approuvait certains aspects de la révolution en France ; et il ne voulait plus entendre l'effroyable ton solennel avec lequel l'assesseur annonçait à un misérable coupable qu'il serait mis à mort — d'autant plus qu'il savait que le commandant en chef, homme aussi dur pour les autres qu'il l'était pour lui-même, confirmerait probablement tous les jugements.

Les officiers mécontents se succédèrent dans un fort désagréable lavage de linge sale en public. Fellowes, le capitaine du *Thunderer*, gros homme à l'air furieux, visage rouge et cheveux noirs, n'apparut pas moins de trois fois, comme accusé ou accusateur ; Charlton, du *Superb*, et Marriot, du *Defender*, deux fois chacun. La cour traita ces cas avec tendresse ; souvent, à la reprise de la procédure après les délibérations des membres, l'assesseur déclarait : « La cour, ayant mûrement et soigneusement considéré les preuves, juge ces charges partiellement prouvées : la sentence de cette cour est que vous soyez réprimandé pour votre irritabilité, admonesté d'avoir à vous conduire de manière plus circonspecte et de ne pas réitérer ce délit dans l'avenir ; et vous êtes conséquemment ainsi admonesté et réprimandé » ; mais un jeune homme fut chassé de son navire et un autre, qui avait, sur provocation, lancé à Fellowes une réponse très impudente, fut cassé — chassé du service.

Tous deux venaient du *Thunderer* et la preuve concluante, l'interprétation de l'attitude du lieutenant et de son geste imprudent vint de Harte, qui parlait avec une malveillance évidente. Ils passèrent à une autre affaire, un simple meurtre d'ivrogne sur le premier pont, cette fois, et tandis que Jack écoutait tristement le témoignage familier, il vit Martin observer, une expression tendue et choquée sur son visage blanc. « S'il voulait voir le vilain côté de la Navy, il n'aurait pas pu trouver mieux », se dit-il, pendant qu'un matelot continuait à rabâcher : « Que j'ai entendu le défunt injurier le prisonnier de la plus affreuse manière ; il l'a d'abord traité de bougre de Hollandais bâti en galiote, l'a maudit, et a demandé comment il avait pu se trouver à bord ou qui l'avait amené là ; ensuite il a maudit la personne qui pouvait l'avoir amené. Je n'ai pas pu ensuite entendre ce que le défunt disait, parce qu'il était dans une affreuse colère, mais Joseph Bates, quartier-maître des écoutes, lui a dit de lui baiser le cul, qu'il était pas un marin... »

Pendant que la cour entendait les premières affaires, Stephen était avec le docteur Harrington, le médecin de la flotte, qu'il connaissait de longue date et qu'il estimait, homme érudit aux idées fort saines sur l'hygiène et la médecine préventive, mais malheureusement un peu trop aimable et timide pour une totale efficacité en mer. Ils bavardèrent de la santé remarquablement bonne de l'escadre : pas de scorbut, la Sicile et ses orangeraies étant toutes proches ; peu de maladies vénériennes, les navires étant si rarement au port et l'amiral interdisant toute femme à bord sauf les plus irréprochables, et encore, en fort petit nombre ; pas de blessures au combat, bien entendu, et étonnamment peu des maladies habituelles aux marins, sauf sur *Thunderer*, *Superb* et *Defender*.

— Je l'attribue largement à l'utilisation des manches à air qui apportent au moins un peu d'air frais en bas, dit Harrington, à la distribution continuelle des antiscorbutiques et à la fourniture d'un vin correct au lieu de leur rhum pernicieux ; quoiqu'il faille bien admettre que le bonheur, le bonheur relatif, est un facteur fort important. Sur ce navire, où l'on danse souvent sur le gaillard d'avant, où l'on monte des pièces et qui a un excellent orchestre, nous n'avons pratiquement pas de maladies : sur les trois navires que j'ai mentionnés, où le régime, les manches à air et les antiscorbutiques sont exactement semblables, les chirurgiens ont fort à faire.

— Il est vrai que l'effet de l'esprit sur le corps est extraordinairement grand, observa Stephen. Je l'ai remarqué maintes et maintes fois ; et nous avons sur ce cas d'innombrables autorités, d'Hypocrate au docteur Cheyne. Je voudrais que l'on puisse prescrire le bonheur.

— Je voudrais que l'on puisse prescrire le bon sens, dit Harrington. Ce serait du moins un premier pas dans cette direction. Mais il y a une si forte résistance au changement dans l'esprit officiel, une adhérence si têtue et si obstinée à la tradition, quelque mauvaise qu'elle soit, chez les hommes de mer, que parfois je m'en décourage. Pourtant je dois admettre que l'amiral, bien que lui-même patient difficile, me soutient dans toutes les réformes que j'essaie d'introduire.

— Un patient difficile ?

— Je n'irais guère trop loin en disant un patient impossible. Désobéissant, autoritaire, se soignant lui-même. Je lui ai ordonné de rentrer à la maison je ne sais combien de fois : j'aurais aussi bien pu parler à la figure de proue. Je le regrette extrêmement. Mais il me dit vous avoir consulté auparavant — vous devez savoir quelle sorte de patient il est.

— Quel est son état présent ?

Harrington eut un geste désespéré.

— Quand j'aurai dit qu'il y a un tabès des membres inférieurs et un affaiblissement généralisé, sévère et progressif de toute la constitution, j'aurai dit tout ce que je peux dire utilement.

Il poursuivit cependant en fournissant une image plus détaillée de déclin : grande diminution de la force physique en dépit de fonctions digestives et éliminatoires adéquates, dépérissement des jambes, peu ou pas d'exercice, mal de mer occasionnel — surprenant après tant d'années de mer et dangereux dans un état aussi affaibli —, perte de sommeil, irascibilité extrême.

— Y a-t-il la moindre débilité de la volonté ?

— Juste ciel, non ! Son esprit est aussi vif et clair qu'il l'a toujours été. Mais sa tâche est au-dessus des forces d'un homme de son âge — elle est au-dessus des forces d'un homme de n'importe quel âge, sauf en parfaite santé. Pouvez-vous imaginer de traiter non seulement de la direction d'une flotte importante et souvent difficile, mais de toutes les affaires de la Méditerranée, de surcroît ? En particulier de la Méditerranée orientale, avec sa politique tortueuse et mouvante ? Il y est quatorze et quinze heures par jour, trouvant à peine le temps de manger et moins encore de digérer. Et l'on exige tout cela d'un homme dont l'éducation a été celle d'un marin, sans plus : on exige cela de lui pendant des années de suite. Je m'émerveille que cette pression ne l'ait pas encore tué. Mes prescriptions d'écorce et d'acier peuvent faire quelque bien ; mais sauf à rentrer à la maison, il n'est qu'une seule chose qui pourrait le remettre sur pied.

— Et qu'est-ce ?

— Eh bien, un combat avec les Français, un combat victorieux contre les Français. Vous venez de parler de l'effet de l'esprit sur la matière : je suis convaincu que si les Français sortaient de Toulon et si l'on parvenait à les conduire à la bataille, Sir John rejetterait toute faiblesse ; il mangerait à nouveau, il prendrait de l'exercice, il serait heureux, vigoureux et jeune. Je me souviens de la transformation de Lord Howe après le Premier Juin. Il avait près de soixante-dix ans, il était vieux pour son âge, assis dans un fauteuil sur le gaillard d'arrière de la vieille *Charlotte* au début du combat, mortellement fatigué du manque de sommeil : à la fin, il était dans la fleur de l'âge, suivant tous les mouvements, donnant les ordres exacts et clairs qui firent la victoire. Et il a poursuivi ainsi, année après année. Dick le

Noir, voilà comment nous l'appelions... (Le docteur Harrington regarda sa montre.) Quoi qu'il en soit, dit-il, vous verrez notre patient d'ici peu et peut-être mettrez-vous le doigt sur quelque organe coupable qui m'ait échappé. Mais avant cela je voudrais vous montrer un cas très étrange ; un cas, ou plutôt un cadavre, qui m'étonne.

Il descendit devant lui et là, dans une petite cabine triangulaire éclairée par un hublot, gisait le cas en question, un jeune homme arqué au point que seuls sa tête et ses talons touchaient le pont, le visage figé en un rictus si atroce que les coins de sa bouche atteignaient presque ses oreilles. Il était encore aux fers et, le navire étant d'aplomb, les larges bracelets de métal le maintenaient en place.

— C'était l'employé maltais, dit Harrington, un linguiste utilisé par le secrétaire de l'amiral pour les documents arabes et autres. On a dit qu'il en avait peut-être fait mauvais usage. Je ne connais pas les détails, mais ils auraient été révélés à la cour martiale s'il avait vécu pour subir son procès. Qu'en pensez-vous ?

— J'aurais dit tétanos, sans aucune hésitation, dit Stephen en tâtant le cadavre. Voici l'opisthotonos le plus caractéristique que l'on puisse souhaiter, le trismus, le risus sardonicus, la rigor précoce. À moins bien entendu qu'il ait pu absorber une surdose énorme de fèves de Saint-Ignace, ou une décoction de leur principe.

— Exactement, dit Harrington, mais comment aurait-il pu se procurer le produit avec les mains enchaînées ? Cela me stupéfie.

« Faites passer pour le docteur Maturin, faites passer pour le docteur Maturin » : le cri parti de la chambre de l'amiral courut tout au long des ponts et les atteignit alors qu'ils observaient le cadavre.

Stephen avait souvent rencontré l'amiral dans les années antérieures, quand Sir John était l'un des membres du conseil de l'Amirauté, un jeune lord occupé des questions de renseignement. Il connaissait la raison de la présence de Stephen en Méditerranée et lui dit :

— Je sais que votre éventuel rendez-vous sur la côte française n'est pas pour un avenir immédiat et que vous souhaitez vous rendre à Barcelone auparavant. En ce qui concerne Barcelone, il n'y a aucune difficulté : n'importe lequel des avitailleurs peut vous y déposer et vous ramener à Mahon quand vous le souhaiterez. Mais pour la côte française, c'est manifestement une affaire de navire de guerre et comme je suis très à court de sloops et d'avisos, j'ai envisagé de faire coïncider le retour de l'un de mes navires à Mahon avec votre visite. C'est peut-être le *Thunderer* qui en a le plus besoin.

— Si ce besoin n'est pas particulièrement urgent, monsieur, dit Stephen, je préférerais infiniment que l'on envoie le *Worcester*. Et même, de mon point de vue, ce serait la solution idéale. Reprendre sur cette côte moi-même et ceux que je pourrais emmener avec moi sera sans doute une opération délicate, et le capitaine Aubrey est habitué aux expéditions de cette sorte : nous avons presque toujours navigué ensemble. C'est également un homme fort discret, ce qui est de grande importance pour toute entreprise future de même caractère.

Le carlin observait Stephen depuis son entrée, reniflant dans sa direction : à présent Tabby traversait la pièce, saluant et agitant le peu de queue qu'elle possédait. Elle sauta lourdement sur ses genoux et resta là à renifler, les yeux fixés sur son visage, exhalant une odeur forte.

— Je sais qu'il est excellent marin, et nul ne saurait remettre en question son courage, dit l'amiral avec une sorte de sourire errant sur son visage gris, mais je ne crois pas l'avoir jamais entendu qualifier de discret.

— Peut-être aurais-je dû ajouter *en mer*. Le capitaine Aubrey est très discret en mer.

— Fort bien, dit l'amiral. Je verrai ce que l'on peut faire.

Il chaussa ses lunettes, écrivit une note, la tint à bout de bras et la plaça sur l'un des nombreux tas de documents entassés avec soin. Puis, essuyant ses lunettes, il ajouta :

— Tabby vous aime, à ce que je vois : elle sait à merveille juger les caractères. Je suis fort heureux que vous soyez venu, Maturin ; je suis en grande pénurie de renseignements, bien que Mr Allen, mon secrétaire, ait recruté un certain nombre de talents locaux, et que nous ayons eu le collègue de Sir Joseph, Mr Waterhouse, jusqu'à ce que les Français l'aient capturé sur la côte et fusillé. Ce fut une perte terrible.

— Savait-il que je devais venir ?

— Il savait que quelqu'un devait venir, rien de plus. Mais s'il avait su que ce quelqu'un était le docteur Maturin, je ne crois pas que vous ayez à craindre la moindre révélation : Waterhouse était l'homme le plus secret que j'aie jamais rencontré, sous des airs d'ouverture totale — *volte sciolto, pensieri stretti*, en vérité. Allen et moi avons beaucoup appris de lui. Mais quoi qu'il en soit, nous sommes souvent en peine et les Français ont quelques personnes fort habiles à Constantinople et en Égypte ; et même à Malte, je le crains. Allen avait un employé maltais qui a dû leur vendre des copies de nos documents pendant des mois avant que nous le surprenions. Ils vont le juger aujourd'hui, dit-il (avec un coup d'œil au-dessus de lui, vers la grand-chambre où siégeait la cour martiale), et je dois admettre que je suis fort mal à l'aise quant au résultat. Nous ne pouvons demander à une réunion d'officiers de marine anglais d'accepter la raison d'État ; pourtant nous ne pouvons le pendre sans leur jugement : par ailleurs, nous ne pouvons produire les documents — on n'a déjà que trop parlé de cette affaire — et nous ne pouvons non plus bâillonner l'homme pour l'empêcher de fournir un témoignage qui en révélerait trop. Combien j'espère qu'Allen saura résoudre cette affaire habilement : il a progressé de manière étonnante sous la férule de Mr Waterhouse.

— Je suis sûr qu'il l'a fait, dit Stephen. J'ai cru comprendre que Mr Allen est un homme capable et déterminé.

— Il est l'un et l'autre, grâce à Dieu : et il donne toute la mesure de son talent face aux intrus qui rendent pire encore une situation difficile.

— Vous faites allusion à ces messieurs du Foreign Office, sans doute ?

— Oui, et à ceux du service de Lord Weymouth. L'armée aussi me crée quelques soucis, avec d'étranges alliances et promesses non autorisées, mais uniquement en Sicile et en Italie, alors que les consuls et le personnel des consulats se trouvent partout, chacun avec son petit complot et ses alliés locaux, cherchant à mettre en place un souverain à lui, en particulier dans les petits États barbaresques... Dieu garde, on pourrait croire que nous poursuivons une demi-douzaine de politiques différentes à la fois, sans aucune direction ou autorité centrale. Ils règlent ce genre de chose beaucoup mieux en France.

Stephen, maîtrisant un puissant désir de contradiction, dit :

— En fait, monsieur, l'une des plus importantes raisons de ma présence à bord de ce navire est de consulter avec le docteur Harrington à propos de votre santé. J'ai entendu son opinion : à présent je dois vous examiner.

— Une autre fois, dit l'amiral. Je me porte à peu près bien

pour le moment : anno Domini et trop de paperasses sont les seules difficultés — je n'ai pas une demi-heure à moi. Mais le cordial de Mungo me maintient dans un état raisonnable. Je connais ma constitution.

— Veuillez ôter votre habit et votre culotte, dit Stephen avec impatience. Les goûts personnels n'ont rien à faire ici : la santé du commandant en chef est un souci considérable pour toute la flotte, pour toute la nation. Il n'est pas non plus question de la laisser entre des mains non qualifiées. Que l'on ne me parle plus du cordial de Mungo.

Il ne découvrit pas un seul organe malsain au cours d'un examen long et soigneux, mais plutôt une défectuosité générale de tout l'être, harcelé au-delà de son pouvoir d'endurance.

— Quand j'aurai consulté avec le docteur Harrington, dit-il enfin, j'apporterai quelque médecine, et je veux vous la voir prendre. Mais je dois vous dire, monsieur, que les Français sont le remède à cette maladie.

— Vous avez tout à fait raison, docteur, s'exclama l'amiral, je suis sûr que vous avez tout à fait raison.

— Y a-t-il une probabilité qu'ils sortent dans les deux ou trois mois à venir ? Je dis deux ou trois mois de manière délibérée, monsieur.

— Je le crois. Mais ce qui me hante, c'est la pensée qu'ils puissent se faufiler dehors sans que nous le sachions. Ce que ces messieurs de Londres ne peuvent parvenir à comprendre est que le blocus d'un port comme Toulon est une affaire très hasardeuse. Les Français n'ont qu'à transporter leur télescope sur les hauteurs derrière la ville quand le vent souffle fort du nord — quand nous sommes chassés de notre poste — pour voir où nous nous trouvons et nous éviter. Avec vent de nord, l'air est presque toujours clair et, de là-haut, ils peuvent voir à cinquante milles. Je sais que deux de leurs navires se sont esquivés le mois dernier et il peut y en avoir d'autres. Si leur flotte m'échappait, cela me briserait le cœur : bien plus encore, cela pourrait faire basculer la guerre. Et le temps est contre moi : l'escadre s'use très vite. Chaque fois que le mistral souffle nous perdons quelques espars, nos précieux mâts fatiguent et nos navires souffrent plus encore tandis que les Français restent tranquillement au port, à construire aussi vite qu'ils le peuvent. Si les Français ne nous battent pas, le temps le fera. (Tout en remettant ses vêtements, il hocha la tête vers le plafond en disant :) Ils mettent un temps infini.

Il se rassit derrière son bureau, cherchant le fil de ses pensées :

— Je vais m'occuper de ceci pendant que nous attendons Mr Allen, dit-il, en brisant le cachet d'une lettre. (Il la regarda, dit :) Il me faut des lunettes plus fortes. Lisez-moi ceci, voulez-vous, Maturin ? Si c'est ce que j'espère, je dois commencer à préparer ma réponse.

— C'est de Mohammed Ali, pacha d'Égypte, dit Stephen, saisissant la lettre et aidant le carlin à remonter sur ses genoux. Elle est datée du Caire, le deux de ce mois, et dit : « Au plus excellent parmi les chefs des Puissances chrétiennes, le Modérateur des Princes de la religion de Jésus, le Possesseur du conseil de sagesse et du talent abondant et lumineux, le Porteur de la vérité, le Modèle de courtoisie et de politesse, notre réel et véritable ami, Thornton, Amiral de la flotte anglaise. Que sa fin soit heureuse et son existence marquée de grands et brillants événements. Après maints compliments à Votre Excellence, nous vous informons, très illustre ami, que nous avons reçu vos aimables lettres traduites en arabe et les avons lues et comprenons votre conseil (aussi magnifiquement exprimé qu'il est sage) se rapportant à l'administration et à la défense de nos ports. Votre assurance que vous conservez le souci d'un ami ancien et sincère, et vos sages avis nous ont donné contentement et joie infinis. Vous aurez toujours les preuves de notre abondante amitié et de notre respectueuse attention ; et nous implorons Dieu d'y donner effet et de vous conserver toujours en respect et estime. »

— Fort civil, dit l'amiral, mais il élude la question, bien entendu : pas un mot quant au sujet réel de ma communication.

— Je vois qu'il parle de lettres en arabe.

— Oui. En principe la Navy écrit aux étrangers en anglais ; mais lorsque je veux que les choses aillent vite je leur envoie des copies non officielles dans une langue qu'ils puissent comprendre, chaque fois que j'en ai la possibilité. Même sans ce maudit maltais, nous avons des employés pour l'arabe et le grec : pour le français nous nous arrangeons par nous-mêmes et cela répond à la plupart des autres cas ; mais nous ne savons vraiment que faire pour le turc. Je donnerais beaucoup pour un traducteur turc vraiment fiable. À présent, celle-ci, si vous voulez bien avoir la bonté.

— Du pacha de Barka. Il ne met pas de date mais

commence : « Grâce soit rendue au seul Dieu ! À l'Amiral de la flotte anglaise, que la paix soit avec vous, etc. On nous parle de la manière aimable dont vous traitez notre peuple et nous sommes informés de la vérité de ceci, et du fait que vous êtes en amitié avec les Maures. Nous vous servirons en toutes choses qui pourraient être possibles avec le plus grand plaisir. Avant ce temps, un autre pacha avait le commandement ; mais à présent il est mort et j'ai le commandement ; et tout ce dont vous pourrez avoir besoin sera fait, plaise à Dieu. Le consul de votre nation résidant ici nous traite de fort mauvaise manière, et nous souhaitons qu'il se conduise et nous parle de meilleure façon, et nous agirons en conséquence, comme nous l'avons toujours fait. Il est de coutume, lorsqu'un nouveau pacha est nommé, d'envoyer quelque personne pour le féliciter. Mohammed, Pacha de Barka. »

— Oui, dit l'amiral, je m'y attendais. Mohammed nous a sondés voici quelque temps, pour voir si nous l'aiderions à déposer son frère Jaffar. Mais cela ne convenait pas, Jaffar étant de nos bons amis, alors que nous savions fort bien, tant par sa réputation que par des lettres interceptées, que Mohammed était au mieux avec les Français qui promettaient de l'installer à la place de son frère. Il est probable que les navires qui sont sortis de Toulon s'y sont rendus pour ce faire. (Il réfléchit un moment.) Je dois découvrir si les Français sont encore là-bas, ce qui est fort probable, poursuivit-il, et je pourrai, je crois, confondre ses ruses de fripouille en le provoquant à rompre sa neutralité. Qu'ils tirent un seul coup et il est engagé : je pourrai envoyer un détachement puissant restaurer Jaffar, qui est en Alger, et peut-être m'emparer des Français en même temps. Oui, oui. La suivante, s'il vous plaît.

— La suivante, monsieur, est de l'empereur du Maroc et elle est adressée au roi d'Angleterre, sous couvert de l'amiral de sa glorieuse flotte. Elle commence : « Au nom de Dieu, amen. Il est notre premier, notre père, et toute notre foi repose en Lui. Du serviteur de Dieu, dont la seule confiance est en Lui, le chef de sa nation, Suliman, descendant des défunts empereurs Mahomet, Abdallah et Ismaël, chérifs depuis la génération du Fidèle, l'empereur de la grande Afrique, au nom de Dieu et par Son ordre, Seigneur de son royaume, Empereur du Maroc, Fez, Tafilalt, Draa, Suez, etc. À Sa Majesté du Royaume-Uni de Grande-Bretagne et d'Irlande, le roi George le Troisième, Défenseur de la foi, etc., etc., et le plus digne et le meilleur des rois, commandant la Grande-Bretagne, l'Irlande, etc., etc., la gloire de son pays, duc de Brunswick, etc., etc. Puisse le Seigneur lui accorder longue vie et bonheur tout au long de ses jours. Nous avons eu l'honneur de recevoir la lettre de votre Majesté, qui fut lue devant nous, et fûmes heureux d'être assurés de votre amitié, dont nous avions eu connaissance précédemment par vos faveurs et votre attention à nos souhaits concernant nos agents et sujets ; pour lesquelles plaise à vous accepter nos remerciements les plus sincères et les plus chaleureux. Votre Majesté peut compter que nous ferons tout ce qui est en notre pouvoir pour assister vos sujets dans nos territoires ainsi que vos troupes et vaisseaux qui pourront toucher dans nos ports. Nous prions le Tout-Puissant de ne jamais dissoudre l'amitié qui a subsisté entre nos ancêtres depuis tant d'années, mais au contraire qu'il veuille l'accroître jusqu'à la fin de nos générations : et nous sommes toujours prêts, au commandement de votre Majesté, à faire toute chose qui puisse contribuer à votre bonheur ou à celui de vos sujets. Avant d'avoir écrit ceci, nos ordres exprès étaient que tout navire britannique pouvant toucher dans l'un quelconque de nos ports soit fourni d'une double allocation de provisions et de tout ce dont il puisse avoir besoin ; et nous sommes toujours prêts, comme nous l'avons dit précédemment, à obéir à vos commandements. Nous concluons avec nos plus ferventes prières pour la santé de sa Majesté, sa paix et son bonheur. »

— J'en suis profondément heureux, dit l'amiral, ces sources d'approvisionnement sont de la première importance pour nous et l'empereur est un homme sur lequel on peut compter. Comme je voudrais pouvoir en dire autant des beys et des pachas de l'Adriatique, sans même parler de certains souverains européens... Ah, Allen, vous voici enfin. Docteur Maturin, permettez-moi de vous présenter Mr Allen, mon secrétaire — le docteur Maturin. (Ils s'inclinèrent, en se regardant attentivement.) Comment s'est passée la cour ? demanda l'amiral.

— Fort bien, monsieur, dit Allen, nous avons fait une quantité étonnante de travail et j'ai quelques condamnations à mort à vous faire confirmer. Il n'a pas été nécessaire de juger le Maltais : il était mort avant que son affaire ne vienne devant la cour. On suppose qu'il s'est empoisonné.

— Il s'est empoisonné ! s'exclama l'amiral, fixant Allen d'un regard sévère et pénétrant.

Puis l'éclat faiblit, il marmonna : « De quelle importance est un homme, après tout » et pencha son visage gris sur les sentences, qu'il confirma l'une après l'autre d'une signature soignée.

Le calme dura toute la nuit et au matin, en dépit d'un ciel menaçant, d'un baromètre en baisse et d'une houle de sud-est prophétique, les sentences furent exécutées. Le navire de Mr Martin étant encore absent, il avait passé la nuit avec deux des condamnés à bord du *Defender* qui n'avait pas d'aumônier ; il accompagna chacun d'eux à travers l'équipage du navire tout entier réuni, les canots de l'escadre rassemblés alentour, dans un lourd silence, jusqu'au point sous la vergue de misaine où chacun reçut un dernier verre de rhum avant d'avoir les mains liées, les yeux bandés, et le nœud coulant passé au cou. Martin était fort secoué quand il regagna le *Worcester*, mais lorsqu'on appela l'équipage sur le pont pour assister à la punition il prit ce qu'il jugeait être sa place parmi eux, au côté de Stephen, pour observer l'horrible procession de canots armés escortant les hommes qui devaient être fouettés par toute la flottille.

— Je ne crois pas que je puisse supporter cela, dit-il à voix basse quand le troisième canot s'arrêta le long de leur navire et que le prévôt lut pour la septième fois la sentence, préliminaire juridique à vingt autres coups de fouet, qui devaient être infligés cette fois par les aides-boscos du *Worcester*.

— Cela ne durera plus très longtemps, dit Stephen. Il y a un chirurgien dans le canot et il peut arrêter le châtiment quand il le juge bon. S'il a un peu d'entrailles, il l'arrêtera à la fin de cette série.

— Il n'y a pas d'entrailles dans ce service impitoyable, dit Martin. Comment ces hommes peuvent-ils espérer le pardon ? Barbares, barbares, barbares : le canot est inondé de sang, ajouta-t-il comme pour lui-même.

— De toute manière, ce sera le dernier, je crois. Le vent se lève. Voyez comme le capitaine et Mr Pullings regardent les voiles.

— Dieu veuille qu'il souffle en ouragan, dit Mr Martin.

Il souffla, il souffla : pas un véritable ouragan mais un vent humide venu d'Afrique, d'abord en violentes rafales arrachant les embruns au sommet des vagues, nettoyant quelque peu la crasse avilissante des canots utilisés pour les châtiments. Le navire amiral envoya le signal de rentrer tous les canots, faire voile, prendre position en ligne de front et faire route à l'ouest nord-ouest ; et l'escadre, le cap sur la côte de France, releva les huniers de l'escadre de terre en moins de deux heures ; les collines derrière Toulon apparaissaient dans la pluie à l'horizon, un peu plus nettes que les nuages ; puis un caïque de l'Adriatique rejoignit le navire amiral, pour alourdir encore de quelques lettres le bureau surchargé de l'amiral.

Nouvelles encourageantes, pourtant, de l'escadre de terre : les frégates qui circulaient incessamment entre le cap Sicié et Porquerolles, venant jusqu'à la portée extrême des canons des collines quand le vent le permettait, annoncèrent que les Français avaient amené dans la rade extérieure trois nouveaux navires de ligne qui s'y trouvaient à présent avec les autres, vergues croisées et prêts à appareiller. D'autre part, il fut confirmé qu'un soixante-quatorze, l'*Archimède*, et une frégate lourde, probablement la *Junon*, s'étaient esquivés lors de l'avant-dernier coup de vent, vers une destination inconnue. Cela laissait en théorie à Emeriau, l'amiral français, vingt-six navires de ligne, dont six trois-ponts, et six frégates de quarante-quatre, contre les treize navires de Thornton, et un nombre de frégates si variable en fonction des besoins de l'amiral dans les régions les plus éloignées de la Méditerranée qu'il pouvait rarement compter sur plus de sept à la fois. Il est vrai que plusieurs des navires français venaient d'être lancés et que leurs équipages manquaient d'expérience, sauf pour quelques manœuvres prudentes entre le cap Brun et la pointe de Carqueiranne, et que d'autres avaient des équipages incomplets ; cependant l'ennemi pouvait certainement amener au combat une force supérieure, quelque chose de l'ordre de dix-sept vaisseaux de ligne efficaces. Et comme on avait récemment envoyé à Emeriau un commandant en second capable et entreprenant, Cosmao-Kerjulien, il n'était nullement improbable qu'ils le fassent.

Mais ils ne le firent pas tant que l'escadre du large fut en vue, et ils ne le firent pas quand le commandant en chef se retira au-delà de l'horizon, emmenant avec lui le navire de l'amiral Mitchell, vers ces eaux médianes qu'il appelait la mer des espoirs différés.

L'escadre croisait en formation rigoureuse, sous l'œil d'un capitaine de la flotte extrêmement pointilleux et sous la surveillance beaucoup plus redoutée de l'amiral invisible. Cela ressemblait quelque peu à une parade perpétuelle en grand uniforme, et la moindre erreur conduisait à un reproche public, un signal du navire amiral exigeant de l'égaré qu'il reste à son poste, message que bien entendu tout le monde pouvait lire. Et comme chacun des navires avait son réglage propre, sa vitesse propre et sa dérive propre, cela exigeait une attention incessante à la barre, aux focs et aux bras, aussi épuisante que la vigilance incessante, jour et nuit, l'observation de la mer à la recherche d'Emeriau en ligne de bataille. Pour les Worcesters ce n'était pas aussi dur que pour ceux qui étaient là depuis des mois et même des années ; cela avait un léger parfum de nouveauté, et il y avait suffisamment de matelots de guerre à bord pour lui éviter la honte. Le grand nombre des travaux nécessaires les maintenait actifs : pour la plupart ce n'étaient pas encore des travaux de routine, bien qu'effectués si souvent qu'ils devenaient une seconde nature ; et au contraire des équipages des autres navires, les Worcesters n'étaient pas en mer depuis si longtemps que l'absence de compagnie féminine tournât à l'obsession. Si l'épouse du canonnier, femme quelconque, sérieuse et d'âge moyen, avait reçu un certain nombre de propositions — propositions qu'elle rejetait fermement mais sans surprise ou rancune, étant habituée aux navires de guerre —, l'idée de solutions de rechange ne s'était guère répandue. Le navire avait bénéficié d'une longue période de beau temps pour se mettre en route, et avec une rapidité surprenante, cette existence exactement ordonnée, quelque peu obsédante mais jamais oisive, apparut comme un mode de vie naturel, décrété d'en haut et peut-être éternel. Jack connaissait désormais la plupart de ses six cents hommes et garçons, leurs visages et leurs capacités, sinon leurs noms, et dans l'ensemble Pullings et lui jugeaient l'équipage tout à fait correct ; quelques mauvaises têtes des geôles du roi parmi eux, un plus grand nombre ne sachant pas tenir l'alcool, mais beaucoup plus de bon que de mauvais : et même les terriens commençaient à prendre une légère teinture maritime. Il était moins heureux de son poste des aspirants : c'était la partie la plus faible du navire. Le *Worcester* avait droit à douze jeunes messieurs d'un certain âge, de vrais aspirants : Jack avait laissé trois places vacantes, et des neuf jeunes gens embarqués, quatre seulement, ou peut-être cinq, avaient l'étoffe d'un officier. Les autres étaient assez aimables ; ils circulaient sans faire de mal à personne, en jeunes gens bien élevés ; mais ce n'étaient pas des marins et ils ne se donnaient pas vraiment de mal pour apprendre leur profession. Elphinstone, le protégé de l'amiral Brown, et son meilleur ami, Grimmond, étaient des êtres lourds, d'esprit terne, poilus, de vingt ans et plus ; tous deux avaient raté leur examen de lieutenant et tous deux admiraient avec ferveur Somers, le troisième lieutenant. Il garderait Elphinstone, pour son oncle ; de l'autre, il se débarrasserait le plus tôt possible. Quant aux plus jeunes, les gamins de onze à quatorze ans, il était plus difficile de se faire une opinion en raison de leur humeur versatile : plus difficile, en réalité, de se faire une opinion sur leurs capacités, car pour leurs résultats le résumé ne prenait qu'un instant, et il n'avait jamais vu une bande de garnements plus ignorants. Certains pouvaient faire une analyse grammaticale jusqu'à la nuit, ou décliner un nom latin, mais jamais l'analyse grammaticale n'a tiré un navire d'une côte sous le vent. Bien peu comprenaient la règle de trois ; bien peu pouvaient multiplier avec certitude, et moins encore diviser ; aucun ne savait ce qu'est un logarithme, une sécante, un sinus. En dépit de sa détermination à ne pas diriger une nursery, il entreprit de leur montrer les rudiments de la navigation tandis que Mr Hollar, le bosco, bien meilleur professeur, leur faisait comprendre le gréement, et Bonden la manœuvre d'un canot.

Ces classes étaient fastidieuses à l'extrême, car aucune de ces agréables petites créatures ne semblait avoir le moindre penchant naturel pour les mathématiques, et ils étaient plongés dans une stupidité encore plus profonde par sa présence ; mais du moins les leçons l'empêchaient-elles de s'inquiéter de ce que les hommes de loi pouvaient faire chez lui. Depuis quelques semaines son esprit tendait à échapper à tout contrôle, à tourner et retourner ses problèmes difficiles : activité stérile, usante, inutile dans le meilleur des cas et pire encore entre veille et sommeil, où elle prenait un caractère cauchemardesque, répétitif, et se poursuivait sur des heures.

C'est après l'une de ces séances avec les jeunes gens et leurs tables de multiplication qu'il sortit sur le gaillard et fit quelques tours avec le docteur Maturin pendant que l'on mettait sa gigue à l'eau.

— Vous êtes-vous pesé, dernièrement ? demanda Stephen.

— Non, dit Jack. Point du tout.

Il parlait un peu sèchement, étant sensible quant à son poids : ses amis les plus intimes y exerçaient parfois leur esprit et Stephen semblait sur le point de faire un bon mot. Mais en cette occasion la question n'était pas le prélude à quelque attaque satirique.

— Il faut que je regarde vos intérieurs, dit Stephen. Chacun d'entre nous peut héberger un hôte inconnu, et je ne serais pas surpris que vous ayez perdu vingt-huit ou trente livres.

— Eh bien, tant mieux, dit Jack. Je dîne avec l'amiral Mitchell aujourd'hui : j'ai mis deux paires de vieux bas, comme vous voyez. Porte-haubans babord ! lança-t-il à son patron de canot, et presque aussitôt après il descendit dans la gigue, laissant Stephen tout dérouté.

« Quel est le rapport entre la perte de vingt-huit livres et le fait de porter deux paires de vieux bas ? » demanda-t-il aux filets de hamacs.

Le rapport lui serait apparu clairement s'il s'était rendu à bord du *San Josef* avec Jack. Son gaillard d'arrière portait un grand nombre d'officiers, chose assez naturelle sur un navire amiral : des officiers grands, moyens et petits, mais tous remarquablement minces et athlétiques — pas de panses molles, pas de fanons sur le *San Josef*. Du lot sortit l'amiral, petit homme compact à visage riant, avec les longs bras d'un gabier. Il portait ses cheveux gris coupés court à la nouvelle mode et brossés en avant, ce qui lui donnait un air un peu comique, tant que l'on n'avait pas rencontré son œil, un œil capable d'un regard vraiment glacial, quoiqu'il exprimât pour l'instant une accueillante cordialité. Il parlait avec un agréable accent de la côte ouest de l'Angleterre et aspirait fort peu les h.

Ils parlèrent de quelques améliorations dans les hunes, de la mise en place d'une nouvelle sorte de pierrier pratiquement dépourvu de recul ; et comme Jack s'y était attendu, l'amiral dit :

— Écoutez donc, Aubrey, nous allons les regarder ; et pendant que nous y serons, faisons donc la course jusqu'aux barres de hune — rien de mieux pour vous aiguiser l'appétit. Le dernier en bas perd une douzaine de bouteilles de champagne.

— Tenu, monsieur, dit Jack en débouclant son épée. Je suis votre homme.

— Prenez les enfléchures tribord puisque vous êtes l'hôte, dit l'amiral. En haut le monde.

Le capitaine de la grand-hune et ses aides les reçurent avec calme et leur montrèrent le fonctionnement des pierriers. Ils étaient tout à fait habitués à l'apparition soudaine de l'amiral, célèbre dans toute la flotte comme gabier des vergues hautes et convaincu de la vertu de l'exercice pour tous les hommes ; ils observèrent discrètement le visage du capitaine Aubrey pour déceler les signes de l'apoplexie qui avait frappé le dernier commandant en visite et furent satisfaits de voir que la figure de Jack, d'un agréable rouge, tournait déjà au violet d'avoir tenu le train de l'amiral. Mais Jack était relativement rusé : il desserra sa cravate et posa des questions à propos des canons — les canons l'intéressaient énormément — jusqu'à ce qu'il sente son cœur retrouver un rythme paisible avec la venue de son second souffle, et quand l'amiral s'exclama « Partez ! » il bondit dans les haubans du mât de hune aussi agilement qu'un grand singe ; avec son envergure et sa longueur de jambe très supérieures, il resta en tête jusqu'à mi-chemin des élongis de perroquet où l'amiral le rattrapa, s'accrocha à l'étai du mât de pavillon d'artimon et se mit à escalader la frêle toile d'araignée qui soutenait le haut mât de perroquet du *San Josef,* surmonté des barres de hune, grimpant main sur main, sans plus d'enfléchures pour soutenir les pieds. Il avait au moins vingt ans de plus que Jack, mais il menait d'un yard quand il atteignit les barres de hune, se faufila et adopta une position stratégique qui interdisait à Jack d'aller plus loin.

— Il faut poser les deux pieds dessus, Aubrey, dit-il, pas même essoufflé. À vous. Ce disant, il bondit dans le mouvement de houle. Pendant une fraction de seconde, il resta en l'air, libre comme un oiseau, deux cents pieds au-dessus de la mer : mais ses mains puissantes saisirent le galhauban, cordage immensément long plongeant tout droit de la tête de mât à la muraille du navire, près du gaillard d'arrière, sous un angle de quelque quatre-vingts degrés ; au moment où l'amiral se balançait pour y accrocher ses mollets, Jack posa les deux pieds sur les barres de hune. Étant beaucoup plus grand, il put atteindre le galhauban correspondant de l'autre côté sans ce bond terrifiant, sans ce balancement ; et son poids vint à son aide. Deux cent dix livres glissent plus vite le long d'un cordage que cent vingt-cinq, et quand ils passèrent tous deux à la grand-hune, Jack vit à l'évidence qu'à moins de freiner il allait gagner. Il resserra sa prise haute et basse, sentit la brûlure dans ses mains, entendit ses bas partir en ruine, jaugea exactement sa chute et, quand le pont s'approcha, il lâcha le galhauban et atterrit, au même instant que son adversaire.

— Battu au poteau, s'écria l'amiral, pauvre Aubrey, battu d'un demi-nez. N'ayez crainte, vous vous en êtes fort bien tiré pour un bonhomme de votre taille peu commune. Et ça vous a quelque peu dégraissé les os, hein ? Donné un peu d'appétit, hein ? Venez boire un peu de votre champagne. Je vous en prêterai une caisse jusqu'à ce que vous puissiez me rembourser.

Ils burent le champagne de Jack, la douzaine de bouteilles à eux huit ; ils burent du porto et quelque chose que l'amiral décrivit comme un vieux brandy égyptien exceptionnel ; ils racontèrent des histoires et au cours d'une pause, Jack sortit la seule décente dont il put se souvenir.

— Je ne prétends pas être homme d'esprit, commença-t-il.

— Je ne le pense pas, dit le capitaine du *San Josef* en riant de bon cœur.

— Je ne vous entends pas, monsieur, dit Jack, avec un vague souvenir de procédure légale, mais j'ai le chirurgien le plus spirituel qui soit : érudit, de plus. Et il a dit un jour la meilleure chose que j'aie jamais entendue de ma vie. Grand Dieu, comme nous avons ri ! C'est quand j'avais *Lively,* que je gardais au chaud pour William Hamond. Un pasteur dînait avec nous qui ne savait rien de la mer, mais quelqu'un venait juste de lui dire qu'on appelle les petits quarts « dog-watch ».

Il fit une pause au milieu d'une aimable expectative. « Grand Dieu, cette fois, il faut que je la dise bien », pensa-t-il intérieurement, et il concentra son regard sur la carafe joufflue.

— Ils sont raccourcis, en somme, monsieur, poursuivit-il en se retournant vers l'amiral.

— Je crois que je vous suis, Aubrey, dit l'amiral.

— « Donc les petits quarts s'appellent dog-watch, dit le pasteur, c'est fort bien, mais pourquoi quart du chien, s'il vous plaît ? » Comme vous l'imaginez, nous sommes tous restés muets et dans le silence le docteur a dit d'une voix flûtée : « Eh bien, monsieur, ne voyez-vous pas ? Ils sont tellement raccourcis qu'ils ne valent plus que le quart d'un chien. »

Hilarité infinie, bien plus grande qu'en cette première occasion, il y a si longtemps, où il avait fallu expliquer. Aujourd'hui, la compagnie savait que quelque chose de drôle allait venir ; ils étaient préparés, amorcés, et ils explosèrent en un tonnerre de joie honnête. Les larmes coulaient sur le visage écarlate de l'amiral ; il but à la santé de Jack quand il eut enfin repris son souffle, répéta l'histoire deux fois, et il but au docteur Maturin avec trois triples hourras et de grandes acclamations ; et Bonden, qui avait regagné la gigue avec son équipage une demi-heure plus tôt, après l'aimable réception du patron de canot de l'amiral, dit à ses aides : « Ça sera l'échelle de poupe, cette fois, souvenez-vous de ce que je vous dis. »

Ce fut l'échelle de poupe, dispositif plein d'humanité que l'on sortait discrètement afin que les capitaines n'ayant pas envie d'affronter la cérémonie de l'embarquement puissent rentrer à leur bord sans se faire remarquer et sans donner le mauvais exemple à ceux qu'ils risquaient le lendemain de faire fouetter pour ivresse ; et c'est par l'échelle de galerie que le capitaine Aubrey regagna sa chambre, tantôt souriant, tantôt sévère, rigide et officiel. Mais il avait toujours assez bien tenu la boisson et malgré une légère perte de poids, il lui restait une certaine masse dans laquelle le vin pouvait se disperser : après une sieste il s'éveilla à l'heure pour le rappel aux postes de combat, parfaitement sobre. Sobre, mais grave, un peu mélancolique ; il avait la tête douloureuse et l'ouïe particulièrement aiguisée.

L'exercice des grands canons ne fut pas ce qu'il avait été : un navire en blocus naviguant en formation ne pouvait guère faire feu de tous bords comme le *Worcester* l'avait fait seul sur l'océan. Mais Jack et le canonnier avaient mis au point un cadre en lattes avec une marque suspendue au milieu par un réseau de lignes dont les mailles étaient juste un peu plus petites qu'un boulet de douze livres, de sorte que l'on pouvait retrouver la trajectoire exacte du coup et en corriger l'angle ; cette cible était suspendue à l'extérieur, en bout de vergue de misaine, et les différentes équipes tiraient chaque soir avec les pièces de douze du gaillard d'arrière. On utilisait encore l'étrange poudre privée de Jack qui excitait d'innombrables railleries dans l'escadre — signaux laborieux sur la Conspiration des Poudres, et le *Worcester* était-il en péril grave ? — mais il persistait, et il était rare désormais que les hommes ne réussissent pas à couper les lignes près de la marque ; bien souvent ils frappaient l'œil de bœuf lui-même, aux acclamations générales.

— Je suppose, monsieur, que nous pourrons nous passer de l'exercice de tir ce soir, dit Pullings à voix basse, avec prévenance.

— Je ne conçois pas pourquoi vous pourriez supposer une telle chose, Mr Pullings, dit Jack. Ce soir, nous tirerons six volées supplémentaires.

Le hasard malheureux voulut que la poudre utilisée pour l'exercice de ce soir-là fût de l'espèce qui donnait un éclair blanc éblouissant et une explosion aiguë, extraordinairement bruyante. À la première décharge, Jack crispa les poings derrière son dos pour s'empêcher de les porter à sa tête ; et longtemps avant le dernier des coups supplémentaires, il regretta de tout cœur son irritabilité. Il regrettait aussi d'avoir tant serré les poings car en glissant comme un enfant le long du galhauban du navire amiral, il s'était cruellement brûlé les mains, et depuis sa sieste la paume de sa main droite était enflée, rouge et brûlante. Toutefois, la précision fut particulièrement bonne ; tout le monde avait l'air heureux ; et avec un sourire hagard, artificiel, il dit :

— Exercice honorable, Mr Pullings, vous pouvez battre la retraite.

Après un intervalle à peine décent où l'on remit sa chambre en état — le *Worcester* était l'un des rares navires à faire tous les soirs un véritable branle-bas de combat —, il se retira.

La première chose que rencontra son nez revêche fut l'odeur du café, sa boisson favorite.

— Que fait ici ce pot ? dit-il d'une voix dure, soupçonneuse. Vous n'imaginez pas que j'aie besoin de café à cette heure du jour, n'est-ce pas ?

— Que le docteur va venir pour regarder votre main, dit Killick avec le regard hargneux, agressif, effronté qui accompagnait toujours ses mensonges. Qu'il faut bien qu'on lui donne quelque chose pour se mouiller le sifflet, pas vrai ? Monsieur, ajouta-t-il, comme après coup.

— Comment l'avez-vous fait ? Le feu de la cuisine est éteint depuis une demi-heure et plus.

— Le réchaud à alcool, bien sûr. Le voilà qui vient, monsieur.

L'onguent de Stephen calma la main de Jack, le café calma ses nerfs en pelote et finalement son habituelle bonne humeur refit surface, mais il restait d'une gravité anormale.

— Votre Mr Martin continue à parler de la dureté du service, observa-t-il après la quatrième tasse, et si je dois avouer qu'une condamnation à être fouetté par toute la flotte n'est pas une très belle vision, j'ai l'impression que peut-être il pousse la chose un peu loin. Peut-être exagèret-il. C'est désagréable, évidemment, mais ce n'est pas nécessairement mort et damnation.

— Pour ma part, je préférerais la pendaison, dit Stephen.

— Martin et vous pouvez bien dire ce que vous voulez, dit Jack, mais tout pudding a deux extrémités.

— Je serais bien le dernier à le nier. Si un pudding a un début, il faut évidemment qu'il ait une fin ; l'esprit humain est incapable d'entrevoir l'infini et un pudding sans fin passe notre entendement.

— Par exemple, j'ai dîné aujourd'hui avec un homme qui a été fouetté par toute la flotte ; pourtant, il a sa marque.

— L'amiral Mitchell ? Vous m'étonnez : je suis stupéfait. Il est rare, peut-être trop rare, qu'un amiral soit puni du fouet par toute la flotte. Je ne me souviens pas d'en avoir connu un cas de tout mon temps en mer, bien que, Dieu le sache, j'aie vu de terribles punitions.

— Il n'était pas amiral à ce moment. Bien sûr qu'il ne l'était pas, Stephen : vous êtes vraiment incroyable. Non. C'était il y a bien longtemps, à l'époque de Rodney, je crois, quand il n'était qu'un jeune matelot de misaine. Il était enrôlé de force. Je ne connais pas les détails mais j'ai entendu dire qu'il avait une douce amie à terre, et il n'arrêtait pas de déserter. La dernière fois il refusa la punition de son capitaine et demanda une cour martiale, juste au mauvais moment. Il y avait eu toutes sortes d'histoires avec des déserteurs et le tribunal décida de faire un exemple du pauvre Mitchell — cinq cents coups de fouet. Mais quoi qu'il en soit, il a survécu ; il a aussi survécu à la fièvre jaune quand son navire a été envoyé dans les Caraïbes où son capitaine et la moitié de l'équipage en sont morts en moins d'un mois. Le nouveau capitaine l'a apprécié et comme il manquait fortement de sous-officiers, il en a fait un aspirant. Enfin, pour ne pas vous ennuyer, il a étudié ses livres, est passé lieutenant, a été aussitôt nommé sur la *Blanche*, et il était second à titre temporaire quand elle a pris le *Pique*, son capitaine ayant été tué. C'était le coup de pouce qu'il lui fallait ; il ne commandait pas son sloop depuis la moitié d'une année qu'il est tombé sur une corvette française, à l'aube, l'a prise à l'abordage et conduite à Plymouth : on l'a fait pour cela capitaine de vaisseau, à peu près douze ans avant moi ; et ayant eu la chance de ne pas être promu hors escadre, il a hissé sa marque il n'y a pas très longtemps. La chance l'a accompagné sans arrêt. C'est un excellent marin, bien entendu, et c'était l'époque où il n'était pas nécessaire de passer gentleman, comme on dit aujourd'hui ; mais il lui a fallu beaucoup de chance. J'ai remarqué, dit Jack en vidant le pot dans la tasse de Stephen, que la chance semble jouer franc jeu, dans l'ensemble. Elle a flanqué à Mitchell un sacré méchant coup au début, ensuite elle s'est rachetée : et moi, voyez-vous, j'ai eu une chance étonnante quand j'étais jeune, avec la prise du *Caca-fuego* et de la *Fanciulla*, et d'avoir épousé Sophie, sans même parler des prises ; et quelquefois je me demande... Mitchell a commencé par le fouet : c'est peut-être comme cela que je finirai.

Chapitre cinq

Le *San Josef* partit, ramenant l'accueillant Mitchell vers l'escadre de terre, et la longue période de temps aimable dont le *Worcester* avait bénéficié s'acheva dans les hurlements d'un mistral de neuf jours qui emporta la flottille à mi-chemin de Minorque sur une mer démontée, hostile et blanche, et fit presque autant de dégâts qu'un combat mineur. Mais même si cet incident et une laborieuse remontée contre le vent jusqu'au quarante-troisième degré de latitude nord n'avaient pas mis un terme aux relations mondaines, Jack aurait cependant mené une existence relativement isolée. Ce n'était pas une escadre sociable. L'amiral Thornton ne recevait pas ; le capitaine de la flotte préférait que tous les commandants restent à leur bord aussi longtemps qu'ils conservaient un peu d'erre, et il détestait les visites de navire à navire des autres officiers, considérées comme un relâchement de la discipline, tandis que chez les matelots il y voyait le prélude probable, sinon l'incitation directe, à la mutinerie ; et si le contre-amiral Harte donnait parfois un dîner quand le temps s'y prêtait, il n'invitait pas le capitaine Aubrey.

Jack était allé présenter ses devoirs au contre-amiral dès son arrivée. Il avait été reçu avec des civilités allant jusqu'aux expressions de plaisir de sa présence dans l'escadre ; mais bien que Harte fût habile à dissimuler, ces expressions n'avaient trompé ni Jack ni personne. La plupart des capitaines étaient au courant de la zizanie qui régnait entre eux depuis la liaison de Jack, bien avant son mariage, avec Mrs Harte, et ceux qui ne le savaient pas l'apprirent très vite.

La vie sociale de Jack eût donc été plus maigre encore que celle des autres capitaines s'il n'avait eu dans l'escadre quelques amis particulièrement chers tels qu'Heneage Dundas, de l'*Excellent*, ou Lord Garron, du *Boyne*, qui pouvaient se permettre d'ignorer la rancune de Harte : et puis, bien sûr, s'il n'avait pas eu Stephen à son bord. Quoi qu'il en soit, ses jours étaient bien remplis : il pouvait laisser en toute confiance à Pullings la marche ordinaire du navire mais il espérait améliorer les qualités marines du *Worcester* en même temps que son artillerie. Il observa avec douleur que le *Pompée* pouvait dépasser ses mâts de perroquet en une minute et cinquante-cinq secondes et mettre tous ses canots à l'eau en dix minutes quarante secondes, alors qu'il n'avait rien d'un navire remarquable, tandis que le *Boyne*, qui habituellement prenait un ris dans les huniers après la retraite du soir par beau temps, le faisait en une minute cinq secondes. Il fit remarquer ces faits à ses officiers et à quelques matelots très qualifiés, les capitaines du gaillard d'avant, des hunes et du gaillard d'arrière, et dès cet instant l'existence des membres les moins agiles de l'équipage devint pure misère.

Misère, en fait, durant toute la journée horriblement active : beaucoup d'entre eux, les mains arrachées par les cordages et le dos douloureux, en vinrent à haïr le capitaine Aubrey et la montre infâme qu'il gardait à la main. « Bougre infernal, infect salaud, je voudrais qu'il tombe raide mort », disaient certains, quoique discrètement, tandis que le bâton de foc sortait et rentrait ou que l'on descendait pour la sixième fois les mâts de perroquet. Mais après l'appel du soir, le tambour tant attendu battait la retraite, la tension s'allégeait et la haine mourait, de sorte que lorsque le canon de retraite rugissait à bord du navire amiral, une certaine bienveillance se réveillait et quand Jack venait à l'avant regarder les danses sur le gaillard par les nuits tièdes, calmes, sous la lune, ou voir comment l'orchestre se mettait en place, on l'accueillait très gentiment.

Il y avait à bord une somme étonnante de talents musicaux. En dehors du violoniste et du fifre d'infanterie de marine qui jouaient ordinairement pour encourager les hommes au cabestan, de jour, et pour leur faire danser la matelote le soir, quarante hommes au moins savaient jouer d'un instrument ou d'un autre et beaucoup plus étaient capables de chanter, dont certains fort bien. Un faiseur de cornemuses du Cumberland, décrépit et devenu manieur de fauberts dans la bordée tribord, contribuait à remédier à la pénurie d'instruments, mais malgré les grincements ardents qu'il produisait avec ses compatriotes des régions du Nord, l'orchestre ne ferait guère crédit au navire tant que l'un des avitailleurs n'aurait pas rapporté de La Valette la commande de Jack au luthier de la ville ; et pour l'instant, la plus grande joie du *Worcester* était sa chorale.

Le navire de Mr Martin, le *Berwick*, n'était toujours pas revenu de Palerme où l'on savait son capitaine fort attaché — mouillé par l'avant et l'arrière — à une jeune dame sicilienne à l'ardente chevelure châtain : il était donc resté à bord du *Worcester*, où il assurait le service chaque dimanche lorsqu'on pouvait gréer la chapelle, et il avait remarqué le beau rendu sonore des hymnes. Aux plus en voix, il suggéra de s'essayer à un oratorio : le *Worcester* ne transportait pas trace d'un oratorio mais il pensait qu'avec un peu de zèle, de mémoire et peut-être quelques vers de Mr Mowett, on pourrait arriver à quelque chose. L'idée s'était à peine répandue dans la batterie basse qu'on annonça au premier lieutenant que le navire possédait cinq hommes du Lancashire connaissant par cœur *Le Messie* de Haendel, qu'ils avaient chanté maintes et maintes fois dans leur désert natif. C'étaient de pauvres petites créatures maigres et mal nourries, ne possédant à eux cinq que quelques dents bleuies, malgré leur jeune âge : ils avaient été pris pour s'être associés avec d'autres afin de demander des gages plus élevés, et condamnés à la transportation ; mais comme ils étaient en somme moins criminels que ceux qui avaient réellement fait la demande, on les avait autorisés à entrer dans la marine. Ils avaient en fait gagné au change, surtout que le *Worcester* était un navire relativement humain ; mais pour commencer ils furent à peine conscients de leur bonheur. La nourriture était plus copieuse que ce qu'ils avaient jamais connu : six livres de viande par semaine (quoique longuement conservée, pleine d'os et de nerfs), sept livres de biscuits (quoique infestés de charançons) les auraient rassasiés dans leur jeunesse, sans même parler des sept gallons de bière dans la Manche ou des sept pintes de vin en Méditerranée ; mais ils avaient vécu si longtemps de pain, de pommes de terre et de thé qu'ils ne parvenaient guère à l'apprécier, surtout que leurs gencives presque totalement édentées avaient bien du mal à mâcher avec profit le cheval salé et le biscuit. De plus, ils appartenaient à la plus inférieure des formes de vie à bord, terriens au dernier degré, n'avaient jamais vu même une mare à canards de leur vie, ignorants de tout et à peine reconnus comme humains par les plus anciens matelots de guerre, objets à attacher à l'extrémité d'un faubert ou d'un balai, occasionnellement autorisés, sous surveillance stricte, à prêter leur maigre poids pour haler un cordage. Après la première période de misère extrême et souvent de mal de mer, ils apprirent toutefois à couper leur bœuf en tout petits morceaux avec un couteau de commis et à l'écraser avec un épissoir ; ils apprirent certaines des manières du navire ; et leur moral remonta merveilleusement quand on les mit à chanter.

Les dons musicaux surgissaient dans les endroits les plus inattendus : un aide-bosco, deux aides-canonniers, un quartier-maître des écoutes, un infirmier, le vieux tonnelier lui-même, Mr Parfit, et bien d'autres se révélèrent capables de chanter une partition à vue. Pour le reste, la plupart, incapables de lire la musique, avaient une oreille juste, une excellente mémoire, une aptitude naturelle à tenir leur partie dans un chœur, et se trompaient rarement lorsqu'ils avaient entendu un morceau une fois ; le seul problème (qui se révéla insurmontable) était qu'ils confondaient force et qualité : en dehors des passages pianissimo au point d'être presque inaudibles, tout était rendu avec la puissance totale de la voix humaine. Dans le chant la différence immense entre Mr Parfit, deux livres cinq shillings et six pence par mois plus les avantages, et un terrien, une livre deux shillings six pence moins les déductions pour ses hardes, était abolie et pour toute la partie vocale *Le Messie* prenait noblement forme. Ils s'enchantaient particulièrement du chorus Halleluiah et souvent, quand Jack venait à l'avant prêter l'appui de sa puissante basse, ils le donnaient deux fois, de sorte que le pont vibrait et que Jack se perdait dans ce vaste volume de sons purs et bien ordonnés, le cœur tout enchanté.

Mais l'essentiel de ses plaisirs musicaux était d'un style moins héroïque et il les trouvait loin sur l'arrière, dans sa grand-chambre, avec Stephen, le violoncelle en profonde conversation avec le violon, parfois simple et directe, parfois immensément complexe, mais toujours profondément satisfaisante dans les Scarlatti, Hummel et Cherubini qu'ils connaissaient bien, plus indécise et encore exploratoire quand ils se frayaient un chemin au plus profond des pièces manuscrites que Jack avait achetées au jeune homme du Bach de Londres.

— Je vous demande pardon, dit Stephen, une embardée

ayant entraîné son *do* dièse un quart de ton plus bas qu'un *si* lugubre.

Ils jouèrent jusqu'à la fin de la coda puis, après un moment de silence triomphant, la tension retombée, il posa son archet sur la table, son violoncelle sur un coffre et observa :

— Je crains d'avoir joué plus mal que d'habitude avec ce plancher qui tressaute de manière irrégulière, pénible. Je suis persuadé que nous avons tourné et faisons à présent face aux vagues.

— C'est bien possible, dit Jack, l'escadre vire de bord à la fin de chaque quart, vous le savez, et il est un peu plus de minuit. Finirons-nous le porto ?

— La goinfrerie, ou gloutonnerie, est un défaut bestial, dit Stephen, mais sans péché il ne peut y avoir de pardon. Resterait-il par hasard quelques-unes des noix de Gibraltar ?

— Si Killick ne s'en est pas fait éclater la panse, il devrait y en avoir en quantité dans ce coffre. Oui. Un demi-sac. Le pardon... dit-il, pensif, en écrasant six noix d'un coup dans sa main massive. Combien j'espère que Bennet pourra en bénéficier quand il nous rejoindra. S'il a un peu de chance, il atteindra la flotte demain. L'amiral risque moins de le massacrer un dimanche et la brise est encore joliment portante depuis Palerme.

— S'agit-il du monsieur qui commande le navire de Mr Martin ?

— Oui, Harry Bennet, qui avait *Theseus* avant Dalton. Vous le connaissez parfaitement, Stephen, il est venu à Ashgrove Cottage quand vous y étiez. Ce bonhomme à goûts littéraires qui lisait à Sophie un morceau sur les écoles d'Eton et comment apprendre aux garçons à tirer, pendant qu'elle vous tricotait des bas.

— Je me souviens de lui. Il a fait une citation particulièrement heureuse de Lucrèce — *suave mare magno*, et ainsi de suite. Mais pourquoi devrait-il être massacré ?

— Chacun sait qu'il reste à Palerme beaucoup, beaucoup plus longtemps qu'il ne devrait à cause d'une fille, une fille aux cheveux rouges. Le *Spry* et deux avitailleurs ont vu le *Berwick* sur une seule ancre, vergues croisées, prêt à l'appareillage, lundi, alors que Bennet circulait dans la Marina en voiture ouverte avec sa nymphe et une dame d'un certain âge en guise de chaperon, rayonnant comme Ponce Pilate. Nul ne pourrait se tromper à ces cheveux de flamme. En

127

toute sincérité, Stephen, je déteste profondément voir un bon officier comme Bennet gâcher sa carrière à traîner au port pour une femme. Quand il nous rejoindra je l'inviterai à dîner : peut-être pourrais-je faire quelques allusions discrètes. Peut-être pourriez-vous raconter quelque chose sur les classiques, sur ce bonhomme qui avait réussi à écouter les sirènes, en se faisant attacher au grand mât pour les entendre, pendant que le reste de son équipage avait les oreilles bouchées à la cire : cela s'est produit dans ces eaux, je crois ? Ne pourriez-vous amener cela dans la conversation par quelque référence à Messine, au détroit de Messine ?

— C'est impossible, dit Stephen.

— Non. Je pense bien que non, dit Jack. C'est vraiment une chose horriblement délicate à faire remarquer, même à un homme que l'on connaît bien.

Il pensa à l'époque où Stephen et lui étaient en concurrence pour les faveurs imprévisibles de Diana ; il s'était conduit à peu près comme Harry Bennet le faisait à présent, et il avait ressenti une rancœur sauvage des allusions délicates de ses amis. Son regard effleura le nécessaire de toilette que Diana avait donné à Stephen : confié depuis longtemps aux bons soins de Killick qui devait le tenir au sec et en bon état, il reposait à présent dans la chambre où il servait de lutrin à musique, un lutrin incroyablement bien poli. Ses chandelles faisaient briller ses ferrures dorées, son bois luisant, d'un éclat mystérieux.

— Quand même, dit-il, j'espère qu'il arrivera demain. Les psaumes pourraient atténuer le tranchant de l'amiral.

Stephen passa dans les bouteilles, lieux d'aisances de la grand-chambre ; en revenant il dit :

— De grandes troupes de cailles migratrices volent en direction du nord : je les ai vues se détacher sur la lune. Que Dieu leur donne un vent aimable.

Dimanche matin se leva beau et clair et le *Berwick* apparut, lointain, faisant force de voiles pour rejoindre l'escadre babord amures. Mais longtemps avant que l'on ait gréé la chapelle, longtemps avant que Mr Martin ait seulement cherché son surplis, la brise tourna au nord, de sorte qu'on put se demander s'il ne risquerait pas d'être entraîné loin sous le vent. Pour les cailles, on n'eut pas à s'interroger. Le cheminement invariable de leur migration les conduisait droit dans le lit du vent et les pauvres oiseaux, harassés par leur nuit de vol, commencèrent à venir à bord, tombant sur le pont par centaines, épuisés, au point qu'on pouvait les ramasser à la main. Mais c'était juste après que les aides-boscos eurent sifflé par les panneaux, clamant « Rassemblement tout le monde et propreté, à cinq coups — chemise propre et rasé, rassemblement à cinq coups — blouse et pantalon blanc — tenue de rassemblement à l'appel », et seuls les rares hommes ayant eu la prudence de s'assurer les services du barbier dès qu'on avait rappelé le quart en bas, dans le petit jour gris, et de s'assurer que leurs sacs de hardes, leurs quartiers et leurs personnes pouvaient passer l'inspection eurent le temps de s'occuper des cailles. Bien peu avaient pris la précaution de se raser à la pierre ponce de l'Etna et de peigner leur queue de cheveux dans les coins tranquilles au cours des heures sombres du quart de minuit ou du quart de jour ; mais s'ils étaient peu nombreux, ils étaient encore trop pour Mr Martin qui courait çà et là sur le pont, son œil unique allumé d'inquiétude, poussant les cailles dans des endroits sûrs, interdisant aux hommes de les toucher : « Oui, monsieur ; non, monsieur », disaient-ils avec respect, et à peine s'était-il écarté qu'ils se hâtaient de fourrer d'autres oiseaux dans leur blouse. Mr Martin courut trouver Stephen à l'infirmerie et le supplia de parler au capitaine, au maître, au second. « Elles sont venues chercher abri auprès de nous — c'est impie, inhumain de les détruire », s'écriait-il en poussant tout en courant le docteur Maturin dans l'échelle. Mais quand ils atteignirent le gaillard d'arrière, se frayant un chemin à travers une masse dense et rouge d'infanterie de marine qui se hâtait pour former le carré sur la dunette, l'officier de quart, Mr Collins, dit au quartier-maître de quart : « Battez le rappel » ; le quartier-maître de quart se tourna vers le tambour, debout à trois pieds de là, baguettes en suspens, et lui dit : « Battez le rappel. »

Le roulement familier du rappel général couvrit leurs paroles et mit fin à la collecte des cailles. Encouragé par des cris, « En ligne, là-bas », et parfois par des poussées ou même des coups de pied pour les plus stupides, tous les hommes du *Worcester* se rassemblèrent en rangées bien ordonnées avec leurs sacs de hardes, tous aussi propres qu'ils pouvaient l'être avec de l'eau de mer, tous rasés, tous en blouse et pantalon blanc. Les aspirants de chaque division passèrent l'équipage en revue, les officiers de chaque division passèrent en revue les hommes et les aspirants puis, circulant avec prudence parmi les troupeaux de cailles de plus en plus nombreuses, vinrent annoncer à Mr Pullings : « Tous présents, corrects et propres », et Mr Pullings, se tournant vers le capitaine, ôta son chapeau et dit : « Tous les officiers ont fait leur rapport, monsieur, s'il vous plaît. »

Jack ôta une caille de son épaulette, la posa d'un air absent sur l'habitacle tribord et répondit :

— Nous allons faire le tour du navire.

Tous deux jetèrent un coup d'œil désapprobateur à Stephen et Mr Martin, qui n'étaient ni correctement vêtus ni à leur place, et entreprirent la longue tournée qui ferait passer le capitaine devant chacun des hommes, des garçons et des femmes du navire à travers la douce averse régulière des oiseaux épuisés.

— Venez, chuchota Stephen, tirant Martin par la manche alors que Jack, en ayant terminé avec l'infanterie de marine, approchait de la première division, celle du gaillard d'arrière, dont tous les couvre-chefs s'envolèrent d'un seul élan. Venez, nous devons aller à l'infirmerie. Il n'arrivera rien aux oiseaux pour le moment.

Jack poursuivit sa tournée, inspectant matelots de pont, canonniers, gabiers de misaine, mousses, hommes du gaillard d'avant : une tournée plus lente qu'à l'ordinaire car à chaque pas il lui fallait pousser doucement de côté les petits oiseaux ronds. Il restait beaucoup d'améliorations à apporter : il restait beaucoup trop de débraillés ; le jeune Gallois monoglotte parmi les matelots de pont qu'il appelait, pour lui seul, Mélancolie grise, étant incapable de retenir son nom, trouvait manifestement la vie insupportable ; les trois idiots ne semblaient pas plus fins, quoique du moins ils eussent été récurés, cette fois ; et le jeune Mr Calamy paraissait avoir rétréci plutôt que grandi en dépit de sa noble persévérance avec le taureau ; mais peut-être était-ce simplement parce que son meilleur chapeau rond à ruban d'or lui descendait sur les oreilles. Cependant, presque tous les hommes paraissaient joyeux, assez bien nourris, et sur l'ordre « Videz les sacs » ils exposèrent des frusques convenables.

— Il est vrai qu'une caille est un mets acceptable, dit Stephen à son premier assistant, mais, Mr Lewis, je ne saurais en recommander la dégustation durant sa migration *vers le nord*. En dehors de la question morale de ce cas particulier, en dehors de l'impiété que Mr Martin abhorre à si juste titre, vous devez observer que la caille, mangeant sur la terre d'Afrique des graines nocives, pourrait fort bien être nocive elle-même. Souvenez-vous des paroles de Dioscoride ; souvenez-vous du sort misérable des Hébreux...

— Les cailles dégringolent par la manche à air, dit le second assistant.

— Eh bien, couvrez-les doucement avec une toile, dit Mr Martin.

Jack atteignit la cuisine, inspecta les marmites, le tonneau de viande salée, les bacs de graisse, les trois cents livres de pudding aux raisins préparées pour le dîner du dimanche ; et, avec une certaine satisfaction, il remarqua que son dessert particulier étuvait dans une longue marmite. Mais cette satisfaction resta aussi particulière que son dessert : la longue habitude du commandement et la réserve indispensable, combinées avec sa haute silhouette très droite en grand uniforme, faisaient de lui un personnage assez effrayant, impression encore renforcée par une cicatrice sur le côté de son visage qui, sous certains éclairages, transformait son expression naturelle de bonne humeur en une apparence de férocité menaçante. C'était justement le cas, et bien que le cuisinier sût que Belzébuth lui-même n'aurait pu trouver le moindre défaut dans sa cuisine, il était trop nerveux pour répondre aux remarques du capitaine : ses réponses durent être interprétées par le second, et quand les officiers furent passés il se retourna vers ses aides, essuyant sur son front une sueur imaginaire et tordant son mouchoir.

Inspection de toute la longueur de la batterie basse, avec les chandelles allumées entre les grands canons de trente-deux livres pour montrer la disposition précise des écouvillons, tire-bourre, refouloirs, seaux, râteliers à boulets, et leur propreté scrupuleuse. Plus loin enfin, l'infirmerie où le docteur Maturin l'accueillit en bonne et due forme, lui présenta les rares cas confiés à ses soins (deux hernies, deux diarrhées, une fracture de la clavicule), puis dit :

— Monsieur, je m'inquiète à propos de ces cailles.

— Quelles cailles ? dit Jack.

— Comment, monsieur, mais les cailles, les petits oiseaux bruns, s'écria Mr Martin. Elles atterrissent à bord par centaines, par milliers...

— Le capitaine est d'humeur facétieuse, dit Stephen. Je m'inquiète, monsieur, parce qu'elles pourraient représenter une menace pour la santé des hommes ; elles pourraient être toxiques, et je souhaite que vous ayez le bonté d'ordonner que les mesures appropriées soient prises.

131

— Fort bien, docteur, dit Jack. Mr Pullings, faites le nécessaire, s'il vous plaît. Et je pense que nous pouvons à présent hisser le pavillon de la chapelle, s'il est déjà envoyé à bord du navire amiral.

Le pavillon flottait effectivement à bord du navire amiral et dès l'instant où le capitaine regagna son gaillard d'arrière, celui-ci se transforma en lieu de culte : c'est-à-dire que trois coffres d'armes couverts d'un drapeau de l'Union furent disposés de manière à composer un lutrin et une chaire pour l'aumônier, on apporta des sièges pour les officiers, on fit des tabourets et des bancs pour les hommes avec des barres de cabestan posées sur des bailles à mèche, et Mr Martin enfila son surplis.

Jack n'était pas un capitaine à l'eau bénite — il n'avait jamais de sa vie apporté à bord le moindre tract religieux — ni même un homme que l'on pourrait qualifier de religieux : sa seule touche de mysticisme, sa seule approche de l'absolu, se faisait par la musique ; mais il avait un très fort sentiment de piété et il écouta gravement le service anglican familier, mené avec assez de décorum en dépit de la multitude de cailles. En même temps, le marin en lui restait en alerte et il remarqua que non seulement la brise avait diminué, mais qu'elle revenait très vite vers sa direction initiale. Les oiseaux avaient cessé de tomber, mais ils couvraient encore le pont en couche épaisse. Le *Berwick* avait à présent une brise portante de deux quarts et fonçait sous bonnettes hautes et basses, remarquable étalage de toile et de zèle. « Il n'y va pas de main morte », se dit Jack. Il fronça les sourcils et fit non de la tête à Mr Appleby, qui encourageait une caille à se poser sur sa haute botte brillante, et derrière lui il vit le signal du *Berwick* s'épanouir à bord du navire amiral.

Ils chantèrent un hymne — qui se mariait étrangement avec ceux qui provenaient des navires à portée de voix — puis s'assirent pour écouter le sermon. Mr Martin avait piètre opinion de ses talents de prêcheur et en général il lisait un sermon de South ou Tillotson, mais cette fois il devait prononcer un texte de lui. Pendant qu'il le recherchait — la marque s'était envolée pendant l'avant-dernier hymne —, Jack remarqua Stephen sur le gaillard d'avant : il incitait les autres papistes du *Worcester*, ses deux juifs et les Lascars qu'il avait hérités du *Skate* à rassembler les cailles dans des paniers pour les faire décoller sous le vent. Certaines s'envolaient courageusement, d'autres revenaient.

— Mon texte, dit enfin Mr Martin, est tiré du onzième

chapitre du Livre des Nombres, versets trente et un à trente-quatre : « Alors l'Eternel fit souffler de la mer un vent qui amena les cailles et les répandit sur le camp, sur une étendue d'environ une journée de marche dans un sens et dans l'autre autour du camp, et il y en avait sur le sol une couche de près de deux coudées d'épaisseur. Le peuple se leva et ramassa les cailles tout ce jour-là, toute la nuit et tout le jour suivant : celui qui en ramena le moins en avait dix homers ; et ils les étendirent pour eux tout autour du camp. La chair était encore entre leurs dents, elle n'était pas encore mâchée, que le courroux de l'Eternel s'enflamma contre le peuple, et l'Eternel frappa le peuple d'un très grand fléau. On appela ce lieu-là Kibroth-Hattawa : parce qu'on y ensevelit les gens qui s'étaient laissé entraîner à la convoitise. » Or il se fait que Kibroth-Hattawa, en hébreu, signifie les tombes de ceux qui ont fait preuve de convoitise, et il nous faut comprendre de cela que la convoitise est la porte du tombeau...

Le service se termina. Les dernières cailles, considérées à présent avec toute la suspicion due aux porte-malheur, furent encouragées à quitter le navire et l'équipage du *Worcester* attendit avec ardeur son dîner du dimanche, porc et pudding aux raisins. Le canot d'apparat du *Berwick* s'écarta du navire amiral avec à bord son capitaine, l'air extrêmement grave ; quand il passa à portée de voix, Jack invita Bennet à dîner en observant, quand son hôte embarqua par babord sans cérémonie :

— Je vais pouvoir vous présenter votre nouvel aumônier : il est à notre bord. Faites passer pour Mr Martin. Mr Martin : capitaine Bennet. Capitaine Bennet : Mr Martin. Mr Martin vient de nous faire un sermon des plus impressionnants.

— Pas du tout, dit Martin, l'air enchanté.

— Ah mais si, mais si : j'ai été profondément frappé par les conséquences de la convoitise, par les tombes de ceux qui ont fait preuve de convoitise, dit Jack, et il lui vint à l'esprit qu'il ne pouvait y avoir meilleur prélude à l'avertissement plus ou moins voilé qu'il était de son devoir d'ami de donner à Harry Bennet.

Le prélude était parfait, mais l'avertissement ne vint jamais. Bennet avait passé un quart d'heure extrêmement désagréable, mais ce n'était qu'avec le capitaine de la flotte, l'amiral étant occupé avec quelque gentilhomme oriental, et son moral remonta dès qu'il eut avalé un verre de gin. Il remonta plus encore à table, et du début du repas à son départ, joyeux et très rouge, il entretint Jack d'un compte rendu détaillé des charmes de la Signorina Serracapriola, physiques, intellectuels et spirituels ; il lui fit voir une mèche de ses très étonnants cheveux et parla des progrès qu'il avait faits en italien, de la beauté extraordinaire de la voix de la dame, de son habileté à jouer de la mandoline, du pianoforte, de la harpe.

— Nelson l'a embrassée quand elle était enfant, dit-il en prenant congé, et vous pourrez en faire autant, quand nous serons mariés.

Jack dormait en général fort bien, sauf quand ses soucis juridiques lui troublaient l'esprit mais, balancé dans sa bannette sur la houle de sud-est et observant le compas répétiteur au-dessus de sa tête, à la lumière d'une petite lanterne de veille, il dit : « Cela fait bien longtemps que je n'ai embrassé personne. » La description dithyrambique de la Sicilienne de Bennet l'avait étrangement ému ; il voyait sa silhouette souple, la chaleur particulière d'une beauté méridionale ; il se souvenait du parfum des cheveux d'une femme et ses pensées s'égaraient vers les Espagnoles qu'il avait connues. « Cela fait bien longtemps que je n'ai embrassé personne », dit-il, en entendant piquer trois coups du quart de minuit et le cri discret des vigies les plus proches — bouée de sauvetage — gaillard d'arrière tribord — coupée tribord, « et il se passera encore plus de temps avant que je ne recommence. Il n'y a pas de vie plus morne sur la terre qu'un blocus. »

L'escadre virait de bord, parfois à chaque quart, parfois un quart sur deux, selon le vent, les navires faisant le va-et-vient en travers des voies que la flotte de Toulon eût pu emprunter, avec très loin de chaque côté les frégates ou les bricks dont l'amiral pouvait se priver. Parfois ils étaient déployés au point d'apercevoir la Sardaigne, quand la brise risquait de permettre à Emeriau de sortir vers l'est ; parfois, presque jusqu'à Mahon, en ligne de front, par mistral ; et parfois ils se rapprochaient pour parler à l'escadre de terre. Jour après jour, les mêmes manœuvres, la surveillance continuelle ; mais ils ne voyaient personne, pas une voile, en dehors des gréements bizarres venus du fond de la Méditerranée pour l'amiral, rien que le ciel et la mer, perpétuellement changeants mais restant toujours ciel et mer. Jamais un avitailleur, jamais un mot du monde extérieur.

Un crachin hors saison venu du sud leur apporta de l'eau douce pour laver leurs vêtements mais mit fin aux danses sur le gaillard d'avant, et malgré la belle résonance de l'oratorio entre les ponts, où les passages les plus profonds prenaient une résonance d'orgue, Jack sentit le moral général baisser d'un demi-ton.

Certains supportaient la monotonie mieux que d'autres. Le poste des aspirants n'en semblait pas conscient : il préparait, avec quelques-uns des officiers les plus jeunes, une pièce ; et Jack, se souvenant de sa jeunesse, leur recommanda *Hamlet*. Il ne connaissait, dit-il, aucun poète dramatique qu'il préférât à Shakespeare. Mais Mr Gill, le maître, devint plus triste encore, un poids mort à la table du carré, et le capitaine Harris, de l'infanterie de marine, qui avait beaucoup moins à faire que Gill, déjà grand buveur, le devint plus encore ; il n'était jamais ivre, jamais plus qu'aimablement vague, mais jamais tout à fait sobre. Somers, par contre, était souvent chancelant, incohérent et désagréable ; Pullings faisait de son mieux pour le contrôler mais nul ne pouvait ôter les bouteilles qui se trouvaient dans sa cabine.

Il avait le quart de l'après-midi un jour où Jack, Pullings et le commis étaient occupés avec les livres et les comptes du navire dans la chambre du devant. L'escadre naviguait en ligne de front sous voilure de route, par brise modérée de nord-ouest portante d'un quart, quand vint le signal de virer vent devant, ordre inhabituel car l'amiral leur demandait presque toujours de virer lof pour lof, manœuvre moins pénible pour les navires les plus vieux et les plus usés — manœuvre plus économique, le virement vent devant impliquant pour le matériel des risques qui n'existaient pas dans le lof pour lof. Jack entendit le cri « Tout le monde à virer », mais il avait l'esprit occupé par le problème de faire passer l'équipage du vin au tafia et ne s'en soucia plus jusqu'à ce que des braillements déchaînés et un piétinement le fassent sauter de sa chaise. En trois enjambées il fut sur le gaillard d'arrière et vit d'un seul coup d'œil que le *Worcester* venait de manquer à virer. Il lui restait encore pas mal d'erre, malgré le petit hunier brassé, et il était sur le point de passer son beaupré dans l'embelle du *Pompée*. Au milieu du tonnerre des voiles battantes, les matelots regardaient vers l'arrière, attendant les ordres : Somers restait muet, dérouté.

— Petit hunier à contre ! lança Jack, la barre à babord. Bordez plat devant !

Le navire perdit son élan, mais l'intervalle continuait à se réduire : il se réduisit horriblement, mais pas jusqu'au désastre. Le beaupré du *Worcester* passa six pouces derrière le couronnement du *Pompée*. « Quelle pagaille ! » lança son capitaine en s'écartant tandis que le *Worcester* se mettait à culer. Jack vira lof pour lof, se remit babord amures, largua les perroquets et ramena son navire à son poste. Il se tourna vers Somers, rouge, renfrogné, visiblement titubant :

— Comment cette situation aberrante s'est-elle produite ? demanda-t-il.

— N'importe qui peut manquer à virer, dit Somers d'une voix épaisse, pâteuse.

— Qu'est-ce que c'est que cette réponse ? dit Jack. Vous en prenez à votre aise avec votre devoir, monsieur. (Il était vraiment très en colère : le *Worcester* venait de se couvrir de ridicule devant dix mille marins.) Vous avez mis la barre sous le vent toute. Vous avez brassé plat le petit hunier. Mais si, vous l'avez fait : ne le niez pas. Ceci n'est pas un cotre, monsieur, mais un vaisseau de ligne, et un vaisseau de ligne lourd et lent, qu'il faut faire lofer joliment pour qu'il ne perde pas son erre, comme je vous l'ai dit cent fois. Un spectacle scandaleux !

— Toujours tort, j'ai toujours tort, tout ce que je fais est mal ! s'écria Somers, soudain très pâle. (Puis, encore plus fort :) De la tyrannie, de l'oppression, voilà ce que c'est. Le diable soit de vous, je vous montrerai qui je suis !

Sa main approcha d'un cabillot du râtelier mais au même instant, Mowett lui saisit le bras. Dans le silence stupéfait, Jack dit :

— Mr Pullings, donnez à Mr Somers l'ordre de quitter le pont.

Un peu plus tard, Pullings vint à la grand-chambre et demanda, assez gauchement, si Somers était en état d'arrestation.

— Non, dit Jack. Je n'ai pas l'intention de le citer en cour martiale. S'il choisit de le demander c'est son affaire ; mais quand il aura dessaoulé il ne pourra manquer de voir qu'un tribunal serait certain de le casser, quel que soit son père. Le casser, ou pire. Mais je suis décidé à ce qu'il ne serve plus jamais sur mon navire. Il peut se faire porter malade ou demander un échange, comme il voudra ; mais il ne servira plus jamais sous mes ordres.

La conduite de Mr Somers fut un objet de stupéfaction pour le *Worcester*. Même quand on apprit qu'il ne serait ni pendu ni fouetté à mort comme on l'avait prédit en toute certitude, la scène stupéfiante fut rapportée maintes et maintes fois, commentée, universellement censurée ; la stupéfaction demeura même après qu'une felouque de Malte eut apporté trompettes, trombones, flûtes, hautbois et un basson et que l'oratorio eut commencé à prendre vraiment forme ; même après que les réserves de vin du *Worcester* se furent achevées et qu'on passa au tafia, plus fort et plus populaire, avec ses conséquences habituelles : bagarres, désobéissances, stupidités, accidents, crimes et châtiments navals.

Pendant une partie de cette période l'atmosphère du carré fut excessivement désagréable. En reprenant ses sens le lendemain de sa sortie, le misérable Somers avait ressenti une profonde inquiétude : il écrivit à Jack une lettre d'excuses abjecte et supplia Stephen d'intercéder pour lui, promettant de quitter le service si l'on voulait bien oublier « ce malheureux incident ». Puis, apprenant qu'il ne serait pas traduit en cour martiale, il en vint à se sentir lésé : il déclara à un auditoire réticent qu'il ne supporterait pas ce traitement, que son père ne le supporterait pas non plus, que sa famille détenait sept voix à la chambre des Communes en même temps que deux à la chambre des Lords — et que nul ne l'insulterait impunément. Certaines paroles vaguement comminatoires semblaient faire allusion à une intention de demander satisfaction au capitaine Aubrey, de le défier en duel ; mais son auditoire était maigre, lui prêtait peu d'attention, et même ses anciens admirateurs furent profondément soulagés quand il disparut, ayant négocié un échange avec Mr Rowan, du *Colossus*, lieutenant de même ancienneté.

Son départ fut une déception profonde pour les hommes qui avaient préparé leur témoignage en vue du procès. Certains étaient d'anciens compagnons de bord de Jack et ils étaient prêts à jurer n'importe quoi du moment que leur témoignage allait dans la bonne direction : le tribunal aurait entendu une description animée du furieux assaut de l'Honorable Salaud contre le capitaine avec une paire de pistolets, une hache d'abordage, une épée dégainée et une clé de mât, ainsi que toutes les expressions enflammées ou pathétiques prononcées par les deux parties, telles « Que vos couilles rôtissent en enfer, bougre infernal » (Somers) et

« Je vous prie, Mr Somers, de réfléchir à ce que vous allez faire » (Jack). À présent, jusqu'à ce que l'oratorio soit prêt, tout ce qu'ils pouvaient espérer pour rompre la monotonie invariable de leurs journées était la représentation prochaine d'*Hamlet* ; quoique la rumeur publique affirmât que la pièce était aussi passionnante qu'un grand combat de chiens et d'ours, avec une fin très satisfaisante, agrémentée de feux de Bengale malgré la dépense. Des équipes de volontaires surveillées par le maître de la cale remontaient du gravier du lest du *Worcester*, tout là-bas en bas — tâche ardue et fort odoriférante —, pour la scène du fossoyeur, et le boucher du navire préparait déjà ses bassines, étant entendu que lorsqu'une tragédie était montée à bord d'un des navires de Sa Majesté il fallait fournir une quantité suffisante de sang.

Le rôle d'Hamlet revenait de droit au plus ancien des seconds maîtres et Ophélie ne pouvait être que Mr Williamson, le seul des jeunes messieurs ayant un visage tolérable, capable de chanter et dont la voix n'avait pas mué ; mais les autres rôles furent tirés au sort, et celui de Polonius tomba sur Mr Calamy.

Il venait souvent voir Stephen pour qu'il le fasse répéter, et il l'adjurait de n'emprunter ni prêter, de s'habiller sobrement mais fort riche, et de n'avoir rien ou fort peu à faire avec des compagnons inexpérimentés, en une mélopée aiguë, sans ponctuation, sans reprendre souffle, quand l'aspirant des signaux descendit porter les compliments du capitaine au docteur Maturin « et, s'il en avait le loisir, il aimerait lui montrer une surprise sur le pont ».

C'était une journée morose, à ciel bas et gris, crachant la pluie de sud sud-est, l'escadre au près sous huniers à trois ris, louvoyant pour se maintenir au large ; pourtant une gaieté extraordinaire régnait sur le gaillard. Pullings, Mowett et Bonden, sous le vent, le visage épanoui, jacassaient comme s'ils étaient dans une taverne ; au vent, Jack, debout les mains derrière le dos, oscillant au lent mouvement de roulis et de tangage du *Worcester*, gardait les yeux fixés sur un navire à quelque cinq milles.

— Voici ma surprise, dit-il, venez et dites-moi ce que vous en pensez.

Depuis bien des années, Jack, Pullings et Mowett se raillaient du docteur Maturin pour toutes choses nautiques ; de même, mais avec plus de discrétion, que Bonden, Killick, Joseph Plaice et toutes sortes d'autres matelots, gabiers, aspirants et officiers. Il était devenu méfiant et cette fois, après une longue observation, il dit :

— Je ne voudrais pas m'aventurer, mais au premier coup d'œil il me semble que c'est un navire. Peut-être bien un vaisseau de guerre.

— Je suis tout à fait de votre avis, docteur, dit Jack, mais ne voulez-vous pas regarder dans cette lunette pour voir si vous pouvez distinguer autre chose ?

— Un navire de guerre, sans aucun doute. Mais vous n'avez rien à craindre avec toute cette puissante flotte autour de vous ; et de toute manière je constate qu'il n'a qu'une seule rangée de canons — une frégate.

Mais alors même qu'il parlait, il lui semblait retrouver quelque chose de familier dans ce navire lointain, courant vers eux avec une large vague d'étrave blanche de chaque côté, et grossissant de minute en minute.

— Stephen, dit Jack d'une voix basse, heureuse, c'est notre chère *Surprise*.

— Mais c'est vrai ! s'exclama Stephen, je reconnais cette complexité de rambardes à l'avant ; je reconnais l'endroit même où je dormais par les nuits d'été. Que Dieu bénisse ce digne bateau.

— Cela me fait chaud au cœur de la voir, dit Jack.

C'était le navire qu'il aimait le mieux après la *Sophie*, son premier commandement : il avait servi à son bord comme aspirant aux Antilles, période dont il avait gardé le plus agréable souvenir, et il l'avait commandée des années plus tard dans l'océan Indien ; il la connaissait à fond. La plus belle construction que les chantiers français aient jamais lancée, un vrai pur-sang, très rapide entre les mains de qui savait la mener, très marin, très sec, naviguant remarquablement au près, et se gouvernant presque seul quand on avait compris ses manières. La *Surprise* était vieille, bien sûr ; elle avait beaucoup souffert en son temps ; et elle était petite, ce n'était qu'une frégate de vingt-huit canons, de moins de six cents tonneaux, un peu moins de la moitié du poids des navires de trente-six et trente-huit canons désormais habituels, sans même parler des récentes frégates lourdes construites pour affronter les Américains : pour un œil moderne c'était à peine une frégate. Mais elle avait gardé toutes ses dents, et avec sa rapidité et sa manœuvrabilité elle pouvait s'attaquer à des navires beaucoup plus gros : elle avait même eu un accrochage périlleux avec un vaisseau de ligne français, auquel elle avait rendu la monnaie de sa pièce. Si Jack un jour devenait follement riche, et si la Royal Navy la vendait, c'était sans aucun doute le navire qu'il préférerait acheter, pour en faire le plus parfait des yachts.

Son capitaine actuel, Francis Latham, n'avait pas fait de transformations importantes : elle portait toujours l'immense grand mât de frégate de trente-six et les doubles galhaubans mobiles dont Jack l'avait dotée. Et malgré son épouvantable réputation d'incapacité en matière de discipline, Latham la maniait bien. Elle était sous huniers pleins et perroquets, avec bonnettes au vent sur le grand mât et la misaine : d'aspect dangereux, c'était un réglage qui convenait à la *Surprise* et elle filait ses dix ou même onze nœuds sans le moindre risque pour ses espars.

La vitesse combinée de l'escadre et de la frégate les réunit à une allure superbe ; pourtant, à ceux qui languissaient après la poste et les nouvelles de la maison et de la guerre terrestre, les formalités de l'envoi du numéro, du signal de reconnaissance et de la mise en panne pour saluer le navire amiral de dix-sept coups de canon parurent excessivement fastidieuses. Le navire amiral rendit la politesse de treize aboiements rapides et hissa aussitôt après un signal demandant à la *Surprise* de dépasser ses mâts de perroquet : on affirmait que l'amiral perdrait plus volontiers une pinte de sang qu'un espar, et il avait certainement horreur de voir un de ses navires mettre en danger les mâts, vergues, cordages ou toiles qui pouvaient être nécessaires pour l'effort suprême, à un moment inconnu — demain peut-être.

La *Surprise*, toute tronquée sous ses seuls mâts de hune, passa sous la poupe de l'amiral. On vit son capitaine se rendre à bord dans un grand canot contenant cinq sacs, sans doute de courrier : les dépêches devaient être dans le paquet de toile à voile qu'il tenait à la main. Le temps à présent s'écoula plus lentement encore, malgré la diversion apportée par une autre voile apparue à l'horizon brouillé du sud, voile surprenante jusqu'à ce que le temps en se dégageant montrât qu'il y en avait deux, un sloop et un avitailleur espagnol. Ceux qui avaient une montre les regardaient ; les autres venaient à l'arrière sous divers prétextes pour regarder les grains couler dans l'ampoulette ; le soldat de garde lui donna une petite secousse pour hâter la chute du sable. Conjectures sans fin, vaines suppositions quant aux raisons de ce retard : selon l'opinion générale, le capitaine Latham s'entendait dire qu'il était le genre d'officier qui ne devrait jamais naviguer sans la compagnie d'un navire chargé d'espars de rechange ; qu'il en savait autant sur la navigation que le ministre de la Justice ; et que l'amiral ne lui confierait pas une barque sur un ruisseau à truites. Mais juste au seul instant où l'aspirant des signaux avait détourné les yeux de la corne d'artimon du navire amiral, vingt voix autour de lui émirent un toussotement d'avertissement et en se retournant il vit la drissée se déployer : « *Boyne*, un canot et un lieutenant à bord de l'amiral ; *Defender*, un canot et un lieutenant à bord de l'amiral » et ainsi de suite, drissée après drissée, jusqu'à ce qu'enfin arrive le tour du *Worcester*. Dans toute l'escadre, les canots touchaient l'eau et fonçaient à toute vitesse vers l'amiral, pour revenir avec la poste tant attendue et les journaux à peine moins désirés.

En dehors des hommes de quart, les Worcesters se retirèrent dans ce qu'ils pouvaient trouver d'intimité à bord d'un vaisseau de guerre ; ceux qui savaient lire apprirent certaines choses sur cet autre monde qu'ils avaient quitté, ceux qui ne savaient pas se le firent lire par d'autres. Jack était largement favorisé par rapport aux autres, sur ce point comme sur bien d'autres, et, invitant Stephen à venir partager un pot de café, il gagna sa vaste chambre arrière où tous deux pouvaient trouver un coin tranquille et un fauteuil. Il avait de Sophie un joli paquet de lettres : tout allait bien à la maison en dehors de la varicelle et des dents de Caroline qu'il avait fallu faire limer par un dentiste de Winchester ; une étrange maladie avait frappé les roses, mais par ailleurs la nouvelle plantation de chênes poussait de manière étonnante. Ils avaient beaucoup vu Diana, qui amenait souvent le capitaine Jagiello auquel Mrs Williams, la mère de Sophie, vouait une admiration totale, déclarant qu'il était le plus bel homme qu'elle ait jamais vu, et si magnifiquement riche ; et leur nouveau voisin, l'amiral Saunders, était particulièrement aimable et attentif — tous leurs voisins étaient aimables et attentifs. Il y avait aussi des notes laborieusement écrites par les enfants, espérant qu'il allait bien ; ils allaient bien : et chacun lui disait qu'il pleuvait et que Caroline avait eu les dents limées par un dentiste de Winchester. Mais tout le paquet était d'origine domestique, de la première à la dernière lettre : pas un seul mot, bon ou mauvais, de ses hommes de loi. Ayant relu une nouvelle fois ses lettres, tout en souriant, il s'interrogea sur ce silence : bon ou mauvais présage ? Il sortit une guinée de sa poche, la lança en l'air, ne put la rattraper et envoya la pièce à travers la table où Stephen s'occupait de sa correspondance, quelques gribouillis joyeux de Diana décrivant une vie sociale très active à Londres et observant, très incidemment, qu'elle s'était trompée pour sa grossesse ; quelques communications variées, pour la plupart de nature scientifique ; une note de l'amiral renfermant une lettre amicale et même affectueuse à « Mon cher Maturin », de Sir Joseph Blaine, son patron du Renseignement, ainsi que deux rapports et une dépêche codée. Il avait digéré les rapports et lisait l'une des communications non scientifiques quand la guinée atterrit sur la dépêche codée. À vrai dire, la lettre qu'il avait en main n'exigeait pas de décodage : en termes clairs et d'une écriture manifestement déguisée, un correspondant anonyme lui disait qu'il était cocu et que sa femme le trompait avec un attaché suédois, le capitaine Jagiello. Il espérait toutefois déceler l'identité de l'auteur, briser le code, en somme ; bien peu d'hommes ou de femmes anglais auraient écrit son nom avec un h alors que c'était habituel en France ; et il avait déjà remarqué quelques détails significatifs. La lettre et la devinette l'amusaient : la malveillance et sa couverture transparente de vertueuse indignation étaient parfaites dans leur genre et sans son habitude tenace du secret il l'aurait montrée à Jack. Finalement il se contenta de lui rendre sa guinée avec un petit sourire.

Ils échangèrent l'essentiel de leurs nouvelles familiales, puis Stephen observa qu'il avait l'intention de partir pour l'Espagne au matin :

— L'amiral me dit que dès que l'avitailleur aura déchargé ses choux, ses oignons et son tabac il m'emmènera à Barcelone.

— Grand Dieu, Stephen ! s'exclama Jack tout assombri, déjà ? Dieu me damne, vous allez me manquer.

— Nous nous retrouverons bientôt, si Dieu le veut, dit Stephen, je pense être à Mahon avant peu.

Dans le silence momentané ils entendirent tous deux la sentinelle héler un canot qui s'approchait et la réponse, « Dryad », indiquant que le capitaine de la Dryad allait embarquer.

— Qu'il aille au diable, dit Jack. (Et en réponse au regard interrogateur de Stephen :) C'est le sloop à flancs plats qui est venu avec l'avitailleur pendant que nous lisions nos lettres, une horrible vieille petite barcasse à cul arrondi capturée vers l'époque de l'Invincible Armada et affreusement chargée de canons avec ses quatorze pièces de douze. Je ne sais pas qui l'a, maintenant. Pourtant, dit-il en se levant, je suppose que je dois me montrer civil : ne bougez pas, Stephen, je vous en prie.

Quelques secondes plus tard, il était de retour, le visage tout illuminé de plaisir et poussant devant lui un petit officier compact à tête ronde, aussi heureux que lui, un homme qui avait servi sous ses ordres comme volontaire de première classe, assistant et lieutenant, et qui était à présent, en grande partie grâce à Jack, capitaine de frégate et le commandant de cette affreuse barcasse, la *Dryad*.

— William Babbington, mon cher ! s'exclama Stephen, je suis enchanté de vous voir, cher, comment allez-vous ?

Le capitaine de la *Dryad* leur dit comment il allait avec toute la liberté, l'aisance et le détail de relations longues et intimes, d'une amitié aussi étroite que leur différence d'âge le permettait — une différence qui s'était atténuée avec les ans. Ayant bu une demi-pinte de madère, posé toutes les questions appropriées sur Mrs Aubrey, les enfants et Mrs Maturin, ayant promis de dîner à bord du *Worcester* demain (si le temps le permettait) en compagnie de ses vieux compagnons Pullings et Mowett, il sauta sur ses pieds en entendant piquer trois coups.

— Comme la *Dryad* doit être attachée à l'escadre, dit-il, il faut que je rende visite à l'amiral Harte. Je n'ai pas intérêt à faire la moindre erreur avec lui. Je suis déjà assez mal en cour de ce côté-là.

— Comment, William, qu'est-ce que vous avez fait ? demanda Jack. Ce n'est pas dans la Manche que vous avez pu lui déplaire ?

— Non, monsieur, dit Babbington, ce n'est pas vraiment une affaire de service. Vous souvenez-vous de sa fille, Fanny ?

Jack et Stephen avaient un vague souvenir d'une petite fille trapue, hirsute, à teint sombre et boutonneux ; le cœur leur manqua. Dès sa prime jeunesse, dès un âge affreusement précoce, Babbington avait couru le jupon ; et c'était fort bien, tout à fait dans la tradition navale ; mais quoique excellent marin, il manquait de discrimination à terre et s'attachait à tout objet du sexe. Il s'attaquait parfois à de ravissantes créatures, avec succès, bien qu'environné de rivaux, car en dépit de sa silhouette écourtée, les femmes trouvaient agréables sa gaieté, son charme singulier et son ardeur sans faille ; mais parfois il s'en prenait à des vierges de quarante ans, tout en angles. Au cours de son bref séjour en Nouvelle-Hollande il avait bénéficié des faveurs d'une aborigène, et à Java, de celles d'une dame chinoise de deux cent dix livres. Le teint, les poils, l'acné de Miss Harte ne le gênaient en rien.

— ... aussi, nous ayant trouvés dans cette posture, voyez-vous, il s'est montré extrêmement rude et m'a interdit la maison. Et plus rude encore quand il a constaté qu'elle le prenait à cœur et que nous correspondions. Il m'a dit : « Si vous êtes en quête d'une fortune, vous n'avez qu'à tenter votre chance avec les prises françaises, et vous pouvez aussi me baiser le cul — cette volaille n'est pas pour vous. » Vraiment, monsieur, n'est-ce pas là une expression très intolérante ?

— Lui baiser le cul, voulez-vous dire, ou volaille ?

— Oh, baiser le cul est dans sa bouche à tout moment, très habituel : non, je veux parler de la volaille. Je trouve cela vraiment bas.

— Seul un moins que rien dirait cela, dit Stephen, volaille, pouah ! Honte à lui.

— Vraiment très bas, dit Jack. Langage de valet d'écurie. (Puis, à la réflexion :) Mais comment peut-on vous accuser de chasser la fortune, William ? Vous n'avez pas besoin de votre solde pour vivre et vous avez des espérances ; et la dame n'a jamais été considérée comme une héritière, tout de même ?

— Oh, grand Dieu, si, monsieur, elle l'est : vingt mille livres au moins. Elle me l'a dit elle-même. Son père a hérité du vieux Dilke, le banquier de Lombard Street, et à présent il vise très haut : ils sont en train d'arranger un mariage avec Mr le secrétaire Wray.

— Mr Wray, de l'Amirauté ?

— C'est bien lui, monsieur. Si Sir John Barrow ne se remet pas — et tout le monde dit qu'il est à son dernier souffle, le pauvre vieux monsieur —, Wray lui succédera comme secrétaire en titre. Pensez à l'influence que cela peut apporter à un homme dans la position du contre-amiral ! Je suis sûr qu'il leur a demandé d'envoyer *Dryad* en Méditerranée pour m'écarter. Ici il peut garder l'œil sur moi pendant qu'ils chicanent sur la dot : le mariage aura lieu dès l'instant où les papiers seront signés.

Chapitre six

Pour le confort matériel, Jack Aubrey était beaucoup, beaucoup mieux loti que quiconque à bord du *Worcester*. Il avait la solitude, l'espace : en dehors de la grand-chambre où il se délassait, recevait, ou jouait du violon, et de la galerie de poupe où il pouvait prendre l'air quand il cherchait la solitude, fuyant le gaillard d'arrière surpeuplé, il disposait d'une salle à manger et d'une chambre à coucher, de la chambre du devant où il enseignait les jeunes gens et s'occupait de ses paperasses, et de galeries latérales, les bouteilles, comme cabinet de toilette et lieux d'aisances. Il avait son valet, son cuisinier, toute la place nécessaire pour son bétail privé, ses provisions et son vin, ainsi qu'une solde et des indemnités suffisantes pour permettre à un homme seul et prévoyant de stocker des vivres en suffisance.

C'était ingratitude de sa part que d'être mécontent, comme il l'admettait dans la longue lettre décousue qu'il écrivait à Sophie jour après jour — une lettre, ou plutôt un épisode de la lettre, dans laquelle il décrivait le départ de Stephen. Ingrat, et illogique : il savait depuis toujours la Navy portée aux extrêmes et il en avait connu lui-même la plupart, à commencer par ce manque d'espace vraiment stupéfiant qu'il avait affronté très tôt dans sa carrière, quand un capitaine mécontent l'avait dégradé, de sorte que du jour au lendemain il n'était plus aspirant mais matelot de misaine, un matelot léger obligé d'accrocher son hamac sur le premier pont de la *Resolution*, à quatorze pouces de ses voisins comme l'indiquait le règlement. Comme la *Resolution* courait la grande bordée, c'est-à-dire que son équipage était divisé en deux quarts, la moitié sur le pont et l'autre moitié en bas, en pratique, ces quatorze pouces en devenaient vingt-huit ; malgré cela les encombrants voisins de Jack le touchaient de part et d'autre quand ils roulaient tous ensemble à la houle, tapis d'humanité composé de plusieurs centaines d'êtres, non ventilés, non lavés sauf la figure et les mains, qui ronflaient, grinçaient des dents ou parlaient dans leur bref sommeil agité, jamais plus de quatre heures à la fois et rarement autant. La dégradation avait été une expérience pénible, qui lui avait paru durer indéfiniment, mais d'une grande valeur : elle lui en avait plus appris sur les hommes et leur attitude à l'égard des officiers, du travail et de leurs camarades qu'il n'aurait jamais pu l'apprendre sur le gaillard d'arrière ; elle lui avait appris bien des choses, et entre autres la valeur de l'espace.

Et voilà qu'à présent il disposait d'un espace mesurable en perches, plutôt qu'en pouces carrés comme au poste des aspirants, ou en pieds carrés comme en ses jours de lieutenant — d'espace et même de hauteur sous barrot, point d'une importance indubitable pour un homme de sa taille et privilège rare sur des navires conçus pour des êtres de cinq pieds six pouces. Il avait de l'espace, même trop, et ne l'appréciait pas autant qu'il l'aurait dû. Premier inconvénient, il s'agissait d'un espace inhabité, du fait qu'en raison d'une autre des règles des extrêmes en vigueur dans la Navy, il mangeait et vivait à présent presque seul, alors que sur le premier pont il avait dîné en compagnie de cinq cents gros mangeurs, et même, dans ses différents postes et carrés, avec une douzaine d'autres — jamais un repas solitaire, jusqu'à ce qu'il atteigne le commandement ; mais dès cet instant, jamais un repas en compagnie, sauf par invitation expresse.

Bien sûr, il invitait assez souvent ses officiers, et même si dans l'incertitude actuelle de ses affaires troublées il n'osait pas tenir table ouverte avec autant de générosité qu'à une époque plus riche, il était rare que Pullings et un aspirant ne prennent pas leur petit déjeuner avec lui, tandis que l'officier du quart du matin et l'un des jeunes messieurs ou un soldat partageaient souvent son dîner, et le carré l'invitait une fois par semaine. Petit déjeuner et dîner étaient donc raisonnablement sociables ; mais Jack dînait à trois heures, et comme ce n'était pas un homme à se coucher tôt, cela lui laissait beaucoup de temps, beaucoup plus que les soucis d'un navire en blocus ne pouvaient en remplir, un navire avec un premier lieutenant d'une grande efficacité, faisant le va-et-vient au large de Toulon, toutes décisions prises par l'amiral.

L'ennui familier du blocus rendait ces vastes soirées solitaires encore beaucoup plus vastes et plus solitaires, mais sous une forme ou une autre elles étaient le lot commun de tous les capitaines respectueux de la tradition et désireux de maintenir leur autorité. Certains résolvaient la situation en embarquant leurs épouses, en dépit des règlements, surtout pour les traversées plus longues et plus tranquilles, et d'autres prenaient des maîtresses — toutes choses impossibles dans une escadre commandée par l'amiral Thornton. D'autres naviguaient avec des amis, et si Jack y avait trouvé une solution assez agréable, d'une manière générale il semblait que peu d'amitiés puissent résister à cette proximité étroite et forcée pendant de nombreuses semaines, sans même parler de mois ou d'années. Il y avait aussi des hommes qui se mettaient à boire trop, tandis que d'autres devenaient étranges, bougons, absolus ; et si la grande majorité ne se transformaient pas en ivrognes ou en excentriques confirmés, presque tous les capitaines ayant plus de quelques années de service en restaient profondément marqués.

Jusqu'ici Jack avait bénéficié à cet égard d'une chance inhabituelle. Dès son premier commandement il avait presque toujours navigué avec Stephen Maturin, et cet arrangement s'était révélé des plus heureux. En tant que chirurgien, le docteur Maturin faisait intimement partie du navire, avec une fonction et des occupations indépendantes, soumis en théorie, et seulement en théorie, au capitaine ; mais comme il n'était pas officier exécutif, leur intimité ne provoquait ni jalousie ni ressentiment dans le carré : et si lui-même et Jack Aubrey étaient à peu près aussi différents que deux hommes peuvent l'être, différents par la nationalité, la religion, l'éducation, la taille, la forme, la profession, les habitudes d'esprit, ils étaient unis par un profond amour de la musique et ils avaient joué ensemble d'innombrables soirées, le violon répondant au violoncelle ou tous deux chantant de concert tard dans la nuit.

À présent quand le violon chantait, il chantait seul : mais depuis le départ de Stephen, Jack avait rarement été d'humeur à faire de la musique et de toute manière la partita dans laquelle il s'était lancé, l'une des partitions manuscrites achetées à Londres, devenait de plus en plus étrange à mesure qu'il y plongeait plus profond. Les mouvements d'ouverture étaient remplis de difficultés techniques et il doutait de pouvoir jamais leur rendre la moindre justice, mais ce qui le troublait vraiment c'était la grande chaconne qui suivait. En apparence les indications données au début étaient assez claires : ses variations serrées, bien que complexes, pouvaient être suivies et pleinement acceptées, et n'étaient pas particulièrement difficiles à jouer ; mais à un certain point, après une répétition curieusement insistante du second thème, le rythme changeait et avec lui toute la logique du discours. Il y avait quelque chose de dangereux dans la suite, quelque chose qui ressemblait un peu à l'orée de la folie, ou du moins d'un cauchemar ; et Jack, tout en reconnaissant dans l'ensemble de la sonate et en particulier la chaconne une composition fort impressionnante, avait le sentiment que s'il continuait à la jouer de tout son cœur elle pourrait l'entraîner dans des régions vraiment fort étranges.

Au cours d'une pause dans sa lettre du soir, Jack eut envie de parler à Sophie d'une idée qui lui était venue, une figure qui pourrait rendre la nature de cette chaconne plus compréhensible : c'était comme s'il chassait le renard, monté sur un cheval puissant, ardent, et comme si, en sautant un fossé, parfaitement en main, l'animal changeait de pied. Et ce changement de pied s'accompagnait d'un changement de l'être, de sorte que ce n'était plus sur un cheval qu'il était assis mais sur une grande bête brute, beaucoup plus puissante, qui chargeait à toute vitesse à travers un paysage inconnu, poursuivant une proie — quelle proie, il ne pouvait le dire, mais ce n'était plus un simple renard. Mais ce serait, se dit-il, une notion bien difficile à exprimer ; et de toute manière Sophie ne s'intéressait pas vraiment beaucoup à la musique, tandis qu'elle détestait positivement les chevaux. D'autre part elle aimait beaucoup le théâtre, aussi lui parla-t-il de la représentation du *Worcester*. « Ni l'oratorio ni *Hamlet* ne sont encore représentés, et je crois que pour des débutants nous avons visé un peu haut car l'un et l'autre exigent un univers de préparation. Je ne doute pas que nous les entendrons finalement, mais pour l'instant nous nous contentons de distractions beaucoup moins ambitieuses : elles ont lieu une fois par semaine, quand le temps le permet, le soir des jours de repos et de couture — un orchestre étonnamment habile de dix joueurs, quelques danseurs assez bons pour le Sadler's Wells, de brèves pièces dramatiques et une sorte de farce qui se poursuit de semaine en semaine — très populaire — dans laquelle deux vieux matelots d'avant montrent à un gros terrien stupide les devoirs d'un marin et les coutumes de la Navy, en le cognant avec des vessies chaque fois qu'il se trompe. » Il sourit à nouveau, en se souvenant de l'hilarité énorme de cinq cents hommes entassés quand l'idiot, battu des deux côtés, tombait dans le seau pour la septième fois ; puis, alors qu'il concluait son paragraphe, son esprit en revint à la sonate. Ce n'était pas une musique qu'il aurait choisi de jouer étant seul et d'esprit morose : mais il ne s'autorisait pas à changer ou abandonner une fois qu'il avait vraiment commencé d'étudier une pièce, aussi, quand il prenait son violon, c'était cette partita qu'il travaillait, en jouant d'une manière détachée et en se consacrant surtout aux aspects techniques. « Du moins la saurai-je sur le bout des doigts quand Stephen reviendra, se dit-il, et je lui demanderai son opinion. »

D'une manière générale Jack Aubrey n'était pas très porté à la morosité, et des circonstances bien pires que celles-ci n'avaient pas troublé son esprit joyeux ; mais cette fois la lente montée d'un rhume, la monotonie du blocus, la vision invariable du *Pompée*, son matelot d'avant, et du *Boyne*, son matelot d'arrière, tribord amures, et l'inverse babord amures, une longue période de mauvais temps tout à fait hors saison et non méditerranéen se combinaient à sa solitude et à son isolement pour l'abattre. Il laissait son esprit courir sur la complication de ses affaires terriennes — exercice tout à fait inutile, puisque les questions légales étaient obscures aux experts, sans même parler des marins, n'ayant pour seule loi que les trente-six articles du Code de justice navale — et sur sa position actuelle. En prenant le commandement du *Worcester* il savait qu'il partait en Méditerranée et que Harte était le commandant en second de l'amiral Thornton pour cette station : mais l'amiral Thornton que lui et ses amis avaient toujours connu possédait une personnalité si forte et dominante que son second ne pouvait compter que fort peu, surtout s'il s'agissait d'un aussi petit homme que Harte. Si Jack avait su combien Harte avait de chances d'hériter du commandement suprême, il se serait efforcé d'obtenir un autre navire.

Ces réflexions couraient dans son esprit, quelques jours plus tard, tandis qu'il se penchait sur la lisse de la galerie de poupe, tenant un mouchoir sous son nez enrhumé, regardant tantôt le sillage gris et trouble du *Worcester*, tantôt l'étrave du *Pompée*, une encablure en arrière, et tantôt la *Dryad*, la barcasse de Babbington, stationnée loin sous le vent pour répéter les signaux tout au long de la ligne. Ligne abrégée, l'amiral étant à Palerme pour quelques jours et l'escadre de terre ayant été renforcée, mais qui couvrait pourtant un bon mille de mer tandis que la flottille courait vers l'est dans la grisaille ; la tâche de répéter les signaux n'était pas une sinécure, surtout du fait que les navires serraient le vent — angle infernal pour un lieutenant de signaux — et que Harte ne cessait de jouer avec ses pavillons.

Jack connaissait à présent par cœur les numéros de tous les navires de l'escadre ; bien que de sa place dans la ligne il ne vît pas grand-chose au-delà du *Pompée* et, d'un coup d'œil de temps à autre, de l'*Achilles*, juste derrière, il captait toute la loquacité de Harte reflétée par la *Dryad* : le *Culloden* devait envoyer de la toile, le *Boreas* garder son poste, et une lointaine frégate, la *Clio*, reçut plusieurs fois l'ordre de changer de route. Tandis qu'il observait, nichant son nez rouge dans un mouchoir à pois rouges, il vit un numéro qu'il ne reconnut pas, accompagnant une drissée qui demandait au navire en question de se placer derrière la *Thetis*. Un nouveau venu avait rejoint la flotte. Pendant un moment il eut l'espoir fou qu'il pouvait venir de la maison, apporter des lettres et des nouvelles, puis se rendit compte que dans ce cas Pullings l'aurait certainement fait prévenir. Il éprouvait pourtant une certaine curiosité à l'égard de cet étranger et se retourna pour sortir sur le pont : au même instant, Killick sortait de la chambre avec un seau plein de mouchoirs à faire sécher sur son fil à linge.

— Eh bien, monsieur, qu'est-ce que ça veut dire ? s'écria-t-il en colère. Pas de manteau, pas de caban, pas même une écharpe ?

En temps ordinaire, le capitaine Aubrey pouvait réduire son valet au silence d'un regard ferme, mais aujourd'hui la supériorité morale de Killick était si grande que Jack se contenta de marmonner quelque chose du genre « Juste mis le nez dehors un moment, pas plus » et rentra dans la chambre où était accroché un poêle inutile, chauffé au rouge.

— Qui vient d'entrer dans la flotte ? demanda-t-il.

— Qu'est-ce que le docteur dirait s'il était là, je n'en sais rien, dit Killick. Il pousserait un compliment sur les gens qui risquent la pulmonite : il dirait que vous devriez être dans votre lit.

— Donnez-moi un verre de jus de citron chaud, voulez-vous, Killick ? dit Jack. Tiens bon comme ça. Qui est arrivé dans la flotte ?

— Faut bien que j'accroche les chiffons d'abord, pas vrai ? dit Killick. C'est rien que *Niobe* qui revient d'Alexandrie ; elle a parlé à l'amiral au large de la Sicile, il l'a envoyée ici.

Jack sirotait son jus de citron chaud et réfléchissait à la supériorité morale, à sa force énorme dans toutes les relations humaines mais plus encore entre mari et femme — la concurrence qu'elle suscitait même dans les couples les plus aimants, la reconnaissance de la défaite même chez le moins sincère —, quand il entendit héler un canot du haut du gaillard. La réponse « Bien, monsieur » indiquait clairement qu'un officier allait embarquer et Jack se dit que ce pourrait bien être Mr Pitt, le chirurgien de la *Niobe*, grand ami de Stephen, venu peut-être pour lui rendre visite sans savoir qu'il était parti — un homme qu'il serait heureux de voir —, mais en franchissant la porte donnant sur le gaillard il perçut à l'expression de Pullings que ce n'était pas Mr Pitt, ni rien d'agréable.

— C'est encore Davis, monsieur, dit Pullings.

— C'est vrai, monsieur, s'écria un grand matelot sombre en manteau poilu, le vieux Davis de nouveau. Toujours solide et fidèle. Toujours joyeux. Toujours en pleine forme.

Il s'avança d'un mouvement maladroit, titubant, repoussa de côté le jeune lieutenant de la *Niobe* tout souriant, porta à son front sa main gauche serrée et tendit l'autre. Il n'était pas habituel dans la Navy qu'un homme de rang très inférieur à celui d'officier général entame la conversation avec un capitaine sur son gaillard d'arrière, et a fortiori lui serre la main ; mais le capitaine Aubrey, excellent nageur, avait eu le malheur de sauver Davis de l'eau, peut-être des requins et certainement de la noyade, bien des années auparavant. Davis n'avait à aucun moment exprimé une gratitude particulière mais le fait même de ce sauvetage lui avait conféré une sorte de privilège sur son sauveteur. L'ayant sauvé, Jack était dans l'obligation de s'occuper de lui : cela semblait admis tacitement par tous les hommes et même Jack sentait quelque obscure justice dans cette prétention. Il le regrettait, toutefois : Davis, bien qu'ayant passé toute sa vie en mer, n'était pas un marin, mais un être lent et lourd, maladroit, très fort et très dangereux quand il était contrarié ou ivre, facilement contrarié et facilement ivre ; et il se portait volontaire pour les différents navires de Jack ou s'arrangeait pour s'y faire transférer, ses autres capitaines étant heureux de se débarrasser d'un homme ignorant, encombrant, indomptable.

— Eh bien, Davis, dit Jack, prenant la main tendue et raidissant la sienne pour résister à cette poigne terrifiante, je suis heureux de vous voir.

Il ne pouvait dire moins, leurs rapports étant ce qu'ils étaient, mais dans l'espoir fugace d'échapper au cadeau il était en train d'expliquer au lieutenant de la *Niobe* que le *Worcester* était trop à court d'hommes pour qu'il puisse se priver d'un seul en échange, non, même pas d'un mousse unijambiste, quand la *Dryad* répéta le signal : *Worcester, capitaine au rapport à bord du navire amiral.*

— Mon canot, s'il vous plaît, Mr Pullings, dit Jack.

Et tandis qu'il échangeait quelques paroles civiles avec l'officier de la *Niobe* et demandait des nouvelles de Mr Pitt, il vit Davis plonger parmi les hommes qui se préparaient à mettre le canot à l'eau et repousser de côté l'un des matelots avec brutalité, affirmant passionnément son droit d'être à nouveau dans l'équipage du canot du capitaine. Jack laissa Bonden et Pullings régler l'affaire entre eux et regagna l'arrière pour une dernière gorgée de jus de citron chaud. Il ne sut jamais comment la question s'était arrangée sans un bruyant éclat, mais tandis qu'il s'asseyait dans le canot, enveloppé dans son caban, avec sur les genoux une provision de mouchoirs chauds et secs et une absurde écharpe de laine autour du cou, il remarqua que Davis nageait au banc trois, de son habituel coup de rame puissant, saccadé, imprécis, avec un air de triomphe hargneux sur son visage grincheux et même sinistre. Regardait-il tout droit son capitaine, Jack ne put en décider, car l'un des yeux de Davis louchait terriblement.

Le capitaine Aubrey rejoignit le navire amiral avec toute la hâte possible, trois quarts de mille contre le vent dans une mer froide et hachée ; mais l'amiral n'était pas prêt à le recevoir. Son capitaine toutefois était de nature hospitalière et il le fit entrer aussitôt avec le capitaine de la flotte dans sa chambre où il réclama à boire.

— Quoique, j'y pense, Aubrey, dit-il en examinant, les yeux plissés, le visage de Jack et son nez rouge enflé, vous semblez couver un rhume. Il faut soigner ce genre de chose, vous savez. Baker ! lança-t-il à son valet, préparez une couple de verres de ma potion magique, et apportez-les bien chauds.

— Je vous ai vu nager l'autre jour, dit le capitaine de la flotte, nager dans la mer, et je me suis dit : ceci est de la folie, de la folie pure et totale ; cet homme va prendre froid et ensuite il circulera dans toute l'escadre comme un fou dangereux, répandant partout l'infection comme la peste. Nager, pour l'amour de Dieu ! Dans une crique abritée, avec une surveillance appropriée, par une journée calme et chaude à soleil voilé, et l'estomac vide, mais pas trop vide non plus, je n'ai rien contre ; mais en pleine mer, enfin, c'est un appel à prendre froid. Le seul remède c'est un oignon cru.

Le premier verre de la potion magique arriva.

— Buvez pendant que c'est chaud, dit le capitaine de pavillon.

— Oh, oh ! s'exclama Jack dès qu'il eut avalé. Que Dieu me protège.

— Je l'ai appris en Finlande, dit le capitaine de pavillon. Vite, le second verre, ou le premier est mortel.

— Tout ceci n'est que balivernes, dit le capitaine de la flotte. Rien ne pourrait vous faire plus de mal qu'alcool bouillant, poivre et cantharide. Un malade ne devrait jamais toucher à l'alcool ; ni à la cantharide, d'ailleurs. Ce qu'il vous faut c'est un oignon cru.

— Capitaine Aubrey, monsieur, s'il vous plaît, dit un jeune homme déférent.

L'amiral Harte était assis entre son secrétaire et un employé aux écritures. D'un ton impressionnant, il dit :

— Capitaine Aubrey, il s'agit d'accomplir un service d'une grande importance, qui doit donc être confié à un officier discret et de confiance. (Jack renifla.) Si vous avez un rhume, Aubrey, dit Harte d'une voix plus naturelle, je vous remercie de vous asseoir un peu plus loin. Mr Paul, ouvrez le hublot. Un service d'une grande importance... Vous prendrez sous vos ordres la *Dryad* et vous rendrez à Palerme où vous trouverez le transport armé *Polyphemus* avec des présents pour le pacha de Barka et un nouvel envoyé à bord, Mr le consul Hamilton. Vous transporterez ce gentilhomme et les présents à Barka avec la plus grande promptitude. Comme vous le savez sans aucun doute, la bienveillante neutralité des souverains des États barbaresques est de la première importance pour nous, et rien absolument ne doit être fait qui puisse offenser le pacha :

par ailleurs, vous ne devez en aucun cas céder à des exigences déplacées ni nuire le moins du monde à la dignité de votre pays, et vous devez insister pour obtenir satisfaction en ce qui concerne les esclaves chrétiens. Vous transporterez également ces dépêches pour notre consul à Medina. Elles seront placées à bord de la *Dryad* quand vous serez à une journée de voile de Medina : le capitaine Babbington s'y rendra, les remettra au consul et vous rejoindra, vous et le transport, qui poursuivrez votre route vers l'est. Il est clair, n'est-ce pas, que la *Dryad* doit se détacher quand vous serez à une journée de voile de Medina ?

— Il me semble, monsieur, mais de toute manière je lirai et relirai soigneusement mes ordres, jusqu'à les savoir par cœur.

Comme beaucoup d'autres capitaines, Jack savait que pour les affaires avec l'amiral Harte il était préférable d'avoir tout par écrit, et comme c'était là un des rares points sur lesquels un capitaine possédait le droit de s'opposer aux souhaits d'un officier général, il l'emporta, mais non sans lutte. Harte était mal placé, son auditoire étant parfaitement au courant des règles du service, et après quelques remarques sur les retards inutiles et le gâchis d'une brise favorable, l'urgence du service et le formalisme superflu, l'employé reçut instruction d'établir un résumé des ordres du capitaine Aubrey, le plus vite possible. Pendant que cela se faisait, Harte dit :

— Si vous vous faisiez saigner, cela ferait du bien à votre rhume. Même douze ou quatorze onces vous seraient fort profitables, et davantage vous remettrait tout à fait : cela vous guérirait à tout jamais.

Cette idée lui plut : « Vous guérirait à tout jamais », répéta-t-il d'une voix basse, intérieure.

Le *Worcester* et la *Dryad* avaient à peine noyé les huniers de l'escadre sous l'horizon occidental que le soleil apparut et que la brise forcit, parsemant de petites crêtes blanches le bleu étincelant.

— Les Français appellent ça des boutons, alors que pour nous ce sont des chevaux, dit le capitaine Aubrey de sa voix épaisse d'enrhumé.

— Vraiment, monsieur, dit le capitaine Babbington, je n'en savais rien. Quelle étrange idée.

— Eh bien, en fait, on pourrait dire que ça ressemble

autant à des moutons qu'à des chevaux, dit Jack en se mouchant, mais les moutons ce n'est pas poétique, au contraire des chevaux.

— Le sont-ils vraiment, monsieur ? Je n'en étais pas conscient.

— Bien entendu, William, il n'y a rien de plus poétique, sauf peut-être les colombes. Pégase et toute cette sorte de choses. Pensez à cet homme dans cette pièce qui s'exclame « Mon royaume pour un cheval ! » — cela n'aurait rien de poétique s'il disait « pour un mouton ». Bon, voici les ordres : lisez-les pendant que je finis ma lettre et apprenez par cœur le morceau qui vous concerne, ou recopiez-le si vous préférez.

— Eh bien, monsieur, dit Babbington quand Jack reposa sa plume, ma partie semble très simple : je me détache à une journée de voile de Medina, j'y cours, je livre les dépêches au consul là-bas et je rejoins. D'ailleurs toute l'affaire semble assez simple : Palerme, Medina, Barka et retour.

— Oui, dit Jack, c'est aussi mon impression ; et sur le moment je me suis demandé pourquoi le contre-amiral disait que c'était un service important exigeant un officier discret auquel on peut faire confiance — et le disait avec un air si entendu.

Il y eut un bref silence. Jack et Babbington avaient à peu près la même opinion de l'amiral Harte et chacun savait ce que pensait l'autre. Mais ni l'un ni l'autre ne laissa rien transparaître même d'un regard.

— Aussi simple qu'on peut le souhaiter, dit Babbington ; nous pourrons certainement trouver du thon salé à Barka, sans parler d'autres vivres, et puis il y a toujours la possibilité d'une prise — un bon gros marchand du Levant, faufilé à l'aube entre Pantelleria et la terre, et la brise venant avec nous !

— J'ai presque oublié à quoi ressemble une prise, dit Jack ; mais son regard de pirate s'éteignit vite dans ses yeux et il ajouta : Mais ces jours-là sont à peu près terminés, je le crains, sauf peut-être dans l'Adriatique ou plus loin à l'est. De ce côté les rares navires qui pourraient faire une prise honorable font force de voiles pour rejoindre la côte d'Afrique dès qu'ils voient l'un de nos croiseurs, et sitôt à terre ils sont en sécurité. Ces beys et ces pachas sont si diablement sourcilleux quant à leur neutralité, et leur bonne volonté nous est si importante pour l'instant, que l'amiral briserait tout homme qui s'emparerait d'une prise sur leurs rivages, déborderait-elle de soie et de perles, d'or, de myrrhe et d'encens. Je sais que Harvey, avec l'*Antiope*, a chassé un fort riche navire jusqu'à une crique à l'ouest d'Alger, une crique avec à peine une minable petite tour, et qu'il l'y a laissé, de crainte de contrarier le dey. Le contre-amiral a parlé de cela ce matin et je vois que l'employé a mis quelque chose dans les ordres : le pauvre homme, il était si harcelé de tous côtés qu'il a écrit l'essence de tout ce que l'on disait. En bas de la page deux : « Les lois de la neutralité seront scrupuleusement respectées. »

— C'est prêt dans dix minutes, dit Killick, marchant en crabe pour résister à la forte gîte du navire, un plateau de verres dans les mains. Que ces messieurs sont en train d'arriver. Poussez la porte avec le genou, lança-t-il à sa manière raffinée.

Un coup sourd, la porte s'ouvrit, Pullings et Mowett entrèrent, très élégants dans leurs uniformes ; c'était un plaisir de voir leur joie franche et spontanée à retrouver leur vieux compagnon Babbington. Tous trois avaient été aspirants sur le premier commandement de Jack ; ils avaient navigué ensemble sur quelques-uns de ses navires ultérieurs ; et si Babbington, le plus jeune, était déjà capitaine de frégate avec toutes les chances d'être fait capitaine de vaisseau d'ici un an ou deux, tandis que les autres n'étaient que lieutenants et risquaient fort de rester à ce rang pour le reste de leur vie, à moins d'avoir la chance de participer à une action réussie, il n'y avait pas chez eux le moindre signe de jalousie, ou de mécontentement à l'égard d'un système qui, avec des mérites à peu près égaux, ferait probablement de Babbington un amiral à maison confortable vers la fin de sa carrière tandis qu'ils vivraient d'une demi-solde de cent neuf livres dix shillings par an. Le seul mot qui trahit la conscience de ces faits vint très tard dans le repas joyeux, lorsque Jack, ayant observé que si la brise tenait et si le transport ne les retardait pas à Palerme ils feraient une traversée remarquablement rapide, demanda :

— Qui a le *Polyphemus*, à présent ?

Personne n'en savait rien. Un agent ou un commandant des transports était une personne désespérément obscure, hors de tout espoir de promotion, presque hors du service.

— Quelque vieux lieutenant ahanant, probablement, dit Pullings, puis, avec un sourire désabusé, il ajouta : Je serai peut-être fort heureux d'envoyer un pavillon bleu et de commander un transport moi-même un de ces jours.

Le transport ne les fit pas languir. Ils le trouvèrent louvoyant au nord du cap Gallo, où manifestement il les attendait avec des vigies aussi alertes que sur un vaisseau de guerre. Ils échangèrent leurs numéros et Jack, faisant route sous voilure aisée, signala au *Polyphemus* de le suivre. Le transport borda ses huniers, établit focs et voiles d'étai de la manière la plus navale, mais comme il lui fallait louvoyer, bord sur bord, pour rejoindre le sillage du *Worcester*, Jack eut tout le temps de l'observer.

Et il le fit, d'abord nonchalamment, tout en buvant son jus de citron chaud dans la grand-chambre. Sa lunette était posée sur le coffre à côté de lui et il avait très vite reconnu le commandant du transport, un lieutenant âgé nommé Patterson qui avait perdu un bras dans un coup de main raté au début de la guerre. Il menait à présent le *Polyphemus*, navire franc-tillac de bonne qualité, avec beaucoup d'habileté, le maintenant le plus près possible du vent pour le dernier long bord qui couperait le sillage du *Worcester* ; toutefois, ce n'était pas le reflet du soleil sur le crochet d'acier de Patterson ni la précision de son jugement quant à la brise fraîchissante qui incitaient Jack à regarder avec de plus en plus d'attention, mais quelque chose d'extrêmement bizarre qui se passait au milieu du navire. On aurait dit que l'équipage du transport promenait un canon : mais un canon gris, et un canon beaucoup plus gros que ceux d'un navire de premier rang, même à la batterie basse. Il n'arrivait pas à mieux distinguer de la chambre, ni de la galerie de poupe, ni de la dunette. Sur le gaillard il dit à l'aspirant des signaux :

— Demandez au transport de passer à portée de voix, Mr Seymour ; et, à l'officier de quart : Nous allons mettre en panne un moment, Mr Collins, s'il vous plaît.

Le *Polyphemus* coupa le sillage du *Worcester*, remonta sous son vent, masqua son petit hunier et resta là, à monter et descendre sur une mer animée, son commandant accroché au hauban arrière, la tête levée, attentif, vers le navire. C'était un homme âgé, mince, vêtu d'un uniforme usé, démodé, et sa demi-perruque jaune vif contrastait bizarrement avec son visage sévère, austère, hâlé ; mais encore une fois ce n'était pas Mr Patterson qui retenait le regard de Jack et celui de tous les Worcesters pouvant décemment regarder par-dessus bord. C'était le rhinocéros

157

qui se trouvait derrière le mât de misaine, immobile parmi ses gardiens immobiles, les deux navires étant figés dans un silence respectueux tandis que leurs capitaines conversaient par-dessus l'eau, ainsi que deux taureaux de bonne compagnie.

Par bienséance, Jack demanda d'abord des nouvelles de l'amiral — parti le jeudi soir, en compagnie de *Melampus* —, de Mr le consul Hamilton — il était à bord et rendrait visite au capitaine Aubrey dès qu'il pourrait se tenir debout, étant pour le moment quelque peu incommodé par le mouvement —, et enfin il dit :

— Mr Patterson, quelle est cette créature en arrière du mât de misaine ?

— C'est un rhinocéros, monsieur : un rhinocéros de l'espèce grise, un présent pour le pacha de Barka.

— Que fait-il ?

— Il fait son exercice, monsieur. Il faut l'exercer deux heures par jour pour qu'il ne devienne pas vicieux.

— Dans ce cas, poursuivez, Mr Patterson : pas de cérémonie, je vous en prie.

— Non, monsieur, dit Patterson et au marin chargé de l'équipe : Allez-y, Clements.

Comme si quelque ressort venait d'être déclenché, le rhinocéros et son équipage se mirent en mouvement. L'animal fit trois ou quatre petits pas chancelants et se lança vers les parties vitales de Clements : Clements saisit la corne et s'éleva avec elle, tout en disant « Doucement, doucement, vieille brute » et au même instant le reste de l'équipe, saisissant les garants d'un bredindin, hissa le rhinocéros au-dessus du pont. Il était accroché par une large ceinture autour de son ventre et continua à bouger lestement les pattes : Clements le raisonnait, parlant dans son oreille d'une voix appropriée à son énorme masse, et lui frappait le flanc de manière amicale, et quand on l'abaissa de nouveau il mena la bête vers l'avant jusqu'au pied du mât de misaine, en la tenant toujours par l'oreille et en lui recommandant « de marcher droit, attention au roulis, et de faire attention où il allait, pour ne pas écraser des gens avec son grand gros cul ». Parvenu là on le hissa, on le fit pivoter, on le redescendit et on le conduisit vers l'arrière ; il marchait assez docilement à présent, avec à peine un petit coup de corne de temps à autre, ou un petit coup de croupe ; rehissé, retourné, ramené à l'avant, va-et-vient sous les yeux fascinés des Worcesters, jusqu'à ce qu'enfin on ramène la bête au panneau principal. Là, il prit un air d'attente, les oreilles en avant, les petits yeux inquisiteurs, sa lèvre supérieure préhensile pointant de gauche à droite. Clements lui donna un biscuit de navire qu'il saisit avec délicatesse et mangea avec toutes les apparences de l'appétit. Mais ensuite on ôta les capots et l'aspect de la créature changea : Clements lui banda les yeux de son mouchoir de cou noir et en guise d'explication Mr Patterson lança :

— Il est timide. Il a peur de l'obscurité, ou peut-être de la profondeur.

— Joliment, à présent, dit Clements.

Le rhinocéros et lui s'élevèrent d'un pied, avancèrent au-dessus de la descente et s'évanouirent dans les profondeurs, le marin une main sur la corde, l'autre sur le garrot de l'animal, le rhinocéros les quatre pattes tendues, raides, les oreilles couchées, image d'une inquiétude grise et profonde.

— Grand Dieu, comme je voudrais que le docteur soit là, dit Jack à Pullings. (Et d'une voix plus forte :) Mr Patterson, je vous félicite de votre manœuvre du rhinocéros. Voulez-vous dîner avec moi demain si le temps le permet ?

Mr Patterson dit que *si* le temps le permettait, il serait heureux de rendre visite au capitaine Aubrey ; mais il beugla d'un ton de doute, avec un hochement de tête du côté du vent où tout montrait que la brise allait forcer. Et d'ailleurs Jack dîna seul, les trois navires courant est sud-est sous voiles basses et huniers arisés sur une mer trop forte pour qu'on puisse mettre un canot à l'eau de manière confortable : il en fut plutôt satisfait car malgré la brise favorable et le sentiment général de vacances, avec cet éloignement de l'escadre, son rhume avait augmenté à tel point qu'il n'était guère de bonne compagnie. Il répéta à Pullings au petit déjeuner : « Je voudrais que le docteur soit là. » Il eût trouvé déloyal envers Stephen de faire venir Mr Lewis et avant le dîner il essaya certains des remèdes qui lui avaient été suggérés : ceux-ci, ou le vin qu'il but, lui firent peut-être un peu de bien car en approchant du canal de Pantelleria, comme il déployait ses forces dans l'espoir fugace d'une prise, il sentit son moral remonter jusqu'à une certaine gaieté. L'espoir était faible, effectivement, mais non déraisonnable : il y avait encore quelques navires pour risquer de courir vers l'est en espérant un profit énorme, et bien qu'ils fussent dans l'ensemble des bateaux rapides, habiles, souvent un peu corsaires ou contrebandiers, c'était l'une des quelques routes de navigation où ils étaient moins rares qu'ailleurs ; et dans cette région de mer, avec ce vent de sud-ouest, un forceur de blocus, louvoyant pour rentrer chez lui, serait fort désavantagé.

Il était si enroué que Pullings fut obligé de relayer ses ordres. Mais c'est avec une satisfaction réelle qu'il vit la *Dryad* faire cap au sud et le *Polyphemus* au nord jusqu'à ce qu'ils soient déployés de telle manière qu'en ligne de front ils surveillaient à eux trois la plus grande partie du canal — une journée étincelante, chaude en dépit du vent, une vraie journée méditerranéenne, enfin, avec visibilité splendide, nuages blancs courant à travers un ciel parfait, leurs ombres pourpres sur une mer d'un bleu royal quand elle n'était pas blanche : une journée ridicule pour être enrhumé.

— Ne devriez-vous pas descendre un moment, monsieur ? dit Pullings en privé, il fait peut-être un peu humide.

— Balivernes, dit Jack. Si tout le monde commençait à faire attention à un rhume, grand Dieu, où irions-nous ? La guerre pourrait s'achever. De toute manière nous ne pouvons nous déployer ainsi que peu de temps : nous perdrons *Dryad* dès que nous serons à un jour de voile de Medina, disons à la hauteur du cap Carmo.

Tout le jour ils naviguèrent, surveillant la mer du haut des mâts, et ne virent rien en dehors d'un groupe de thoniers sortis de Lampedusa qui leur vendirent du poisson et leur dirent qu'un navire français de Smyrne, l'*Aurore*, était passé la veille, lourdement chargé et quelque peu endommagé, ayant eu maille à partir avec un pirate grec de Tenedos. Ils le prirent philosophiquement, comme il se doit pour des marins s'ils ne veulent pas devenir fous, soumis comme ils le sont au vent, à la marée et au courant ; et quand le soleil descendit derrière eux tandis que la pleine lune se levait devant, le *Worcester* envoya la *Dryad* à Medina, rappela le *Polyphemus* et fit route à l'est avec lui, la brise faiblissant à la tombée du jour. Navigation au portant, écoutes choquées : tandis que Jack se consolait avec Gluck et des toasts au fromage, les hommes se réunirent sur le gaillard d'avant pour danser sous la lune tiède jusqu'à la fin du quart puis, avec l'autorisation de Pullings, un peu au-delà. Ils étaient plutôt bruyants, Jack ayant sa claire-voie ouverte et la brise venant à présent de l'avant ; mais c'était un bruit joyeux, qu'il aimait à entendre, car il indiquait un navire heureux. Le vacarme distant, confus, les airs familiers, les rires, les claquements de mains et le piétinement rythmé étaient remplis de souvenirs pour lui aussi et en faisant les cent pas dans son domaine spacieux et solitaire, l'oreille tendue vers le son d'une chanson joyeuse, *Ho the dandy kiddy-ho*, il esquissa en dépit de son rhume quelques pas lourds, sans grâce.

Couché dans sa bannette, balancé par le roulis et le tangage du *Worcester*, son esprit vagabond revint aux jours où lui aussi appartenait au gaillard d'avant, où lui aussi dansait au son du violon et du fifre, le haut du corps immobile et grave, le bas déchaîné en mille figures — pointe et talon, coupe et reprise, et leurs variations en succession rapide et (pourvu que le temps fût raisonnablement calme) parfaitement en mesure. Bien sûr, ces jours baignaient dans une brume d'or et une partie de cet or était faux, sans doute, or mussif dans le meilleur des cas ; mais pourtant ils possédaient une qualité irremplaçable — santé parfaite, immuable, bonne compagnie dans l'ensemble, pas de responsabilité sauf celle de la tâche immédiate — et il repensait à la joie rare, bruyante, vigoureuse, sans malice, de l'équipage en liberté, quand il s'endormit, toujours souriant. Dans le sommeil, son esprit s'en allait souvent très loin, parfois vers son épouse et son jardin, parfois vers des lits moins sanctifiés, mais cette fois il ne quitta pratiquement pas le navire et il s'éveilla avec le mot *jeudi* dans les oreilles, aussi fort que si quelqu'un l'avait clamé à ses côtés.

Bien sûr qu'on était jeudi : les hamacs avaient été sortis très tôt, bien avant le lever du soleil, à la fin du quart de minuit, et son inconscient avait sans aucun doute enregistré le fait. Voici longtemps, bien longtemps, lui aussi aurait reçu l'ordre de se lever, bouger, sortir de son hamac et monter sur le pont dans le noir, qu'il fasse froid ou pas : à présent il pouvait prendre ses aises.

Le jeudi le *Worcester* arborait son aspect le moins glorieux, le moins martial, le plus domestique. À moins que le temps fût particulièrement mauvais ou le navire au combat, ce matin-là on lavait les frusques dans d'énormes baquets, on accrochait des fils à linge de l'avant à l'arrière, et l'après-midi tout l'équipage se consacrait à la couture et aux reprises. C'était aussi le jour où Jack était invité à dîner au carré, et en s'y rendant à l'heure prescrite, par le gaillard d'arrière et l'échelle de descente, il aperçut la plus belle exposition de lessive que le cœur pût souhaiter : un millier de chemises et plus, cinq cents paires de pantalons de toile, d'innombrables mouchoirs et sous-vêtements, tous flottant

161

et ondoyant dans la brise. Il est vrai qu'ils étaient tous lavés à l'eau de mer, le *Worcester* manquant d'eau douce, que, le savon refusant de mousser, ils n'étaient pas très propres, et restaient rudes et salés au toucher, mais ils faisaient un bel étalage multicolore, une vision réconfortante.

Dans le carré lui-même sa présence eut un effet moins refroidissant qu'à l'ordinaire : presque tous les officiers avaient soit un remède pour le rhume, soit le récit d'une atteinte particulièrement prolongée et gênante, attrapée dans quelque situation particulière et bien définie, par exemple l'abandon d'un gilet, le port d'un caban pour le quart une nuit et pas la suivante, une longue conversation avec une femme, chapeau à la main, la pluie dans les cheveux, un courant d'air, une sueur inopportune ; et ces sujets de conversation portèrent le repas jusqu'au stade de la discussion générale et plus informelle. Jack ne parlait guère. Il ne le pouvait pas, étant à peu près aphone, mais il semblait, et d'ailleurs se sentait, fort aimable, et comme on l'adjurait de tous côtés « de nourrir ce rhume, monsieur, comme il faut affamer la fièvre », il mangea une bonne part du thon frais qui occupait la moitié de la longueur de la table, remplaçant agréablement le porc salé. En même temps il écoutait les conversations à son bout de table : les rhinocéros, comment il fallait les amarrer, leur poids probable, leur régime ; l'espèce à une corne et l'espèce à deux, quand on la trouvait ; une anecdote sur un rhinocéros de Sumatra appartenant à l'*Ariel*, son goût immodéré pour le tafia et sa fin malheureuse ; les propriétés de la corne de rhinocéros en poudre, par voie buccale ; le regret de l'absence du docteur Maturin ; à la santé du docteur absent ; Barka, et la possibilité de renouveler leur bétail, du moins en moutons et volailles ; la probabilité que le pacha se montre généreux en matière de bovins, en raison du rhinocéros et d'une cargaison d'autres présents sûrement de valeur. À l'autre bout, toutefois, Mowett et Rowan, l'homme qui avait remplacé l'incapable Somers, semblaient en désaccord, un désaccord ardent et même acrimonieux. Rowan était un jeune homme à visage rond, aux yeux brillants, avec un air assez décidé : Jack l'avait vu suffisamment pour reconnaître que si l'homme avait reçu peu d'éducation formelle — il était fils d'un charpentier de marine de la côte Ouest —, c'était un officier compétent et une forte amélioration par rapport à Somers ; mais à part cela il n'en savait pas grand-chose et à présent, au cours d'une pause momentanée dans la conversation autour de lui, il fut étonné d'entendre Rowan dire :

— Je ne sais peut-être pas ce qu'est un dactyle, mais je sais bien que *Apportez-moi / Ce bout de bois* est de la poésie, quoi que vous puissiez dire. Cela rime, non ? Et si ce qui rime n'est pas de la poésie, qu'est-ce qui en est ?

Jack était tout à fait d'accord ; et il était moralement certain que Mowett ne savait pas non plus ce qu'était un dactyle, malgré toute l'affection qu'il lui portait.

— Je vais vous dire ce qu'est la poésie, s'écria Mowett ; la poésie, c'est...

L'aspirant de quart entra en coup de vent.

— Demande pardon, monsieur, dit-il à l'oreille de Jack, les compliments de Mr Whiting, et *Dryad* est en vue du haut du mât, monsieur, à deux quarts de l'étrave par tribord. Tout au moins, nous pensons que c'est *Dryad*, ajouta-t-il, réduisant son effet à néant.

Il eût été bien étonnant que l'on pût se tromper à propos de *Dryad*, avec sa flamme de guerre et son gréement caractéristique ; mais il eût été bien étonnant aussi, la brise étant ce qu'elle était, que *Dryad* pût avoir atteint une telle position sans établir une voilure extraordinaire.

— Que porte-t-il ?

— Des ailes-de-pigeon, monsieur.

Aucun doute possible. Aucun navire de guerre ne s'écarterait de terre à une telle vitesse, faisant force de voiles à ce point périlleux, si ce n'était la *Dryad*.

— Très bien, Mr Seymour, dit-il, mes compliments à Mr Whiting, et il peut faire voile pour s'approcher de *Dryad*, si c'est *Dryad*. Je monterai sur le pont après dîner. (Et en aparté à Pullings il ajouta :) Il serait désolant de gâcher une miette de ce somptueux pudding à la mélasse.

C'était bien *Dryad*, approchant aussi vite que ses formes disgracieuses pouvaient le lui permettre : avec belle brise par le travers et toute la toile possible elle filait près de neuf nœuds, tremblant sous la contrainte et, parvenue à la limite extrême de signalisation, elle envoya une demande de conversation avec le *Worcester*. Pour sa part le *Worcester*, sur le bord opposé, courut dix bons nœuds dès qu'il eut rangé le reste de sa lessive, et tous deux se rapprochèrent si vite sur cette mer vide et brillante qu'ils parvinrent à portée de voix avant que les habitants du carré aient passé plus d'une demi-heure sur le pont à digérer leur dîner. C'était la première fois, en dehors de l'entraînement, que le *Worcester* établissait ses cacatois et ses voiles d'étai les plus hautes depuis son arrivée en Méditerranée, la première fois que son équipage actuel le faisait avec plus qu'un souffle d'air, et si la belle gîte du navire dans l'urgence, le somptueux flot de l'eau sur ses flancs, et la vaste vague d'étrave blanche élevaient le cœur de Jack, c'est avec beaucoup d'attention qu'il surveillait l'exécution de certains ordres. Bon nombre d'aspirants et quelques-uns des gabiers connaissaient mal leur tâche, et l'établissement de la voile d'étai de perruche aurait coûté à un petit jeune une chute terrifiante, sinon la vie, sans le capitaine de hune qui le rattrapa par les cheveux. Puis, au moment où le navire allait replier ses ailes, en quelque sorte, ses multiples ailes, pour mettre en panne afin que Babbington embarque, il vit quelques spectacles assez bizarres, par exemple les deux principaux membres du chorus Halleluiah tirant sur un cordage, avec un zèle et une bonne volonté immenses, dans le mauvais sens, jusqu'à ce qu'un quartier-maître distrait les en détourne d'une bourrade — ils étaient meilleurs juges de Haendel que des mystères de la navigation. Il n'y avait pas assez de vrais matelots à bord, c'était là le problème : tous ces terriens, si on les mettait au bon endroit, pouvaient à présent exécuter relativement bien les mouvements ordinaires, ou du moins sans honte, mais dans la moindre situation difficile ils seraient tous perdus, complètement égarés sans instructions ; si le navire était pris à contre de nuit par exemple, ou couché dans un grain, ou engagé étroitement avec un ennemi déterminé, espars, poulies et mâts dégringolant un peu partout. On ne pouvait former en quelques mois un équipage de matelots qualifiés ou même légers ; et le seul moyen de s'habituer à la tempête et à la bataille était de les subir. Il se demanda comment certains de ces hommes se comporteraient lors de leur premier contact avec l'un ou l'autre, car il ne comptait pas les quelques coups de temps essuyés jusqu'ici ou les manœuvres de canons comme des cas d'urgence, moins encore comme des tempêtes ou des combats. Ses pensées lui étaient inspirées en partie par les remarquables manœuvres de la *Dryad*, et furent dissipées par la vision de son capitaine montant à bord du *Worcester* comme s'il n'y avait pas une minute à perdre. À en juger par son visage resplendissant tandis qu'il escaladait le flanc, c'étaient de bonnes nouvelles qu'il apportait.

— Les Français sont à Medina, monsieur, dit-il dès qu'ils furent dans la chambre.

— Vraiment, grand Dieu ! s'exclama Jack arrêté sur place.

— Oui, monsieur. Un soixante-quatorze et une frégate de trente-six canons.

Il était tombé sur eux brusquement en passant le tournant du chenal en baïonnette pour entrer dans La Goulette, le long chenal conduisant au port de Medina. Ils étaient là, mouillés sous la plus grosse des deux batteries gardant l'entrée de La Goulette, et s'il n'était pas instantanément rentré dans le vent, la *Dryad* aurait été entraînée au-delà, dans le chenal, sans plus de possibilité d'échapper.

— Ont-ils tiré ? demanda Jack.

— Non, monsieur. J'ai l'impression qu'ils ont été aussi surpris que moi, et je ne leur ai pas laissé beaucoup de temps pour reprendre leurs esprits. J'en suis sorti le plus vite possible : *Dryad* a viré magnifiquement, bien que nous n'ayons largué qu'un seul ris dans les huniers. Nous avons doublé le cap à dix yards et foncé à toute allure pour vous rejoindre afin que nous puissions y retourner ensemble et les détruire.

Babbington ne semblait pas avoir le moindre doute quant à la destruction des navires français, ni quant au bien-fondé de sa conduite. Sans doute pensait-il que ses dépêches seraient remises au consul à Medina une fois la destruction achevée.

— Grand Dieu, monsieur, dit-il, combien j'espère qu'ils sont encore là.

— Eh bien, William, dit Jack, nous le saurons bientôt.

Pour sa part il espérait qu'ils avaient pris la mer. En dehors même de l'épineuse question de la neutralité, un combat contre des navires amarrés ressemblait un peu à une bataille de soldats : on n'y retrouvait pas les imprévisibles changements dus à la mer. La supériorité navale ne pourrait profiter d'une risée fugace, d'une queue de courant ou d'un haut-fond et s'en faire un avantage décisif, il faudrait au contraire se battre contre un adversaire immobile, sur lequel ni la brise ni son absence n'aurait d'effet, avec tous ses hommes libres pour servir les grands canons ou repousser les abordeurs. En mer il y avait place pour les manœuvres, place pour la chance, et il croyait très fort à la chance. Si les Français avaient pris la mer comme il l'espérait, ils feraient presque certainement route vers le détroit ; mais avec cette brise ils ne pouvaient encore être parvenus au vent du cap Hamada, et selon toute probabilité en faisant route à l'ouest sud-ouest il les retrouverait sous son vent au matin. Il aurait l'avantage du vent et avec lui l'initiative, le pouvoir de choisir le moment et la proximité du combat ; toutes sortes de possibilités s'ouvriraient à lui ; et pour rendre les enjeux plus égaux il lui faudrait saisir la moindre chance. Car si le *Worcester* était probablement capable de venir à bout d'un soixante-quatorze français normal par un court bombardement suivi d'un abordage, la *Dryad* et le *Polyphemus* ne pouvaient en aucun cas surmonter une frégate bien menée, sauf par des manœuvres habiles, afin qu'au moins l'un des deux la prenne en enfilade pendant que le *Worcester* la placerait sous le feu de son autre volée. Cela pouvait se faire : le combat, quoique inégal, pouvait être conduit à une fin heureuse, avec de la chance et des adversaires moins habiles. La chance avait presque toujours été de son côté dans les combats, ou du moins rarement contre lui ; mais rien ne garantissait que ces Français soient moins habiles, ou qu'ils se laissent prendre de finesse et détruire séparément. Il y avait des marins français ineptes, c'est vrai, mais pas autant que les gens de Londres semblaient le croire et quant à lui, les officiers de marine français auxquels il avait eu affaire s'étaient généralement révélés tout à fait capables, astucieux et courageux. Cependant que les trois navires couraient ouest sud-ouest sous toute la toile que le plus lent pouvait porter, il se consacra, tout mouchant et reniflant, à l'étude de ses cartes, en buvant du jus de citron chaud et en réfléchissant à certains des commandants français qu'il avait connus : le formidable Linois, qui s'était emparé de lui en Méditerranée et avait bien failli le couler dans l'océan Indien ; Lucas, qui avait combattu si brillamment avec le *Redoutable* à Trafalgar ; Christy-Pallière... et bien d'autres. Par ailleurs, ces navires étaient presque certainement sortis de Toulon durant l'un des récents coups de temps, et même avec des officiers assez capables, leurs équipages ne pouvaient avoir beaucoup d'expérience ; mais ses gens à lui étaient-ils tellement meilleurs ? S'il rencontrait les Français en mer et si les choses se passaient comme il l'espérait, avec le *Worcester* entre le soixante-quatorze et la frégate, il serait manifestement obligé de tirer ses deux volées en même temps — ce serait tout l'aboutissement de la manœuvre. Mais jusqu'ici les Worcesters n'avaient à peu près jamais pratiqué cette opération inhabituelle.

— À cela on peut remédier, du moins dans une certaine mesure, dit-il tout haut d'une voix rauque.

Et pour le reste de la journée, lessive, repassage, couture et réparations furent mis de côté tandis que l'équipage s'exerçait à combattre des deux côtés à la fois, les servants des canons courant de tribord à babord le plus vite possible, suant sous le soleil de l'après-midi, rentrant et sortant les canons, avec un entrain remarquable d'un bout à l'autre.

Peine perdue, cependant : le *Polyphemus* rencontra une galère algérienne, vieille et solide connaissance, et apprit que les Français n'avaient pas quitté Medina, n'avaient pas l'intention de sortir mais s'étaient amarrés plus près du môle de La Goulette.

Mr Patterson apporta lui-même cette information et Jack observa que ses yeux brillaient comme son crochet d'acier, que toute sa personne disgracieuse débordait d'une jeunesse nouvelle : la même euphorie régnait sur le gaillard d'arrière du *Worcester*, et dans tout le navire ; Jack s'étonna de son propre manque de joie. C'était la première fois que la perspective d'un combat ne le remuait pas comme le son d'une trompette : non qu'il eût peur du résultat, bien que cet engagement fût de l'espèce inconfortable dénommée « point d'honneur » — un combat où les forces dont on dispose sont juste trop importantes pour autoriser une retraite décente et sans blâme, mais pas assez pour donner un raisonnable espoir de succès —, mais plutôt qu'il ne l'envisageait pas avec son enthousiasme habituel ; son cœur battait plus fort, mais pas beaucoup, son esprit étant trop oppressé par les soucis matériels liés au navire, à la conduite d'une bataille de cette espèce, et à l'attitude probable du bey de Medina pour pouvoir prendre beaucoup de plaisir à cette perspective. « Tout ira bien quand la poussière aura commencé à voler », se dit-il, et il donna l'ordre qui conduirait les trois navires à Medina aussi vite que la brise fraîche pourrait les y porter.

L'aube montra le cap Malbek par l'avant tribord, et le temps que les ponts soient lavés et séchés, les navires avaient ouvert la baie profonde tout au fond de laquelle se nichait Medina. Le vent faiblit au lever du soleil, mais en restant aussi favorable qu'on pouvait l'espérer, et ils s'approchèrent de la ville lointaine, restant tout près de la rive ouest, glissant le long d'une interminable suite de salines, si près qu'ils apercevaient les files de chameaux et leurs charges étincelantes. Soudain un nuage ondulant de flamands flotta vers la mer, doublé de rose quand ils virèrent tous ensemble, dix ou vingt mille oiseaux. « Comme je voudrais que le docteur soit là », dit Jack une fois de plus, mais Pullings se contenta de répondre « Oui, monsieur » d'un ton formel et Jack prit conscience des nombreux regards fixés sur lui, du gaillard d'arrière encombré et, mais plus furtivement, de la dunette, des passavants, de la grand-hune et même de l'avant. Les derniers recoins du pont étaient propres et secs, les derniers cordages nettement lovés ; il ne restait rien à faire dans l'immédiat et le navire était étrangement silencieux — pas d'autre bruit que le chant régulier de la brise dans le gréement et le sifflement de l'eau lisse courant sur les flancs du *Worcester*. Il savait les hommes impatients de faire le branle-bas ; la pression morale était aussi perceptible que la chaleur du soleil, et après avoir écouté un moment une soudaine explosion de caquetage des flamands, il dit :

— Mr Pullings, envoyez les hommes au petit déjeuner ; quand ils auront fini nous pourrons rappeler aux postes de combat. Et nous serions bien avisés de profiter nous-mêmes des feux de la cuisine avant qu'ils soient...

Il aurait ajouté « éteints » si une crise d'éternuements ne l'en avait empêché, mais les mots manquants furent compris partout et de toute manière les aides-boscos avaient déjà commencé leurs appels.

En général, Jack invitait Pullings et un ou deux aspirants à prendre le petit déjeuner avec lui, mais aujourd'hui, après une nuit d'insomnie passée pour la plus grande part sur le pont, il se sentait vraiment trop peu en forme même pour la conversation de Pullings et se retira seul, en mouchant son nez rouge et en marmonnant « mon Dieu, mon Dieu, enfer et damnation » dans son mouchoir.

Il avait pour règle de toujours manger solidement avant un combat ou la probabilité d'un combat et Killick posa sur la table une assiette de bacon avec quatre œufs frits, disant d'un ton d'excuse que « c'était tout ce qu'il y avait pour l'instant ce matin, mais que la poule à pois allait pondre d'une minute à l'autre ». Il les mangea mécaniquement, mais ni les œufs ni même son café n'avaient leur saveur habituelle, et quand Killick entra, triomphant, avec le cinquième œuf, il ne put le regarder avec plaisir. Il le jeta discrètement par le hublot des bouteilles et, en suivant son vol des yeux, il vit la mer devenir brune puis s'éclaircir à nouveau. Dans leur ardeur à faire le branle-bas et à mettre les canons en batterie, les hommes avaient vidé par-dessus bord leurs baquets de cacao.

— Charpentier, dit Killick avec un mouvement du pouce par-dessus l'épaule.

Un instant plus tard le charpentier entrait, suivi de quelques-uns de ses hommes et du menuisier du capitaine. Un peu plus civil que le valet, il demanda s'il pouvait commencer.

— Laissez-moi juste finir cette tasse, Mr Watson, dit Jack, buvant la fin de son détestable café, et l'endroit est à vous. Vous prendrez particulièrement soin de ce... de l'objet du docteur, n'est-ce pas ? ajouta-t-il en montrant le nécessaire de toilette de Stephen, transformé en lutrin.

— Ne vous inquiétez pas, monsieur, dit le charpentier, montrant du doigt, à peu près de la même manière, le menuisier. Pond qui est ici lui a fait une boîte spéciale, toute garnie de filasse.

— C'est un article qui n'aurait jamais dû aller en mer, dit le vieux menuisier d'une voix mécontente, et bien moins encore au combat.

Quand Jack quitta la chambre il les entendit s'attaquer aux cloisons, déloger les cales avec un superbe zèle et rouler la toile à damiers qui couvrait le plancher. Avant qu'il ait fait une demi-douzaine de va-et-vient sur le gaillard, l'objet de Stephen et tout l'ameublement de la cabine, la vaisselle et la verrerie étaient rangés dans la cale, les cloisons avaient disparu et avec elles ses divers appartements, de sorte que le pont était dégagé de l'avant à l'arrière et que les servants impatients pouvaient s'occuper de leurs pièces, les deux caronades de trente-deux livres que Jack avait installées dans le rouffle.

Il était trop tôt, beaucoup trop tôt : il y avait encore des milles de lagunes salées à longer. Le port, tout au fond de la baie, était encore indistinct et brumeux dans l'ombre des collines derrière la ville, et Jack n'avait pas le moins du monde l'intention de pénétrer dans ces eaux enclavées sans en avoir exploré la totalité : il fit retrousser les voiles basses dans leurs cargues ; à présent le *Worcester* et ses conserves avançaient plus lentement, sous le gréement de combat habituel, huniers seuls.

Bon nombre d'embarcations locales entraient et sortaient dans la lumière du matin, pêcheurs de thon et pêcheurs de coraux : et deux chébecs corsaires avec d'immenses voiles latines noires passèrent le *Worcester* sur le bord opposé, bas sur l'eau, très rapides. Ils étaient bondés d'hommes et, au passage, des dizaines de visages se levèrent, bruns, noirs luisants, blancs et rougis de soleil, certains barbus, certains rasés, la plupart en turban ou calotte, tous âprement prédateurs. Jack leur jeta un coup d'œil de profond dégoût puis détourna les yeux.

— Faisons le tour du navire, dit-il à Pullings.

Comme il s'y attendait avec un tel second, tout était en ordre — les capots amarrés, les ponts, si soigneusement séchés un moment plus tôt, à présent humides et sablés, les charniers d'eau potable en place pour les hommes, les filets à boulets remplis, les coffres d'armes ouverts ; les canons n'étaient pas encore en batterie, le navire n'ayant pas battu le branle-bas, mais les mèches lentes fumaient dans leurs petites bailles, propageant sur les ponts leur parfum de bataille ardente, et les abordeurs avaient déjà en main les coutelas ou les haches à pointe que certains préféraient pour l'engagement au corps à corps. Certains hommes, marins ou terriens, semblaient inquiets, certains surexcités, mais la plupart étaient d'une gaieté grave, calme et contenue. C'était un moment de liberté inhabituel et ceux qui avaient déjà combattu avec Jack lui parlaient au passage : « Vous vous souvenez de la *Surprise*, Votre Honneur, et du dîner qu'on nous a offert à Calcutta ? » « La brise était exactement comme ça quand on a pris le grand Espagnol » ; Joseph Plaice émit quelque chose de si drôle à propos de la *Sophie* que son hilarité en rendit la fin incompréhensible. Non que Jack ait d'ailleurs compris tout à fait même le début, car le rhume le rendait un peu dur d'oreille. Il n'affectait nullement sa vision, toutefois, et quand, ayant terminé son inspection, il grimpa dans la grand-hune avec une lunette, il vit clairement Medina. Le soleil brillait sur la mosquée d'or, son dôme et son minaret, et sur le port intérieur, trop peu profond pour des navires d'un certain tirant d'eau, mais le petit hunier lui cachait La Goulette. « Bâbord un quart », lança-t-il, et quand le navire pivota, le long canal apparut, avec quelques navires marchands qui déchargeaient le long des quais et bon nombre de petits bateaux. À son extrémité côté mer, deux tours, une de chaque côté de l'entrée, marquaient la fin des deux longs môles ou brise-lames qui fermaient le fond de la baie, deux lignes incurvées de maçonnerie, à l'échelle colossale des Phéniciens et des Romains, qui reliaient des récifs et des îlots accores sur un mille de chaque côté. Quand le *Worcester* s'établit, il vit à merveille les Français, un vaisseau de ligne et une frégate : ils s'étaient déplacés depuis la visite de la *Dryad* et se trouvaient à présent amarrés à une encablure de la tour la plus lointaine, là où le môle s'incurvait entre deux petites îles, amarrés si près qu'il ne restait pas de passage entre eux et le mur de pierre. Le commandant français était manifestement décidé à éviter toute répétition de la bataille d'Aboukir : il s'était assuré qu'aucun ennemi ne pût le tourner, pour le prendre entre deux feux, et il s'était également placé dans sa petite anse de telle manière qu'il fût impossible de venir en travers de son étrave pour le prendre d'enfilade, sa proue étant protégée par la maçonnerie massive. La frégate aussi était bien abritée dans le creux, et pour elle la courbure du mur protégeait son arrière. Les deux navires étaient amarrés avec leur volée tribord côté mer et il restait entre eux un intervalle de quelque quarante yards. Les canots français s'activaient dans cet intervalle et Jack ne put d'abord distinguer ce qu'ils faisaient. Il se pencha sur la barricade de hamacs bien serrés et ajusta sa lunette : ils débarquaient des canons sur le môle, voilà ce qu'ils faisaient, les chiens. Les canons de leurs batteries babord, pour faire une batterie commandant l'intervalle entre les navires. Des canons : et des barils, des espars, des hamacs pour les protéger. Même s'ils ne déplaçaient que les pièces les plus légères et les plus accessibles, ils auraient bientôt l'équivalent de la seconde batterie de la frégate, à en juger par leur énergie. Et comme les navires étaient au mouillage, ils auraient tous les hommes nécessaires pour les servir, et deux fois plus : une augmentation énorme de leur puissance de feu.

— Larguez la misaine ! s'exclama-t-il, et passant sa lunette en bandoulière il descendit sur le pont en courant. Mettez à l'eau la chaloupe et les cotres, dit-il, et à l'aspirant des signaux : *Dryad* et *Polyphemus : capitaines au rapport à bord.*

Les Worcesters en étaient encore à mettre à l'eau la lourde grande chaloupe quand Babbington et Patterson embarquèrent en courant.

— Vous voyez la situation, messieurs, dit Jack, ils débarquent leurs canons aussi vite qu'ils le peuvent : six sont déjà en place. D'ici une heure cet endroit sera un autre maudit Gibraltar, inabordable. J'ai l'intention d'engager le soixante-quatorze vergue à vergue pendant cinq minutes puis de l'aborder dans la fumée. Je vous demande de faufiler vos navires sous mon arrière et de m'appuyer quand je vous le dirai, en abordant par-dessus son étrave, ou par notre arrière si vous ne pouvez pas y arriver. Pendant l'engagement, feu de mousqueterie sur son avant et son gaillard d'avant — je doute que vos grands canons puissent porter —, mais écoutez-moi, messieurs, écoutez-moi bien : pas un coup de mousquet, pas un coup de pistolet, et moins encore de canon, ne doit être tiré avant qu'ils nous aient tiré dessus et que je donne le signal fort et clair. Répartissez vos hommes et vos aspirants parmi l'équipage avec les ordres les plus stricts. Dites-leur que l'homme qui tirera avant le signal recevra cinq cents coups de fouet, et au nom de Dieu, je dis bien cinq cents coups : et l'officier à la division duquel il appartient sera cassé. M'avez-vous bien compris ?

— Oui, monsieur, dit Babbington.

Patterson eut l'un de ses rares sourires et dit qu'il comprenait à merveille ; mais ils n'avaient pas à s'inquiéter : il n'avait jamais de sa vie vu un Français respecter la neutralité d'un port, quand les atouts étaient de son côté.

— J'espère que vous avez raison, Mr Patterson, dit Jack, mais quoi qu'il en soit, ce sont mes ordres absolus. À présent, vaquons à nos affaires avant que les enjeux ne soient encore plus lourds.

Ils se serrèrent la main et il les raccompagna à la lisse. Puis, se tournant vers Pullings, il dit : « Battez le rappel », et plus fort, par-dessus le tonnerre instantané du tambour : « Faites passer pour le capitaine Harris. »

Le militaire vint en courant de son poste sur la dunette.

— Capitaine Harris, dit Jack, j'ai l'intention d'aborder le soixante-quatorze après une brève canonnade. Pendant ce temps vous conduirez un détachement derrière la poupe de l'ennemi, avec les canots, vous les chasserez de leurs batteries sur le môle et tournerez les canons contre la frégate. Avez-vous un commentaire à faire ?

— Aucun, monsieur, sinon que ce serait un bien joli coup.

— Alors reprenez parmi les servants des canons autant de vos hommes que vous voudrez — nous pouvons nous arranger à faible effectif pour un temps limité. Qu'ils soient dans les canots et hors de vue quand nous parviendrons bord à bord avec le Français, prêts à faire le tour dès que je leur donnerai le signal.

Quelques mots au canonnier : les canons appropriés à rentrer et recharger, à mitraille ou boulets barrés pour le premier coup afin de détruire les filets d'abordage de l'ennemi. Au bosco : grappins pour accrocher le Français ; gabiers premier brin dans les hunes pour aller amarrer les vergues. Au maître : route à suivre, et venir au lof dès l'instant où l'on aurait doublé l'île qui marquait l'angle le plus proche de la baie. À Pullings, à propos des sondeurs dans le chenal pour pouvoir passer le plus près possible de terre, à propos du remplacement des soldats, et d'une dizaine d'autres choses. Il était profondément ravi de l'intelligence et de l'anticipation qu'il rencontrait : la plupart des choses qu'il demandait étaient déjà en cours d'exécution, la plupart des mesures déjà prises. Il savoura un moment ce fait, en regardant le môle approcher — ses tours étaient à mille yards, les Français un peu plus loin — et en attendant que cesse le vacarme de la mise en place des chaînes sur les vergues. Il y avait bien d'autres détails qu'il aurait aimé commander, mais avec la vitesse à laquelle les Français débarquaient leurs canons, il lui fallait engager le combat sans retard ; et d'ailleurs l'essentiel était fait. Les vergues avaient leurs chaînes : le bruit cessa.

— Worcesters, dit Jack aussi fort qu'il le put de sa voix enrouée, je vais mettre le navire bord à bord avec le soixante-quatorze français. Nous ne tirerons pas un coup avant que je vous donne le signal : il doit tirer le premier. Telle est la loi. Ensuite, quand j'aurai donné le mot, nous lui enverrons très vite quatre bonnes volées et nous l'aborderons dans la fumée. Ceux qui n'ont encore jamais abordé ne pourront pas se tromper beaucoup en assommant le Français le plus proche. Mais n'oubliez pas ceci : tout homme qui tire avant mon signal recevra cinq cents coups de fouet.

Dans le genre harangue stimulante, ce n'était peut-être pas de très haut niveau, mais le capitaine Aubrey n'était pas un orateur et il avait rarement fait beaucoup mieux : de toute façon cela parut satisfaire l'équipage du *Worcester* et il quitta le pont au son d'un murmure d'approbation : « Quatre bonnes volées et ensuite on aborde. »

Il descendit dans la timonerie où Killick l'attendait avec son uniforme numéro deux et son épée de combat, un lourd sabre de cavalerie. Beaucoup de matelots repliaient en catogan leur queue de cheveux pour le combat, mais Killick enroulait la sienne en une boule serrée : ceci, combiné avec un air pincé et désapprobateur, lui donnait plus que jamais l'air d'une vilaine harpie. Il avait horreur de voir risquer

173

de bons vêtements et en aidant Jack à enfiler son habit, il marmonna quelque chose à propos de « Prendre soin de ses épaulettes — qu'elles coûtent les yeux de la tête ». Pour sa part, il avait remplacé le pantalon de toile et la jaquette bleue qu'il portait en tant que valet du capitaine par une vieille chemise et une culotte large et sordide qui renforçaient sa transformation. Tout en bouclant l'épée de Jack, il dit :

— Il y a toute une réserve de mouchoirs dans les deux poches : que vous pourriez bien en utiliser un maintenant.

— Merci, Killick, dit Jack en se mouchant.

Il avait oublié son rhume jusqu'à cet instant et il l'oublia de nouveau en regagnant le gaillard d'arrière. L'ennemi était à présent à moins d'un demi-mille, en partie dissimulé par l'île et la courbure du môle. Le *Worcester* sous huniers filait cinq nœuds ; la chaloupe et les cotres remplis de militaires suivaient sagement en remorque du côté babord, hors de vue des Français ; la *Dryad* et le *Polyphemus* étaient exactement à leur poste. Pas un bruit sauf le chant du sondeur : « Onze brasses. Onze brasses. À la marque, dix. » Dans trois minutes à peu près ils passeraient l'embouchure de La Goulette, en brassant les vergues de misaine et de grand-voile pour réduire la vitesse, et quelque deux minutes plus tard la poussière commencerait à voler. Le coup était assez hasardeux et dépendrait dans une grande mesure de l'évaluation que le Français ferait du *Polyphemus*. C'était un gros transport, capable de porter la plus grande partie d'un régiment, et s'ils le croyaient rempli de soldats ils seraient moins enclins à supporter le premier choc décisif avec une confiance agressive. Mais, hasardeux ou pas, c'était la seule attaque qu'il pût lancer dans un délai si bref : de toute manière les dés étaient jetés et le destin prendrait soin de la suite. Pour l'instant sa principale inquiétude était qu'un matelot excité, trop zélé, ne tire le premier coup et mette le *Worcester* du mauvais côté de la loi. Il connaissait l'importance de la neutralité bienveillante des États barbaresques ; il se souvenait à merveille des termes de ses ordres : *Les lois de la neutralité seront scrupuleusement respectées* ; et il surveillait attentivement le pont. Il y avait un aspirant tous les deux canons — il avait dépouillé son gaillard d'arrière — et un officier tous les sept canons ; et tous les chefs de pièce étaient des matelots de guerre expérimentés. Impossible de faire plus sûr.

Il chassa cette angoisse, instantanément remplacée par

une autre. Le navire approchait très vite de l'entrée de La Goulette ; ses deux tours étaient juste par l'avant tribord. C'est alors, à cet instant même, que sortit d'entre elles un essaim de crevettiers, fonçant à toute vitesse dans une sorte de cérémonie, au son d'innombrables conques. Sans doute s'attendaient-ils à voir le *Worcester* tourner à droite dans le chenal, mais quoi qu'il en soit, ils fonçaient, toutes voiles dessus, coupant exactement sa route, et Jack eut tout juste le temps de masquer le petit hunier pour éviter de couler le plus proche. Son croassement rauque et presque inaudible ne convenait pas à l'occasion et il dit au petit Calamy, le seul aspirant qu'il lui restait comme aide de camp :

— Sautez à l'avant, dites à Mr Hollar de leur crier de s'écarter, nous continuons.

De son poste sur le gaillard d'avant, le bosco héla avec une force énorme, dans la lingua franca qu'il possédait, assistée de gestes passionnés. Ils parurent le comprendre et, virant à tribord, ils s'écartèrent en désordre dispersé, à peu près dans la même direction que le *Worcester* mais coupant sa route en diagonale pour gagner la pleine mer pendant que le navire suivait le môle.

Le *Worcester* remplit son petit hunier et poursuivit sa route. La Goulette était à présent sur l'arrière, l'anse des Français s'approchait et Jack tout entier était prêt à donner l'ordre qui emporterait son navire derrière l'île pour venir en grinçant frotter le flanc ennemi — il était en suspens, comme chaque homme à bord, quand une partie de la flotte crevettière fit soudain route vers la côte. Sans aucune raison plausible ils piquèrent sur le rivage et passèrent lentement derrière l'île et le long du môle. L'île était tout près ; la grand-vergue la touchait presque. Le maître dit « Babord la barre » et l'anse apparut, avec une vingtaine de crevettiers à voile latine brune, et derrière eux le vaisseau de ligne français, pavillons au vent, tous les sabords ouverts.

Il était totalement impossible de l'aborder sans écraser les crevettiers.

— Faut-il les coincer, monsieur ? demanda le maître derrière la barre.

— Non, dit Jack, lofez.

En ces quelques secondes une distance avait passé, irrémédiablement ; le *Worcester* était déjà en arrière du soixante-quatorze et avec cette brise aucune manœuvre au monde ne pourrait le ramener.

— Faites voile, dit Jack, et, suivi par la *Dryad* et le *Poly-*

175

phemus, le navire poursuivit sa route, raidi dans l'attente du feu de la batterie à terre et de la frégate, à présent par le travers.

Il ne vint pas et, prenant de la vitesse, ils dépassèrent la seconde île, hors de portée des canons français. La tension extrême se relâcha.

Pas de coup de feu insensé du *Worcester* ni de ses conserves. Mais pas non plus des Français ; il est vrai que les embarcations locales avaient masqué en partie la batterie et la frégate, en même temps que le vaisseau de ligne, mais Jack avait vu les hommes et leurs mousquets dans les hunes — il avait vu les armes braquées sur lui, le reflet sur leurs canons qui suivaient ses mouvements — et pourtant pas un coup n'avait été tiré.

Bien qu'il ne pût subsister le moindre élément de surprise, bien que le caractère inoffensif du *Polyphemus* fût à présent évident, bien que le groupe des militaires prêts à débarquer ait été bien visible, les trois navires virèrent de bord après s'être écartés décemment. La brise, jusque-là si favorable, commençait à faiblir et à tourner vers le sud de l'est, de sorte que la répétition de la manœuvre serait fort difficile. Non qu'il pût y avoir une répétition exacte, se dit Jack en surveillant les Français à la lunette. Il voyait là-bas une activité intense, contraste frappant avec l'immobilité totale dont il se souvenait au cours de ces quelques instants de presque contact. Sa mémoire pouvait le tromper — elle le faisait souvent dans les moments de vie très ardente — et il y avait peut-être eu quelques mouvements en dehors de la malveillance de ce glissement des canons de mousquets, la partie du combat rapproché qu'il aimait le moins, celle où les officiers étaient mis en joue comme des oiseaux posés ; mais de toute façon, à présent, les Français étaient fort occupés, rapprochant le soixante-quatorze de l'île au point que son beaupré surmontait le rocher et qu'il ne serait plus possible à la *Dryad* et au *Polyphemus* de l'aborder par l'étrave. Ils se hâtaient aussi de porter d'autres canons à terre.

Ce n'était pas que le *Worcester* fût oisif, avec son infanterie de marine qui rembarquait et ses matelots qui sortaient un câble par le dernier sabord arrière babord, pour qu'il puisse mouiller par l'avant et l'arrière et peut-être revenir aux prises. Il y avait aussi la simple manœuvre nécessaire pour ramener le navire à peu près à son point de départ.

— Monsieur, dit Harris, puis-je suggérer de débarquer

mes hommes du côté terre du môle et d'approcher la batterie par-derrière ? Il serait bien étrange que les Français ne tirent pas en nous voyant foncer sur eux au pas de course, baïonnette au canon.

Jack ne répondit pas aussitôt. Il regardait la foule, qui à présent se hâtait le long du môle pour assister au spectacle, et vit par l'imagination l'infanterie de marine du *Worcester* avançant parmi tous ces gens, en sections bien nettes. Un tel spectacle pouvait-il vraiment s'accorder avec la neutralité ? Il ne connaissait pas Harris ; si l'homme avait certainement du courage, il avait aussi un visage profondément stupide : pouvait-on lui faire confiance pour ne pas tirer le premier, ou même pour ne pas charger n'importe quoi ? Y compris peut-être les troupes du bey, si elles venaient à intervenir. Et par ailleurs, le moindre retard imprévu d'un côté ou de l'autre, la moindre défaillance d'une synchronisation parfaite pourrait exposer les soldats au feu des canons bâbord restant sur les deux navires. C'était une suggestion courageuse : mais sans beaucoup de chance, une audace intelligente et un chronométrage exact, elle déboucherait sur des complications infinies.

— Suggestion remarquable, capitaine Harris, dit-il, mais cette fois j'ai l'intention d'aller au-delà de lui, en mouillant une ancre arrière pour éviter bord à bord avec la brise. Il n'y aura pas de place pour la *Dryad* ou le transport, et nous aurons besoin de tous les hommes pour l'abordage.

— Levez les lofs ! lança Pullings, et le môle avec ses Français disparut derrière la misaine quand le *Worcester* entama son second passage.

Plus lentement cette fois, aussi près du vent que possible, avec les plus vieux quartiers-maîtres à la roue surveillant le bord au vent des voiles, toujours sur le point de faseyer. Jack se moucha longuement et gagna la lisse tribord. L'entrée de La Goulette, à nouveau, et, comme le navire dépassait la tour la plus éloignée, un homme à turban splendide lui fit de grands gestes avec une bannière à queue de cheval. Ce que voulaient dire ces gestes, il n'en savait rien, ni ne s'en souciait, car on arrivait à la courbure, à l'île, au coin qu'il devait doubler pour tomber sur l'ennemi. Et là, un groupe de Français remorquait une lourde caronade pour commander la ligne d'approche : encore quelques instants et ils pourraient l'asperger d'un déluge de mitraille.

— Comme ça partout, dit-il, puis : Tiens bon, les haches ; tiens bon.

— La barre toute, murmura le maître dans le silence.

— La barre toute, monsieur, dit le barreur, et le *Worcester* pivota vers l'anse des Français.

Il y resta comme suspendu, son grand hunier masqué contrebalançant exactement la poussée des autres, en attente du premier coup de feu et de l'ordre qui le porterait en avant, lui ferait larguer ses ancres et s'abattre contre le flanc de l'ennemi abrité dans son encoignure.

Le premier coup de feu ne vint pas, pas plus que l'ordre. Cette même impression d'immobilité, de silence : le flanc du navire français était plus haut que celui du *Worcester*, et même debout sur un canon, Jack ne pouvait voir par-dessus les hamacs son gaillard d'arrière, ce qui lui donnait une fort étrange impression d'impersonnalité. Tous ses sabords étaient ouverts, tous ses canons en batterie ; son embelle barricadée était garnie de soldats, dont on apercevait les chapeaux et les mousquets ; de minces filets de fumée sortaient des sabords inférieurs. Par ailleurs, pas un mouvement, sauf dans les hunes, où les mêmes canons de mousquets le visaient, changeant doucement d'angle aux mouvements de la mer. Au bout de quelques secondes, Jack comprit que les ordres du commandant français interdisant de tirer étaient aussi stricts et rigoureusement observés que les siens.

Les minutes passèrent. Avec beaucoup d'habileté, le maître maintint le *Worcester* en équilibre jusqu'à ce qu'une risée capricieuse le décalât un peu et qu'il repartît doucement en avant. Les hommes en place près des ancres suspendues levèrent les haches, attendant le mot : mais Jack secoua la tête.

— À brasser la grand-vergue, dit-il de sa voix rauque.

Le *Worcester* reprit son élan, passa devant la batterie à présent beaucoup plus forte, mais aussi tranquille et silencieuse que le soixante-quatorze, et le long de la frégate, tout aussi silencieuse. Là du moins il pouvait regarder sur son pont, et il vit sur son gaillard d'arrière son capitaine, un homme de courte taille, capable, grave, debout, les mains derrière son dos, qui le regardait. Leurs regards se croisèrent et au même instant chacun leva son chapeau pour l'autre.

Jack était tout à fait convaincu que le commandant français était déterminé à ne pas tirer le premier coup, mais comme il pouvait toujours y avoir un imbécile parmi les mille hommes amarrés contre le môle, il fit faire un ou deux va-et-vient à ses navires. Des imbéciles, peut-être, mais aucun n'avait en main canon ou mousquet, et les Français ne se laissèrent pas provoquer.

— Ne pourrions-nous pas essayer encore une fois, monsieur, en les acclamant au passage ? lui demanda Pullings dans l'oreille.

— Non, Tom, cela ne servirait à rien, dit-il, si nous restons ici encore une demi-heure avec la brise qui refuse comme elle le fait, nous ne sortirons jamais de cette maudite baie — bloqués par le vent pour des semaines, encagés avec ces misérables brutes. (Se détournant de l'amer tourment de Pullings, il éleva la voix et s'adressa au maître :) Mr Gill, mettez-nous, je vous prie, en route pour le cap Mero, et ensuite tracez la route pour Barka.

Il fit quelques va-et-vient sur le gaillard d'arrière pour ne pas échapper aux regards déçus des matelots qui amarraient les canons, à l'atmosphère renfrognée, dépitée, au sentiment de douche froide. Le navire était profondément insatisfait de lui : il était profondément insatisfait de lui-même.

Chapitre sept

— Et donc, monsieur, dit Jack, je les ai laissés là et ai fait route vers Barka après avoir envoyé *Dryad* vous informer de leur présence.

— Je vois, dit l'amiral Thornton en s'inclinant en arrière dans son fauteuil, chaussant ses lunettes et l'observant avec une froide objectivité. Eh bien, avant de revenir au sujet de Medina, faites-moi un bref récit de ce qui s'est passé à Barka, ajouta-t-il après une pause désagréable.

— En fait, monsieur, je crains que Barka n'ait pas non plus été tout à fait satisfaisant. Quand nous sommes arrivés, Esmin Pacha, assiégé par son fils Muley, nous demanda des canons en plus des présents. Je me suis senti obligé de les lui refuser jusqu'à ce que je puisse obtenir votre consentement mais, après consultation avec Mr le consul Hamilton, j'ai envoyé mon charpentier, mon canonnier et une douzaine d'hommes à terre pour remonter les canons qu'ils possédaient : la plupart des affûts étaient si pourris qu'on ne pouvait se hasarder à les tirer. Quoi qu'il en soit, ses défenses avaient à peine été remises dans un état tolérable qu'une escadre est arrivée de Constantinople, amenant un nouveau pacha et un ordre de rappel pour Esmin. Il n'a pas jugé bon d'y obéir et il est parti de nuit avec la plupart des présents et les canons, pour rejoindre son fils, dans l'intention d'assiéger le nouveau pacha dès que l'escadre aurait appareillé. Entre-temps, le nouveau venu nous a fait dire qu'il est de coutume de féliciter tout souverain de Barka nouvellement installé, avec musique, feux d'artifice et présents. J'ai pu fournir la musique et les feux d'artifice, dit Jack avec un sourire nerveux, artificiel. Le sourire nerveux et artificiel ne suscita aucune réaction chez l'amiral ou son secrétaire, auxquels il était destiné : l'expression du premier ne changea pas le moins du monde ; le second baissa les yeux vers ses papiers. L'amiral Harte n'avait pas eu part au sourire : il jugea bon cependant d'émettre un reniflement désapprobateur.

C'était une vision curieuse que le massif Jack Aubrey, homme puissant, dans la fleur de l'âge, accoutumé de longue date à l'autorité, assis avec cette expression anxieuse, déférente, perché au bord de son siège devant un petit homme malade, vieux, boursouflé, qu'il aurait pu écraser d'une seule main. Le service avait d'énormes défauts : ses arsenaux étaient corrompus et souvent incompétents, le recrutement du pont inférieur était un déshonneur national et celui des officiers une affaire hasardeuse, tandis que leur promotion et leur emploi dépendaient souvent de l'influence et du favoritisme ; pourtant, la Navy réussissait encore à se doter d'amiraux capables de faire trembler des hommes comme Jack Aubrey. Saint-Vincent, Keith, Duncan ; et l'amiral Thornton était de cette espèce, ou plus encore. Après une autre pause, il dit :

— Vous avez vu le capitaine Babbington depuis votre retour dans la flotte ?

— Oui, monsieur.

Il l'avait vu : William Babbington fonçant à bord d'un cotre à deux rangs d'avirons dès l'instant où le *Worcester* était apparu, fonçant sur une mer si dure que c'était merveille qu'un canot puisse la supporter.

— Dans ce cas, vous savez certainement que j'envisage de vous citer tous deux en cour martiale pour désobéissance aux ordres.

— C'est ce que Babbington m'a donné à comprendre, monsieur ; et je lui ai dit aussitôt que tout en étant extrêmement préoccupé de vous avoir déplu, je me flattais de pouvoir montrer que j'avais exécuté mes ordres tels que je les avais compris au mieux de mes capacités. Et puis-je ajouter, monsieur, que le capitaine Babbington a agi sous ma direction à tout moment : s'il y eut la moindre faute dans cette direction, la responsabilité m'en incombe entièrement.

— Lui avez-vous donné ordre de revenir de Medina sans avoir remis les dépêches au consul ?

— En quelque sorte, oui, je l'ai fait. Je lui ai particulièrement souligné la nécessité de respecter la neutralité de Medina, et il n'aurait pu le faire s'il était entré en conflit avec les Français. J'ai tout à fait approuvé son retour : s'il avait pénétré dans La Goulette, il aurait été capturé.

— Vous avez totalement approuvé qu'il ait mis en échec un stratagème soigneusement élaboré ? N'êtes-vous pas conscient, monsieur, que la *Dryad*, ou du moins quelque navire similaire, allait là pour se faire capturer ? Et que cinq minutes après avoir reçu la nouvelle de sa capture et de la violation de la neutralité par les Français, j'aurais détaché une escadre pour déposer le bey et mettre à sa place un ami à nous, chassant en même temps tous les navires français de tous les ports de son pays ? N'en aviez-vous aucune notion ?

— Pas la moindre, monsieur, sur mon honneur.

— Balivernes, dit Harte, je l'ai dit très clairement.

— Non, monsieur, vous ne l'avez pas fait, dit Jack. Vous avez dit d'une manière générale qu'il s'agissait là d'un service important exigeant une discrétion particulière, ce qui m'a étonné car le transport de présents et de dépêches consulaires ne m'apparaissait pas comme une tâche exigeant des capacités exceptionnelles. Vous vous êtes aussi étendu sur la nécessité de respecter la neutralité des États barbaresques. Quand je me suis reporté à mes ordres écrits je n'ai rien trouvé du tout, pas la moindre allusion qu'ils dussent être compris dans un sens spécial — que j'avais à envoyer dans un piège un navire placé sous mon commandement, et le forcer à se faire capturer, peut-être avec de lourdes pertes. Et je ne m'en étonne nullement, monsieur, dit Jack, la moutarde lui montant au nez à l'idée de Babbington amenant enfin ses couleurs sous un feu écrasant, je ne m'étonne pas que vous ne m'ayez pas donné un ordre franc et direct d'envoyer mon ami dans une telle situation. D'autre part, mes ordres écrits insistaient sur le respect dû à la neutralité, comme vos instructions verbales ; il était donc naturel de conclure que c'était là que résidait la nécessité de la discrétion. Et je peux dire, monsieur, dit-il en regardant l'amiral Thornton dans les yeux, que j'ai respecté cette neutralité jusqu'à l'ultime limite de l'endurance humaine.

À un certain point de cette déclaration, prononcée avec une force croissante, l'avantage moral changea de côté ; à présent Jack Aubrey, bien carré dans sa chaise, ouvrit ses ordres à la page appropriée et les passa à l'amiral Thornton en disant :

— Là. J'en appelle à vous, monsieur : quel homme ne

jugerait pas que là est la clé du problème ? *Les lois de la neutralité seront scrupuleusement respectées.*

Tandis que Sir John remettait ses lunettes et parcourait les ordres, Harte dit qu'ils avaient été écrits en toute hâte, car il n'y avait pas une minute à perdre ; qu'il n'avait pas eu le temps de les relire, et que l'employé avait pu mal comprendre ; qu'il n'est pire sourd que celui qui ne veut pas entendre ; qu'il était toutefois parfaitement convaincu que ses instructions verbales avaient clarifié ses intentions — n'importe qui aurait pu dire qu'il y avait anguille sous roche pour que l'on envoie un soixante-quatorze sur une telle mission en lui disant de rester à une journée de voile — n'importe qui aurait pu dire que les ordres devaient être obéis à la lettre. Il n'avait rien à se reprocher.

C'était désordonné, coléreux, malhabile et quelque peu embarrassant ; l'amiral Thornton ne répondit rien mais dit à Jack :

— La législation internationale doit être respectée, bien entendu ; mais même la vertu romaine peut être exagérée et il peut arriver que l'on se montre trop scrupuleux, surtout dans une guerre de cette sorte, avec un ennemi que rien n'arrête. Tirer la première volée en présence de témoins est une chose ; une échauffourée à terre, où le premier coup peut venir de n'importe où, en est une autre. N'avez-vous pas eu l'idée de débarquer une section d'infanterie de marine ?

— Si, monsieur, bien sûr. D'ailleurs le capitaine Harris a lui-même fait cette suggestion avec beaucoup d'élégance. Je ne suis pas beaucoup plus vertueux que vous, monsieur, me semble-t-il, pour les affaires de cette espèce, et je l'aurais fait sans aucun doute si mes ordres n'avaient pas autant insisté sur le respect de la neutralité.

— Ils ne faisaient rien de la sorte, dit Harte. Correctement compris, ils ne faisaient rien de la sorte.

Nul ne jugea bon d'ajouter un commentaire et au bout d'un moment, l'amiral Thornton dit :

— Fort bien, capitaine Aubrey, bien que le résultat de cette affaire soit des plus malheureux, je ne pense pas que nous puissions utilement en dire plus. Bonne journée à vous.

« Grand Dieu du ciel, mon cœur, écrivit Jack dans sa lettre à épisodes, je n'ai jamais été si soulagé de ma vie. Pendant tout le retour dans le canot j'osais à peine sourire ou même me féliciter ; et William Babbington m'attendait, avec sur le visage un tel air d'anxiété mortelle, ce qui était bien naturel, puisqu'il avait affronté l'amiral dans le premier flot de toute sa colère. Je l'ai entraîné dans la galerie de poupe, c'était une soirée délicieuse avec une légère brise de sud sud-ouest et l'escadre cap à l'est sous perroquets, de sorte que nous avions un splendide coucher de soleil étalé devant nous, et je lui ai fait un récit exact de ce qui s'était passé. Nous étions aussi gais qu'une paire d'écoliers qui viennent d'échapper au fouet et à l'expulsion, et nous avons appelé Pullings et Mowett pour souper avec nous. Je ne pouvais pas décemment leur ouvrir mon âme sur ce que je pensais du contre-amiral — je ne pouvais même pas dire combien il est douloureux d'entendre et de voir un homme de son rang et de son âge se comporter de manière aussi misérable, comme un vrai moins que rien — mais nous nous comprenions fort bien, et Mowett m'a demandé si je me souvenais d'une chanson irrespectueuse que les hommes avaient composée à son propos, quand j'avais la chère *Sophie*. Ce n'était pas le sentiment qui gênait Mowett, disait-il, mais la métrique qui, semble-t-il, violait les lois de la prosodie ».

Le sentiment n'était pas totalement inoffensif, d'ailleurs, puisque même le refrain le plus modéré disait :
    Bougre d'Harte, fils de pute, vieux salaud,
    Ta face rouge vaut pas un cabillot
comme Jack s'en souvenait fort bien.

« Ce fut un souper charmant, il n'y manquait que Stephen ; et même lui sera avec nous, si le vent et le temps le permettent, d'ici deux jours. Car ce matin l'amiral a hissé mon signal, m'a reçu aimablement — pas de regard froid, pas de distance glacée cette fois, pas de *Capitaine Aubrey* ou de *Vous, monsieur* — et m'a remis les ordres fort bienvenus d'aller à Port Mahon pour embarquer certaines provisions et mon chirurgien, qui a bénéficié d'une permission d'absence dans ces régions. »

Les ordres s'étaient en fait poursuivis par : « Aubrey, le docteur Maturin m'a fait comprendre que vous êtes au courant de la nature de certaines de ses expéditions les plus confidentielles : il dit aussi qu'il place la plus grande confiance dans votre discrétion et qu'il préfère naviguer avec vous qu'avec n'importe quel autre capitaine de la Liste. À présent, ses activités doivent le conduire sur la côte française, quelque part à l'ouest de Villeneuve, je crois : vous le transporterez donc à l'endroit le mieux approprié pour débarquer et vous l'y reprendrez, quand et comme vous et lui le jugerez préférable. Et j'espère très sincèrement que vous le ramènerez en toute sécurité, avec le moins de retard possible. » Mais bien évidemment ceci ne pouvait trouver place dans sa lettre. Non plus qu'un autre sujet qui occupait son esprit, et s'effaçait rarement de sa conscience immédiate. Il pouvait l'esquiver, il le faisait en disant :

« J'espère que nous aurons bientôt un contact avec l'ennemi, ne serait-ce que pour effacer le fiasco de Medina. Les officiers et les hommes qui ont déjà navigué avec moi savent que d'une manière générale je ne manque pas d'audace ni, je crois que je peux le dire, de courage ordinaire ; mais la plupart de l'équipage sait peu ou rien de moi et certains supposent probablement que je n'ai pas voulu combattre. En fait, c'est une bien mauvaise chose pour des hommes de naviguer sous un commandant qu'ils soupçonnent de lâcheté. Ils ne peuvent évidemment le respecter, et sans respect la véritable discipline disparaît.... »

La discipline, essence même d'un navire de combat, était certes très chère au cœur de Jack Aubrey ; mais d'autres choses lui étaient plus chères encore, et sa réputation en faisait partie. Il n'imaginait pas le prix qu'il y attachait jusqu'à ce que Harris et Patterson le traitent, non pas vraiment avec irrespect, mais avec quelque chose de très inférieur à leur déférence précédente. Cela ne se manifesta pas immédiatement après son ordre le moins populaire, celui de laisser les Français tranquilles (il savait fort bien que dans les premiers moments de déception et de désenchantement, de chute d'un moral très exacerbé, le navire l'aurait vu fouetter avec bonheur), mais quelques jours après Medina. L'incident, si l'on peut nommer incident quelque chose d'aussi évanescent et impalpable, fut suivi d'une série de faits irréfutables — l'apparition de plusieurs noms sur la liste des fautifs, accusés de bagarre, pour moitié d'anciens Skates, pour moitié des hommes qui avaient déjà navigué avec Jack. La justice navale était une justice rude, d'amateurs, sans règles de preuve ou de procédure, mais au niveau du gaillard d'arrière, avec le caillebotis gréé pour exécution immédiate, elle n'était pas calculée pour laisser passer le temps, et moins encore pour dissimuler les vraies raisons, et bien souvent la vérité surgissait d'emblée, nue et parfois gênante. Dans ce cas il apparut que les Skates, comparant la conduite de Jack avec celle du capitaine Allen, leur dernier commandant, soutenaient que le capitaine Aubrey était largement moins entreprenant. « Le capitaine Allen leur aurait foncé dessus, qu'il dit, loi ou pas loi : le capitaine Allen prenait pas tant de soins de sa santé ou de sa peinture, qu'il dit, alors je lui ai donné une petite poussée, un petit coup de coude qu'on pourrait dire, pour lui apprendre à se tenir. »

Cette évidence expliquait l'aspect endommagé de nombreux matelots qui n'étaient pas accusés — Bonden, Davis, Martens et plusieurs autres des amis de Jack sur le premier pont, même le calme vieux Jo Plaice —, l'aspect tout aussi endommagé d'un certain nombre de militaires et d'anciens Skates, et l'animosité renforcée entre soldats et marins. Elle conduisit aussi Jack à remarquer, ou à penser qu'il remarquait, des changements dans l'attitude de certains de ses officiers, l'absence de cette admiration et de ce respect peut-être exagérés, dus sans doute à la réputation de risque-tout qui l'entourait depuis tant d'années, qui avaient rendu sa tâche si facile et qu'il acceptait comme allant de soi.

Jack aurait pu mettre tout cela dans sa lettre, il aurait même pu ajouter ses réflexions sur le fait qu'un homme perdant sa réputation et une femme perdant sa beauté regardent autour d'eux à peu près de la même manière, à la recherche des signes de cette perte ; mais cela n'aurait pas dit grand-chose à Sophie sur le véritable souci de son mari : la crainte d'avoir effectivement fait preuve de lâcheté.

Il croyait profondément à la validité des opinions générales du premier pont. Si l'on y trouvait certes beaucoup d'idiots et de nigauds, les marins prédominaient, non seulement par la force morale mais par le nombre ; et pour des affaires de cet ordre, il ne les avait jamais vus se tromper. Il n'avait dès l'origine pas grand entrain pour ce combat, rien de cette ardeur, de cette joie, de cet enthousiasme intense, comme la chasse au renard à son meilleur, mais une chasse au renard à la puissance cent, qui avaient précédé d'autres actions. Mais cela n'avait rien à faire là : un homme pouvait ne pas être en forme sans être un poltron et il avait sans aucun doute défié l'ennemi avec tout le zèle possible, offrant directement le combat rapproché, avec les enjeux contre lui, et cherchant même à le provoquer. D'autre part, il se souvenait de son soulagement quand il avait compris que les Français ne combattraient pas : un soulagement ignoble. Ou ne fallait-il pas dire plutôt ignominieux ? Pas du tout : c'était un soulagement parfaitement raisonnable de ne pas avoir à jeter un équipage mal préparé, mal entraîné, dans un combat désespéré où un si grand nombre d'entre eux auraient certainement été tués, blessés, estropiés, mutilés. Dans les combats de ce genre, la note du boucher était toujours effroyable, et avec un tel équipage elle aurait été encore bien pire, sans même parler du très grand risque de défaite.

Quant à son refus de débarquer l'infanterie de marine, au premier abord, il lui avait semblé parfaitement innocent, décidé en toute bonne foi, ses ordres étant ce qu'il avait compris. Mais les paroles de l'amiral l'avaient horriblement secoué et depuis lors il avait si souvent tourné et retourné cette affaire, qu'entre l'accusation et les dénégations indignées, il était désormais incapable de dire quelle avait été la nature exacte de son intention : elle était dissimulée par le débat. Pourtant, ici, l'intention était tout, et il ne servait à rien d'exposer le cas à quelqu'un d'autre. Sophie, par exemple, lui dirait certainement qu'il s'était conduit au mieux, mais ce fait, bien qu'agréable, ne le réconforterait pas véritablement puisque même elle ne pouvait pénétrer dans sa tête, son cœur ou ses entrailles pour inspecter ses intentions — ses intentions telles qu'elles avaient été à ce moment.

Stephen non plus, d'ailleurs ; pourtant Jack attendait avec beaucoup d'impatience leur rencontre, et un peu moins de deux jours plus tard, quand le *Worcester* mit en panne sous le cap Mola, sans pouvoir entrer dans le port de Mahon en raison du vent de nord-ouest, il y conduisit son grand canot, à l'aviron par l'entrée étroite puis au louvoyage sur toute la longueur, bord sur bord, bien qu'un échange de signaux avec l'officier responsable des réserves de la Royal Navy lui ait appris que rien n'était encore arrivé pour l'escadre, sauf un peu de goudron de Stockholm. C'étaient là des eaux que lui-même, son patron de canot et au moins quatre de ses nageurs connaissaient aussi bien que Spithead ou Hamoaze et qu'ils parcoururent avec une sorte d'habileté détachée, passant au ras du Lazaretto, attrapant le revolin près de l'Esplanade aux Cocus (vaste esplanade, sous ces chaudes latitudes) et se faufilant par le chenal de l'hôpital, tout en constatant les modifications apportées depuis leur époque. Non qu'il y en ait beaucoup : le drapeau espagnol, plutôt que celui de l'Union, flottait au-dessus d'un certain nombre de bâtiments publics et à présent les navires de guerre espagnols dans le port n'étaient pas des prises de la Royal Navy mais ses alliés, mais dans l'ensemble cela avait peu changé. L'endroit conservait son petit air de ville et de port anglais d'époque georgienne installé dans un paysage incongru de vignes et d'oliviers, avec par-ci, par-là un palmier, et un ciel méditerranéen éclatant par-dessus le tout.

Au passage, Jack montrait du doigt pour le jeune homme à ses côtés les différents lieux intéressants tels que Saint-Philippe, la poudrière, le quai de l'armurerie et le chantier des mâtures, mais l'adolescent dégingandé, un novice boutonneux nommé Willet, était trop impressionné par sa compagnie, trop impatient d'être à terre et peut-être trop stupide pour absorber beaucoup d'informations, et en approchant de la ville Jack fit silence. « Nous irons boire une pinte de xérès chez Joselito en souvenir du bon vieux temps, se dit-il, nous commanderons un bon dîner à la Couronne — une tourte au beefsteak, un salmigondis et ces gâteaux triangulaires aux amandes pour finir — et puis nous irons nous promener en regardant les endroits que nous connaissons, jusqu'à ce que ce soit prêt. » Puis, à Bonden :

— Le bureau du capitaine du port.

Le canot glissa au pied d'un grand mur à l'autre bout du port, un mur percé d'une discrète porte verte conduisant au colombier où Molly Harte et lui avaient fait l'amour pour la première fois. Le mur était émaillé de câpriers sauvages poussant dans les interstices des pierres ; ils étaient couverts de leurs étranges fleurs plumeuses, comme ce jour-là, et son esprit vagabondait encore dans le passé avec un mélange de lubricité, de tendresse et de regret infini quand le canot vint accoster le quai opposé au pied des marches de la capitainerie.

— Courez voir le capitaine du port, Mr Willet, dit Jack. Faites-lui mes compliments et demandez où se trouve l'avitailleur du docteur. On le nomme *Els Set Dolors*.

— Bien, monsieur, dit Willet, l'air découragé. *Els Set*

189

Dolors, monsieur. Dans quelle langue dois-je le dire, monsieur ?

— Espagnol ou français ; et si ça ne marche pas vous pouvez essayer le latin. Bonden ira avec vous.

— Les compliments du capitaine du port, monsieur, dit Willet à son retour, et *Els Set Dolors* est amarré à la, la...

— Dogana, dit Bonden.

— Mais le docteur Maturin est parti pour...

— Ciudadela, sur une mule.

— Et ils ne prévoient pas qu'il revienne avant dimanche soir.

— Demande pardon, monsieur, dit Bonden, samedi, je crois.

— Il a dit sabbath-oh, s'écria Willet.

— C'est vrai, monsieur : mais dans ces régions le sabbat c'est le samedi, voyez-vous. Le dimanche, ils l'appellent dimanche-oh, ou quelque chose de ce genre.

— Merci, Mr Willet, dit Jack, profondément déçu. Quoi qu'il en soit nous pouvons aussi bien dîner ici avant de regagner le bord.

Il réfléchit un moment, un œil sur les dames sans attaches qui se rassemblaient au bord de l'eau : il avait mis dans la main du garçon une demi-guinée de sa solde avant de quitter le *Worcester*, et bien que Willet ne fût ni aimable ni intelligent, Jack n'avait pas l'intention qu'il s'achète avec cela une vérole.

— Eldon, dit-il au rameur de tête, sévère et grisonnant, Mr Willet dînera chez Bunce, après quoi vous lui montrerez ce qu'il faut voir à Mahon, les entrepôts d'armurerie, le carénage, le terrain d'exercice et l'église protestante, les chantiers, s'il y a quelque chose en construction, et la maison de fous si vous avez le temps avant six heures.

Il organisa le dîner des nageurs avec Bonden, leur dit de tirer à la courte paille qui garderait le canot et s'en alla tout seul.

Les pèlerinages sentimentaux réussissaient rarement à Jack Aubrey. Les rares fois où il en avait tâté délibérément, quelque chose était presque toujours venu gâcher, non seulement le présent, mais aussi une bonne partie du passé ; mais il semblait qu'aujourd'hui dût faire exception. La journée était d'une clarté étincelante, comme elle l'avait souvent été lorsqu'il se trouvait à Minorque, lieutenant puis capitaine de frégate, et il faisait chaud, de sorte qu'en grimpant les marches vers la ville haute, il déboutonna son habit, un habit bien plus beau que celui qu'il portait à cette époque lointaine mais qui ne l'empêcha pas d'être reconnu et accueilli chez Joselito et dans les autres lieux où il se rendit sur le chemin de la Couronne.

Port Mahon montrait encore de nombreux signes de ses longs rapports avec l'Angleterre : en dehors des officiers et des hommes des trois vaisseaux de la Royal Navy qui se trouvaient au port — deux sloops et un brick canonnière chargé d'un convoi —, des visages roses et des cheveux aussi jaunes que ceux de Jack Aubrey circulaient dans les rues. On pouvait se procurer du thé et même des buns, ainsi que de la bière et du tabac anglais, et chez Joselito il y avait des exemplaires des journaux de Londres, d'à peine deux ou trois mois d'âge. Mais la grande époque était terminée, l'époque où toute la flotte de Méditerranée mouillait à Port Mahon et où de puissantes garnisons remplissaient Saint-Philippe et la citadelle : la Royal Navy se fiait à présent beaucoup plus à Malte et Gibraltar, la marine espagnole n'avait qu'une couple de bricks à Mahon, tandis que ses troupes se limitaient à quelques compagnies de la milice locale ; l'ensemble de la ville était donc à juste titre assez endormi, tandis que les lieux fréquentés surtout par les marins et les soldats prenaient un air un peu désert.

Jack entra à la Couronne par-derrière, à travers un patio rempli d'orangers ; il s'assit sur la margelle en pierre de la fontaine centrale pour reprendre souffle et se rafraîchir après sa promenade. Son rhume était terminé depuis long-temps mais il n'était pas en forme et de toute manière, marcher sur la terre ferme et dure après des semaines et des mois d'un pont vivant le faisait toujours haleter. D'une fenêtre haute sortait la voix d'une femme chantant pour elle-même, un long chant flamenco avec d'étranges inter-valles et des cadences mauresques, souvent interrompu par le bruit d'un oreiller battu ou d'un matelas retourné. Le contralto guttural lui rappela Mercedes, une très, très jolie Minorquine qu'il avait connue dans cette même auberge, avant sa promotion. Qu'avait-elle pu devenir ? Enlevée par quelque soldat, sans doute ; plusieurs fois mère, et grasse. Mais toujours joyeuse, il l'espérait.

Le chant se poursuivit, mourut en une chute ravissante et Jack l'écouta avec de plus en plus d'attention : bien peu de choses l'émouvaient autant que la musique. Mais là il n'était pas tout oreilles, tout esprit, et au cours d'une longue pause où l'on fourra un traversin dans une housse trop petite, il eut dans les entrailles un élancement si ardent qu'il se leva pour entrer dans la salle basse, lieu large et voûté, ombreux et frais, avec de vastes barriques encastrées dans les murs et un sol sablé. « Espèce de vieil imbécile », dit un perroquet dans le silence, calmement mais sans grande conviction.

Jack avait connu cet endroit si envahi de fumée de tabac que l'on distinguait à peine un uniforme d'un autre et si bruyant qu'il fallait rugir sa commande comme pour atteindre la hune de misaine. Aujourd'hui il eût cru marcher dans un rêve, un rêve respectant jusqu'au moindre détail le décor environnant mais en le vidant de toute vie, et pour briser le sortilège, il lança : « Quelqu'un, holà ! *La casa*, ho ! »

Pas de réponse, mais il fut heureux de voir venir du hall un énorme bull mastiff, traçant les premières empreintes dans le sable nouvellement étalé. La Couronne avait toujours eu de très beaux mastiffs anglais et celui-ci, une jeune chienne bringée à dos large comme une table, devait être la petite-fille de ceux qu'il avait si bien connus. Elle ne l'avait jamais vu de sa vie, bien entendu : elle lui renifla la main avec une civilité distante puis, fort peu impressionnée, sortit dans le patio. Jack passa dans le hall, un hall carré avec deux escaliers et deux grandes horloges de parquet anglaises, le tout brillamment éclairé par le soleil : il appela à nouveau et quand l'écho de sa voix eut disparu, il entendit répondre de très loin « J'arrive » et un bruit de pas dans le corridor à l'étage.

Il observait l'une des horloges, faite par Wm Timmins, de Gosport, et honorablement décorée d'un navire du siècle dernier, un navire portant encore une vergue latine sur l'artimon, quand le bruit des pas atteignit l'escalier à sa droite : en levant les yeux il vit descendre Mercedes — une Mercedes inchangée. Toujours dodue comme une colombe, mais sans masse de graisse, sans moustache, sans vulgarité.

— Eh bien, Mercy, ma chère, s'écria-t-il, comme je suis heureux de vous voir !

Et s'approchant du pied de l'escalier il resta là, les bras ouverts.

Mercedes fit un instant de pause puis, s'écriant « *Capitan manyac* ! », s'y jeta. Il était heureusement robuste et bien carré sur ses pieds, car Mercedes, malgré la minceur de sa taille, était une fille solide et elle avait l'avantage de l'altitude : il supporta tout de même le choc, le choc parfumé, rembourré, et l'ayant serrée à lui faire perdre le souffle, il la souleva pour observer son visage avec beaucoup de satisfaction. Il y vit plaisir, fraîcheur, gaieté et l'éclat d'une pêche, et il l'embrassa chaleureusement, un baiser enchanté, franchement amoureux, chaleureusement rendu. Les baisers n'étaient pas inconnus à la Couronne ; Jack et Mercedes en avaient échangé autrefois sans que le toit leur tombe sur la tête ; mais celui-ci déclencha un surprenant vacarme. Les deux horloges sonnèrent, la porte d'entrée et deux fenêtres claquèrent dans une rafale soudaine, quatre ou cinq bulls mastiffs se mirent à aboyer et au même instant le hall se remplit de gens venus de la rue ou du patio ou de l'autre escalier, tous chargés de messages, de questions ou de commandes qu'ils devaient crier pour couvrir les beuglements creux des chiens. Mercedes tapa et cogna sur les mastiffs, répondit aux questions en anglais, en espagnol, en catalan, et entre deux réponses dit à un garçon de conduire le capitaine à la Sirène, petite salle particulièrement confortable au premier étage.

Dans cette petite pièce, la Couronne retrouva son calme ; ils s'assirent en bonne amitié pour dîner ensemble à une petite table ronde ; les plats montaient bien chauds de la cuisine par un monte-plats dans le mur. Mercedes mangeait moins que Jack mais elle parlait plus ; son anglais n'avait jamais été précis : il s'était détérioré avec les années et à présent ses remarques un peu désordonnées étaient entrecoupées de rires roucoulants et de cris de « anglais de chat, *manyac*, anglais de chat de cuisine ». Jack comprenait pourtant fort bien l'essentiel. Mercedes avait épousé la Couronne, un homme beaucoup plus vieux qu'elle, pauvre être maigre et pitoyable à cuisses étiques, avare comme un rat, qui ne l'avait demandée que pour contrarier sa famille et pour économiser ses gages. Il ne lui avait jamais fait le moindre présent et même son anneau s'était révélé de cuivre, donc sans valeur ni validité ; alors que le cadeau que lui avait fait Jack il y avait si longtemps, ou pas tellement longtemps d'ailleurs, était près de son cœur en ce moment même ; elle avait mis un tablier propre pour l'occasion et, le défaisant, elle se pencha sur la table pour lui montrer le pendentif de diamant qu'il lui avait acheté en l'an deux (l'année des nombreux fruits charmants d'une prise estimable), caché très bas dans sa poitrine. La Couronne, cette sordide créature, était partie pour quelques jours à Barcelone. Jack aurait son ancienne chambre, sans aucun doute : elle avait des rideaux écarlates tout neufs !

— Dieu me damne, Mercy, ma chère, s'écria-t-il, je suis capitaine à présent, voyez-vous, et je ne dois pas dormir hors de mon navire.

— Vous n'auriez même pas le droit de faire une petite sieste après tout ce pâté de canard, par une journée si chaude ? demanda Mercy qui le regardait avec de grands yeux innocents.

Le visage de Jack, un peu plus coloré qu'à l'habitude après soupe de poissons, langouste, côtes d'agneau, pâté de canard, fromage de Minorque et trois bouteilles de vin, s'ouvrit en un sourire enchanté si large que ses yeux bleus brillants disparurent, et Mercedes sut qu'il était sur le point de dire quelque chose de drôle. Il l'aurait fait, d'ailleurs, aussitôt trouvé le juste équilibre entre « pas *dormir* » et la muflerie, si Stephen n'avait pas fait l'entrée la moins bienvenue de sa vie. Ils avaient entendu sa voix rauque et désagréable dans l'escalier et Mercedes s'était redressée très vite, adoptant l'attitude d'une personne de service quand il entra en trombe, parfumé à la mule chaude.

— Bonjour à vous, jeune femme, dit-il en catalan, puis, sans la moindre pause : Venez, mon frère, buvez votre café, il n'y a pas une minute à perdre, nous devons courir au canot. (Il saisit la carafe d'eau, la vida, reconnut Mercedes, dit :) Comment, Sainte mère de Dieu, mais c'est vous, mon enfant, je suis heureux de vous voir. Courez chercher la note, ma chère, le capitaine doit partir dans l'instant. Est-ce un invité que vous avez là ? demanda-t-il à Jack en voyant les deux couverts mis.

— Non, dit Jack, c'est-à-dire oui, certainement, bien entendu. Stephen, retrouvons-nous au canot d'ici deux heures — rien à faire avant cela —, j'ai donné permission à l'un des jeunes gens : je ne peux pas le laisser.

— Jack, j'ai mené ma pauvre mule presque à la mort : vous pouvez sans aucun doute abandonner un aspirant. Dix aspirants.

— Et d'ailleurs, j'ai quelques communications importantes à faire à un ami, ici.

— Ces communications sont-elles de la toute première importance pour le service, dites-moi ?

— Elles sont plutôt de nature personnelle, mais...

— Alors n'en dites plus un mot, je vous en prie. Aurais-je parcouru la longue et cruelle route de Ciudadela par la chaleur du jour, vous arracherais-je à votre compagnie et à votre café sans en boire moi-même, s'il n'y avait pas une hâte impérative ? Si ce n'était pas plus important que les communications aimables ou même l'infidélité, pour l'amour de Dieu ? Allons, mon enfant, le chapeau, l'habit et l'épée du capitaine, s'il vous plaît : le devoir l'appelle.

L'appel du devoir fut entendu, mais avec maussaderie et mauvaise grâce ; et le patron et l'équipage du canot, rappelés en toute hâte du jeu de quilles de Florio, virent bien qu'il leur fallait prendre garde au grain. Un coup d'œil au visage fermé, sévère de leur capitaine, un coup d'œil entre eux avec un mouvement presque imperceptible de la tête ou de la paupière, et tout fut dit : les nageurs s'assirent à leur place, impeccables, muets, convenables comme les élèves d'une école du dimanche, tandis que Bonden sortait le canot du port sous une forte brise favorable, les officiers assis, silencieux, dans la chambre.

Le silence de Jack était celui de la déception, de la frustration extrêmes : celui de Stephen était d'un esprit occupé très loin, préoccupé de motifs et de probabilité d'abord, puis des questions de distance à couvrir par différentes personnes et du temps nécessaire pour ces voyages. Il avait reçu le matin même l'annonce de la réunion que ses collègues et lui attendaient, une réunion avec des hommes haut placés au service des Français et de leurs alliés, qui pouvait déboucher sur de très grandes choses : la réunion elle-même était confirmée, mais pour permettre à un officier important venu de Rochefort d'y assister, elle avait été avancée de trois jours. Tous les éléments que Stephen avait pu vérifier confirmaient que tous ceux qui se trouvaient à terre pourraient être présents : restait à déterminer la possibilité pour le *Worcester* de le transporter à cet obscur rendez-vous des marais, et dès qu'ils furent dans la chambre du devant, il demanda :

— S'il vous plaît, Jack, pourriez-vous me déposer à l'embouchure de l'Aigouille mardi soir ?

— Où est l'Aigouille ? demanda Jack froidement.

Stephen se tourna vers la table à cartes, fit courir son doigt le long de la côte basse et plate du Languedoc avec ses lagunes salées, ses marais saumâtres, ses canaux et ses petites rivières impraticables coupées de bancs de sable, serpentant à travers les marais à malaria, et dit : « Ici. »

Jack jeta un coup d'œil à la carte et siffla.

— Si loin que ça ? Je pensais que vous parliez d'un endroit par ici. Comment voulez-vous que je vous réponde pour une telle distance sans pouvoir prévoir la direction et la force du vent ? Surtout sa direction. Il n'est pas tout à fait contraire pour l'instant, mais il pourrait refuser d'un moment à l'autre jusqu'à se trouver exactement de face — vent debout, comme on dit. Je m'étonne que vous posiez une question aussi élémentaire : vous devriez savoir à présent qu'avec la meilleure volonté du monde un navire ne peut pas pointer à moins de six quarts, et le *Worcester* ne peut même pas en faire autant. Vous avez dû entendre parler de la dérive — quelqu'un vous a sûrement parlé de la dérive, et...

— Pour l'amour de Dieu, Jack, pointez simplement le navire le plus près de la bonne direction que vous pourrez, et parlez-moi de la dérive ensuite. Il n'y a pas une minute à perdre.

On lui avait si souvent asséné ces paroles au cours de ses années dans la Navy qu'en dépit de sa préoccupation actuelle il était heureux d'être en mesure de les prononcer, et il répéta : « Il n'y a pas une minute à perdre. »

— Voulez-vous que je file par le bout ? demanda Jack, sérieux, et pour que sa proposition soit plus claire : Que je file le câble en le laissant ici avec l'ancre ?

— Est-ce que cela nous ferait gagner du temps ?

— Pas plus de quelques minutes avec ce fond propre.

— Alors, peut-être vaut-il mieux garder l'ancre, dit Stephen, cet appareil de valeur — précieux recours.

Jack ne répondit rien mais passa sur le pont. « Je crains de l'avoir offensé, le cher homme », dit Stephen pour lui-même et il retomba dans ses pensées antérieures. Il entendit à demi consciemment le violon sur le cabestan, le piétinement des hommes aux barres, un cri accentué : « A virer, tout le monde », l'accélération du tempo du violon puis le cri, encore plus fort : « Haute et claire ! »

Deux minutes plus tard, ancre caponnée, le *Worcester* faisait route au plus près de son allure pesante vers le cap Mola, sous huniers, foc et bonnette d'artimon, tout en guindant ses mâts de perroquet. Dès qu'il fut dégagé du cap, il reçut le vent réel, une tramontane modérée, que rien ne faisait plus dévier, et Jack, debout près du barreur avec le maître, dit : « Lofe au mieux. »

Le barreur lofa, une poignée après l'autre, jusqu'à ce que la chute au vent du grand hunier se mette à frissonner. « À border les boulines », dit Jack.

« Un, deux, *trois*, comme ça ! » Le chant traditionnel

s'éleva des équipes de misaine, de grand mât et d'artimon dans un ordre exact et avec un entrain immense ; du gaillard d'avant, Mowett rugit « Boulines bordées, monsieur » avec un zèle égal, car Mowett, comme tous ceux qui avaient navigué avec Jack Aubrey sur la *Sophie*, était habitué à ces brusques départs de Mahon. À cette époque-là, Jack bénéficiait de sources d'informations privées sur le trafic des navires marchands ennemis et la *Sophie* sortait en trombe pour s'attaquer au commerce français ou espagnol, et renvoyait des prises en telle quantité qu'à un certain moment, le quai Holborne manquant de place, il avait fallu les mouiller dans le chenal. C'est alors que le commandant de la *Sophie* avait été surnommé Jack Aubrey la Chance, et ses entreprises, sa veine et la précision de ses informations avaient rapporté à tous les Sophies beaucoup d'argent, ce qui leur plaisait. Mais même sans parts de prise, ou avec beaucoup moins, ils auraient aimé ces croisières, ces longues chasses faisant appel d'un côté comme de l'autre à toutes les ressources de la navigation, et la capture — la piraterie en toute bonne conscience : aujourd'hui, la nouvelle s'étant répandue des anciens Sophies aux présents Worcesters avec sa vitesse électrique habituelle, les hommes embraquaient les boulines et brassaient les vergues avec beaucoup plus d'énergie que d'habitude. Jack le remarqua, bien entendu, tout comme il remarqua le regard ardent, interrogateur, de Pullings, et il se rendit compte avec un coup au cœur qu'il allait une fois de plus les décevoir tous.

— Lofe au mieux, redit-il.

Et le *Worcester,* brassé pour ressembler à un navire à gréement longitudinal autant que sa nature le lui permettait, et même un peu plus, se rapprocha du lit du vent de près d'un demi-quart. Il étudia l'angle de la girouette, demanda un compas d'azimut pour relever le sillage et le cap Mola, regarda longuement le ciel, le ciel clair et familier de tramontane avec ses hauts nuages blancs en procession vers l'Afrique, et entreprit méthodiquement d'augmenter la voilure en faisant donner un coup de loch toutes les cinq minutes.

Enfin revenu dans la chambre, il dit à Stephen :

— Si la brise tient, comme il semble probable, je pourrai peut-être vous transporter à l'embouchure de votre rivière en temps utile, en tirant trois bords dont le dernier profitera des retours de brise près de la côte. Mais vous devez bien comprendre qu'en mer rien ne peut jamais être garanti.

Il parlait encore d'un ton assez officiel, l'air sévère, plus grand que nature ; et même quand Stephen eut exprimé tous ses remerciements, il poursuivit de la même voix de capitaine :

— Je ne suis pas sûr de ce que vous aviez en tête en parlant d'infidélité, à la Couronne tout à l'heure, mais si cela signifie ce que je pense, laissez-moi vous dire que cette allégation me déplaît extrêmement.

Le démenti était sur le bout de la langue de Stephen, le démenti ou une explication rapide quoique obligatoirement fallacieuse ; par ailleurs il avait bien du mal à mentir avec succès à un ami aussi intime. En fait, il eut tout juste le temps de passer une ou deux fois sa langue sur ses lèvres comme un chien coupable et embarrassé avant que le capitaine Aubrey ne sorte de la chambre.

« Quelle brusquerie, se dit Stephen, mon Dieu, quelle brusquerie. » Il resta un moment penché sur la carte à étudier les lignes d'approche du rendez-vous caché : ses collègues et agents l'utilisaient plus souvent que la plupart de leurs autres lieux de rendez-vous dans ces régions méridionales, mais il ne s'y était pas rendu lui-même depuis bien des années. Il s'en souvenait pourtant fort bien : une lagune à l'embouchure de la rivière, puis, au-delà, une longue digue séparant le marais salant du marécage ; très loin sur la digue, du côté gauche, une cabane de berger près de l'un de ces vastes bâtiments où les moutons en hivernage s'abritent la nuit, et une hutte de chasse rarement utilisée ; plus loin, du côté droit, le village de Mandiargues, presque dépeuplé par la malaria, la fièvre de Malte et la conscription, mais toujours desservi par une route médiocre ; et l'ensemble, jusqu'au-delà du lointain village, perdu dans les roseaux : un paradis pour les canards, l'immense variété des oiseaux d'eau, les moustiques, et la mésange à moustaches. « Les butors sont peut-être arrivés », se dit-il, en partie pour calmer un malaise qui ne cessait de bouillonner dans les profondeurs de son esprit, et il regagna sa partie du navire.

Il y retrouva ses assistants et ils visitèrent ensemble l'infirmerie peu habitée du *Worcester* (une morsure de chameau, quelques fractures), vérifièrent leurs comptes et passèrent leurs réserves en revue. Mr Lewis avait parfaitement assumé les responsabilités médicales pendant l'absence de Stephen, mais il y avait une pénurie fort malheureuse de soupe séchée et de porto destiné aux malades : ces produits et deux flacons Winchester de *Liquor Ammoniae Acetatis* avaient certainement été volés par quelque main criminelle encore inconnue, trompée par le *liquor* de l'étiquette.

— Quand il l'aura entamé, nous le saurons certainement, dit Mr Lewis, et nous pourrons sans aucun doute récupérer ce que lui et ses camarades n'auront pas bu ; mais le porto et la soupe sont partis à jamais. C'est de ma faute, j'aurais dû les visser au pont, et il faudra que je les rachète de ma poche. Mon seul réconfort est que l'on parle des perspectives d'une prise énorme et superbe, ce qui me permettra de le faire sans réduire à la mendicité Mrs Lewis et moi-même, ce qui peut-être nous permettra d'acheter une voiture, ha, ha ! Qu'en dites-vous, monsieur ?

— Je ne sais rien de l'avenir, Mr Lewis, dit Stephen, et moins encore du passé immédiat. Quel est ce Barka où le chameau a mordu le jeune Williams ?

Lewis lui parla en détail de Barka et de Medina, concluant :

— ... et donc, l'un dans l'autre, monsieur, et dans l'ensemble, pour prendre les choses en bloc, je pense pouvoir dire que j'ai rarement vu l'équipage d'un navire aussi... aussi *dégonflé* est peut-être le mot juste, puisque c'était l'afflatus martial qui avait disparu. Ni plus mécontent de leurs officiers et de la situation sans doute inévitable, ni plus divisé et prompt au désaccord — les deux fractures et les cas dentaires en sont certainement issus, quoi que les parties puissent dire —, ni plus enclin à piller et voler. Mais je ne doute pas que cette prise effacera le sentiment d'échec et remettra toutes choses en place. Notre plus jeune aide-infirmier est du même plat que deux anciens Sophies et ils lui affirment que le capitaine Aubrey n'est jamais parti de Mahon en toute hâte sans ramener une prise — jamais, jurent-ils, pas une seule fois. Et s'il le faisait avec un brick de quatorze canons, que fera-t-il avec un vaisseau de ligne ? Un galion est ce que je vois de plus petit : plus probablement deux.

— Mr Lewis, dit Stephen, élevant la lanterne pour voir plus clairement le reflet de pure cupidité, vous oubliez que nous ne sommes plus en guerre avec les Espagnols.

Le reflet s'effaça, puis revint obstinément avec la pensée que d'immenses richesses se transportaient encore par mer, même si les galions avaient disparu.

— Souvenez-vous de l'*Hermione*, s'écria Lewis. La part du seul chirurgien a été de plus de quatre mille livres !

Stephen s'alla coucher pensif. C'est-à-dire que son esprit était pensif, de même que l'expression sur son visage, mais il était en fait si fatigué de sa furieuse chevauchée matinale sur une mule particulièrement rosse qu'il ne pouvait ni gouverner ni diriger ses pensées. Des notions, des idées, des affirmations se présentaient sans ordre apparent, sans relations apparentes. Cette affaire de Medina expliquait certainement en partie la brusquerie de Jack : quel était ce rhinocéros que Lewis décrivait comme ayant une lèvre supérieure *préhensile* ? À quel point pouvait-on faire confiance à La Reynière (un sous-agent de Montpellier) ? Comment lui, Stephen, en était-il venu à dire « infidélité », à la Couronne ? L'allégation était certainement véridique : elle était aussi très certainement impertinente, déplacée, mal élevée, une liberté impardonnable. Était-ce impatience et fatigue de sa part, ou une vague jalousie à la vue de cette belle fille amoureuse, fondante ? De toute manière, c'était imprécis : Mercedes étant à présent mariée, cela aurait été double : infidélité... Ses yeux se fermèrent sur le mot trois fois répété, comme un sortilège.

Il dormit longtemps, longtemps et tard, se réveilla avec un délicieux sentiment d'aise, son corps moulé dans sa bannette, presque immatériel. Il resta étendu à se prélasser un temps indéterminé jusqu'à ce que le brusque souvenir de ce vers quoi le *Worcester* l'emportait efface de son visage le plaisir aimable, assoupi, chaleureux. Au même instant il vit sa porte s'ouvrir doucement et Killick passer son long nez rouge par la fente. Comment Stephen savait-il que Killick le faisait pour la sixième ou la septième fois, il n'aurait su dire, mais il en était aussi certain que des mots prononcés : si le docteur était par hasard réveillé, le capitaine serait heureux de sa compagnie au petit déjeuner. Puis un ajout inattendu : « Et de toute manière il y avait sur le pont quelque chose qu'il devait voir. »

Jack, sur le pont pendant le quart de minuit et à nouveau avant l'aube, la brise fraîchissant, avait peu dormi — il était habitué à ces sommes brefs — mais de manière profonde et revigorante ; le vent incisif, très froid durant la nuit, et les embruns avaient dispersé une bonne part de sa mauvaise humeur ; et s'il avait attendu pour prendre son vrai petit déjeuner que Stephen soit réveillé, un premier bol de café et un morceau de pain et de miel, qu'il tenait en main, avaient rétabli une bonne part de la douceur habituelle de sa nature.

— Bonjour à vous, docteur, dit-il, quand Stephen sortit en clignant des yeux dans la lumière brillante du gaillard d'arrière. Regardez ceci, n'est-ce pas superbe ? Je ne pense pas qu'avec toute votre expérience de la mer vous ayez jamais rien vu de semblable.

Le gaillard était encombré : tous les officiers et tous les jeunes messieurs étaient là, il régnait une atmosphère générale d'animation et Stephen remarqua que ses meilleurs amis le regardaient chaleureusement avec un air de triomphe et d'anticipation, comme si la surprise pouvait le jeter par terre à tout instant. Il regarda le ciel matinal bleu pâle, la mer plus sombre brodée de blanc, les innombrables voiles. Il n'avait aucune envie de se trahir devant un si grand nombre d'inconnus relatifs, aucune envie de décevoir ses amis, et avec toute la conviction et la surprise qu'il put rassembler en dépit d'un estomac vide il s'écria :

— En vérité, je ne le crois pas. Quelle vision remarquable, sur ma foi.

— Vous les verrez encore mieux du fronteau, dit Jack en l'entraînant de côté.

En suivant avec soin les regards admiratifs de tous les yeux du gaillard, Stephen aperçut un étalage de voiles triangulaires se chevauchant tout le long du beaupré et au-delà, bien au-delà.

— Là, dit Jack, d'ici vous voyez toute la garde-robe. Trinquette et petit foc, bien entendu, grand foc, faux foc, foc en l'air, foc vedette, et même le haha !

Il expliqua longuement à Stephen qu'après de longues expériences il avait constaté que cette voilure correspondait au mieux au réglage actuel du *Worcester* et à la présente brise légère : il nomma un certain nombre d'autres voilures, la brigantine et la bonnette d'artimon, souligna l'absence totale de voiles carrées sur le grand mât et leur rareté ailleurs, et assura ardemment à Stephen qu'en déplaçant ainsi le centre de rotation il parvenait à suivre une route à six vrais quarts du vent, de sorte qu'à présent, avec des matelots vraiment qualifiés à la barre et un quartier-maître de valeur à la gouverne, il pouvait remonter au vent de n'importe quel soixante-quatorze de sa classe.

— Quand vous aurez bien tout regardé, venez déjeuner avec moi. J'ai un remarquable bacon de Minorque et je vais lancer l'affaire.

Il partit en hâte, et Pullings vint souhaiter le bonjour au docteur et le féliciter d'avoir observé un tel spectacle.

— À présent, vous aurez vraiment quelque chose à raconter à vos petits-enfants, observa Mowett, et n'oubliez pas, quoi que vous fassiez, la voile d'étai de perruche.

— J'ai servi huit ans avec Sir Alan Howarth et je crois bien que c'était le plus grand amateur de bonnettes de tout le service, dit Collins, mais durant tout ce temps je n'ai jamais vu toute la garde-robe, pas une seule fois.

Stephen se demanda combien de temps il devait décemment rester dans l'admiration de toute la garde-robe : il sentait le bacon, il sentait le café, il salivait.

— Mr Pullings, mon cher... commença-t-il, mais à ce moment le haha jugea bon de se séparer de son écoute, et dans l'agitation Stephen s'éclipsa.

Ils poursuivaient leur petit déjeuner avec toute la somptuosité navale quand l'aspirant de quart entra en trombe, un peu en avance sur la permission de Jack :

— Les devoirs de Mr Mowett, monsieur, s'écria-t-il, et il y a quatre navires marchands par l'avant tribord.

— Pas des navires de guerre, Mr Honey ?

— Oh non, monsieur, de bons gros marchands bien gras, tous serrés les uns contre les autres, ha, ha, ha !

Dans la gaieté de son cœur, Mr Honey émit un rire bruyant, qu'il transforma en toux après avoir croisé le regard froid de son capitaine. Jack le congédia et dit à Stephen :

— J'ai bien peur de les décevoir cruellement une fois de plus. Mais si nous devons être à l'embouchure de l'Aigouille demain soir nous n'avons pas le temps de batifoler avec des prises.

— Je vous demande pardon, monsieur, dit Mowett dans la porte, mais je crains que Honey ne vous ait pas fait un rapport exact. Il y a quatre navires marchands par l'avant tribord, dont un très grand, et si nous ne changeons pas de route ils seront à notre vent dans une demi-horloge. Puis-je faire virer de bord ?

— Êtes-vous tout à fait certain que ce sont des navires marchands ?

— Absolument certain, monsieur, dit Mowett avec un sourire élargi de loup aimable.

— Dans ce cas, notre route doit rester à l'est nord-est un demi est.

— Bien, monsieur, dit Mowett avec une estimable force d'âme, est nord-est un demi est, bien, monsieur.

Son visage s'éteignit et il quitta la chambre.

— Voilà, dit Jack, c'est ce que je craignais. Douze belles

heures de chasse avec tout le monde sur le pont, toute la toile établie et portant, et les pièces de chasse au travail, auraient merveilleusement ressoudé l'équipage après la déception de Medina. Vous en avez entendu parler, Stephen ?

— Certes : avec une abondance intolérable.

— J'ai été obligé de les décevoir là-bas... ou du moins je l'ai cru. Ils ne sont plus les mêmes depuis. Et pour ma part je suis de la plus mauvaise humeur du monde : réveillé en colère tous les matins, contrarié pour un rien toute la journée. Dites-moi, Stephen, y a-t-il des pilules ou des potions contre la mélancolie et la mauvaise humeur ? Je suis épouvantablement abattu ces jours-ci, comme vous l'avez certainement remarqué.

Il caressa un moment l'idée de parler à Stephen du soupçon qui le tourmentait mais, se souvenant du genre de rendez-vous que son ami devait honorer, il se contenta de dire :

— Si vous avez fini, Stephen, fumez, je vous en prie. Je suis sûr que vous avez acheté de votre affreux perlot à Mahon.

— Si vous êtes sûr que cela ne vous soit pas vraiment désagréable, dit Stephen tâtant aussitôt sa poche, je le ferai volontiers. Pour moi le tabac est le couronnement d'un repas, la meilleure ouverture de la journée, qui valorise mieux que tout la qualité de la vie. Le craquement, la souplesse de ce petit cylindre de papier, dit-il en le montrant, me donne un plaisir sensuel dont je rougis d'envisager les origines profondes, tandis que la lente combustion de l'objet m'apporte une satisfaction que je n'abandonnerais pas volontiers, même si elle me faisait du mal, ce qui n'est pas le cas. Pas du tout. Bien au contraire, le tabac purge le cerveau de ses humeurs grossières, aiguise l'esprit, rend le fumeur judicieux, fringant et vivace. Et j'aurai bientôt besoin de toute ma fringance et de ma vivacité.

— Comme je voudrais que vous n'y alliez pas, dit Jack à voix basse.

— Il n'y a pas d'autre solution, dit Stephen.

Jack hocha la tête : il est vrai que la liberté du choix n'avait pas sa place dans le débarquement de Stephen en quelque crique lointaine, pas plus que dans l'obligation, pour Jack, de lancer son navire au combat ; mais il y avait quelque chose d'une froideur horrible autour de cette crique — froideur, solitude, obscurité. Il détestait cette idée ; pourtant il poussait le *Worcester* vers l'endroit où l'idée deviendrait réalité avec toute l'habileté acquise en une vie passée en mer. Il poussait durement le navire et ses hommes, dans un mouvement perpétuel de focs et de voiles d'étai et avec la plus grande finesse de barre pour remonter au vent, lui-même assurant la gouverne quart après quart. Les Worcesters étaient perplexes : mais ceux qui comprenaient quelque chose à la mer étaient fort impressionnés et ceux qui n'y comprenaient rien restaient sous l'influence du sentiment d'une urgence très grave, à tel point qu'ils exécutaient les ordres au trot. Ils poussaient le navire si dur qu'il atteignit finalement la terre avec des heures d'avance, des heures intolérables où le *Worcester* circula de long en large tandis que le soleil descendait dans le ciel brillant de l'ouest. Il se coucha enfin dans un long éclat doré et le navire s'approcha, sous une brise aimable mais volage, apportant avec lui la nuit : mais il fallut encore attendre une heure avant qu'il soit assez près pour envoyer un canot vers cette côte plate, désolée, et cette heure se traîna comme dix. Tous les préparatifs étaient faits, les lettres écrites, les recommandations répétées plusieurs fois : Jack s'affaira avec la lanterne sourde, la fusée bleue, les pistolets et le dispositif breveté pour allumer du feu que Stephen devait emporter. Jack y ajouta un couteau de poche et quelques brasses de ligne solide.

— J'ai changé les pierres de vos pistolets, dit-il encore.

Stephen le remercia une fois de plus et regarda sa montre : sept minutes seulement avaient passé.

— Venez, dit-il, s'approchant de sa boîte à violoncelle, improvisons.

Ils grincèrent et couinèrent quelques minutes, se passèrent la colophane ; puis Stephen joua une phrase d'une symphonie de Haydn qu'ils avaient entendue ensemble, une phrase étrange, obsédante, sans conclusion, une voix interrogative venue d'un autre monde. Jack la répéta : ils la jouèrent à l'unisson une ou deux fois puis l'ornèrent d'une infinité de variations, jouant parfois d'un commun accord ensemble, parfois séparément. Ni l'un ni l'autre n'était excellent joueur mais tous deux suffisamment compétents pour exprimer à peu près ce qu'ils souhaitaient, et ils conversèrent ainsi sans une pause jusqu'à ce que Pullings vînt dire que le navire était par dix brasses de fond et que le cotre se trouvait sur l'arrière.

Après la cabine éclairée, sur le pont l'obscurité était impénétrable en dehors de la lueur des habitacles ; des mains invisibles guidèrent Stephen jusqu'à l'échelle. Le *Worcester* n'avait pas de feux dans les hauts, ses grandes lanternes de poupe étaient froides, éteintes, les sabords et les fenêtres de poupe de la chambre et du carré soigneusement masqués, et il s'approchait en murmurant doucement de la côte plus sombre encore, à travers une mer invisible, sous ses voiles fantomatiques ; l'équipage parlait à mi-voix.

Stephen se hissa par-dessus la lisse : un peu plus bas dans l'échelle quelqu'un saisit son pied errant et le posa sur le premier barreau. Il sentit la main de Jack qui cherchait la sienne, la serra et descendit dans le canot.

Un instant plus tard, Mowett dit :

— Déborde.

La haute poupe du *Worcester* se déplaça doucement, plus sombre que la nuit générale, dissimulant un grand morceau de ciel étoilé.

— Nage, dit Mowett, et très vite le canot fut tout seul.

La brise venait de la côte, chargée des senteurs de la terre : relents de marais, parfum de la rosée sur les roseaux, odeur de verdure. C'était une longue tirée mais ils prenaient leur temps : la lune ne se lèverait que dans plus d'une heure. Personne ne parlait et Stephen eut l'impression qu'être assis là dans le noir avec les plouf rythmés, la respiration de la houle et le sentiment d'un mouvement, mais d'un mouvement tout à fait invisible, avait la qualité d'un rêve, ou plus exactement d'un autre état de conscience ; puis ses yeux s'habituèrent à la nuit et il distingua clairement la côte. La lumière des étoiles parut se renforcer, malgré quelques nuages dérivant en travers de la Voie lactée, et il reconnut plusieurs des hommes du canot — il les reconnut plus à leur forme générale qu'à leur visage, toutefois, ou, dans le cas de Fintrum Speldin, au vieux bonnet de laine hors d'usage dont il ne se séparait jamais. Des hommes sobres, discrets, solides. Bonden, bien entendu, il l'avait reconnu tout de suite.

— Vous avez votre manteau, docteur ? dit soudain Mowett.

— Je ne l'ai pas, dit Stephen, et je n'en éprouve pas le besoin. C'est vraiment une nuit tiède, et même embaumée.

— C'est vrai, monsieur, mais j'ai le sentiment que le vent pourrait passer au sud — regardez comme ces nuages tournent et se déchirent —, et s'il le fait nous aurons de la pluie.

— Le docteur est assis sur son manteau, dit Bonden, je l'ai rangé là moi-même.

— À présent on voit clairement la tour, observa Mowett au bout d'un moment.

Stephen suivit la direction de son doigt pointé : la tour sombre se détachait effectivement sur le ciel, une tour romaine, carrée, construite quand la mer allait jusqu'à cinq ou dix milles plus loin dans les terres.

Ils ne dirent plus rien jusqu'au bruit des petites vagues, jusqu'à l'apparition d'une ligne blanche légère, prolongée des deux côtés.

— Nous sommes à peu près un quart de mille au sud de la barre, dit Mowett à voix basse, debout dans le canot pendant que les hommes se reposaient sur leurs avirons. Cela ira-t-il ?

— Parfaitement, je vous remercie, dit Stephen.

— Nage, dit Mowett, arrache maintenant.

Le canot se mit en route, de plus en plus vite, jusqu'à ce qu'il se hisse sur le sable et s'arrête dans un crissement léger. L'homme de tête sauta avec une planche. Bonden fit passer Stephen par-dessus les bancs, dit : « Attention où vous mettez les pieds, monsieur », et il se retrouva à terre, en France.

Cinq minutes, pendant que Bonden enflammait une mèche discrète, allumait la lanterne sourde de Stephen et la refermait, lui accrochait au cou un petit sac contenant le reste de son matériel et lui faisait enfiler son manteau ; puis Mowett dit, très bas :

— À quatre heures et demie demain matin au même endroit, monsieur : ou sinon, la fusée bleue à minuit, et à l'aube le jour suivant.

— Exactement, dit Stephen, absent. Bonne nuit à vous à présent.

Il remonta la plage dans le sable qui cédait sous ses pas et ce faisant il entendit le raclement de la planche, le crissement inverse du canot et le bruit des avirons. En haut de la dune il s'arrêta et s'assit face à la mer. Il voyait les petites vagues lécher la côte, les étoiles reflétées très loin au large, et l'horizon ; mais pas le moindre navire, pas même le canot. Le seul bruit était celui du vent sur les dunes et le clapotis de l'eau là-bas : c'était en quelque sorte un monde à son début — les éléments, seuls, et la lumière des étoiles.

Il n'avait aucune envie de bouger. Le sentiment d'invulnérabilité personnelle qui l'aidait au début de la guerre l'avait abandonné depuis longtemps : il avait été prisonnier à son dernier séjour en France et s'il en était sorti sans mal, au moins deux des services français de Renseignement l'avaient identifié sans aucun doute possible. S'il était pris à présent il ne pouvait escompter aucune merci : il ne pouvait espérer s'en sortir vivant ou sans être torturé. À une époque antérieure il avait affronté le même destin mais il y avait alors toujours une certaine chance de tromper l'autre côté ou de s'échapper : et à cette époque il n'était pas marié, il n'avait qu'un seul but dans la vie, et d'ailleurs il se souciait moins de son existence.

Juste devant lui un reflet apparut en un point de l'horizon : il devint plus vif, encore plus vif, puis le bord de la lune surgit, presque douloureusement brillant à ses yeux accoutumés à la nuit. Quand elle fut sortie de la mer, lune gibbeuse, boursouflée, il porta sa montre à son oreille, pressa le bouton de répétition et compta le minuscule carillon. La montre et la lune lui disaient qu'il était temps de partir : il se leva et descendit délibérément jusqu'au bord de l'eau, où le sable humide rendait la marche moins laborieuse et de plus ne gardait aucune trace.

Deux fois il s'arrêta pour lutter contre sa répugnance et chaque fois il observa le long chemin de la lune sur l'eau : rien de visible sur la mer, ni près ni loin. La barre à l'embouchure de l'Aigouille fut enfin devant lui, large bande de sable parsemée de troncs d'arbres blanchis : car en dehors des époques de crue, la plus grande partie de la rivière restait dans les lagunes et les marais, le reste rejoignant la mer par un canal si étroit qu'on pouvait le franchir d'un bond. En l'atteignant il effaroucha un héron bihoreau qui pêchait sous la rive abrupte et pour quelque raison obscure le cri familier, rauque et bruyant, de l'oiseau qui s'enfuyait, noir et blanc sous la lune, le réconforta. Il accomplit le saut avec succès, alors que quelques instants plus tôt il s'inquiétait que la maladresse accompagnant si souvent la crainte ne le fasse trébucher ; et quand il atteignit l'autre berge de la rivière il vit les deux lumières qu'il avait à chercher, deux lumières superposées, très loin dans la direction de la hutte de chasse. Son interlocuteur était là, et précisément à l'heure ; mais pour l'atteindre, Stephen devait contourner la lagune, suivre un sentier de pêcheurs jusqu'à un monticule boisé, puis traverser les roselières jusqu'à la digue en laissant de côté trois petits étangs.

À cette extrémité le sentier était assez clair et ferme sous le pied : il le fit passer autour d'une langue de terre sèche, vers une anse peu profonde remplie d'oiseaux aquatiques qui s'enfuirent avec des cris flûtés, désolés. D'ailleurs, si le marais donnait une impression de silence — eau silencieuse luisant sous une lune silencieuse —, il y avait en fait pas mal de bruits en dehors même du murmure du vent dans les roseaux : à sa gauche il entendait jacasser les flamands endormis, comme des oies mais un ton plus bas ; souvent des canards passaient au-dessus de sa tête dans un claquement d'ailes ; et à l'autre extrémité des roselières qu'il devait traverser pour atteindre la digue, à un mille peut-être, un butor commença de lancer son chant de corne de brume, bong, bong, bong, régulier comme un canon minute. Il atteignit le monticule (une île autrefois) avec sa cahute délabrée et les nasses à anguilles accrochées dans un saule : il y avait des lapins, ici, et pendant qu'il cherchait ses repères il entendit une belette en capturer un.

Plus loin, à travers la roselière : là il faisait nuit de nouveau, fort peu de lune passant entre les longs plumets. Il y avait une sorte de sentier et sa lanterne maintenant découverte lui montrait un roseau coupé çà et là ; mais la plupart du temps il lui fallait passer en force, enjambant parfois très haut des tiges mortes ou couchées, enfonçant parfois jusqu'à la cheville dans une vase au parfum séculaire ; son manteau lui tenait trop chaud et les moustiques qu'il dérangeait au passage le martyrisaient ; de toute manière il n'avait aucune certitude quant au sentier ; d'autres le croisaient ou s'y perdaient ou s'en écartaient, brouillant la direction. Ces traces étaient certainement faites par des sangliers : à un moment il en entendit une troupe qui se déplaçait à proximité en reniflant. Mais les sangliers ne l'intéressaient pas beaucoup ; ce qui occupait son esprit de manière presque frivole, bien au-dessus de son impatience de la rencontre et de sa peur profonde et parfois presque paralysante, était le butor. Il se dirigeait tout droit sur lui ; le son était étonnamment fort à présent et il se dit que l'oiseau pouvait être en lisière de la roselière bordant le prochain étang, dont l'autre côté était la digue même. Si seulement il parvenait à se déplacer assez silencieusement et si la chance était avec lui, il le verrait peut-être, debout au clair de lune. En fait, la lune ne durerait plus très longtemps : chaque fois qu'il levait les yeux hors de son couvert il voyait de plus en plus de nuages dans le ciel, et sans être sûr de la direction, ils lui semblaient à présent venir du sud.

Quant à la chance, elle paraissait être avec lui, manifestement, jusqu'ici, car s'il était impossible de se déplacer sans provoquer au moins quelques bruissements, il s'approchait de plus en plus, si près qu'il pouvait à présent entendre l'aspiration rauque de l'oiseau et la petite note intime précédant l'énorme beuglement. Le butor ne se souciait pas le moins du monde de son approche ; le confondant peut-être avec un sanglier, il ne s'effaroucha même pas quand un faux pas le projeta bruyamment à genoux dans la vase. Mais quand une voix aigre et nerveuse lança des roseaux : « *Halte là. Qui vive ?* », il se tut instantanément, alors qu'il venait de prendre une respiration complète.

— *Le docteur Ralphe*, répondit Stephen.

La voix fit la réponse convenue, prétendant être Voltaire, quoique au bruit il fût clair pour Stephen qu'il s'agissait d'un agent nommé Leclerc.

— Je pensais vous trouver sur la digue, dit-il, examinant Leclerc à la lumière de la lune apparue entre deux nuages.

Leclerc expliqua qu'il avait entendu des mouvements dans le marécage lointain et qu'il s'était senti trop visible perché là-haut. Rien que des vaches, peut-être, mais peut-être aussi des braconniers ou des contrebandiers — un excellent endroit pour des contrebandiers — et il valait mieux ne pas attirer l'attention sur lui. Il avait laissé les chevaux à la hutte de chasse, pour ne pas les amener jusqu'ici, ils étaient tellement énervés ce soir. « Cela ne m'étonne nullement, se dit Stephen, s'ils ont senti ne serait-ce qu'à moitié votre énervement, ils doivent être prêts à s'envoler. » Leclerc était un homme intelligent, mais Stephen ne l'aurait jamais choisi pour cette mission ; c'était un citadin intégral et les citadins étaient souvent mal à l'aise dans un marais ou sur une montagne la nuit. Par ailleurs il n'avait pas du tout le tempérament approprié.

Ils étaient sur la digue et de là on voyait le marais lointain, pour l'essentiel un pâturage rude traversé de fossés luisants, mais avec çà et là des touffes de tamaris et d'arbres plus hauts ainsi que de grandes plaques de roseaux, et par endroits on pouvait apercevoir les méandres de la route de Mandiargues et du canal du même nom. Tout en marchant, Leclerc nomma les hommes qui étaient arrivés au rendez-vous au moment où il l'avait quitté ; il parlait de ceux que l'on attendait encore quand deux grandes formes d'un blanc pur surgirent de sous la digue et s'élevèrent dans l'air.

— Oh, mon Dieu, s'exclama-t-il en saisissant le coude de Stephen, qu'est-ce que c'est ?

209

— Des aigrettes, dit Stephen. Et qui d'autre, en dehors de Pangloss ?

— Martineau et Egmont, ainsi que les Duroure. C'est beaucoup, d'ailleurs. J'étais contre dès l'origine. Il y a toujours le risque d'une indiscrétion, d'un accident ; et rassembler autant de gens dont quelques-uns que nous connaissons à peine dans un endroit comme celui-ci... Chut, chuchota-t-il avec urgence, poussant Stephen derrière une touffe de roseaux, qu'est-ce que c'est ?

— Où ça ?

— À l'angle, où la digue tourne à gauche. Ça bouge.

Dans la lueur mouvante de la lune il était difficile d'être sûr de quelque chose, mais au bout d'un moment Stephen dit :

— Pour moi c'est un poteau avec une chouette dessus. Voilà : la chouette s'est envolée. Veuillez ranger votre pistolet.

Ils poursuivirent leur chemin, Leclerc parlant des organisateurs de ce rendez-vous avec la malveillance fielleuse d'un homme effrayé, et le poteau se révéla être un saule foudroyé. Mais ils l'avaient à peine dépassé, ils avaient à peine tourné l'angle qu'ils entendirent des coups de feu dans le marécage en dessous d'eux, quelques centaines de yards à droite. Un échange de coups de feu surgis de deux endroits séparés, flammes orange dans l'obscurité, fracas dans une roselière plus loin vers la route. Un moment de silence stupéfait, puis Leclerc s'écria : « Nous sommes vendus, trahis ! » et partit en courant comme un fou vers la hutte de chasse.

Stephen se glissa de la digue dans les roseaux où il resta immobile, écoutant intensément. Ce qu'il entendit l'étonna : c'était plutôt le son d'une escarmouche dont les deux côtés s'enfuyaient que d'un engagement déterminé ou d'une poursuite. Nombreux coups de feu sporadiques, puis silence. Un tambourinement indistinct, peut-être le galop de chevaux assez loin, et rien de plus. Les nuages finirent de cacher la lune et la nuit devint presque totalement noire.

Le vent de sud qui soufflait depuis quelque temps dans les régions supérieures venait à présent en rafales à travers le marais, faisant un bruit de brisants dans les grands roseaux et apportant avec lui les premières petites averses. Le butor reprit ses appels auxquels un autre répondit, très loin ; Stephen tira sur sa tête le capuchon de son manteau, pour se protéger des gouttes.

Ayant attendu si longtemps qu'il fut certain que Leclerc ne reviendrait pas, ni à cheval ni à pied, Stephen remonta sur la digue. Il lui fallait à présent marcher courbé contre le fort vent de sud, mais il se faisait tard et il voulait repartir dès que possible, regagner les dunes avant qu'une recherche organisée soit possible.

Malgré son inquiétude à la pensée que ce vent risquait de lever très vite une mer qui interdirait à un canot de venir le chercher, la crainte profonde et parfois presque paralysante qui l'habitait plus tôt avait disparu. C'est donc moins la peur que la colère qu'il ressentit lorsque, marchant le long d'une portion de la digue bordée d'eau de chaque côté, il vit devant lui une faible lumière, une lumière mouvante, mais se mouvant de manière trop régulière pour être un feu follet, et trop nettement définie : presque certainement une lanterne comme la sienne, une lanterne sourde à demi ouverte.

Il répugnait à descendre dans une eau découverte de profondeur incertaine et il n'y avait pas de roseaux avant plusieurs centaines de yards : c'était même une portion particulièrement dénudée, avec pour seul abri un buisson de tamaris rabougris. Plutôt que de faire retraite en perdant du terrain il s'y plongea et, son capuchon tiré sur son visage pour en cacher la blancheur, il s'accroupit, attendant que la lumière passe.

À son approche il se convainquit très vite qu'elle était portée par un homme seul, non par un groupe, et que cet homme seul n'était pas un soldat. Son pas était hésitant et lent, parfois il s'arrêtait tout à fait mais ne semblait pas regarder autour de lui ni fouiller le marécage des deux côtés.

Plus près ; Stephen baissa les yeux. Une forte rafale de vent, une forte averse, et rattrapant son chapeau d'une main, le porteur de lanterne se glissa sous le vent des tamaris et s'assit. Il était à trois yards de Stephen, un peu au-delà. Il resta recroquevillé, dos au vent, jusqu'à ce que la pluie s'arrête aussi soudainement qu'elle avait commencé. Il se releva et aurait fort bien pu passer son chemin, mais soudain il se rassit, ouvrant sa lanterne plus grand pour inspecter son pied nu, couvert de boue. Quand il l'essuya avec son mouchoir, un flux rouge couvrit la peau blanche : il tenta de l'étancher avec sa cravate et, dans le reflet de lumière, Stephen vit le visage du professeur Graham, fermé, durci par la douleur, mais tout à fait reconnaissable.

Chapitre huit

A nouveau le navire amiral envoya le signal du *Worcester* qui s'approchait, appelant son capitaine au rapport ; à nouveau Jack Aubrey s'assit bien sagement sur une chaise raide devant le bureau de l'amiral. Mais cette fois il n'était pas assis au bord de la chaise ; sa conscience était pure comme le clair ciel méditerranéen ; il rapportait de Mahon le courrier, en plus des approvisionnements, et il n'y avait pas le moindre soupçon de froideur dans la grand-chambre.

— Ayant donc appris que la plupart de nos espars n'étaient pas arrivés, monsieur, poursuivit-il, j'ai eu d'autant moins de scrupules à accéder à la requête du docteur Maturin qui souhaitait se rendre sans retard sur la côte française. Fort heureusement, la brise était favorable et j'ai pu le déposer à terre aux lieu et date prévus et le reprendre le lendemain matin, en même temps qu'un blessé, le Mr Graham que nous avions amené jusqu'à Port Mahon.

— Ah bon ? Eh bien, je suis profondément heureux que vous ayez ramené Maturin si vite : je m'inquiétais pour lui. Il est à bord ? Fort bien, fort bien : je veux le voir au plus tôt. Mais d'abord, dites-moi ce qu'on nous a envoyé en guise d'espars. Je donnerais tout l'or du monde pour une confortable réserve d'espars.

Jack fournit à l'amiral un compte rendu exact et détaillé des espars en question, et l'amiral donna à Jack son point de vue sur la surcharge en mâture des navires, en particulier des navires à flancs droits, en Méditerranée, ou n'importe où, d'ailleurs. Pendant ce temps le docteur Maturin et Mr Allen, installés dans la cabine du secrétaire, buvaient du marsala en grignotant des biscuits de Palerme. Stephen, toutefois, ne faisait pas rapport à Mr Allen, loin de là ; il exprimait plutôt quelques remarques sur le résultat malheureux des dissensions internes en s'appuyant sur sa récente expédition.

— On ne pourrait trouver un meilleur exemple : vous avez là un marécage sombre avec des sentiers difficiles, obscurs — un lieu parfait pour cette sorte de guerre —, et sur ces sentiers obscurs et difficiles vous avez deux groupes d'hommes qui s'approchent l'un de l'autre dans la nuit noire, tous deux en route à peu près vers le même rendez-vous, tous deux animés à peu près des mêmes motifs, mais ne connaissant ni l'un ni l'autre leur existence réciproque ; ils se heurtent l'un à l'autre ; terreur mutuelle, terreur imbécile, fuite ; et pour résultat la ruine totale d'au moins un plan soigneusement élaboré, sans même parler des soupçons d'indiscrétion, sinon de traîtrise complète, qui rendent le renouvellement des contacts à peu près impossible.

— Ce Graham doit être un grand imbécile, observa Allen ; un imbécile affairé, pernicieux.

— Je me suis mal exprimé, je le vois, dit Stephen ; je n'entendais pas la moindre réflexion sur l'individu, mais seulement sur un système qui autorise un autre département du gouvernement à se doter d'un service de renseignement qui lui est propre, travaillant isolément des autres et parfois, dans son ignorance, directement contre eux. Non, non : le professeur Graham a des côtés remarquables. C'est lui le responsable de la capitulation de Colombo, qui fit tant de bruit en son temps.

Allen était nouveau venu dans le Renseignement, au sens restreint du terme, et son visage prit une expression étonnamment vide pour un homme aussi habile ; ses lèvres formèrent silencieusement deux fois le mot Colombo ; Stephen dit :

— Laissez-moi vous rafraîchir la mémoire. Quand ce Buonaparte s'empara de la Hollande, nous nous emparâmes, ou tentâmes de nous emparer, des possessions hollandaises à l'étranger, y compris bien entendu celles de Ceylan. Les fortifications de Colombo, clé de toute la place, menaçaient de présenter des difficultés insurmontables, surtout du fait que la garnison était suisse ; car, comme le monde en général le sait, les Suisses, s'ils sont correctement payés, ne sont pas faciles à déloger ni à soudoyer, persuader ou impressionner. De plus, la place était commandée par Hercule de Meuron, un officier suisse du plus éminent génie militaire. Mais c'était aussi une relation de Mr Gra-

214

ham, une relation étroite si je l'ai bien compris, et même intime. Graham se rend à Colombo déguisé en Turc, entre en contact avec Meuron par le biais d'un message dissimulé — touche élégante — dans un fromage de Hollande, raisonne avec lui, le convainc ; les Suisses sortent, les Anglais entrent et Buonaparte se voit privé des ressources de Ceylan. Quels furent les moyens utilisés par Graham, je n'en sais rien, mais je suis moralement certain que ce n'était pas l'argent.

— Ce doit être un homme éloquent.

— Certainement. Mais l'intéressant, dans l'immédiat, c'est qu'il est éloquent aussi en turc : c'est un spécialiste du turc et c'est pour cela que je l'ai ramené, pour qu'il puisse être présenté à l'amiral.

— Un spécialiste du turc digne de confiance serait indiciblement bienvenu — un don du ciel. Pour l'instant nous devons nous contenter d'un fort pitoyable vieil eunuque grec borgne et de la chrestomathie de Dupin. Mais Mr Graham consentirait-il à servir ?

— Mr Graham n'a pas le choix. Il comprend parfaitement qu'en toute justice il est à présent ma propriété, ma prise licite ; et quand je lui ai demandé de rester à bord plutôt que de quitter le navire à Mahon, il s'est soumis sans un murmure. Après tout, en braconnant sur mon domaine, la côte ennemie, il a détruit toute ma toile légitime, soigneusement établie ; et je l'ai arraché à cette côte, à très grande peine puisque j'ai dû le soutenir sur des milles à travers un marais puant, et à très grand danger encore pour les êtres dévoués qui sont venus malgré le ressac — et quel ressac ! — à la minute près de l'heure fixée, tandis que les patrouilles à cheval fouillaient déjà les dunes, le pays ayant été réveillé par cette profusion de courses folles et de coups de feu dans la nuit. Maintes et maintes fois ils ont dû revenir, tantôt de côté, tantôt par l'arrière, à leurs risques et périls, avant de pouvoir l'emporter, amarré sur un caillebotis, aux trois quarts noyé dans cette écume universelle et rugissante.

Le professeur Graham avait toujours l'air, sinon aux trois quarts noyé, du moins fort humble, fort amoindri, quand il fut amené tout boitant à bord du navire amiral. Il reprit un peu ses esprits loin de Stephen, qui l'avait tant blessé et auquel il devait une si énorme gratitude ; mais bien que titulaire d'une chaire dans une université non négligeable, il lui fallut longtemps pour récupérer sa fierté et sa suffisance académique, car chaque fois qu'il mettait ou enlevait son bas il retrouvait le souvenir de son ignominieuse blessure — trébuchant avec un pistolet armé en main, il s'était amputé du petit orteil. Toutefois, à bord du navire amiral il fut à nouveau le roi de la compagnie pour ce qui était de la philosophie morale, sans même parler du turc, de l'arabe et du grec moderne, et entouré une fois de plus du respect parfois excessif que la Navy porte à l'érudition, en particulier à l'érudition classique ; Stephen, venant d'un *Worcester* retombé dans la routine monotone du blocus, trouva un professeur Graham rétabli au moins dans l'apparence de son habituelle fierté.

— Je viens de la part du carré du *Worcester* pour vous inviter à dîner demain, dit-il.

— Les honnêtes gens, dit Graham, je serai heureux de les revoir si vite. Je n'avais pas envisagé de visiter le navire avant la représentation.

— *Hamlet* est retardé une fois de plus, je regrette de le dire ; mais l'oratorio est en très bonne voie — Mr Martin est venu plusieurs fois pour donner un poli général aux parties les plus aiguës — et je pense que nous pourrions l'entendre finalement dimanche. Nous attendons un nombreux public, Mr Thornton ayant exprimé son approbation.

— Très bien, très bien : je serai heureux d'être parmi eux. Et je serai heureux de dîner à nouveau avec le carré du *Worcester* — une réunion de famille. C'est toujours le même nid d'aimable harmonie, je n'en doute pas ?

— Non point, monsieur. Comme tout écolier le sait, le même taillis ne saurait contenir deux rossignols, ni le même carré deux poètes. Et il s'avère fort malheureusement que Mr Rowan, dont vous vous souviendrez comme de l'homme qui vous attacha sur le caillebotis, juge bon de rivaliser avec Mr Mowett ; et ce qui manque à Mr Rowan en talent, il le compense en facilité de composition et en intrépide déclamation. Il a un très grand nombre de partisans, et les jeunes messieurs répètent ses vers plus facilement que ceux de Mr Mowett. Il n'est toutefois pas satisfait de ses résultats et ce matin il m'a montré ces lignes, dit Stephen, tirant de sa poche un rouleau de papier, en me demandant de les lui corriger, et si je pouvais dans le même temps lui fournir quelques expressions érudites il en serait particulièrement reconnaissant. Pour diverses raisons, j'ai décliné cet honneur, mais voyant sa déception sincère et candide je lui ai dit que l'escadre ne contenait pas d'homme plus érudit que le professeur Graham et que s'il le souhaitait j'emporterais ces vers avec moi sur le navire amiral. Il en fut ravi. Il se soumet entièrement à votre jugement et vous supplie de barrer tout ce qui ne vous plaît pas.

Mr Graham pinça les lèvres, prit le rouleau et lut :

Mais en arrivant à notre mouillage
Quelle triste histoire nous avons apprise !
C'est que Buenos Aires avait été prise
Et nos troupes avaient subi grand dommage.
Mais quelque renfort de Bonne-Espérance
Incita nos chefs à tenter leur chance,
Afin d'enlever Montevideo
Mais ce fut en vain : résultat zéro.

— Vous avez commencé à la fin, observa Stephen.

— Le début est-il de la même nature ?

— Plus encore peut-être.

— J'ai manifestement beaucoup d'obligations envers Mr Rowan, dit Graham, parcourant les autres pages d'un air mélancolique. Mais je suis honteux d'avouer que lorsqu'on me tirait à travers le ressac je ne l'ai pas distingué aussi clairement que je l'aurais dû. S'agit-il en fait du monsieur très joyeux à figure ronde et yeux noirs, quelque peu positif et absolu à table, qui si souvent riait et chahutait parmi les cordages avec les aspirants ?

— Lui-même.

— Ah bon. Eh bien, je ferai ce que je peux pour lui, bien entendu ; quoique la correction de vers soit une tâche ingrate.

Graham secoua la tête, sifflota à mi-voix en pensant qu'être sauvé représentait peut-être un amusement coûteux ; puis il sourit et dit :

— Parler des aspirants me rappelle notre jeune Milon de Crotone et sa lutte quotidienne avec le petit taureau, et son ami cher, l'enfant Williamson aux cheveux filasse. S'il vous plaît, comment se portent-ils, et comment se porte le taureau ?

— Le taureau se prélasse désormais dans la région appropriée du navire, mangeant le pain de l'oisiveté, car il fait si bien partie de la vie quotidienne du navire qu'il ne peut être question de l'abattre, ni même de le castrer, de sorte que d'ici quelque temps nous aurons sans aucun doute un hôte fort difficile dans les entrailles du *Worcester*. Mais c'est Mr Williamson qui me donne plus de souci immédiat.

217

Comme vous l'avez peut-être entendu, les oreillons sont à bord, apportés par un petit Maltais de l'avitailleur ; et Mr Williamson en fut le premier cas, et le plus complet.

Nul n'aurait pu qualifier Mr Graham de joyeux compagnon : peu de choses l'amusaient et moins encore provoquaient son hilarité ; mais les oreillons en étaient une et il émit une sorte d'aboiement explosif.

— Ce n'est pas affaire à rire, dit Stephen en débarrassant discrètement sa cravate de la salive de Graham. Non seulement notre *Hamlet* est interrompu faute d'une Ophélie — car Mr Williamson était le seul des jeunes messieurs à voix tolérable — mais le pauvre garçon court grand risque de devenir un alto, un contre-ténor pour la vie entière.

— Saperlote, dit Graham encore souriant, l'enflure affecte-t-elle les cordes vocales ?

— Au diable les cordes vocales, dit Stephen, n'avez-vous jamais entendu parler de l'orchite ? De l'enflure des bourses qui peut être consécutive aux oreillons ?

— Non point, dit Graham, son sourire évanoui.

— Non plus que mes compagnons de bord, dit Stephen, quoique le ciel sache que l'une des séquelles habituelles de *cynanche parotidaea* est d'importance réelle pour les hommes. Pourtant il y a certainement bien des choses à dire en sa faveur, comme une manière plus humaine de fournir des castrats pour nos chœurs et nos opéras.

— Cela provoque-t-il effectivement l'émasculation ? s'écria Graham.

— Certainement. Mais soyez rassuré : c'est la limite extrême de sa malignité. Je ne crois pas que l'histoire médicale ait enregistré une issue fatale — c'est une maladie bénigne comparée à bien d'autres que je pourrais nommer. Et pourtant, grand Dieu, combien mes compagnons furent inquiets quand je le leur dis, car étonnamment peu semblaient avoir eu cette maladie étant jeunes...

— Je ne l'ai point eue, dit Graham sans être entendu.

— Quelle anxiété, dit Stephen souriant à ce souvenir, quelle agitation d'esprit ! On aurait pu supposer qu'il s'agissait de la peste bubonique. Je les ai encouragés à considérer combien le temps passé à la copulation est en fait réduit, mais cela n'eut aucun effet. J'ai parlé de la tranquillité, de la paix d'esprit de l'eunuque, de ses pouvoirs intellectuels intacts — j'ai cité Narsès et Hermias. Je les ai encouragés à réfléchir qu'un mariage d'esprits était beaucoup plus significatif que la simple copulation charnelle. J'aurais dû économiser mon souffle : on aurait presque pu supposer que les marins vivent pour l'acte d'amour.

— Les oreillons sont une maladie contagieuse, je crois, dit Graham.

— Oh, extrêmement, dit Stephen d'un ton absent, se souvenant de l'expression grave, soucieuse de Jack, des expressions graves et soucieuses du carré, et des visages d'une délégation du poste des aspirants venue lui demander ce qu'ils pouvaient faire pour être sauvés. (Souriant à nouveau, il ajouta :) Si manger était un acte aussi secret que l'acte vénérien, ou *biaiser*, comme ils disent dans leur jargon de marins, serait-il si obsédant, si omniprésent, sujet de la presque totalité des plaisanteries et des rires ?

Le professeur Graham, toutefois, s'en étant allé presque au fond du carré vide de l'*Ocean*, se tenait le visage dans un sabord ouvert ; et quand Stephen s'approcha il boitilla rapidement vers la porte, où il s'arrêta pour dire :

— Il m'en souvient, je me vois obligé de décliner l'invitation obligeante et polie du carré du *Worcester* en raison d'un engagement antérieur. Vous présenterez mes meilleurs compliments et direz à ces messieurs combien je regrette de ne pas les voir demain.

— Ils seront déçus, j'en suis sûr, dit Stephen, mais il reste l'oratorio. Vous les verrez tous à l'oratorio, dimanche soir.

— *Dimanche* soir ! s'exclama Graham. Ha ! Comme c'est malheureux. Je crains de ne pouvoir concilier avec ma conscience d'être présent à une représentation publique ou un spectacle le jour du sabbat, pas même une représentation qui n'ait rien de profane ; et je dois prier qu'on m'en excuse.

Le dimanche soir approchait. Jeudi, vendredi ; le samedi, le mistral, qui avait soufflé trois jours, repoussant l'escadre bien au sud de sa position habituelle, tourna brusquement de plusieurs quarts et se gâta, apportant des nuages noirs et des averses du nord-nord-est. « Il s'épuisera bientôt », dirent les Worcesters harmonieux en se réunissant, obligatoirement sous les capots, pour leur grande répétition en costumes. On leur avait expliqué qu'un oratorio ne comportait habituellement ni costumes ni actions mais, comme le disait le voilier : « Si on n'a pas de femmes pour chanter, il nous faut des costumes : ça paraît raisonnable. » Ils n'avaient certainement pas de femmes, les trois ou quatre épouses d'officiers mariniers et de seconds maîtres qui se trouvaient à bord représentant quantité négligeable sur le plan du chant (l'oratorio était par conséquent étrangement tronqué), et les costumes étaient un grand souci pour tous les gens du *Worcester*. Bien que les visites de navire à navire fussent déconseillées au sein de l'escadre en blocus, les échanges étaient en fait nombreux : on savait parfaitement, par exemple, que l'*Orion*, ayant enrôlé de force la partie mâle d'un cirque en faillite, avait à bord un mangeur de feu et deux jongleurs, étonnants par temps calme, tandis que les distractions hebdomadaires du *Canopus* étaient toujours ouvertes et fermées par des danseurs qui avaient travaillé sur les scènes de Londres. Le *Worcester* voulait absolument en mettre plein la vue à l'*Orion* ainsi qu'au *Canopus* ; et comme un large public était attendu, l'amiral ayant exprimé publiquement et de manière emphatique son approbation de l'oratorio, il était absolument essentiel que ce public soit profondément frappé : des costumes élégants et raffinés devaient avoir leur part dans le choc.

Malheureusement, l'avitailleur transportant la mousseline d'Alep commandée à Malte fut intercepté par un corsaire français — elle ornait à présent les putains de Marseille — cependant que Gibraltar n'envoyait rien du tout ; et le jour approchait sans qu'il y eût de costumes élégants et raffinés à moins de mille milles, toute la toile du commis irrévocablement transformée depuis longtemps en frusques ordinaires. Le voilier et ses aides, et d'ailleurs tout l'équipage, se mirent à regarder d'un air mélancolique les voiles légères et rarement utilisées, bonnettes, ailes-de-pigeon, cacatois et marquises. Mais le *Worcester* était un navire bien tenu, extrêmement bien tenu ; son capitaine avait déjà prouvé qu'il connaissait jusqu'au dernier détail le cappabar, ou détournement des biens du gouvernement, et l'escadre était trop à court de tout et trop éloignée des sources d'approvisionnement pour qu'il puisse tolérer, même dans une mesure modeste, le vol innocent. Toutefois, ils sondèrent Mr Pullings, manifestement anxieux du succès de la représentation et de l'honneur du navire, en même temps qu'ils entreprenaient des approches détournées du capitaine par l'intermédiaire de Bonden et Killick, du docteur Maturin par un petit garçon noir qui lui servait de valet, et de Mr Mowett par des demandes « naïves » de conseils sur ce qu'il fallait faire. Toute cette affaire était donc présente dans l'esprit de Jack — présente dans l'atmosphère, et avec un préjugé favorable — bien avant qu'on lui demande de prendre une décision, et la décision surgit, aussi directe que les marins l'attendaient : le premier foutu niguedouille, le premier homme qui toucherait à la moindre voile, si élimée, usée ou éraillée dans les coutures qu'elle soit, serait cloué par les oreilles sur une planche de quatre pouces et jeté à la mer avec une livre de fromage. Par ailleurs, il y avait sept pièces intactes de toile numéro huit et si le voilier et son équipe voulaient préparer les laizes pour une série de voilures hautes de beau temps, cela pourrait convenir. Le voilier ne parut pas comprendre : il avait l'air stupide et consterné.

— Allons, voilier, dit Jack, combien de laizes de deux pieds de large vous faut-il pour un grand cacatois ?

— Dix-sept à la tête et vingt-deux au pied, Votre Honneur.

— Et combien font-elles de long ?

— Sept yards et un quart, sans compter les bordures et les renforts : ce qui correspond.

— Eh bien, nous y voilà. Vous pliez votre toile en quatre, vous cousez une couple d'erseaux à chaque angle du côté ouvert, vous accrochez ça sur vos épaules, un devant, un derrière, et vous voilà avec un costume élégant et raffiné dans le goût classique, tout à fait comme une toge, et tout ça sans couper la toile ou nuire au navire.

C'est donc ainsi vêtus qu'ils étaient réunis pour la répétition en costumes ; mais les toges, en moins d'une semaine, avaient déjà perdu leur simplicité classique. Beaucoup étaient brodées, toutes avaient des rubans proprement cousus dans les coutures et l'objectif général semblait être d'écraser les plumes et le clinquant de l'*Orion* le plus rapidement possible — le tonnelier et ses amis étaient apparus coiffés de cercles de tonneaux dorés en guise de couronnes. Mais si les choristes avaient un air un peu étrange, et qui deviendrait plus étrange encore avec le temps et les loisirs, ils faisaient un beau volume sonore en chantant, tous entassés en bas, le pont touchant la couronne du tonnelier et la tête des plus grands, mais si bien plongés dans la musique que l'inconfort ne comptait plus.

En dépit du temps détestable, le capitaine Aubrey les écouta du gaillard d'arrière balayé par le vent, la pluie, les embruns. Ce n'était pas un homme outrageusement porté à l'amour : des heures ou même des jours passaient parfois sans qu'il pense le moins du monde aux femmes. Pourtant, il ne voulait rien entendre de la tranquillité de l'eunuque et s'il faisait son devoir, visitant l'infirmerie tous les jours et passant avec ténacité trois minutes pleines à côté des cas d'oreillons, il tendait à éviter son ami Maturin, qui circulait de la manière la plus inconsidérée comme s'il se souciait peu de répandre l'infection, comme s'il lui était tout à fait égal que la totalité de l'équipage du navire se mette à flûter comme enfants de chœur au lieu de rugir de cette manière si masculine qui faisait vibrer les barrots du *Worcester* sous ses pieds. Il se tenait près de la lisse au vent, dos à la pluie, partiellement abrité par le fronteau de dunette, vêtu d'une vareuse à capuchon rabattu, et il regardait devant lui dans le demi-jour de fin d'après-midi l'*Orion*, son matelot d'avant tribord amures, tandis que l'escadre faisait route à l'ouest sous huniers aux bas ris avec le vent portant de deux quarts. Une partie de son esprit étudiait les effets de la sonorité et des harmoniques de la coque, les chanteurs étant dans une sorte de caisse de résonance, tandis que le reste se concentrait sur le grand mât du *Worcester*. Cette pièce de bois massive, de cent douze pieds de long et plus d'un yard de diamètre là où elle surgissait du pont, se plaignait chaque fois que le navire se levait dans la mer courte et abrupte qui le frappait par l'avant babord. Fort heureusement il n'y avait pas de mât de perroquet pour ajouter son bras de levier au roulis, ni une grande quantité de voilure, pourtant le mât souffrait. Il le doterait d'un autre galhauban mobile, et si cela ne suffisait pas, il reviendrait à son habitude de passer des aussières légères en tête de mât, malgré l'aspect bizarre que cela pouvait avoir. Mais c'était tout le navire qui souffrait, et pas seulement les mâts : le *Worcester* détestait ce rythme particulièrement méditerranéen qui le prenait comme entre deux pas, de sorte qu'il ne pouvait ni trotter ni galoper mais devait se forcer un chemin dans la mer, avec un ris de moins dans ses huniers que ses compagnons mieux construits, souvent sortis des chantiers français ou espagnols.

Si les aussières pouvaient assurer les mâts, les maintenir encore plus solidement fixés à la coque, même si le *Worcester* se moquait d'avoir l'air gauche et maladroit, que pouvait-on faire pour assurer la coque elle-même ? Jack, écoutant sous l'oratorio, sous la plainte des mâts, sous les innombrables voix de la mer et du vent jusqu'au grognement confus et profond des membrures elles-mêmes, désaccordées et malheureuses, réfléchit que si la coque ne pouvait être dotée de nouveaux goussets au cours d'une remise en état complète, il serait peut-être obligé de frapper toute la carcasse, c'est-à-dire de l'envelopper de tours multiples de câble jusqu'à ce qu'elle ressemble à une énorme chrysalide. L'idée le fit sourire, et d'autant plus que là-bas le chœur était parvenu à son chorus favori et le produisait de toute sa puissance, comme à Covent Garden — avec un bonheur infini aussi. « Halléluiah », chanta leur capitaine avec eux tandis qu'une nouvelle nappe de pluie frappait le navire, tambourinant sur le dos de son capuchon. « Halléluiah », jusqu'à ce qu'un coup de canon facilement reconnaissable sous le vent lui coupe la parole ; au même instant la vigie lança : « Voile en vue ! voile par la hanche babord. »

Jack plongea à travers le pont jusqu'à la lisse sous le vent, aidé par le roulis et l'embardée du *Worcester* : les hamacs n'avaient pas été mis dans les filets par cette journée de pluie et il n'y avait aucune barrière entre lui et la mer au sud. Mais il ne put rien distinguer : avec Mowett, qui était de quart, il resta là à fouiller l'épaisseur grise du grain de pluie.

— Juste en arrière du galhauban d'artimon, monsieur, lança Pullings de la grand-hune où lui aussi s'abritait du docteur Maturin. Le voile se déchira et Jack et Mowett s'exclamèrent :

— *Surprise* !

C'était bien la *Surprise*, loin sous le vent, si loin et si directement sous le vent que malgré toutes ses qualités marines elle ne pouvait espérer rejoindre l'escadre avant très longtemps. Mais manifestement elle voulait que l'escadre la rejoigne, car sous leurs yeux elle tira un autre coup et choqua en grand ses écoutes de hunier. À cette distance, dans cette lumière, avec ce vent, Jack ne distinguait pas le signal envoyé en tête du mât de misaine mais il ne douta pas un instant de sa signification. La flotte française était sortie : l'aspect et le comportement de la frégate le criaient à tue-tête — son effrayante surface de toile (des perroquets dans cette brise à riser les huniers !), son maniement insensé des écoutes et des canons, et à présent une fusée bleue filant sous le vent ne pouvaient signifier qu'une seule chose. L'ennemi était en mer, et à l'instant où le signal atteindrait l'amiral toute la ligne virerait pour se mettre babord amures et laisser porter vers la *Surprise*, afin d'apprendre ce qu'elle pouvait avoir à dire.

— Tout le monde sur le pont, à virer ! cria-t-il.

Et l'aspirant des signaux, qui avait eu la présence d'esprit de ne pas quitter des yeux le brick stationné à l'extérieur de la ligne pour répéter les signaux de l'*Ocean* presque invisible, gueula « Navire amiral à l'escadre : *virez lof pour lof en succession : cap sud-est* » par-dessus le rugissement du bosco. Hollar et son premier aide, qui tous deux détestaient Haendel, s'étaient trouvés par hasard dans l'échelle de dunette au moment de l'ordre de Jack ; ils se précipitaient à présent vers l'avant, vers le chœur inconscient, vers le crescendo vigoureux, le premier criant « Sortez de là, les rossignols ! » et l'autre sifflant « Tout le monde à virer de bord ! » à en faire éclater son sifflet d'argent.

Quelques secondes plus tard, dans un étrange silence vide, les rossignols surgirent en foule pour gagner leur poste. Tous les vrais marins s'étaient débarrassés de leur toge mais quelques-uns des terriens ne l'avaient pas fait, et le tonnelier avait encore sa couronne en tête. Il se trouva que sa place était à l'écoute de misaine et que deux des silhouettes en toge se trouvaient juste derrière lui : c'étaient des hommes à la compréhension lente, qui avaient un air stupéfait, affligé, et si ridicule que Jack rit tout haut ; ils étaient dans son champ de vision tandis qu'il surveillait derrière eux le premier mouvement de la barre de l'*Ocean*. Son cœur bouillonnait très fort de ce sentiment splendide d'une aventure beaucoup plus exaltante que la vie de tous les jours.

Les navires laissèrent porter vers la frégate lointaine, en envoyant d'autres voilures ; dès l'instant où le *Worcester* fut établi sur sa nouvelle route, Jack envoya chercher le bosco, lui demanda de guinder les mâts de perroquet dépassés depuis si longtemps — « Nous allons en avoir besoin bientôt, Mr Hollar, ha, ha, ha ! » — et expliqua son souhait d'aussières légères en tête de mât. Ce souhait n'était pas entièrement nouveau pour le service : on savait que Lord Cochrane, le capitaine Aubrey et un ou deux autres capitaines avaient réalisé des exploits étonnants avec ces mêmes aussières. Mais le service dans son ensemble était très opposé aux innovations, innovations laides et désordonnées, tout juste bonnes pour les corsaires ou même, Dieu garde, les pirates. Il fallait une très grande autorité, une pairie ou de préférence les deux pour les imposer à un vieux bosco expérimenté, et la *Surprise* était déjà assez proche quand enfin Hollar se mit en route, convaincu, du moins extérieurement, que le *Worcester* devait se déshonorer en apparence s'il voulait, au cours de la probable chasse de la flotte française, ne pas se déshonorer dans les actes. Le cas du bosco réglé, Jack regarda la *Surprise* et observa avec satisfaction que ce n'était pas une mer dans laquelle on pût mettre un canot à l'eau, tandis que le vent rendait les signaux lents et difficiles : la communication se ferait à la voix et les gens sans scrupules pourraient peut-être saisir quelques mots échangés entre la frégate et le navire amiral.

L'escadre mit en panne : la *Surprise* s'approcha de l'*Ocean* autant qu'elle l'osait et transmit ses informations en un rugissement que les navires purent entendre, les navires aux aguets, loin devant et derrière. Latham, de la *Surprise*, avait une voix monumentale et le capitaine de la flotte, parlant au nom de l'amiral, une voix encore plus forte ; mais leur brève conversation n'atteignit pas tout à fait le *Worcester*. Toutefois, dans cette atmosphère d'excitation totale, formalités et même ressentiment passèrent par-dessus bord et dès que l'amiral eut signalé la nouvelle route et donné l'ordre de *Faire force de voiles compatible avec la sécurité des mâts*, Wodehouse, de l'*Orion*, apparut au couronnement de son navire et héla Jack, perché sur le bossoir tribord du *Worcester* : les Français étaient sortis avec dix-sept vaisseaux de guerre, dont six trois-ponts, et cinq frégates. Ils faisaient encore route au sud quand l'amiral Mitchell avait envoyé la *Surprise* à la recherche de l'escadre tandis qu'il continuait à les suivre avec le *San Josef*, en détachant par moments d'autres messagers. D'après le zèle considérable avec lequel les frégates françaises l'avaient pourchassé vers l'est, la *Surprise* pensait que la flotte française avait l'intention soit d'aller en Sicile, soit de remonter la Méditerranée vers l'Égypte ou la Turquie ; mais sous le feu des questions il dut admettre que ce n'était guère qu'une hypothèse.

— Qu'est-ce donc que j'entends, les Français seraient sortis ! s'exclama Stephen, apparu soudain sur le gaillard encombré et affairé à guinder les mâts de perroquet et mettre en place les aussières en tête de mât, deux manœuvres délicates, complexes, dangereuses, exigeant la participation de tous les matelots qualifiés du bord, une immense quantité de cordages, gros et minces, et dans ce vent fort et cette mer bizarre, un minutage très précis et l'obéissance instantanée aux ordres.

Stephen ne s'adressa pas directement au capitaine Aubrey, debout près du fronteau au vent, les yeux fixés sur les barres de flèche du grand mât de hune, car cela n'eût pas été correct ; mais le capitaine Aubrey n'avait pas ce genre d'inhibition et il rugit instantanément :

225

— Descendez, docteur, descendez immédiatement !

Profondément secoué par la véhémence de ce cri, Stephen fit demi-tour : au moment où il se détournait, un groupe de matelots lui poussa dans le flanc l'extrémité raide d'un câblot, le jetant sous le râtelier de mât tout en criant « D'mande pardon, monsieur, d'mande pardon » ; comme il se dégageait des cabillots, il passa sa cheville dans un tour d'une cargue et s'en allait ainsi quand son vieil ami Tom Pullings beugla « Cessez de jouer avec cette cargue et descendez ! » avec une férocité qui aurait intimidé Belzébuth.

La nuit était presque là quand il s'aventura à remonter, et seulement après avoir reçu un aimable message : « Les compliments du capitaine, et si le docteur souhaite prendre l'air, tout est à présent dégagé et lové. »

De l'air, il y en avait sur le pont : pour l'instant il n'était plus mélangé à la pluie, et il venait par la lisse tribord encore plus vite et en plus grande quantité qu'auparavant. Jack partageait la conviction générale que l'infection était beaucoup moins à craindre en plein air qu'entre les ponts et il invita Stephen à le rejoindre au vent : de toute manière son esprit était tellement illuminé par l'ardeur et l'attente du combat — d'un grand combat naval décisif — qu'il n'avait guère de temps à consacrer à la maladie.

— Ils sont sortis avec dix-sept vaisseaux de ligne, dit-il, je vous présente toutes mes félicitations pour nos perspectives.

— Est-il vraiment probable que nous les trouvions ? Nous naviguons vers l'est, à ce que je vois, dit Stephen avec un mouvement du menton dans la direction des restes sanglants du couchant, par l'avant tribord du *Worcester*.

— Vers l'ouest, je crois, si vous voulez bien me pardonner, dit Jack, il semble que le soleil se couche habituellement à l'ouest, en Méditerranée.

Stephen supportait rarement avec patience les facéties, mais cette fois il se contenta de dire :

— Vers l'ouest, veux-je dire. Êtes-vous persuadé qu'ils sont partis vers l'ouest ?

— Je l'espère, effectivement. S'ils avaient l'intention de remonter la Méditerranée, je pense qu'ils auraient emmené aussi quelques transports ; mais d'après la *Surprise* il n'y avait rien d'autre que des vaisseaux de guerre, et je suis certain que Latham est allé assez près pour s'en assurer. Si nous nous trompons, et s'ils détruisent la Sicile et nos positions dans l'est pendant que nous courons vers l'ouest, ce sera le diable à payer et pas une goutte de brai ; mais j'ai confiance en l'amiral. Il pense qu'ils se dirigent vers l'Atlantique et il a tracé une route pour les intercepter quelque part au nord du cap Cavaleria.

— Pensez-vous que nous le ferons ? Et si nous le faisons, pouvons-nous attaquer dix-sept navires, à douze seulement ?

— Je pense que nous pourrions les voir au matin. Toute escadre en route vers le détroit par ce vent passera probablement à dix ou quinze lieues de Cavaleria. Et quant aux enjeux, dit Jack en riant, je suis sûr que l'amiral se ficherait complètement qu'ils soient deux fois plus défavorables. Par ailleurs, il y aura Mitchell sur le *San Josef* avec ce qui lui reste de l'escadre de terre, accroché sur les talons d'Emeriau. Non : si tout va comme je l'espère, nous pourrons peut-être les amener au combat demain.

— Dieu le veuille, dit Stephen.

— Un combat décisif dégagerait la Méditerranée. Nous pourrions aller en Amérique, l'amiral pourrait rentrer chez lui. Grand Dieu, comme cela le remettrait ! Ce serait un autre homme. Et moi aussi, d'ailleurs. Un combat décisif, Stephen, cela vous remet magnifiquement.

— Cela pourrait mettre fin à la guerre, dit Stephen. Une victoire décisive au point où nous en sommes pourrait arrêter la guerre. Dites-moi, pourquoi n'allez-vous pas...

— Tourne l'horloge et pique la cloche ! s'écria le quartier-maître à la gouverne.

— Tourner l'horloge et piquer la cloche, bien, monsieur, répondit le militaire en faisant un pas vers la cloche.

Au second coup, un aspirant tout mouillé d'avoir relevé le loch annonça la vitesse du navire à l'officier de quart ; il fut suivi par le charpentier indiquant la profondeur d'eau dans la sentine ; et chaque fois Mr Collins, officier de quart, s'approchait de Jack, ôtait son chapeau et répétait l'information : « Huit nœuds et une brasse, monsieur, s'il vous plaît. » « Deux pieds onze pouces dans la sentine, monsieur, s'il vous plaît, et gagnant vite. »

— Merci, Mr Collins, dit Jack. Veuillez faire armer les pompes avant.

Déjà près de trois pieds d'eau en bas : c'était dix-huit pouces de plus qu'il n'escomptait, tout en sachant que le navire travaillait durement depuis une horloge et plus. Ils avaient déjà pris toutes les mesures possibles en mer, la seule chose à faire à présent était de prier que les pompes à chaîne ne refusent pas tout service ; mais on pourrait encore utiliser la pompe du presse-étoupe...

— Je vous demande pardon ?

— Pourquoi n'allons-nous pas plus vite ? Notre allure est certes respectable pour un voyage courant, mais avec un tel objectif en vue, ne devrions-nous pas aller plus vite que le vent, envoyer toutes les voiles que nous possédons ?

— Eh bien, l'amiral pourrait s'offenser si nous le laissions en arrière : il impose cette vitesse pour que même les plus lents puissent suivre. Mais ce qui est beaucoup plus important, c'est que nous aurions l'air d'une belle assemblée d'idiots si nous parvenions à Cavaleria avant les Français. À condition toujours qu'ils viennent par ici, ajouta-t-il pour ne pas irriter le sort.

— Mais enfin, enfin, s'exclama Stephen, si l'on veut arrêter un ennemi, ne vaut-il pas mieux se jeter en travers de sa route, être arrivé avant lui ?

— Oh mon Dieu, non, dit Jack, pas en mer, cela ne marcherait pas du tout en mer. Quoi, si le vent reste le même et si nous parvenions au cap Cavaleria en premier, nous abandonnerions tous les avantages de la position au vent. Mr Collins : nous pouvons border l'écoute de misaine d'une demi-brasse, s'il vous plaît.

Il longea le passavant tribord jusqu'au gaillard d'avant, en observant les voiles, en tâtant le gréement. Hollar, excellent bosco à maints égards, avait une passion pour la netteté, pour les haubans et galhaubans fort raides, et quoi que Jack pût dire il raidissait le gréement dormant à tel point que les mâts étaient en grand danger de flamber. Mais pour l'instant tout allait bien. La fierté du pauvre Hollar avait tant souffert des aussières en tête de mât qu'il n'avait pas effectué son habituel étarquage subreptice des rides et que les haubans restaient relativement souples. Les aussières et tous les câbles plus ou moins usés créaient effectivement une impression de lourdeur, de gaucherie et de négligé, avec toutes ces queues de vache dont ils étaient parsemés — pas vraiment contraire aux qualités marines, mais quelque chose d'insupportable pour un navire vraiment propre et net. Par ailleurs, ils donnaient au *Worcester* la possibilité de guinder ses mâts de perroquet sans risquer de les voir passer par-dessus bord, et surtout de porter une bonne surface de toile. Il avait le vent par la hanche tribord, son allure favorite, et sous son réglage actuel il semblait courir à l'aise, mais en fait il continuait à travailler sous les porte-haubans

— ses coutures s'ouvraient à la montée au roulis et se fermaient à la descente — et il faisait beaucoup plus d'eau qu'il n'aurait dû. La pompe avant et la principale, tournant avec régularité, projetaient sous le vent deux solides jets d'eau : le *Worcester* pompait habituellement au moins une heure par jour, même par temps calme, et tout l'équipage était habitué à cet exercice. Les babordais étaient de quart pour le moment et Jack, en faisant son tour, vit qu'ils ne lui avaient pas pardonné Medina. Non pas que l'on pût déceler le moindre manque de respect délibéré ou le moindre signe de mécontentement. Loin de là : les hommes étaient tout émoustillés à la pensée d'affronter la flotte française, tout joyeux malgré la déception de l'oratorio. Mais à l'égard de Jack ils conservaient une certaine réserve. Les échanges entre capitaine et pont inférieur restaient toujours limités, même sur un navire de petite taille aux effectifs si peu nombreux que le capitaine pouvait les connaître tous intimement ; il n'y avait jamais de liberté d'échange, encore moins de communication des esprits : sur un vaisseau de ligne, avec plus de six cents hommes, les échanges apparents étaient encore plus réduits. Pourtant, à qui en a l'habitude, le langage des regards, des visages et des attitudes corporelles est relativement expressif, et Jack savait fort bien où il en était par rapport aux Worcesters qui n'avaient pas navigué avec lui précédemment, soit la majorité de l'équipage et en particulier des babordais. C'était déplorable, car l'efficacité du navire en tant que machine de combat en était affectée ; mais il ne pouvait rien y faire pour l'instant et, revenant vers Stephen, il dit :

— Je me demande parfois si je m'exprime clairement ; je me demande parfois si je parviens à faire passer ce que je veux dire. Je ne suis pas du tout sûr que vous compreniez l'avantage du vent, même à présent.

— Vous en avez souvent parlé, dit Stephen.

— Eh bien, dit Jack, envisageons une ligne de bataille au vent et une autre sous le vent. Il est clair que les navires placés au vent, ceux qui ont l'avantage du vent, peuvent forcer le combat et décider quand il aura lieu. Ils peuvent laisser porter quand ils le souhaitent ; de plus leur fumée, poussée sous le vent, devant eux, les dissimule, ce qui est un grand avantage lorsqu'on arrive à portée de mousquet. Vous pourrez me dire qu'avec une forte mer et une brise à huniers risés, les navires au vent n'ont pas facilité à ouvrir leurs sabords inférieurs en laissant porter parce qu'ils sont trop gîtés, et c'est profondément vrai ; mais d'un autre côté l'escadre qui a l'avantage du vent peut briser la ligne ennemie !

— J'en suis bien certain, dit Stephen.

— Par exemple, l'amiral pourrait ordonner à un navire sur deux de franchir et de venir doubler la ligne française, deux des nôtres engageant chacun des siens, des deux côtés, les détruisant ou les prenant avant que sa division arrière puisse arriver, et faisant subir le même traitement à celle-ci — n'en laissant pas un seul qui ne soit coulé, brûlé, pris ! Et vous jetteriez tout cela au vent pour la simple satisfaction d'arriver le premier ? Cela frise la trahison.

— J'ai simplement fait une remarque en passant, dit Stephen, je ne suis pas un grand stratège naval.

— Je me demande parfois si vous avez vraiment compris que c'est uniquement le vent qui nous fait mouvoir. Vous avez souvent suggéré que nous chargions du côté droit ou du côté gauche selon les cas, comme si nous étions une espèce de cavalerie et que nous puissions aller où nous voulons. Je m'étonne que vous n'ayez pas mieux employé votre temps en mer ; vous avez, après tout, connu un certain nombre de combats.

— Il se peut que mon génie, quoique libéral, soit plus du genre terrien. Mais vous devez aussi considérer que chaque fois qu'il y a combat on me demande de rester en bas.

— Oui, dit Jack en secouant la tête, c'est très malheureux, très malheureux effectivement.

Et d'un ton plus aimable il demanda si Stephen aimerait entendre le récit d'un combat idéal dans toutes ses phases — approche lointaine, engagement, déroulement et fin —, le genre de combat que l'escadre pourrait livrer demain si l'amiral avait bien deviné la direction adoptée par les Français et si le vent restait ferme.

— Car vous devez bien comprendre que tout, absolument tout en mer dépend du vent.

— J'en suis tout à fait persuadé, mon cher, et je serais heureux d'entendre le récit de votre rencontre idéale avec monsieur Emeriau.

— Bien, dans ce cas, supposons que le vent tienne et que nous ayons calculé correctement notre route et notre vitesse — je peux dire que Mr Gill et moi nous sommes arrivés indépendamment à la même réponse, à deux milles près — et que nous ayons fait de même pour les Français, ce qui est probable puisqu'ils ont avec eux deux ou trois mauvais marcheurs, *Robuste*, *Borée* et peut-être *Lion*, dont nous connaissons fort bien les performances ; et leur escadre ne peut aller plus vite que les plus lents. Nous faisons donc route toute la nuit dans cette formation un peu lâche, les yeux fixés religieusement sur le feu de hune de l'amiral quand il l'aura hissé ; au petit jour l'une des frégates là-bas, et j'espère que ce sera la chère *Surprise*... Regardez, la voilà qui s'avance pour prendre son poste. Elle a caréné à Cadix et ils lui ont fait des merveilles — tout à neuf, goussets, serres, couples dévoyés... Comme elle vole !

— Elle semble s'approcher périlleusement de nous, observa Stephen après l'avoir regardée un moment.

— J'ai idée que Latham a pensé à quelque chose de spirituel à dire à propos de nos aussières et de leurs queues de vache. Cela fait une bonne heure qu'il nous regarde à la lunette et qu'il jacasse avec ses officiers, dit Jack. Grand Dieu, comme il la pousse ! Elle doit bien filer ses treize nœuds. Regardez la moustache qu'elle projette, Stephen.

Il regardait affectueusement son ancien navire qui s'approchait à toute vitesse dans la pénombre, tout en voiles blanches, vague d'étrave blanche, sillage blanc sur le fond de grisaille. Mais ce regard d'admiration aimante s'évanouit quand elle vint bord à bord, privant de vent les voiles du *Worcester* et se freinant d'une écoute choquée juste assez longtemps pour que le capitaine Latham puisse proposer les services de son bosco, au cas où le *Worcester* souhaiterait régler leur compte à tous ces pennons irlandais.

— A voir votre gréement, je n'aurais jamais pensé que vous aviez un seul gabier à bord, et encore moins un bosco, répondit Jack de toute la force de ses poumons.

À cela les Worcesters émirent un rugissement de triomphe et des voix anonymes, surgies des sabords ouverts plus bas, demandèrent s'ils pourraient proposer à la *Surprise* quelques brebis — référence transparente et blessante à une récente cour martiale au cours de laquelle le barbier de la frégate avait été condamné à mort pour bestialité.

— Voilà qui a coupé le sifflet à Latham, j'ai l'impression, dit Jack avec une satisfaction tranquille tandis que la *Surprise*, à court d'esprit, faisait porter et repartait.

— Pourquoi a-t-il parlé de pennons irlandais ? demanda Stephen.

— Ces vilaines queues de vache, ces bouts de torons, qui sortent des aussières. Ce serait intolérable sur un gréement normal — là, voyez-vous, et ici. Nous les appelons pennons irlandais.

— Ah oui, vraiment ? Pourtant ils sont absolument inconnus sur les navires irlandais ; et quand on les voit sur d'autres, on les appelle universellement pennons saxons.

— Appelez-les comme vous voudrez, ce sont des objets diablement grossiers et vilains, et je savais parfaitement que l'escadre en rirait et se moquerait ; mais que je sois s---é si je perds un mât de hune qui me ferait manquer toute la fête, et que je sois maudit si l'amiral est obligé de hisser notre signal pour nous dire de faire force de voiles. Et avec un navire à flancs droits, à goussets fatigués, que voulez-vous... Le voilà qui envoie son feu de hune, d'ailleurs.

Jack tendit l'oreille vers la dunette : il entendit la voix du fidèle Pullings dire : « La main dessus, et bouchez-en un coin à l'*Orion* », et le rayonnement doré des trois lanternes de poupe du *Worcester* éclaira le hunier d'artimon et la grand-voile avec plusieurs secondes d'avance sur tout autre navire de l'escadre.

— Vous me parliez de votre combat idéal, avec l'idée d'illustrer la stratégie navale, dit Stephen.

— Oui. Les frégates nous disent que l'ennemi est là, sous notre vent — car le vent n'a pas changé, voyez-vous —, de préférence dispersé sur deux milles de mer, en deux ou trois groupes désordonnés comme le font les étrangers, avec la terre assez proche pour gêner leurs mouvements et faciliter encore à l'amiral Thornton le choix du moment du combat. Je parie qu'il va instantanément leur courir sus, avant qu'ils ne puissent former leur ligne — laisser porter immédiatement, tout en formant la nôtre, encadrer leur partie la plus faible et nous affairer à prendre, brûler ou couler en chemin. Car il leur faudra longtemps pour composer une ligne ordonnée, alors que nous le faisons tous les jours et que nous pratiquons cette manœuvre à partir de positions dispersées au moins deux fois par semaine. Chaque homme trouvera sa place ; et comme l'amiral a expliqué ses plans pour une demi-douzaine de situations, chaque homme saura exactement ce qu'il doit faire. Il y aura peu de signaux. L'amiral ne les aime pas, sauf dans les cas d'extrême urgence, et la dernière fois qu'il a parlé aux capitaines il a dit que si l'un d'entre nous était perplexe ou incapable de reconnaître l'ordre de bataille en raison de la fumée, il pouvait prendre sur lui d'engager vergue à vergue le Français le plus proche. Mais nous sommes moins nombreux qu'eux, et comme nous devons être en mesure d'obliger un ennemi peut-être réticent à accepter le combat, où et quand cela nous conviendra, tout ceci, vous me comprenez, n'est possible que si nous avons l'avantage du vent : c'est-à-dire si le vent souffle de nous vers eux. Grand Dieu, Stephen, je ne me satisferai pas à moins de vingt prises, et d'un duché pour l'amiral.

— Je comprends bien votre point de vue quant au vent, dit Stephen d'une voix sombre.

Malgré son impatience de voir la chute finale et la destruction de Buonaparte et de tout son système, la perspective immédiate d'une véritable boucherie le déprimait extrêmement — en dehors de toute autre chose, ses devoirs au cours du combat et après le mettaient en rapport intime avec le côté le plus hideux de la guerre et avec des jeunes hommes mutilés ; il n'en parla cependant pas mais, après une pause, demanda :

— Vingt ? C'est plus que monsieur Emeriau n'a avec lui.

Jack avait nommé cet impossible nombre pour conjurer le sort : en fait il s'attendait à une rencontre extrêmement dure car si les Français étaient souvent lents à manœuvrer, faute de sorties en mer, leur artillerie était parfois d'une précision mortelle et leurs navires solides, bien construits et neufs ; mais il comprenait ce que son ami avait en tête. Il allait rejeter le chiffre vingt en le traitant de lapsus quand le *Renown*, un quart de mille par l'avant tribord du *Worcester*, hissa un chapelet de lanternes de couleur pour dire à l'amiral qu'il était surtoilé.

— Surtoilé, dit Jack, et il ne sera pas le seul. Nous verrons bien des perroquets perdus au matin si la brise continue à fraîchir comme ceci en levant une vilaine mer.

— Elle est effectivement très dure. Même moi je suis obligé de me cramponner des deux mains, dit Stephen.

Et tandis qu'il parlait, un paquet d'eau et d'embruns mêlés vint frapper le côté de son visage, et s'engouffrer à l'intérieur de sa chemise. Il réfléchit un instant puis ajouta :

— Le pauvre Graham sera en bien mauvaise posture, car lui n'a pas encore appris les mouvements souples du marin. Lui n'a pas appris à anticiper la force de la vague.

— Peut-être devriez-vous aller vous coucher, Stephen. Vous pourriez avoir besoin de toutes vos forces demain. Je vous ferai appeler dès l'instant où l'on verra la flotte française. Ne craignez rien : je vous promets que vous ne manquerez rien.

Mais le soleil se leva et nul ne vint réveiller le docteur Maturin. Une mince lumière humide et grise se faufilait dans la chambre où il se balançait dans sa bannette humide, recevant des gouttes ou des flots chaque fois que le *Worcester* roulait ; il gisait presque comateux après huit heures agitées, sans sommeil, et enfin un petit verre de laudanum. Une embardée plus violente que les autres projeta un véritable jet d'eau à travers la muraille du navire dont les bordés s'ouvraient et se fermaient sous la contrainte ; ce jet, le frappant au visage, le tira d'un rêve de baleines pour le ramener au monde actuel et il s'éveilla avec un sentiment confus d'urgence extrême.

Il s'assit et, cramponné aux longueurs de tire-veille couverte d'étamine qui avaient été aimablement mises en place pour lui permettre d'entrer dans sa bannette et d'en sortir, il éleva la voix en un grincement rauque, sa meilleure imitation de l'appel d'un officier de marine à son valet. Il ne se passa rien. Peut-être son appel avait-il été noyé par le bruit omniprésent des grincements du bois, le choc de la mer et le hurlement du vent. Il dit « Au diable cet imbécile » et se hâta d'enfiler ses culottes humides, en y fourrant sa chemise de nuit humide. Il tâtonna jusqu'au carré vide et appela le valet du carré ; mais ce fut à nouveau en vain. Le carré était vide, la longue table équipée des violons conservait quelques bols vides, et le plat à pain glissait de haut en bas au tangage du *Worcester*. Le carré avait un baril de petite bière accroché dans les barrots arrière pour ceux qui l'aimaient et Stephen, sec à l'intérieur quoique humide à l'extérieur, se demandait si la rasade vaudrait le déplacement quand le *Worcester* enfonça sa poupe dans son propre sillage, de sorte qu'il dut s'accroupir pour garder l'équilibre. Suivit une pause frémissante durant laquelle il envisagea la petite bière, puis la partie avant de la coque s'écrasa au fond d'un creux avec une violence si extraordinaire et inattendue que Stephen accomplit un double saut périlleux arrière, dont il sortit miraculeusement sur ses pieds et sans mal.

— Voilà pourquoi je rêvais de baleines, sans aucun doute — du navire plongeant sur des baleines, se dit-il en escaladant l'échelle pour sortir la tête au-dessus du bord du gaillard.

Il vit une journée mauvaise, couverte, venteuse, avec des embruns et des paquets d'eau qui traversaient l'air : un gaillard d'arrière lugubre, où presque tous les officiers et les jeunes messieurs étaient réunis, l'air grave, et un groupe abondant près de la pompe au pied du grand mât, tournant les manivelles très vite, leurs remplaçants tout proches. Jack et Pullings, du côté au vent, discutaient de quelque chose, très haut parmi les voiles.

Même si Jack n'avait pas été si visiblement occupé, Stephen ne l'aurait pas approché : le capitaine du *Worcester* n'autorisait pas ses jeunes messieurs à apparaître mal habillés et il comptait sur ses officiers pour donner le bon exemple. Lui-même était tout rose et fraîchement rasé, quoique son visage tiré témoignât d'une nuit sans sommeil. Une bonne part des autres personnes que Stephen pouvait voir n'avaient pas dormi non plus ; d'après leur aspect grisâtre, épuisé, il vit bien que les deux quarts avaient passé toute la nuit sur le pont. La situation était certainement très grave, car l'une des plus anciennes et des mieux observées des règles navales exigeait que ceux qui étaient chargés du confort des officiers ne soient jamais, jamais appelés, sauf en cas de menace d'une destruction instantanée ; et pourtant là, devant lui, aux pompes ou attendant leur tour, se trouvaient son propre valet, le valet du carré, Killick lui-même, et le cuisinier du capitaine.

Désireux d'en savoir plus, il enfonça son bonnet de nuit dans une poche, passa la main sur son crâne hérissé pour se rendre plus présentable et grimpa les derniers échelons dans l'intention de se glisser derrière les aspirants vers l'angle sous le vent de la dunette où le commis (grand tacticien) expliquait manifestement la situation aux deux assistants de Stephen et au secrétaire du capitaine. Mais il avait encore une fois négligé les étranges et surprenants caprices du *Worcester* — il était juste au bord de la descente, penché en avant, quand le navire enfonça son étrave de côté dans un long vide, effectuant ce même bond monstrueux et le projetant en diagonale en travers du pont, aux pieds de son capitaine.

— Bravo, docteur, s'exclama Jack, vous pourrez vous transformer en acrobate, en dernier recours. Mais vous n'avez pas de chapeau, je vois, vous avez oublié votre chapeau. Mr Seymour, lança-t-il à un aspirant, sautez jusqu'à ma chambre du devant chercher le suroît accroché à côté du baromètre, et rapportez-le-moi après avoir lu le baromètre.

— Vingt-huit pouces et un seizième, monsieur, s'il vous plaît, dit Mr Seymour en passant le chapeau, et il continue à descendre.

Jack planta le chapeau sur la tête de Stephen, Pullings en attacha les rubans sous son menton et à eux deux ils le poussèrent jusqu'à la lisse.

— Mais les voilà ! s'exclama-t-il, la voix brisée d'émotion. Les voilà, pour l'amour de Dieu.

Et ils étaient bien là, la longue ligne des vaisseaux français couvrant un mille de mer tourmentée, fouettée d'écume, la division d'arrière-garde quelque peu séparée du reste et à peine à plus de deux milles des navires anglais.

— Je vous félicite de votre prophétie, Jack, s'écria-t-il.

Mais à peine avait-il prononcé ces mots qu'il aurait voulu les reprendre. Car l'essence de la prophétie n'était pas là : le vent fort soufflait en rafales de la ligne ennemie vers eux et non dans l'autre sens, et c'était la raison de l'air de déception cruelle et prolongée sur le visage de son ami. C'était Emeriau qui avait l'avantage du vent, et il l'utilisait pour rentrer à la maison en refusant le combat.

Le vent avait tourné régulièrement tout au long de la nuit, tombant presque au calme plat dans le quart de minuit puis soudain forcissant, du nord-ouest, de sorte que s'ils avaient bien trouvé la flotte française au large du cap Cavaleria, comme ils l'espéraient, la situation était inversée. L'ennemi faisait à présent route sur son port avec le vent largue d'un quart tandis que la ligne anglaise, au plus près, faisait force de voiles dans l'espoir, l'espoir très ténu, d'isoler la division arrière.

— L'ennui c'est qu'étant neufs et propres ils naviguent beaucoup mieux près du vent que nous avec nos fonds sales et nos vieux navires, dit Jack, mais nous avons encore une chance : le vent pourrait refuser et nous favoriser — il a beaucoup tourné depuis quelques heures — et il faut qu'ils tiennent compte du retour d'air et du courant de Cavaleria.

— Quel est ce bruit terrifiant, ce grand choc résonant ?

— Nous disons qu'il cogne. Certains de nos navires du nord le font quand ils rencontrent cette petite mer creuse. Cela fait bien rire les constructeurs méditerranéens.

— Cela pourrait-il être le moins du monde périlleux ?

Jack sifflota.

— Eh bien, tant qu'aucune tête de bordage ne cède, nous ne risquons pas de couler, dit-il, mais cela rend les choses quelque peu humides entre les ponts et nous ralentit. À présent, vous devez me pardonner. De la dunette, vous auriez une meilleure vue générale : Mr Grimmond, Mr Savage, aidez le docteur à monter sur la dunette. Il voudra s'asseoir sur l'hiloire pour pouvoir se tenir au râtelier de mât si le temps devient mauvais. Ho, de l'avant : ce perroquet de beaupré est-il en place ?

Il retourna à sa tâche : pousser un navire lourd, en partie inondé et peut-être en voie de désintégration, à travers une mer croisée, sauvage et chaotique, la Méditerranée au pire de sa brutalité, tout en cherchant à se convaincre que les derniers Français ne s'éloignaient pas. La ligne anglaise avait beaucoup changé depuis qu'elle s'était formée pour la première fois au petit jour, le *Worcester* était remonté de deux places, l'*Orion* tombant à l'arrière faute de mât de petit perroquet, et ensuite le *Renown,* avec son beaupré arraché à la liure : l'escadre naviguait à présent en ordre d'échiquier, fonçant autant qu'elle le pouvait, toutes les réserves soigneusement préservées — cordages, toile à voile, espars — employées désormais avec la plus folle prodigalité. Jack pouvait voir l'amiral, attaché dans un fauteuil fixé sur le gaillard d'arrière de l'*Ocean,* sa lunette souvent orientée en avant pour fixer le navire amiral d'Emeriau. Mais il n'avait guère le loisir d'observer l'amiral : cette allure, au plus près dans un vent fort mais capricieux et changeant qui pouvait coucher le *Worcester* dans une rafale furieuse ou le prendre à contre, exigeait la plus grande attention ; cependant que les quatre quartiers-maîtres expérimentés à la barre devaient aider le navire pour tenter d'éviter ce cognement mortel, mais sans perdre de vitesse.

De son point de vue solitaire, venteux et sans confort, derrière le mât d'artimon, Stephen ne voyait guère qu'un chaos confus de mer, vagues fortes et pointues courant apparemment dans toutes les directions — une mer sale avec beaucoup d'écume jaunâtre violemment balayée à la surface, formant çà et là des tourbillons, et le tout sous un ciel bas, gris-jaune, avec des éclairs sous les nuages à l'ouest. Il avait connu des mers beaucoup plus impressionnantes : les énormes lames des hautes latitudes sud, par exemple, ou la mer d'un cyclone au large de Maurice. Mais il n'en avait jamais vu d'aussi méchante, et comme malveillante, avec ces vagues abruptes, serrées — une mer dont la menace n'était pas l'annihilation instantanée des grands monstres antarctiques mais une lacération, un harcèlement jusqu'à la mort. En observant la ligne il vit que plusieurs des navires anglais avaient déjà subi certains dommages — bien des mâts de perroquet avaient disparu et même pour son regard non professionnel il semblait y avoir quelques étranges espars, voiles et gréements de fortune, tandis que loin derrière on en voyait un malheureux qui s'efforçait d'établir un artimon de fortune en même temps qu'il essayait tout ce qui était humainement possible pour tenir le rythme. Pourtant, tous sans exception se hâtaient, se pressaient, avec une prodigieuse dépense de science nautique, d'ingéniosité et de persistance, comme si participer au combat était la seule félicité : un combat qui semblait de plus en plus improbable à mesure que le temps passait, rythmé pour Stephen par les coups réguliers sur la cloche du *Worcester* et pour les marins par une succession d'urgences — la grand-pompe bouchée, un canon fou détaché à la batterie inférieure, le petit hunier arraché à ses ralingues.

Quand on piqua quatre coups, le docteur Maturin, enfilant son vieil habit noir tout croûteux, descendit faire sa ronde à l'infirmerie : plus tôt qu'à l'habitude, mais il était bien rare qu'un coup de vent violent et prolongé n'amène pas un certain nombre de blessés, et d'ailleurs l'infirmerie était plus affairée qu'il ne le pensait. Ses assistants s'étaient occupés de bon nombre des entorses, contusions et os rompus, mais ils lui avaient laissé quelques cas, y compris une surprenante fracture ouverte et multiple récemment amenée.

— Cela nous conduira jusqu'après le dîner, messieurs, dit-il, mais il vaut beaucoup mieux opérer pendant qu'il est inconscient : les muscles sont détendus et nous ne sommes pas distraits par les cris du pauvre bougre.

— De toute manière, il n'y aura rien de chaud pour dîner, dit Mr Lewis, les feux de la cuisine sont éteints.

— On dit qu'il y a quatre pieds d'eau dans la cale, dit Mr Dunbar.

— Ils aiment nous donner la chair de poule, dit Stephen. Allons, compresses, ligatures, la chaîne couverte de cuir et mon grand rétracteur à deux mains, s'il vous plaît ; et tâchons de nous mettre le plus à l'aise possible, en nous appuyant à ces poteaux.

La fracture ouverte prit encore plus longtemps qu'il ne s'y attendait, mais finalement l'homme fut recousu, éclissé, bandé et amarré dans une bannette pour s'y balancer jusqu'à sa guérison. Stephen accrocha son habit ensanglanté afin qu'il sèche sur son clou et s'en alla. Il jeta un coup d'œil dans le carré, n'y vit que le commis et deux des officiers d'infanterie de marine, bien coincés autour de leur bouteille, et regagna sa place sur la dunette, avec une veste de toile cirée.

Pour autant qu'il pût s'en rendre compte, les choses avaient peu changé. Le *Worcester* et tous les navires qu'il pouvait voir en avant et en arrière continuaient à foncer à la même vitesse, portant une immense surface de toile et rejetant très loin l'eau blanche et brisée — forte impression de poids, de puissance et d'extrême urgence. Sur les ponts au-dessous de lui régnait toujours la même tension, les hommes bondissaient pour effectuer les nombreuses petites modifications que Jack demandait, de l'endroit près de la lisse au vent qu'il avait à peine quitté cinq minutes depuis le début de la chasse et où il mangeait à présent un morceau de viande froide. Les pompes tournaient toujours vite et quelque part dans les régions médianes du navire une autre s'y était jointe, envoyant son jet en une belle courbe loin sous le vent. La ligne française s'étalait toujours jusqu'à mi-chemin de l'horizon, cap au nord-est vers Toulon : ils ne paraissaient pas vraiment beaucoup plus loin, et Stephen eut l'impression que cela pourrait continuer indéfiniment. Certes, le *Worcester* souffrait cruellement, mais il souffrait cruellement depuis si longtemps qu'il ne semblait y avoir aucune bonne raison pour que cela ne continuât pas. Il observa donc attentivement, et non sans un peu d'espoir que quelques désastres parmi les navires français puissent permettre à l'escadre de rattraper ces milles essentiels ; il observa, fasciné par le spectacle de ce qu'il était tenté d'appeler une hâte immobile — relativement immobile — avec un sentiment d'un présent perpétuel, figé, sans vouloir rien en rater jusqu'à tard dans l'après-midi où Mowett le rejoignit.

— Eh bien, docteur, dit-il en s'asseyant avec fatigue sur l'hiloire, nous avons fait de notre mieux.

— Tout est donc terminé, s'exclama Stephen, je suis stupéfait, stupéfait.

— Je suis stupéfait que cela ait duré si longtemps. Je n'aurais jamais cru qu'il pourrait subir un tel traitement et continuer à flotter. Regardez cela, dit-il, montrant du doigt une longueur de calfatage qui était sortie d'une des coutures du pont. Dieu du ciel, quelle vision ! Il a craché toute l'étoupe de ses flancs il y a bien longtemps, comme on pouvait s'y attendre à travailler ainsi ; mais voir le calfatage sortir d'une couture médiane...

— Est-ce pour cela qu'il nous faut abandonner ?

— Ah non, c'est la brise qui nous trahit.

— Il me semble pourtant qu'il y en a encore beaucoup, dit Stephen en regardant la guirlande d'étoupe et de brai qui battait dans le vent, et dont l'extrémité s'en allait en fragments par-dessus bord.

— Mais vous avez sûrement vu comme il a refusé depuis une heure ? Maintenant nous serons droit sous le vent. C'est pour cela que l'amiral fait une dernière tentative. Vous n'avez pas repéré la *Doris* répétant son signal, je suppose ?

— Non point, que signifiait-il ?

— Il envoie nos meilleurs voiliers attaquer son arrière. S'ils parviennent là-bas avant que le vent refuse, et si Emeriau fait demi-tour pour soutenir ses navires, il espère que nous pourrons arriver à temps pour empêcher les nôtres d'être massacrés.

— Une tentative désespérée, Mr Mowett ?

— Eh bien, monsieur, peut-être, peut-être. Mais peut-être amènera-t-elle un combat glorieux avant que le soleil ne se couche. Regardez : les voilà. *San Josef, Berwick, Sultan, Leviathan* et juste nos deux frégates au vent — non, monsieur, *au vent* — *Pomone,* et bien entendu notre chère vieille *Surprise.* Ce sont tous des navires français ou espagnols, vous voyez, et tous bien frégatés. Il y a des gens qui ont toutes les chances. Je vais aller vous chercher une lunette pour que vous ne manquiez rien.

À présent qu'ils n'étaient plus obligés de suivre le rythme de l'escadre, les quatre vaisseaux rapides fonçaient à une allure splendide, tout en faisant force de voiles. Ils passèrent, se formant en ligne, et chacun des autres navires leur fit au passage une acclamation brève, spontanée, informelle : Stephen vit le joyeux contre-amiral Mitchell sur le *San Josef,* le chirurgien du *Leviathan* et peut-être une douzaine d'autres hommes qu'il connaissait, tous avec l'air d'aller à la fête. Et il salua de la main Mr Martin sur le gaillard du *Berwick* ; mais Mr Martin, à demi aveuglé par les embruns que rejetait l'étrave pressée du *Berwick,* ne vit pas son signal.

Ils étaient loin devant maintenant, le *San Josef* en tête, les autres dans son sillage, tous en route droit sur l'espace entre les divisions centrale et arrière des Français. Stephen les regardait attentivement à la lunette : les finesses de la navigation lui échappaient sans doute mais il vit que pendant la première heure non seulement ils s'écartèrent de leurs amis mais gagnèrent sur leurs ennemis.

Pendant la première heure, puis, entre trois et quatre coups, la situation ne changea plus guère. Tous ces navires lourdement armés, densément peuplés, coururent avec acharnement sur la mer en mouvements gratuits, sans rien gagner ou perdre. Ou n'y avait-il pas une perte, un relâchement de tension, le premier soupçon d'une déception cuisante ? Stephen regarda par-dessus le fronteau de dunette le gaillard où Jack Aubrey se tenait à sa place habituelle comme s'il faisait partie du navire ; mais il n'apprit pas grand-chose de ce visage grave, fermé, concentré.

À ce moment, le capitaine du *Worcester* faisait en effet partie de son navire plus encore qu'à l'habitude : les rapports du maître, du charpentier, du second lui avaient donné une image très précise de ce qui se passait en bas, et l'intuition faisait le reste. Il ressentait chacun des monstrueux plongeons comme si les entrailles du navire étaient les siennes ; de plus, il savait que les immenses palans grâce auxquels il avait jusqu'ici maintenu les mâts du *Worcester* attachés à sa coque dépendaient essentiellement de la résistance mécanique de ses goussets et de ses serre-bauquières, qu'ils devaient être tout près de leur limite et que s'ils cédaient il ne pourrait plus porter la moitié de sa voilure actuelle — il ne pourrait plus rester avec l'escadre, mais devrait tomber sous le vent avec les autres canards boiteux. Pendant longtemps il avait prié qu'ils tiennent assez longtemps pour que le combat débute dans l'arrière français et que le *Worcester* s'y joigne ; à présent, avec sa vision plus aiguisée que celle de son ami, il vit qu'il n'y aurait pas de combat. Bien avant que Stephen ne voie le *San Josef* brutalement masqué, perdant dans le choc son grand mât de perroquet, Jack se rendit compte que le vent refusait au navire de Mitchell : il avait vu faseyer les chutes au vent, il avait deviné le furieux brasseyage des vergues et la tension des boulines, il avait mesuré l'espace croissant entre les Anglais et les Français, et il voyait clairement que l'approche oblique des Anglais vers l'ennemi ne pourrait réussir, que la longue chasse s'achèverait par une lente déception et la désillusion.

Mais ce n'était pas encore fini.

— Regardez *Surprise* et *Pomone*, monsieur ! s'écria Pullings.

Et, détachant sa lunette du *San Josef*, Jack vit les deux frégates se détacher sous toute leur toile et courir sous le vent du dernier des Français, le *Robuste*, quatre-vingts canons. Elles allaient plus vite que n'importe quel vaisseau de ligne et dès qu'elles furent à portée elles ouvrirent le feu de leurs pièces de chasse, puis de leurs volées, tirant haut dans l'espoir d'arracher quelque espar important.

— Lofez, lofez, pour l'amour de Dieu, lofez, dit Jack tout haut en les suivant dans leur course périlleuse le long du flanc du *Robuste* : à très courte portée, c'était indispensable dans un tel cas.

Mais ni *Surprise* ni *Pomone* ne lofèrent. Les deux côtés tirèrent plusieurs fois à longue distance ; nul ne fit de dommage apparent et après le premier passage inutile des frégates, l'amiral Thornton envoya le signal de rappel qu'il souligna de deux coups de canon : un engagement à telle portée, un tir à si grande distance ne pouvaient rien obtenir, tandis que le poids des volées du *Robuste* risquait de mutiler ou même de couler les deux petits navires. Et ces deux coups de canon, avec les bordées lointaines et inutiles sous les nuages du nord-est, furent les seuls que l'escadre entendit.

Presque immédiatement après le second coup de l'amiral et comme en réponse, une rafale particulièrement violente coucha le *Worcester* dans un nuage d'embruns : il se redressa lourdement, tous les hommes cramponnés à leur prise ; mais quand il se releva et reçut à nouveau le vent, Jack entendit le profond arrachement interne qu'il avait craint. Il échangea un regard avec Pullings : il s'approcha de ses aussières babord, les sentit horriblement molles, et lança à l'aspirant des signaux :

— Mr Savage, préparez la drissée : *Je suis surchargé de toile.*

Chapitre neuf

Quand Jack Aubrey parvint au rendez-vous de la flotte, au sud-est de Toulon, son navire avait trois tours de câble de douze pouces frappés autour de la coque, et sous les fonds une civadière doublée d'une épaisse couche d'étoupe goudronnée. Il ressemblait un peu à la chrysalide que son capitaine avait imaginée un jour dans la légèreté de son cœur, mais du moins il avait conservé tous ses mâts et tous ses canons, au prix, bien sûr, de nombreuses journées cruelles à la pompe pour son équipage, et il glissait, apparemment propre et soigné, précautionneusement, sur une mer parfaite, dont le bleu profond, si profond, frisait sous la caresse d'une brise languide de sud. L'eau jaillissait encore de ses flancs en jets réguliers, mais il n'était plus en péril de couler.

Le *Worcester* approchait à si faible allure que Jack eut tout le temps d'observer l'escadre. Certains navires manquaient, soit qu'ils aient été envoyés à Malte pour réparation, soit qu'ils n'aient pas encore rejoint ; par ailleurs, deux soixante-quatorze et un vaisseau de quatre-vingts canons étaient arrivés de Cadix, et quelques approvisionnements avaient dû atteindre la flotte, car on ne voyait plus qu'une demi-douzaine de mâts de fortune. L'escadre, quoique meurtrie et quelque peu amoindrie, conservait sa puissance de blocus. Il le vit clairement de loin, et plus encore quand son grand canot longea la ligne en réponse au signal du navire amiral. Par cette journée calme et ensoleillée les navires avaient ouvert tous leurs sabords pour aérer les ponts inférieurs : derrière ces sabords, il vit les canons, rangées successives de bouches à feu, que les marins bichonnaient. Ce sentiment d'une puissance pérenne et ces

243

retrouvailles précises avec l'escadre lui étaient une satisfaction, mais la plus grande partie de son esprit était occupée par le souci et l'appréhension. Quand le canot passa le long de la superbe poupe dorée de l'*Ocean*, il entendit hurler le petit chien de l'amiral, et quand Bonden accrocha la porte de coupée, maladroitement pour la première fois de sa vie de patron de canot, Jack fut obligé de se reprendre un instant avant de monter à bord.

La cérémonie de réception fut sombre ; de toute part il vit des visages aussi graves que le sien ; et le secrétaire de l'amiral, le conduisant à la chambre du devant, dit à voix basse :

— Quand je vous introduirai, faites que la conversation soit aussi brève et aisée que possible. La journée a été longue et dure : le docteur Harrington est avec lui en ce moment.

Ils restèrent là quelque temps, à regarder à travers le demi-sabord, au-delà du rectangle sombre, la brillance et la pureté du jour, plus pure et plus brillante encore d'être encadrée ; le chien hurlait toujours. « Le docteur est avec lui, se dit Jack, ils ont donc mis le carlin dans le rouffle : certains chiens ne supportent pas que l'on touche à leur maître. » L'*Ocean* dévia d'un quart de quart et le sabord encadra un navire, très loin, flottant apparemment au-dessus de la surface nacrée de la mer lointaine. Jack inclina la tête en arrière et de côté pour l'observer, comme le font les marins : c'était la *Surprise*, bien entendu, et elle venait sans doute de l'escadre de terre ; mais son flanc était peint en bleu et le peu qu'il pouvait voir de son pavillon le situait dans les barres de flèche : le navire était en deuil.

— Qu'est-il arrivé au capitaine Latham ? demanda-t-il.

— Vous voyez vraiment aussi loin que cela ? dit Allen en suivant son regard. Il a été tué, je crois bien. Lui et son premier lieutenant ont été emportés par le même boulet quand la *Surprise* est montée à l'attaque du *Robuste*.

Le docteur Harrington sortit de la grand-chambre, tout courbé et sombre ; il ouvrit en passant la porte du rouffle, et le petit chien, courant à toutes pattes, se précipita devant Jack et le secrétaire et se jeta sous le bureau de l'amiral.

Jack s'était attendu à trouver l'amiral profondément attristé, plus infirme encore, peut-être enragé (il pouvait parfois être un vrai tyran), certainement très gravement affecté ; mais il ne s'était pas attendu à le trouver détaché de toute humanité et en fut déconcerté.

L'amiral Thornton était parfaitement civil et maître de lui : il félicita Aubrey d'avoir ramené le *Worcester*, écouta un bref résumé du rapport sur l'état du navire que Jack déposa sur son bureau et dit qu'il fallait manifestement le conduire à Malte pour une remise en état complète — il ne pourrait servir à rien comme vaisseau de guerre pendant bien longtemps, sinon jamais ; mais ses canons seraient particulièrement utiles en ce moment. Son esprit était vivant — il traitait de tous les détails de son commandement, n'hésitant que rarement — mais l'homme ne l'était pas, ou pas entièrement, et il regardait Jack d'une distance immense : sans froideur, encore moins avec sévérité, mais d'un autre plan ; et Jack sentait croître son embarras, sa honte d'être vivant alors que l'autre prenait déjà congé.

— Pendant ce temps, Aubrey, dit l'amiral, vous ne resterez pas oisif. Comme vous l'avez peut-être appris, le pauvre Latham a été tué dans son combat avec le *Robuste*, vous vous rendrez donc dans les Sept Iles avec la *Surprise*. La mort de l'un des souverains turcs de la côte ionienne a déclenché une situation compliquée qui nous permettra peut-être de chasser les Français de Marga, et même de Paxos et Corfou, et il nous faut au moins une frégate sur les lieux. Je ne m'étendrai pas — je quitte bientôt cette station, vous le savez — mais Mr Allen vous exposera toute la situation et le contre-amiral vous donnera vos ordres. Vous aurez les conseils du docteur Maturin et de Mr Graham. Cela vous va-t-il ?

— Oui, monsieur.

— Eh bien, à vous revoir, Aubrey, dit l'amiral en lui tendant la main.

Mais ce n'était pas un au revoir humain : plutôt un geste de civilité envers un être d'une autre espèce, très petit et très lointain, comme au mauvais bout de la lorgnette, un être sans importance, dans des circonstances sans grande importance mais où il fallait cependant se conduire correctement.

Deux fois seulement Jack eut le sentiment que l'amiral restait en contact avec le monde ordinaire : quand il posa doucement son pied sur le dos du carlin pour l'empêcher de renifler si bruyamment, et quand il dit « je quitte bientôt cette station ». Chacun savait que l'*Ocean* partait au matin pour Mahon et Gibraltar, mais ce que voulait dire l'amiral serait apparu clairement à un homme encore plus dépourvu de sentiment religieux que Jack Aubrey, et le ton résigné, humble sans affectation, l'émut profondément.

Revenu dans la chambre du devant il y trouva Stephen avec Mr Allen et le professeur Graham.

— Capitaine Aubrey, dit Stephen, je disais à Mr Allen que je dois refuser d'aller avec vous à l'appartement de l'amiral Harte. Certaines circonstances m'interdisent toute apparition officielle à cet égard ou à tout autre ayant rapport avec le Renseignement, pour le moment.

— J'en suis tout à fait d'accord, dit Graham.

— De plus, ajouta Stephen, je dois voir le docteur Harrington et notre patient dans quinze minutes.

— Très bien, dit Allen, dans ce cas j'enverrai un messager prévenir le docteur Harrington que vous êtes ici. Messieurs, irons-nous voir le contre-amiral ?

Le contre-amiral Harte n'avait jamais détenu un commandement indépendant de quelque importance, et la perspective d'assumer les énormes responsabilités de commandant en chef de la Méditerranée l'écrasait. Chacun savait que l'Amirauté ne le laisserait pas à un poste si éloigné de ses capacités mais enverrait un remplaçant dès que la nouvelle de l'incapacité de l'amiral Thornton atteindrait Londres ; pourtant les manières d'Harte et même son apparence étaient presque méconnaissables. Son visage maladif, rusé, aux yeux rapprochés, revêtait un air que Jack ne lui avait jamais vu, bien qu'ils fussent de fort anciennes connaissances — un air de gravité ardente. Il fut civil envers Jack et presque déférent envers Allen et Graham qui, pour leur part, ne le traitaient pas avec un respect extraordinaire. Harte n'avait jamais été admis dans la confidence de l'amiral sauf pour les questions purement navales : il ne savait à peu près rien de la situation politique, profondément imbriquée, et rien du tout quant au frêle réseau de renseignement de l'amiral. Allen fit un bref résumé de la situation dans les Sept Iles et l'on put voir Harte s'efforcer de suivre malgré la faiblesse de son intelligence.

— En fait, monsieur, dit Allen, je me réfère non pas aux Sept Iles en tant que telles, mais à leurs anciens alliés et dépendants sur la terre ferme, en particulier Kutali et Marga. Comme vous le savez, les Français sont encore à Marga et y semblent aussi fermement installés qu'à Corfou : pourtant, voici quelque temps, on vint révéler au commandant en chef que le possesseur de Kutali pouvait couper l'aqueduc de Marga et prendre la ville par-derrière ; cependant qu'une base amie à Kutali nous rendrait beaucoup plus facile l'attaque de Paxos et Corfou, que Buonaparte même appelle les clés de l'Adriatique.

— Nous devons donc prendre Kutali ? dit Harte.

— Mais non, monsieur, dit Allen patiemment. Kutali est turque et nous ne devons pas offenser la Porte. Toute agression évidente et sans provocation dans cette région fournirait à nos ennemis à Constantinople un avantage énorme : il ne faut jamais oublier que les Français ont là-bas quelques hommes fort intelligents, que la mère du sultan est une Française et que les récents succès de Napoléon ont grandement renforcé le parti français. Mais il se trouve que la ville, qui, vous vous en souviendrez, était une république chrétienne indépendante avant le traité de Presbourg, se trouve entre trois beylicats mal définis et que son statut n'a pas encore été déterminé définitivement à Constantinople. L'ancien gouverneur, dont la mort récente a provoqué cette crise, ne devait détenir cet office que pendant qu'on étudiait la position de la ville — ses privilèges et ainsi de suite. C'est un lieu de valeur : les souverains voisins la convoitent extrêmement et deux d'entre eux, Ismail et Mustapha, nous ont déjà approchés pour demander notre aide, tandis que l'on pense que l'agent du troisième se trouve à présent à Malte.

— Quelle sorte d'aide veulent-ils ? demanda Harte.

— Des canons, monsieur, et de la poudre.

— Des canons ! s'exclama Harte en regardant les autres. Mais il ne dit rien de plus, et quand Allen puis Graham expliquèrent que dans les provinces lointaines de l'empire turc les walis, pachas, aghas et beys, quoique en principe sujets du sultan, se comportaient souvent en souverains indépendants, augmentant leurs territoires par l'usurpation ou se faisant ouvertement la guerre les uns aux autres, il eut l'air mécontent.

— Ali Arslan, de Jannina, a défait et tué le pacha de Scutari il n'y a pas très longtemps, dit Graham. Il est vrai que Scutari s'était rebellé : mais on ne peut en dire autant du derwend-pacha de Rumelia, ni de Menoglou Bey.

— L'indépendance augmente avec la distance de Constantinople, dit Allen. À Alger, par exemple, elle est à peu près totale mais en général exercée avec une certaine discrétion. Ils se font souvent la guerre l'un à l'autre, mais ils le font généralement avec des cris de loyauté envers le sultan, car si la Porte veut bien accepter un fait accompli quand il est accompagné des présents convenables, il faut encore établir l'affaire de manière raisonnable — montrer que le vaincu avait des intentions traîtresses ou qu'il était en correspondance avec l'ennemi.

— A l'exception des cas où le pacha ou le wali rejette son allégeance et entreprend de se tailler un État totalement souverain, comme Scutari et Pasanvoglu l'on fait voici peu et comme Ali Pacha le fera presque certainement dès qu'il sera sûr de la Morée — à l'exception des cas de rébellion totale, disais-je, les désignations officielles du sultan sont respectées dans ces régions, du moins lorsqu'elles sont fournies sous la forme d'un iradé, ou firman, dit Graham. L'iradé du sultan est sacré, excepté aux rebelles.

— Voilà pourquoi les trois beys ont aussi leurs agents, fort occupés, à Constantinople, à se disputer la meilleure position, dit Allen, mais bien évidemment ils comptent régler la question beaucoup plus vivement tout seuls, de sorte que le fait de la possession et la richesse accrue de la possession puissent plaider en leur faveur. Malheureusement, l'un d'entre eux a aussi jugé bon de prendre contact avec notre ambassade, ce qui peut compliquer notre tâche ; car si le commandant en chef penche vers Mustapha, qui est un marin et une ancienne relation — ils se sont connus quand Mustapha était aux Dardanelles —, l'ambassade favorise Ismail.

— Qui tient la place pour l'instant ? demanda Jack.

— Le troisième homme, le vieux Sciahan Bey. C'est-à-dire qu'il est assis bien sagement dans la ville basse et les faubourgs. Les chrétiens, les Kutaliotes, tiennent la citadelle sans être inquiétés. Il règne pour le moment une trêve malaisée, aucun des trois Turcs n'osant attaquer de crainte de rencontrer une coalition des deux autres, et les chrétiens attendant leur heure ; mais la situation changera dès l'instant où les canons arriveront.

Harte resta un moment le regard fixe, puis dit :

— Ils ont donc l'intention de se battre, et c'est nous qui fournissons les canons. Que nous offrent en échange les différents côtés ?

— Leurs promesses sont les mêmes : ils tourneront les canons contre les Français de Marga. Après nous avoir installés à Kutali ils se joindront à notre attaque de Marga, l'endroit devant être pris avant que le parti français de Constantinople n'ait le temps d'intervenir.

— Je vois. Les canons sont-ils disponibles ?

— Oui, monsieur. Deux petits transports ont été préparés

248

et se trouvent à La Valette. L'ennui c'est que nous ne savons pas auquel des prétendants faire confiance. Ismail déclare ouvertement que le général Donzelot, le commandant de Corfou, lui a fait des offres ; mais il peut simplement chercher à faire monter son prix. Mustapha ne dit rien de cette espèce, mais nous disposons d'un certain nombre de renseignements montrant que lui aussi peut être en contact avec les Français. Avec ces choses en tête, monsieur, et compte tenu de la nécessité d'une action rapide, il a été jugé utile d'envoyer le capitaine Aubrey avec un conseiller politique pour étudier la situation, rencontrer les beys, prendre une décision sur place, et si possible effectuer l'opération.

— Tout à fait, dit Harte.

— Peut-être le mieux serait-il de rédiger les ordres d'une manière très générale, en laissant toute latitude pour l'exécution ?

— Certainement, certainement : mettez simplement « faire tous ses efforts » ainsi qu'une description générale de l'objectif de l'opération, et rien de plus. Ne lui liez pas les mains. Cela vous convient-il, Aubrey ? Si cela ne convient pas, dites-le et les ordres seront écrits sous votre dictée. Je ne peux pas vous dire mieux.

Jack s'inclina ; il y eut un bref silence.

— Et puis il y a l'affaire de l'équipage de la *Surprise*, monsieur, dit Allen. Étant donné la mort du capitaine Latham et de son premier lieutenant, le commandant en chef a pensé que vous seriez d'accord que le meilleur moyen de résoudre la situation serait de disperser tout l'équipage du navire en petits groupes dans l'ensemble de l'escadre et de réarmer la frégate avec des hommes des navires qui doivent passer en carénage.

— Dieu me damne, dit Harte, je pendrais ces bougres de mutins si j'en avais la liberté, jusqu'au dernier. Mais comme les deux principaux témoins sont morts, je suppose que c'est la meilleure solution.

— Puisque le *Worcester* doit partir, dit Jack, je pourrais constituer un excellent équipage de frégate rien qu'avec ses hommes, des hommes qui sont habitués à travailler ensemble, dont un certain nombre d'anciens Surprises.

— Faites-le, Aubrey, faites-le, dit Harte, et du même ton de bonne volonté maladroite il poursuivit : Il vous faudra bien entendu un sloop pour vous accompagner dans cette sorte d'expédition : si vous le voulez, j'essaierai de vous donner Babbington avec la *Dryad*.

— Merci beaucoup, monsieur, dit Jack, j'en serais tout à fait enchanté.

« "J'en serais tout à fait enchanté", ai-je dit, avec un regard vainqueur et un hochement de tête », écrivit Jack Aubrey dans sa lettre datée de « *Surprise*, en mer ». « Mais j'espère, mon cœur, que vous ne me jugerez pas mesquin ou malveillant si je dis que je ne m'y fie pas : c'est-à-dire que je ne me fie pas à la durée de sa bonne volonté. Si je choisis mal mon homme parmi ces beys ou si les opérations se passent mal, je crois qu'il me jettera aux chiens sans la moindre hésitation ; et William Babbington après moi. Stephen ne lui fait pas confiance non plus. » Il fit une pause, et réfléchissant qu'il ne pouvait pas vraiment décrire le refus véhément de son ami d'apparaître en tant qu'agent du Renseignement devant « un homme si faible, si colérique, si peu maître de ses passions, et risquant si fort d'être indiscret » que Harte, bien que le contre-amiral occupât pour l'instant les fonctions de commandant en chef, il ajouta : « ce qui est bien triste ». Ces mots n'étaient pas plutôt écrits qu'il les jugea absurdes, et il était lui-même si loin de la tristesse qu'il en rit tout haut.

— Quoi encore ? aboya Killick en colère, de la chambre à coucher.

Il était l'un des rares mécontents de l'embarquement à bord de la *Surprise* et restait de la plus mauvaise humeur depuis leur départ de Malte. Son prédécesseur immédiat, le valet du capitaine Latham, un sodomite fornicateur du nom de Hogg, avait tout changé, rien n'était plus pareil. Le coffre où Killick gardait aiguilles et fils pour les petits raccommodages était passé de tribord à babord, le hublot central sous lequel il avait toujours travaillé était fermé et peint. Il ne retrouvait plus rien, il n'y voyait rien pour coudre.

— Je riais, c'est tout, dit Jack.

— Si j'avais ce Hogg sous mon aiguille, dit Killick, en piquant vicieusement l'ourlet de la meilleure cravate du capitaine Aubrey, je lui apprendrais-t-y à rire ? Oh, que non : sûr que non...

Sa voix perdit en volume, mais son ton nasillard avait un étrange pouvoir de pénétration, et Jack, poursuivant l'écriture de sa lettre, entendait vaguement le flot de récriminations : « ... navire pas heureux, et c'est pas étonnant... tout changé partout... des foutus cuivres partout... fermé mon hublot... comment un pauvre malheureux bougre peut-y voir à coudre sans lumière, noir sur noir ? ». La stridence de ces derniers mots vint rompre les pensées de Jack.

— Si vous n'y voyez rien là-bas, allez vous mettre dans la galerie de poupe, lança-t-il, oubliant un instant qu'ils n'étaient plus à bord du *Worcester*.

— Que y a pas de galerie de poupe, monsieur, qu'on est dégradés à un sixième rang ! s'exclama Killick avec un triomphe malveillant. Les galeries de poupe, c'est pour les gens bien, et moi, faut que je travaille dans le noir.

« Killick est dans une colère épouvantable, je regrette de le dire, écrivit Jack, et il ne se consolera pas avant que nous ne retrouvions un vaisseau de ligne. Pour ma part, je ne serais pas fâché de ne plus jamais voir un vaisseau de ligne : après ces mois de blocus rigoureux, une frégate en bon état me semble le commandement idéal, et je peux en dire autant de tous mes officiers. Je dois dîner avec eux aujourd'hui et nous aurons un grand concours poétique, une sorte de sweepstake, à juger par bulletins secrets. »

— Killick, lança-t-il, apportez-moi donc un verre de bitter, voulez-vous ? Et prenez-en un vous-même pendant que vous y serez.

Le dîner du carré avait lieu plus tôt que l'heure habituelle de Jack, et il voulait faire honneur au festin.

— Qu'il en reste plus du tout, monsieur, répondit Killick, heureux pour la première fois de la journée. Vous vous souvenez pas que la caisse est tombée dans la cale pour la raison que le hublot du faux pont il avait été déplacé, qu'on nous l'avait pas dit, et qu'elle s'est cassée : ça fait qu'il en reste pas du tout — tout gâché, même pas goûté, tout passé dans la cale.

« Tout gâché,
Même pas goûté,
Tout passé dans la cale », répéta-t-il en un chant lugubre.

— Ah, très bien, dit Jack, je vais faire un tour sur le gaillard : cela fera le même effet.

Cela fit encore meilleur effet. Les hommes avaient déjà mangé leur dîner et bu leur tafia, mais le poste des aspirants accompagnait la purée de pois et les pieds de porc avec des harengs fumés grillés, embarqués à La Valette, et l'odeur qui émanait de la cuisine le fit saliver. Pourtant, les harengs n'étaient pas vraiment nécessaires : le bonheur donnait toujours de l'appétit à Jack Aubrey, rempli à présent d'une allégresse irrationnelle, une allégresse qu'il sentit redoubler, debout sur ce gaillard d'arrière familier, tellement plus près de la mer que sur le *Worcester*, et admirant le noble étalage de voilures qui poussait la *Surprise* vers l'est et sa rencontre avec la *Dryad* à près de trois nœuds, dans une brise si faible que bien des navires n'auraient même pas eu assez d'erre pour gouverner ; en même temps, il la sentait s'élever et céder souplement à la houle de sud, en un mouvement plus vivant que celui de tout autre navire de sa connaissance.

Son bonheur était profondément irrationnel et totalement superficiel : il lui suffisait de descendre d'un étage dans son esprit pour trouver sa désolation très réelle pour l'amiral Thornton ; un étage plus bas, c'était la déception terrible du combat qui leur avait échappé — un combat qui aurait pu rivaliser avec ceux de Saint-Vincent ou d'Aboukir et aurait presque certainement fait de Tom Pullings un capitaine de frégate (promotion particulièrement chère au cœur d'Aubrey) ; un autre étage encore, et il rencontrait cet échec de Medina qui l'inquiétait profondément ; et s'il plongeait plus loin encore, il retrouvait ses inquiétudes juridiques et financières à la maison, et l'anxiété provoquée par son père. Les journaux, à Malte, parlaient du général Aubrey, revenu à la Chambre, élu par deux circonscriptions, pas moins ; et il semblait que le vieux monsieur fût à présent deux fois plus loquace. Il parlait contre le ministre pratiquement chaque jour et le faisait à présent entièrement au nom des intérêts radicaux les plus extrêmes, hélas : un véritable embarras pour le ministre. Il n'y avait pas non plus beaucoup de place pour une allégresse rationnelle dans l'avenir, mais plutôt la perspective d'une situation particulièrement difficile où il faudrait plus de diplomatie que de véritable bataille, une situation dans laquelle il ne pouvait s'appuyer en aucune manière sur le soutien de son chef, une situation dans laquelle une erreur de choix pouvait mettre fin à sa carrière navale.

Pourtant il était plein d'allégresse. Derrière lui, l'ennui du blocus avec des vivres réduits, un navire lourd et mal construit risquant de se couvrir publiquement de honte à tout instant, du moins pour l'avenir immédiat ; terminés, le transfert fastidieux et par certains côtés douloureux, la paperasserie, les querelles avec les autorités à Malte ; le *Worcester*, ce cadavre ambulant, était désormais le souci de l'arsenal et plus le sien ; et s'il avait laissé derrière lui l'oratorio, il avait aussi laissé les oreillons, cette maladie maudite. Il avait dispersé ses aspirants les plus inutiles et tous ses jeunes messieurs, à l'exception de deux, Calamy et Williamson, envers lesquels il se sentait une responsabilité particulière. Et il était à bord d'une frégate pur sang, un navire qu'il connaissait à fond et qu'il aimait totalement, non seulement pour ses aimables qualités mais parce qu'il faisait partie de sa jeunesse — en dehors même du fait qu'il l'avait commandé dans l'océan Indien où il s'était magnifiquement comporté, il avait servi à son bord, voici longtemps, bien longtemps, et jusqu'aux odeurs de son poste des aspirants exigu et malcommode lui rendaient sa jeunesse. La frégate était assez petite (il n'en restait guère de plus petites dans le service), elle était assez vieille, et bien que grandement renforcée, presque reconstruite, à l'arsenal de Cadix, il ne serait jamais, absolument jamais possible de la conduire de l'autre côté pour affronter les lourdes frégates américaines ; mais il avait constaté, à son ravissement, que sa remise en état n'avait pas le moins du monde nui à ses qualités marines — étonnamment rapide pour quiconque savait la manier, elle virait de bord comme un cotre, et pouvait battre au près n'importe quel navire de la station. Pour ce genre de mission, et pour la Méditerranée orientale en général, elle était exactement ce qu'il pouvait souhaiter (sauf par le poids de métal de sa volée), d'autant plus qu'il avait eu la chance extrêmement rare de la doter d'un équipage de marins choisis, dont même les hommes du gaillard d'arrière pouvaient hisser, ariser et barrer. Il en restait un bon nombre qui n'avaient pas navigué avec lui avant le *Worcester*, mais une proportion étonnante des deux cents hommes de la frégate l'avaient fait — chacun des premiers et seconds chefs de pièces, par exemple, et la quasi-totalité des officiers mariniers —, et où qu'il regardât, il voyait des visages connus. Même quand il ne s'agissait pas d'anciens compagnons de bord il pouvait retrouver un nom, une personnalité, alors qu'à bord du *Worcester* beaucoup trop étaient anonymes. Et il observa qu'ils semblaient remarquablement joyeux, comme si sa bonne humeur s'était répandue : évidemment, ils venaient de recevoir leur tafia, le temps était beau, c'était une paisible après-midi de couture et de réparations, cependant il avait rarement vu équipage plus joyeux, en particulier les vieux Surprises, « une proportion *surprenante* de vieux Surprises », se dit-il en gloussant.

— La chance du patron est revenue, murmura Bonden assis au bord de la descente, occupé à broder *Surprise* sur le ruban de son chapeau de terre.

253

— Eh ben, j'espère bien, vois-tu, dit son robuste cousin Joe ; elle s'est absentée assez longtemps. Tire ton gros cul de sur ma chemise neuve, espèce de fils de pute de homard, dit-il gentiment à son autre voisin, un soldat.

— J'espère seulement qu'elle est pas revenue trop franchement, voilà tout, dit Bonden, tendant la main vers le solide affût de bois du canon numéro huit.

Joe acquiesça. Malgré sa lourdeur il comprenait parfaitement le sens de ce que Bonden appelait « chance ». Ce n'était pas simplement la veine, la bonne fortune ordinaire, bien loin de là, mais un concept tout à fait différent, de nature presque religieuse, comme la faveur de quelque dieu ou même, dans des cas extrêmes, comme une possession ; et si elle venait trop franchement elle pouvait se révéler fatale — une étreinte trop passionnée. De toute manière il fallait la traiter avec beaucoup de respect, la nommer rarement, n'y faire référence que par allusion ou sous d'autres noms, ne jamais l'expliquer. Il n'existait aucune relation nécessaire évidente avec la valeur morale ou la beauté, mais ses possesseurs étaient en général des hommes appréciés et relativement beaux : et l'on constatait souvent qu'elle allait de pair avec un genre particulier de bonheur. C'était cette qualité, beaucoup plus que ses prises, la cause plutôt que l'effet, qui avait conduit le premier pont à parler de Jack Aubrey la Chance au début de sa carrière ; et c'était une piété de même niveau païen qui conduisait à présent Bonden à souhaiter qu'elle ne soit pas excessive.

Le capitaine Aubrey, le regard au loin par-dessus la lisse au vent, souriant au souvenir du plaisir simple qu'il avait eu à bord de ce même navire étant gamin, entendit crisser les pas du tambour d'infanterie de marine qui venait vers l'arrière. Il jeta un dernier coup d'œil automatique à la girouette, dit « Très bien, Dyce » au barreur, descendit mettre sa meilleure cravate et la noua tandis que le tambour battait « Roast Beef of old England » ; puis, courbé sous les barrots, il pénétra dans le carré au moment où Pullings prenait place à la porte pour l'accueillir.

— Eh bien, voilà qui est nettement plus accueillant et douillet, dit Jack souriant aux visages amicaux, huit d'entre eux bien serrés autour de la table.

Accueillant, certes, pour ceux qui avaient été élevés dans quelque taudis flottant, mais peut-être un peu plus douillet qu'ils ne l'auraient souhaité, chacun ayant son valet derrière sa chaise et la journée étant particulièrement chaude et calme, sans le moindre courant d'air. La chère aussi était accueillante, avec pour plat principal le bœuf rôti Old Calabria, un grand morceau de l'un de ces buffles italiens dénommés « moines gris » dans la Navy et transportés à Malte quand ils ne pouvaient plus travailler ; et pour couronner le tout, un pudding aux raisins.

— Voilà ce que j'appelle un excellent point de départ pour la littérature, dit Jack quand la nappe eut été enlevée, la santé du roi bue, et de nouvelles carafes posées sur la table.

— Quand doit débuter le sweepstake ?

— Immédiatement, monsieur, dit Pullings. Thompson, faites passer les bulletins de vote, mettez l'urne en place, recueillez les enjeux et passez-moi le sablier. Nous sommes convenus, monsieur, que chacun de ces messieurs doit se limiter à une ampoulette de quatre minutes et demie ; mais il peut expliquer le reste du poème en prose, en parlant vite. Et nous sommes convenus, monsieur, qu'il n'y aura ni applaudissements ni sifflets, de crainte d'influencer les votes. Cela doit être aussi équitable que l'*habeas corpus*.

— Ou *Nunc dimittis*, dit le commis.

Mais bien que Mr Adams ait été très actif dans l'établissement des règles, lui et les autres s'effarouchèrent au dernier moment, et la coquille nacrée de nautile qu'on fit passer pour recueillir les enjeux ne contenait qu'une demi-guinée, un assortiment de pièces d'argent anglaises et trois pièces de huit, contribution des concurrents restés en lice : Mowett, Rowan et Driver, le nouvel officier d'infanterie de marine embarqué à Malte, jeune homme aimable, rose et fort ample, doté d'une mauvaise vue et de l'habitude de glousser sous cape. Ses talents n'étaient pas encore connus du carré. Le tirage au sort désigna Rowan pour commencer.

— Eh bien, messieurs, dit-il, parlant vite et en prose, ceci est une partie d'un poème à propos du *Courageux*, capitaine Wilkinson, qui touche le récif Anholt de nuit, par vent de sud-ouest, sous hunier à deux ris et misaine, filant huit nœuds. Tournez l'ampoulette.

Pullings retourna l'ampoulette et, sans le plus léger changement de ton ou de rythme ou la moindre concession aux conventions de la récitation, Rowan poursuivit sans hésiter, son joyeux visage tout rond souriant à la compagnie :

« Beaucoup désespéraient, c'était épouvantable
Car sa destruction n'était que trop probable ;

255

Il toucha lourdement et ses trois mâts tremblèrent,
Tout prêts de s'effondrer sous le choc de la terre.

Ah, qu'il était horrible le bruit de cette quille
Qui labourait le fond, semblable à une vrille.
Voici que le safran, solidement fixé,
Comprimé et tordu, fut soudain arraché.

On renvoya la toile pour le désengager,
Mais il cognait plus fort sans pouvoir avancer.
Il fallut tout carguer. L'équipage fidèle
Sut faire son devoir avec ardeur et zèle.

Enfin l'ordre affreux vint : « Il faut tous les canons
Jeter par-dessus bord. » Oh malédiction !
L'officier en troisième s'aventura à dire :
« Hésitez un instant, notre chef, noble sire !

(« Il se trouve que j'étais de quart, monsieur », dit-il à Jack en aparté.)

Avec tout le respect, monsieur, qui vous est dû,
Souffrez que mon propos soit céans entendu.
À votre expérience même j'en appelle :
La manœuvre souvent s'est révélée mortelle.

Les canons sur le sable sont un danger bien pire,
Ils risquent de percer les fonds de ce navire
Et dans ce coup de temps ne subsisteraient plus
Même avec les canots de chances de salut. »

Tenez bon, dit soudain le hardi commandant,
Car en notre faveur le vent tourne à l'instant :
À rehisser les voiles, et bordez-les à contre ;
La providence enfin ses bienfaits nous démontre. »

En dépit du règlement, il y eut un net murmure d'approbation quand le navire quitta le récif, car chacun comprit bien à l'expression de Rowan, et d'ailleurs à sa présence parmi eux, que le *Courageux* s'en était sorti ; mais l'expression de scepticisme quant aux paroles du troisième lieutenant à son capitaine était plus nette encore, Wilkinson étant connu comme irritable ; Rowan le sentit et observa :

— La partie « noble sire » est poétique, vous le comprenez bien.

— Je n'aurais jamais cru que vous l'en sortiriez à temps, dit Pullings, il ne restait pas trois grains de sable. Au suivant.

Mowett but un verre de porto, pâlit légèrement et dit :

— Mon morceau est aussi un fragment, une partie de quelque chose dans le genre épique, en trois cantos, à propos de gens naviguant dans ces eaux ou, pour être précis, un peu plus à l'est, au large du cap Spado. Ils rencontrent du mauvais temps, ferlent les huniers, dépassent les vergues de perroquet et ensuite arisent les voiles basses ; et c'est une description de la manœuvre. Mais cela commence par une métaphore dont je me flatte — une métaphore qui trouverait mieux sa place si je remontais jusqu'à *Cap au nord, de la côte embrasée de l'Afrique, Un troupeau de dauphins vient leur tracer la route,* mais je doute de pouvoir dire tout cela, et cela semblera peut-être un peu étrange si ça n'y est pas, mais de toute façon voilà.

Il hocha la tête vers Pullings pour qu'il retourne l'ampoulette et, les yeux fixés sur le sable qui coulait, il commença d'une voix creuse et sombre :

« Au cœur de la tempête il ressent sa vigueur
Et tremble sous la haine de ses flots vengeurs
Tel un fier étalon sur le champ de bataille
Caracole, arborant son bel harnachement
Et, sûr de sa puissance, laboure furieusement
Le sol sanglant, mais parfois sous les coups tressaille ;
Ainsi, fier de son glorieux caparaçon,
Le vaisseau bondissant cingle vers l'horizon. »

Il jeta un coup d'œil circulaire pour juger de l'effet de sa métaphore : il ne vit rien qu'une incompréhension profonde, universelle, mais qui pouvait être la réserve imposée par les règles. Quoi qu'il en fût, il se hâta vers un terrain où tout le monde se sentirait plus à l'aise :

« De plus en plus féroce, plein sud souffle le vent,
Vrai démon qui soulève des flots impressionnants.
Le vaisseau ne peut plus conserver ses huniers.
Tout espoir d'embellie pour longtemps oublié,
Halant les cargue-points, choquant boulines et drisses,
On serre les huniers et l'on brasse carré.

Maintenant les marins sur leurs vergues se hissent,
Sur chacune bientôt les voiles sont ferlées,
Les vergues orientées droit dans le lit du vent,
Par des palans mobiles fixées soigneusement.
Volant partout, vaillant, le maître d'équipage
Clame dans la tempête, tel un rauque mastiff,
Du novice indécis l'ardeur il encourage,
Félicitant l'habile, rassurant le craintif.
Et puis les vergues hautes il nous faut dépasser :
Des rocambeaux par les galhaubans envoyés,
Les guinderesses en tête de mât sont passées
Les plus jeunes gabiers vite les débarrassent
De leurs bras, balancines, et racages, plus trace ;
Liées aux rocambeaux, apiquées doucement,
Avec leur toile elles glissent au long des galhaubans
Le gréement soulagé, la voilure réduite,
Les hommes reprennent souffle en attendant la suite. »

— Ensuite tout se gâte, dit Mowett, et le soleil se couche —
je saute le coucher de soleil, quel dommage, je saute la lune
et les étoiles :

« Sous basses voiles entières il n'est plus gouvernable,
Il faut prendre des ris — le bosco responsable
Commande la manœuvre aux marins audacieux
Qui pèsent sur les cargues. Il est au milieu d'eux
Toi qui veux désarmer l'ire de la tempête,
Point ne cargue en premier le côté sous le vent :
C'est donc au vent d'abord que les hommes s'apprêtent
À relever les lofs à son commandement.
Ils ont déjà en main bras au vent et écoutes,
Point d'écoute sous le vent et cargue-fonds parés,
Tout est prêt. Il s'écrie « A larguer les écoutes ! »
Impétueux... »

— Stop ! s'écria Pullings
— Oh, Tom, dit Mowett, s'enfonçant dans sa chaise, son
élan coupé net.
— Je suis désolé, mon vieux, dit Pullings, mais c'est la
règle, voyez-vous, et il faut laisser leur chance aux Royal
Marines.
Mr Driver, rose de nature, avait à présent la couleur de
son uniforme ; mais était-ce dû au porto, à la confusion ou
à la chaleur, on ne pouvait encore le déterminer. Il donna à

entendre au carré que son poème n'était pas un fragment ;
non pas un morceau d'une chose plus vaste, s'ils le comprenaient bien, mais un tout, complet en lui-même, pourrait-il
dire. En l'écoutant avec attention, ils déduisirent qu'il s'agissait d'un homme qui pensait à se marier, de conseils à cet
homme venant d'un ami avisé, un personnage très averti
qui avait connu en son temps une ou deux choses, mais
Mr Driver gloussait si fort et parlait d'une voix si basse et
embrouillée, la tête baissée, qu'ils manquèrent presque tout,
jusqu'à :

> « Qu'elle soit droite, aimable, raisonnablement belle,
> Point de difformité, fortuite ou naturelle,
> De même âge ou plus jeune que toi, car tu sais bien
> Que très tôt chez la femme s'amorce le déclin.
> Raisonnablement riche, et si tu le peux voir,
> Que des mains avisées veillent sur son avoir.
> Le sien peut être moindre si ton bien te suffit.
> N'envie point les richesses et crois-en mon avis :
> Vivre une honnête aisance avec la paix du cœur
> Voilà, mon bon ami, le secret du bonheur. »

— Très bien, s'écria le commis en écrivant sur son bulle-
tin de vote. Dites-moi, monsieur, à combien estimeriez-vous
une honnête aisance ; à supposer, veux-je dire, qu'un
homme n'ait que sa solde ?
Mr Driver rit, renifla et enfin émit :
— Deux cents par an, placées en fonds, à la disposition
de la dame.
— Pas de remarques, messieurs, s'il vous plaît, dit Pullings, en agitant la tête vers le professeur Graham qui était
manifestement sur le point de parler. Pas de remarques
avant le vote. (Il fit passer l'urne, une boîte à sextant pour
l'occasion, la déposa remplie devant Jack et dit à Graham :)
Je vous ai coupé la parole, monsieur, je vous demande
pardon.
— J'étais simplement sur le point d'observer que le
poème du capitaine Driver me rappelait celui de Pomfret
A un ami enclin au mariage.
— Mais c'est celui de Pomfret, *A un ami,* dit Driver, tout
surpris.
Et parmi les exclamations générales on put l'entendre
dire : « Mon tuteur me l'a fait apprendre par cœur. »
Assailli de tous côtés, il en appela à Jack : comment

aurait-on pu deviner qu'il devait s'agir de poésie originale ?
Poésie *originale*, pour l'amour de Dieu ! Il avait supposé
qu'il s'agissait d'un prix pour l'élégance de la récitation.

— S'il s'agissait d'un prix pour l'élégance de la récitation,
dit Jack, j'ose dire que Mr Driver l'aurait emporté haut la
main ; mais les choses étant ce qu'elles sont, il nous faut le
rayer et lui rendre ses enjeux ; les votes en sa faveur ne
comptent pas. Quant aux concurrents restant en lice, dit-il
en examinant les bulletins, je constate que Mr Rowan l'emporte pour ce qui est de la poésie dans le style classique
alors que Mr Mowett gagne pour la poésie dans le style
moderne. Le prix sera donc divisé en deux parties égales,
ou moitiés. Et je pense ne pas me tromper dans mon interprétation des sentiments de la compagnie en incitant ces
deux messieurs à prendre langue avec quelque libraire respectable, en vue de la publication de leurs œuvres, à la fois
pour le plaisir de leurs amis et pour le bien du service.

— Il a raison, il a raison ! s'écria le reste du carré en
tapant sur la table.

— Murray est votre homme, dit Graham avec un regard
significatif. John Murray, d'Albemarle Street. Il a une excellente réputation ; et je peux faire observer au crédit des
libraires que son père, qui fonda la boutique, était le fils, le
fils légitime d'un lieutenant d'infanterie de marine.

Mr Driver n'eut pas l'air satisfait du tout. Il dit que si
un bonhomme avait un fils sans talent d'aucune sorte, sans
présence ni beauté personnelle, ce bonhomme était tout à
fait justifié à le mettre en boutique : la famille n'était pas
obligée d'y faire attention une fois qu'il était adulte, sauf
s'il faisait fortune ou acquérait du moins une compétence
supérieure à la moyenne. Et de toute façon un libraire
n'était pas un boutiquier commun : bon nombre, que Driver
connaissait, savaient lire et écrire, et certains parlaient fort
bien.

— Justement, dit Graham, et ce Mr Murray en est un
exemple particulièrement notable ; de plus il est relativement dépourvu de la parcimonie sordide qui a donné au
Commerce, comme on l'appelle avec emphase, une réputation si peu enviable. On me dit qu'il a donné cinq cents
livres, cinq cents livres, messieurs, pour la première partie
du *Childe Harold* de Lord Byron.

— Grand Dieu, dit Stephen, jusqu'où serait allé le Harold
adulte tout entier ?

— Childe est un terme archaïque pour désigner un jeune homme de bonne famille, dit Graham.

— Je n'en attendrais pas autant, dit Rowan, n'étant pas un lord ; mais j'aimerais beaucoup voir mon poème imprimé.

Le soir, la frégate naviguant très lentement dans une brume qui montait de la surface tiède de la mer, une brume teintée de rose en profondeur par le soleil couchant, Jack dit :

— Je ne saurais vous dire combien je suis heureux d'être à nouveau sur la chère *Surprise*.

— C'est ce que je vois, dit Stephen, et je vous en congratule.

Il parlait un peu sèchement : l'extrémité de son archet venait de lui tomber en pièces entre les mains et l'irritation bouillonnait en lui. À Malte il avait couché à terre où les punaises, mouches et moustiques maltais l'avaient dévoré sans mesure, de sorte qu'aujourd'hui encore, en proie aux démangeaisons de la tête aux pieds, il se sentait beaucoup plus échauffé qu'il ne l'aurait souhaité. Toutefois, il n'était pas positivement malveillant et examina son ami avec attention. Jack avait-il fait quelque conquête amoureuse à La Valette, ou plutôt (Jack étant moins entreprenant que Babbington) quelque gueuse infâme l'avait-elle entraîné, par la ruse ou la force tendre, vers quelque autel païen, en le persuadant qu'il était le héros conquérant ? Non, l'expression n'était pas exactement celle-là : elle était dépourvue de mâle suffisance. Il s'agissait pourtant de quelque état de grâce barbare, il en était sûr ; et quand Jack, calant son violon sous son menton, entama une étrange phrase bondissante et se mit à improviser, il en fut plus sûr encore.

Avec cette technique acquise par lui-même, et ses diverses blessures, Jack ne pouvait espérer faire un très bon violoniste mais ce soir il faisait chanter son violon à réjouir le cœur. Chanson sauvage, irrégulière, exprimant l'allégresse plutôt qu'un respect quelconque pour les règles, mais une allégresse qui n'avait rien, absolument rien de puéril ; et contemplant Jack qui jouait près de la fenêtre de poupe, Stephen s'émerveilla qu'un capitaine de vaisseau de deux cent vingt-quatre livres, un homme couturé de partout, endommagé, doté d'un soupçon de bedaine, puisse jouer avec une telle grâce subtile, posséder une telle gaieté, concevoir des improvisations aussi spirituelles et originales et les exprimer si bien. Jack Aubrey à table, enchanté d'un mot d'esprit, était un être différent : pourtant les deux habitaient la même peau.

L'archet du violoncelle était réparé ; l'improvisation du violon se termina en un cri d'elfe, un trille montant presque au-delà des limites de l'oreille humaine ; et ils entamèrent leur vieux Scarlatti en *ut* majeur qu'ils connaissaient si bien, et qu'ils jouèrent jusque dans le quart de minuit.

— William Babbington se sera-t-il souvenu de mon mastic, je me le demande, dit Stephen quand ils se séparèrent. C'est un jeune homme de mérite, mais la vue d'un jupon chasse de son esprit toute autre considération ; et Argostolion est renommée non seulement pour son mastic mais aussi pour la beauté de ses femmes.

— Je suis sûr qu'il s'en sera souvenu, dit Jack, mais je doute que nous le rencontrions au matin. Nous ne faisons nous-mêmes qu'à peine deux nœuds et ce pauvre gréement torturé, cette casserole hollandaise de *Dryad* n'est bonne à rien par petit temps. D'ailleurs, si cette brume ne se dégage pas demain, nous serons peut-être complètement encalminés.

Stephen avait la plus grande confiance en Jack en tant que prophète du temps, marin et navigateur ; mais il se trouva que ses morsures et le manque d'air (le luxe des vingt pieds carrés du *Worcester* lui avait fait oublier son recoin sombre et mal aéré sous la flottaison de la *Surprise)* l'empêchèrent de dormir. Il fut sur le pont au petit jour ; la brume pâle se dispersait, les pompes à main crachaient l'eau du nettoyage rituel ; et quand la vigie lança « Voile en vue ! Voile par l'avant tribord ! », il regardait dans la bonne direction, aperçut la voile en question qui se dessinait vaguement, mais pas si vaguement qu'il ne pût dire que c'était un brick, et pensa : « Faillible, faillible, Jack Aubrey. J'aurai donc mon mastic. » Sur ce, il se dirigea vers l'avant tout en se grattant ; il se fraya un chemin parmi les semeurs de sable et d'eau et passa le quartier-maître de quart qui, perché sur une caronade, ses pantalons remontés pour ne pas se mouiller, regardait le brick fantôme. Stephen dit :

— Voilà Mr Babbington : peut-être viendra-t-il pour le petit déjeuner.

Mais le jeune homme, sans détourner les yeux, ne répondit que d'un rire absent. Stephen alla jusqu'aux porte-haubans tribord de misaine, ôta son bonnet et sa chemise de

nuit, les coinça sous les caps de mouton, se gratta activement pendant un moment, rampa sur le support en porte à
faux et, se bouchant le nez de la main gauche tout en se
signant de la droite, sauta, les yeux bien serrés, dans la mer,
la mer infiniment rafraîchissante.

Il n'était pas très bon nageur ; selon les normes habituelles, on aurait même pu dire qu'il n'avait rien d'un
nageur, mais Jack lui avait appris, avec infiniment de peine,
à se tenir à flot et patauger sur cinquante et même soixante
yards à la fois. Son trajet le long du flanc du navire, des
porte-haubans de misaine jusqu'au canot en remorque, était
donc tout à fait à sa portée, d'autant que le navire lui-même
avançait doucement, ce qui accélérait encore sa progression
relative vers le canot.

C'est donc sans la moindre appréhension qu'il plongea,
bien qu'il ne l'ait jamais fait seul jusque-là ; et tandis que
les bulles couraient le long de ses oreilles il pensa : « Je dirai
à Jack : "Ha, ha, je suis allé nager ce matin" et j'observerai
sa stupéfaction. » Mais quand il revint à la surface, soufflant
et s'essuyant les yeux, il trouva le flanc du navire étrangement lointain. Il se rendit compte presque aussitôt que la
frégate virait sur babord et il se mit à nager de toutes ses
forces, émettant un cri chaque fois que la vague lui sortait
la tête de l'eau. Mais on avait appelé tout le monde sur le
pont et il y avait beaucoup de sifflets, de cris et de courses
à bord de la *Surprise* qui poursuivait son virement, tout en
établissant voile après voile ; et comme tous ceux qui
avaient un instant libre dans leur tâche regardaient avidement sur babord, ce n'est que par un étonnant coup du sort
que John Newby, en se retournant pour cracher par-dessus
la lisse tribord, aperçut son visage anxieux.

Dès cet instant, la suite exacte des événements lui
échappa : il fut conscient d'avaler beaucoup d'eau de mer,
puis de couler un moment, et ensuite de constater qu'il avait
perdu son orientation en même temps que ses forces et le
peu de flottabilité qu'il ait jamais possédé, mais très vite il
eut le sentiment d'être dans un présent perpétuellement
agité où les choses se produisaient non pas dans un ordre
donné mais sur des plans différents. La voix énorme qui
cria « A masquer le petit hunier », très haut au-dessus de sa
tête, le nouveau plongeon dans les abîmes, obscurcis à présent par l'ombre de la coque, les mains rudes qui le saisirent
par l'oreille, le coude et le talon gauches, le hissèrent par-
dessus le plat-bord d'un canot, et la voix anxieuse d'un aspi-

rant « Vous sentez-vous bien, monsieur ? » auraient pu être simultanés. Ce n'est qu'après un moment de réflexion, haletant dans la chambre du canot, que les événements reprirent leur cours successif, de sorte que « Arrache, arrache, pour l'amour de Dieu ! » précéda le heurt du canot contre le flanc du navire et la demande d'un bout' ; mais il était à nouveau lui-même quand il entendit, non sans inquiétude, le murmure confidentiel de l'aviron de tête à son voisin : « Il va trinquer un bon coup, si le patron rate sa prise parce qu'il a voulu jouer au dauphin. »

Bonden, presque muet d'indignation, le poussa à bord sans ménagements et, l'entraînant comme une nourrice fâchée, l'aurait fait descendre immédiatement ; mais Stephen lui passa sous le bras et s'en alla vers l'avant où le capitaine Aubrey se tenait debout près de la pièce de chasse babord avec Pullings et le canonnier tandis que les servants braquaient le superbe canon de cuivre de neuf livres sur le brick, à un demi-mille à présent, et chargé d'un parfait nuage de toile. Tout le monde sauf Jack détourna les yeux, adoptant des expressions vides, figées, quand il s'approcha et dit :

— Bonjour, monsieur, je vous demande pardon d'avoir provoqué ce désordre. J'étais allé nager.

— Bonjour, docteur, dit Jack avec un regard froid, j'ignorais que vous fussiez dans l'eau jusqu'à ce que le canot parvienne à votre hauteur, grâce à la présence d'esprit de Mr Calamy. Mais je dois vous rappeler que nul n'est autorisé à quitter le navire sans permission ; de plus, ceci n'est pas un costume approprié pour monter sur le pont. Nous parlerons de cette affaire à un moment plus convenable : à présent je vous demande d'aller dans votre cabine. Maître canonnier, prêtez votre tablier au docteur, choisissez-moi les boulets les plus ronds de ce filet, chargez à trois livres et quart, avec deux bourres, et essayons la portée.

Dans sa cabine, Stephen entendit le canon ouvrir le feu avec un soin délibéré. Il avait froid, il était déprimé : en descendant il n'avait rencontré que des regards désapprobateurs et quand il appela son valet il n'obtint aucune réponse. Sans cette odieuse prise — la possibilité de cette odieuse prise —, sans leur avidité, leur cupidité ignoble, on l'eût entouré de soins affectueux ; on l'eût caressé, félicité de s'en être tiré. S'enveloppant d'une couverture il sombra dans un somme bizarre, puis plus profond, plus profond encore, dans une insensibilité sans fond dont il fut tiré, violemment secoué, par Peter Calamy, qui lui dit dans un rugissement aigu que « le vieux Borrell avait coupé ses drisses de grand hunier à mille yards — tout était descendu d'un coup — grand Dieu, comme ils avaient beuglé ! La prise était bord à bord à présent et le capitaine pensait qu'il aimerait y jeter un coup d'œil ».

Depuis que le docteur Maturin avait traité ses oreillons, Calamy lui portait une grande affection : cette affection s'exprimait par une étrange familiarité — par exemple, quand Mr Calamy devait dîner dans la grand-chambre, il prenait Stephen à part dans la journée pour lui demander « Qu'y aura-t-il comme dessert, monsieur ? Oh, allons, monsieur, je suis sûr que vous savez ce qu'il y aura pour le dessert » — et par la conviction qu'à bien des égards il était le plus âgé des deux, conviction encore renforcée par les événements du matin. Cette fois il obligea Stephen à enfiler des vêtements assez recherchés :

— Non, monsieur ; il vous faut des culottes. Le capitaine a peut-être un simple pantalon, mais après ce matin, culottes et chemise à jabot, c'est le moins qu'on puisse attendre.

C'est donc dans une tenue assez proche du grand uniforme que le docteur Maturin regagna le pont, un pont à présent encombré de visages bienveillants, souriants.

— Vous voilà, docteur, dit Jack en lui serrant la main, j'ai pensé que vous aimeriez voir notre prise avant que je la renvoie.

Il le conduisit à la lisse et ils regardèrent d'en haut le brick capturé, qui n'était pas la *Dryad* ni rien qui ressemblât à la *Dryad*, sauf par la possession de deux mâts, mais un vrai bolide, étroit et long, avec des entrées très fines, des mâts très hauts et un beaupré d'une longueur extraordinaire garni d'un triple arc-boutant de martingale, le *Bonhomme Richard*, forceur de blocus bien connu.

— Je ne sais si nous aurions réussi à le rattraper avant la fin de la journée avec la brise fraîchissante, dit Jack, mais Mr Borrell s'en est assuré d'un boulet qui a coupé les drisses de hunier à mille yards. Quel joli coup !

— C'est un vrai coup de chance, monsieur, dit le canonnier, riant avec délices.

— Comme vous vous en souviendrez, dit Jack, les drisses sont les cordages qui font monter les vergues, de sorte que lorsqu'elles sont coupées les vergues retombent. À moins qu'elles soient garnies et boudinées correctement, bien sûr, ce qui n'était pas le cas, ajouta-t-il.

— Il y a beaucoup de sang sur le pont, dit Stephen, la vergue en tombant a-t-elle écrasé bon nombre de ses hommes ?

— Oh non. Il avait déjà été pris par des pirates grecs, dont les canots l'ont abordé dans le calme plat. Ils ont tué la plupart de son équipage — c'est de là que vient le sang —, ne gardant que le patron et quelques autres pour la rançon.

— Des pirates *grecs*, hélas, dit Stephen. (Il avait un respect infini pour la Grèce ancienne ; la cause de l'indépendance grecque était très chère à son cœur ; et en dépit de toutes les preuves contraires il aimait à considérer les Grecs modernes sous un jour aimable.) J'ose penser qu'ils sont très rares.

— Oh, grand Dieu, non : dans ces eaux et plus à l'est, tout caïque qui voit quelque chose de plus petit se transforme immédiatement en pirate, à moins que l'autre ne soit du même village ou de la même île, exactement comme tout ce qui vient des côtes barbaresques se transforme en corsaire quand la chance se présente. En dépit des Turcs, ils hantent ce chenal où passe toute la navigation entre le Levant et les ports de l'Adriatique. Ces gens-là ont approché le Français avec leur felouque sans signe d'hostilité — ils se sont dit bonjour et passé quelques nouvelles, me dit son patron — et puis, pendant la nuit, dans le calme plat, ils l'ont abordé avec leurs canots comme je vous l'ai dit. Et quand la vergue est tombée ils ont repris leurs canots et se sont enfuis, nageant comme des fous et gardant le Français entre nos canons et eux. Voulez-vous descendre à bord ? C'est une vision intéressante.

Le pont ensanglanté n'était ni nouveau ni intéressant, pas plus que les cabines et les chambres pillées, mais Jack le conduisit plus bas encore dans la coque, sombre malgré les panneaux ouverts, et extraordinairement aromatique, presque irrespirable de senteurs.

— Ils avaient commencé à piller la cale, les imbéciles, dit Jack.

Ses yeux s'habituant au demi-jour, Stephen vit qu'ils marchaient sur les noix muscade, la cannelle, les clous de girofle et le curcuma coulant de sacs éventrés.

— Est-il uniquement chargé d'épices ? demanda-t-il, arrêté par l'odeur extraordinairement virulente d'un pot de musc fendu.

— Non, dit Jack, le patron me dit que les épices n'étaient que son dernier chargement, à Scanderoon : la plupart de la cargaison est en indigo, avec quelques barils de cochenille. Mais ce que ces canailles cherchaient, dit-il, parlant des Grecs, tout en conduisant Stephen à l'autre bout de la cale ombreuse, entre des piliers inclinés de lumière chargée de poussière parfumée, et ce que je suis enchanté de dire qu'il n'ont pas eu le temps d'emporter dans leurs canots infernaux, c'est ceci.

Ils tournèrent le coin d'un mur soigneusement construit en balles d'indigo, courbèrent la tête sous les accores, et là, dans un creux, gisait un tas d'argent, un grand talus incliné de pièces de huit et de dollars Marie-Thérèse se déversant d'un coffre ouvert et basculé. À la lumière de lanternes, deux robustes mousses gardés par le sergent d'infanterie de marine et le maître d'armes les transféraient à la pelle dans des sacs de toile : les visages des gamins brillaient de sueur et de désir satisfait. Tous deux et leurs gardiens sourirent au capitaine.

— Voilà qui fera une plaisante petite distribution, observa Jack.

Puis il repartit vers la *Surprise,* conduisant prudemment Stephen le long des passerelles mises en place pour le transport des sacs de dollars ; il lui montra au loin les Grecs en fuite. Leurs canots avaient atteint la felouque qui détalait vers l'est sous ses deux voiles latines, avec l'aide de ses longs et lourds avirons.

— Allez-vous donc les poursuivre ? demanda Stephen.

— Non, si je les attrapais je serais obligé de les ramener à Malte pour leur faire un procès, et je n'en ai pas le temps. Si je pouvais les traiter à la manière abrupte des Turcs, ce serait différent ; de toute façon, je leur tirerai un ou deux coups de canon si jamais nous arrivons à portée, ce qui est fort peu probable, dit Jack, avant de lancer : Faites passer pour Mr Rowan.

Pendant une bonne partie du reste du quart il fut occupé avec la prise, et à donner à Rowan, qui la commanderait, de très sérieux conseils sur sa route et sa conduite. Puis, juste après huit coups, « Où cela ? » lança-t-il en réponse aux cris de la vigie qui signalait une voile.

— Par le travers tribord, monsieur. Un brick, ha, ha, ha !

Il était rare qu'un rire joyeux accompagne les réponses à bord d'un navire commandé par le capitaine Aubrey, mais c'était une journée peu ordinaire, et de toute manière il était évident au ton ironique de la vigie, à sa joie et au gisement du brick, que ce devait être l'infortunée *Dryad* — infortunée, car son apparition un peu plus tôt lui aurait valu une part de cette jolie prise si grasse. Eût-elle été simplement à l'horizon pendant la chasse, elle aurait eu droit à une part et les Surprises, sans exception, se réjouissaient de ce retard.

— Vous aurez tout de même votre mastic, dit Jack, riant lui aussi, mais le pauvre Babbington sera bleu comme un singe de Barbarie. Mais enfin, il ne peut s'en prendre qu'à lui : tout gamin je lui ai toujours dit qu'il ne fallait pas perdre une minute, ha, ha, ha ! Mr Pullings, quand le secrétaire sera prêt, nous ferons l'appel de l'équipage.

Ce n'était pas un jour normal de rassemblement : les Surprises n'avaient pas de chemise propre et n'étaient pas rasés ; si certains faisaient un effort pour avoir l'air net, renattant leur queue de cheveux et enfilant leur meilleure jaquette bleue, la plupart descendaient tout droit de leurs travaux dans le gréement endommagé de la prise. Ils semblaient pourtant tous très joyeux et au sifflet du bosco ils formèrent leur masse irrégulière habituelle, côté babord du gaillard d'arrière et le long du passavant, dans un état de convoitise ardente. Car on voyait Mr Ward, le secrétaire du capitaine, qui avait pris place à côté du cabestan plutôt que juste en avant de la barre, et il avait à ses pieds plusieurs sacs de toile à voile ; tous ceux qui avaient déjà navigué avec le capitaine Aubrey connaissaient son habitude de contourner les règles des tribunaux de l'Amirauté et leurs longs, si longs délais.

— Silence partout ! lança Pullings et, se retournant vers Jack, il dit : Tous présents, propres et sobres, monsieur, s'il vous plaît.

— Merci, Mr Pullings, dit Jack. Nous allons donc faire l'appel d'après la liste. (Il leva la voix :) Écoutez, garçons, il y avait un peu d'argent à bord du Français. Aussi, plutôt que d'attendre six mois le tribunal des prises, nous allons faire une première distribution dès à présent. Poursuivez, Mr Ward.

— Abraham Witsover, appela le secrétaire.

Et Abraham Witsover se fraya un chemin dans la foule, traversa le pont, salua son capitaine, vit cocher son nom sur le rôle, reçut, comptés sur la tête du cabestan, vingt-cinq dollars, l'équivalent de trois mois de paie qu'il mit dans son bonnet, et repartit vers le passavant tribord en gloussant tout bas. Ce fut nécessairement un appel très long, quoique satisfaisant, et avant qu'il fût terminé, la *Dryad* s'était tant rapprochée dans la brise fraîchissante que même sans lunette Jack apercevait à l'arrière ce qui ressemblait fort à un groupe de femmes.

Armé de sa lunette, il vit que c'étaient bien des femmes, rassemblées autour du capitaine de la *Dryad*. Un autre groupe, un peu plus nombreux, se tenait au pied du grand mât, entourant probablement les officiers de la *Dryad*, tandis qu'une foule femelle bordait la lisse jusqu'à l'étrave, parmi les hommes. Il avait vu des femmes embarquer sur un vaisseau de guerre entrant au port, en nombre tel que le navire s'enfonçait d'un bordé sous leur poids, mais dans de telles proportions — plus de femmes que de gabiers — il ne l'avait jamais vu, même sur les navires les plus licencieux et sur la station des Indes occidentales — et l'on était en mer, en service actif !

Le dernier homme traversa le pont : l'équipage tout cliquetant fut libéré et Jack dit à l'aspirant des signaux : « *À Dryad : capitaine au rapport immédiatement.* » Il se tourna ensuite vers Rowan et dit :

— Vous pourrez appareiller dès que je saurai du capitaine Babbington si les transports sont ou non à Céphalonie ; ensuite, ne perdez pas une minute de cette superbe brise portante. Le voici. Capitaine Babbington, bonjour. Les transports sont-ils à Céphalonie ? Tout va-t-il bien ?

— Oui, monsieur.

— Mr Rowan, annoncez au commandant en chef avec mes devoirs que les transports sont à Céphalonie et que tout va bien. Inutile de mentionner le fait que vous avez vu un navire de l'escadre chargé de femmes de la proue à la poupe ; inutile de signaler cette violation évidente et, dirais-je, honteuse, du Code de justice navale, car cette tâche désagréable incombe à vos supérieurs ; inutile aussi de faire la moindre observation à propos de bordel flottant ou du relâchement de la discipline dans la tiédeur des eaux orientales, car ces observations viendront naturellement à l'esprit du commandant en chef, sans votre aide. À présent, veuillez embarquer sur notre prise et faire route vers Malte sans perdre une minute : nous n'avons pas tous les moyens de gaspiller le temps à conter fleurette au beau sexe.

— Oh, monsieur, s'écria Babbington tandis que Rowan partait comme une flèche, vous devez absolument m'autoriser à protester, à nier...

— Vous ne nierez pas qu'il s'agisse de femmes, sûre-

269

ment ? Je suis capable de différencier Adam et Ève aussi vite que n'importe quel homme, même si vous ne l'êtes pas ; de même, je peux différencier un officier actif et zélé d'un rustaud qui traîne au port pour donner libre cours à ses penchants. N'essayez pas de m'en imposer.

— Non, monsieur. Mais ce sont toutes des femmes respectables.

— Alors, pourquoi sont-elles toutes à regarder par-dessus bord et à faire des gestes ?

— C'est seulement leur habitude, monsieur. Elles sont toutes de Lesbos...

— Et sans aucun doute elles sont toutes filles de pasteurs, vos cousines au troisième degré, comme cette friponne de Ceylan.

— ... et les femmes de Lesbos joignent toujours les mains comme cela pour montrer leur respect.

— Vous commencez à devenir une autorité sur les gestes des femmes grecques, semble-t-il.

— Oh, monsieur, s'exclama Babbington dont la voix se faisait plus aiguë, je sais que vous n'aimez pas les femmes à bord...

— Je pense avoir eu l'occasion de vous le dire quelque cinquante ou soixante fois au cours des dix dernières années.

— Mais si vous voulez bien me permettre d'expliquer...

— Il serait intéressant d'entendre comment la présence de trente-sept, non, trente-huit jeunes femmes sur l'un des sloops de Sa Majesté peut être expliquée ; mais comme j'aime que mon gaillard d'arrière conserve une certaine décence, il vaut peut-être mieux que l'explication se déroule dans la chambre. (Et, parvenu dans la chambre, il dit :) Ma parole, William, ceci est vraiment un peu fort. Trente-huit femmes à la fois, c'est vraiment un peu fort.

— Cela le serait, certes, monsieur, s'il y avait la moindre intention coupable ou même, dirais-je, joyeuse ; mais sur mon honneur, je suis irréprochable en pensées, en paroles et en actions. Enfin, en paroles et en actions, du moins.

— Peut-être vaudrait-il mieux entamer votre explication.

— Eh bien, monsieur, aussitôt après avoir accompagné les transports jusqu'à Argostolion, j'ai fait route vers les Strofades et vers la fin de la journée nous avons aperçu, loin sous le vent, une voile qui portait des signaux de détresse. C'était un corsaire de Tunis, démâté dans un grain, et qui n'avait plus une goutte d'eau, ayant tant de prisonniers à bord. Il avait fait des raids dans les îles pour prendre des femmes et obtenu un résultat très supérieur à ses espérances — il était tombé sur une sorte d'atelier de couture, sur la plage, à Naxos ; ensuite, il avait capturé toutes les jeunes femmes invitées d'un mariage à Lesbos, tandis qu'elles traversaient en canot le port de Peramo.

— Les chiens, dit Jack. Donc, ce sont là ces femmes ?

— Pas toutes, monsieur, dit Babbington. Nous avons dit aux Maures, bien entendu, que les chrétiennes devaient être libérées, selon la nature des choses ; et nous avons dit aux femmes qu'elles devaient être ramenées en Grèce. Il est alors apparu que celles de Naxos, qui étaient à bord depuis un certain temps, ne voulaient pas être séparées de leurs corsaires, au contraire de celles de Lesbos, absolument véhémentes à vouloir rentrer à la maison. D'abord, nous n'avons pas tout compris mais soudain, les Naxiotes et les Lesbiennes ont commencé à s'injurier, à se tirer les cheveux, et tout s'est éclairci. Nous les avons donc séparées le plus gentiment possible — mon bosco a été mordu jusqu'à l'os et plusieurs hommes cruellement griffés —, nous avons aidé les Maures à dresser un mât de fortune, nous leur avons donné des biscuits et de l'eau en suffisance pour rentrer chez eux, et fait force de voiles pour vous rejoindre au rendez-vous. Et me voici, monsieur, subissant avec joie les reproches publics, les injures et la diffamation totale, aussi longtemps que j'ai conscience d'avoir fait mon devoir.

— Eh bien, William, que je sois damné, mais je suis désolé, je suis vraiment désolé, vraiment. Mais l'injustice est la règle dans le service, comme vous le savez fort bien, et puisqu'il vous faut supporter une ample dose d'injures non méritées, autant vaut, en somme, les recevoir de ses amis.

— Certainement, monsieur. Et à présent, monsieur, que dois-je faire ?

— Vous devez boire quelques verres de madère, et ensuite faire demi-tour pendant que le vent est portant et conduire toutes vos belles créatures, vos *virgoes intactoes*, j'en suis certain, à Céphalonie et les confier au major de Bosset, le gouverneur. C'est un homme particulièrement énergique, de confiance et qui comprend le grec. Il s'occupera d'elles, les nourrira sur les vivres de la station jusqu'à ce qu'il trouve un robuste et solide navire de commerce pour Lesbos. Killick ! appela-t-il, élevant la voix par habitude bien que l'on pût entendre son valet respirer très fort de l'autre côté de la cloison, indiscret comme à l'habitude,

Killick, apportez-nous du madère et demandez au docteur et à Mr Pullings s'ils veulent bien descendre.

— Je dois parler au docteur d'une prodigieuse espèce de pélican qui nous a survolés au large de Zante, dit Babbington, et il ne faut pas que j'oublie la frégate turque que nous avons vue peu de temps avant de vous retrouver. Elle nous a correctement salués du canon quand nous avons hissé les couleurs et je le lui ai rendu ; mais nous n'avons pas parlé car elle chassait une felouque sous le vent et fonçait de manière surprenante pour un Turc, avec bonnettes hautes et basses des deux côtés.

La frégate turque, expliqua le professeur Graham qui détenait une liste récente des vaisseaux de guerre du sultan, était le *Torgud*, de trente canons. Avec le *Kitabi*, de vingt canons, et quelques autres petites choses, elle représentait le commandement de Mustapha, souverain de Karia et capitan-bey, ou principal officier naval, dans ces eaux : on pouvait même dire que ces navires appartenaient à Mustapha lui-même car il les utilisait comme il le jugeait bon, sans en référer en rien à Constantinople. Ce n'était d'ailleurs que justice car Constantinople ne fournissait jamais le salaire des hommes et Mustapha devait les nourrir et les payer lui-même. On le disait par ailleurs officier actif et zélé et après avoir navigué une heure ou deux, alors que la terre ferme de l'Épire se dessinait, haute et découpée, en avant, et que le *Bonhomme Richard* et la *Dryad* avaient disparu depuis longtemps, ils rencontrèrent les signes de son activité et de son zèle — les restes carbonisés d'une felouque, fracassée par le canon mais encore tout juste à fleur d'eau et tout juste reconnaissable. Et puis, parfaitement reconnaissables, vingt ou trente cadavres dérivant en ligne dans le courant : tous grecs, tous nus, certains décapités, certains la gorge tranchée, certains empalés et trois grossièrement crucifiés, comme saint André, sur les avirons rompus de la felouque.

Chapitre dix

La *Surprise*, par quinze brasses d'eau devant Mésentéron, tanguant doucement, observait le port : un port envasé de longue date et aujourd'hui rempli de troncs d'arbres par la dernière crue de la rivière qui serpentait à travers la ville basse et malsaine. Deux châteaux gardaient les troncs d'arbres et une vingtaine de petites embarcations ; les châteaux avaient autrefois appartenu à Venise et le lion ailé de Saint-Marc se détachait encore en haut relief sur leurs murailles extérieures, mais ils battaient à présent le croissant turc. La frégate les avait salués en jetant l'ancre et ils avaient répondu, le grondement des canons levant des nuages de pélicans d'une lagune invisible.

Mais depuis lors, il ne s'était rien passé : rien de pertinent tout au moins. Les pélicans, ayant repris leurs esprits, étaient revenus en longue file vers leur vase saumâtre, et les bateaux de pêche continuaient à tournicoter dans le port, harponnant les calmars qui montaient en surface dans l'extase de leur copulation décapode ; mais aucun canot officiel orné d'un dais n'avait appareillé de la jetée du château, aucun pacha n'avait arboré sa bannière à queue de cheval, et un très net sentiment de déception régnait à bord de la frégate.

L'œil d'un marin eût reconnu qu'elle était encore plus nette qu'à l'habitude, avec ses voiles ferlées au creux bien serré et tous ses bras parfaitement lovés à plat pont. Même un terrien eût constaté que les officiers avaient abandonné leurs vêtements de travail habituels, confortable pantalon de nankin et jaquette légère, pour le petit uniforme et les bottes à pompons tandis que l'équipage du canot était déjà en pantalon neigeux, jaquette bleu vif et chapeau de paille impeccable, tout prêt à conduire son capitaine à terre dès qu'il y serait invité. Mais l'invitation ne venait pas. Le château ne montrait aucun signe de vie et le capitaine Aubrey n'allait certes pas faire le premier pas : il était dans sa grand-chambre, vêtu élégamment et même superbement si ce n'est que son habit à dentelle d'or reposait sur une chaise, au côté de son épée de cent guinées du Fonds patriotique, tandis que sa cravate n'était pas encore nouée et ses culottes débouclées aux genoux. Il buvait un pot de café supplémentaire et grignotait des biscuits avec une belle équanimité, aussi bien préparé à voir Ismail Bey si ce gentilhomme apparaissait ou envoyait le message approprié qu'à faire route au nord pour rencontrer Mustapha. Ou, faute de Mustapha, Sciahan Bey lui-même, à Kutali. Il avait souhaité voir les trois Turcs successivement, en remontant la côte de Mésentéron (fief d'Ismail) vers Karia (fief de Mustapha), puis passant devant Marga et les Français pour atteindre Kutali, afin de perdre le moins de temps possible en préliminaires. Mais avec une mission aussi délicate il n'allait certainement pas se tracasser pour des détails et si par hasard ses Turcs n'étaient pas chez eux à son passage, il les prendrait dans un autre ordre : de toute manière il avait l'intention d'être en mer, et loin au large, avant le soir. La veille, à l'appel du soir, l'artillerie du navire l'avait déçu et si l'enthousiasme déchaîné dans l'équipage par la prise avait sans doute quelque rapport avec leur désinvolture criminelle et leur précision médiocre, il est vrai aussi que les hommes n'étaient pas encore tout à fait habitués aux canons de la frégate. Une couple d'heures de pratique assidue, de vraie pratique, ferait merveille, même si cela impliquait de brûler la plupart de la poudre qu'il avait trouvée sur la prise.

L'absence d'Ismail ne le troublait donc pas trop, mais elle l'étonnait : dans ces circonstances où les canons qu'il pouvait apporter entraîneraient probablement la victoire de n'importe lequel des trois côtés, il s'était attendu à un accueil enthousiaste — des janissaires jouant une marche turque, des feux d'artifice et peut-être un tapis d'Orient sous ses pas. Cette apparente indifférence était-elle une politique turque, une manœuvre courante en Orient ? Il aurait aimé le demander au professeur Graham : mais très tôt dans la journée, dès que les montagnes de l'Épire s'étaient détachées sur le ciel de l'est, le professeur et le docteur Maturin s'étaient frayé un chemin jusqu'à la grand-hune, aidés et protégés par Honey et Maitland, tous deux seconds maîtres et tous deux jeunes gens robustes, pour observer de là-haut la terre des classiques. Ce n'était pas l'Attique, ni même la Béotie, mais c'était déjà la Grèce et les pauvres jeunes gens pâlissaient d'ennui, d'un ennui intolérable, aux récits de Théopompe et des Molosses d'Agathocle, et des Molosses de Thémistocle et des Molosses avec son discours en entier, des Jeux actéens et jusqu'à la bataille d'Actium elle-même, bien que ni Graham ni Maturin ne puissent se souvenir du côté qui avait l'avantage du vent. Ils ne furent délivrés de l'ennui que lorsque Graham, dans le feu de la déclamation (Plutarque à propos de Pyrrhus), recula et mit le pied dans le trou du chat, et quand on les envoya en bas chercher des cartes et un compas azimutal pour pouvoir déterminer laquelle des montagnes à l'horizon dissimulait Dodone et son chêne parlant — « Dodone, jeunes gens, qu'Homère décrit comme le sanctuaire des *selloi*, qui dorment sur le sol et ne se lavent pas les pieds. »

« C'est peut-être Graham », pensa Jack, en entendant quelqu'un parler à la sentinelle à la porte de la chambre. Mais non, c'était Stephen attiré par l'odeur du café qui s'élevait, et peut-être un peu dépassé par la mémoire éléphantesque de Graham (il était en train d'initier les seconds maîtres à Polybe, Denys d'Halicarnasse et Pausanias, le tout à propos de Pyrrhus, né et élevé dans ces montagnes gris-bleu, là-bas).

— Je pensais à Graham, dit Jack.

— Moi aussi, répondit instantanément Stephen. L'autre jour il m'expliquait que la Navy est une école de lâcheté et je voulais vous demander quelques arguments contraires. Cette assertion m'est revenue à l'esprit à l'instant, en descendant, quand j'ai entendu un aspirant réprimander un gabier de misaine.

— Comment Graham en est-il arrivé là ? Killick, apportez une autre tasse.

— Il a commencé par dire qu'il avait vu un amiral jeter un encrier à un capitaine de vaisseau et que le capitaine de vaisseau, homme colérique et dominateur, avait surmonté son désir de représailles par un considérable effort d'auto-discipline, expliquant par la suite que s'il avait levé la main sur son supérieur, cela aurait été la fin de sa carrière — sinon même de sa vie, en théorie. Graham observait que l'amiral pouvait impunément agonir d'injures et même agresser le capitaine, tout comme le capitaine pouvait agonir d'injures et même agresser ses lieutenants, et eux-mêmes leurs inférieurs, et ainsi de suite jusqu'à l'avant-dernier membre de l'équipage. Il disait que l'amiral, dès ses premiers jours dans la Navy, avait constaté avec quelle lâcheté on pratiquait l'injure et les coups sur des hommes qui ne pouvaient répondre, ayant les mains liées ; et que de ce fait, son esprit étant depuis longtemps éduqué à la lâcheté et son être revêtu de l'armure invincible du brevet royal, il lui semblait tout à fait naturel d'en faire autant. Je n'ai pas répondu directement, car je voulais d'abord demander votre opinion : je m'en suis souvenu en entendant ce gamin vilipender un matelot et le menacer d'une garcette alors qu'à l'état naturel cet homme l'aurait réduit au silence. Même dans la situation actuelle, si peu naturelle, le matelot a été assez humain et imprudent pour répondre.

— Qui était l'aspirant ? demanda Jack, fort mécontent.

— Mon cher, je serais désolé que mon visage ressemble le moins du monde à celui d'un informateur, mais dites-moi, comment puis-je confondre le professeur Graham ?

— Eh bien, quant à cela, dit Jack soufflant sur son café et regardant le port par la fenêtre de poupe, quant à cela... si vous ne souhaitez pas le traiter de pragmatiste pompeux et lui donner un coup de pied dans les tibias, ce qui vous semblerait sans doute peu convenable, peut-être pourriez-vous lui dire de juger le pudding à ses fruits.

— Vous voulez dire juger l'arbre en y goûtant.

— Non, non, Stephen, vous n'y êtes pas du tout : goûter un arbre ne prouverait rien. Et puis vous pourriez lui demander s'il a jamais vu beaucoup de poltrons dans la Navy.

— Je ne suis pas tout à fait sûr de ce que vous entendez par le terme « poltron ».

— Vous pourriez les décrire comme quelque chose que l'on ne saurait en aucun cas tolérer dans la Navy, comme des wombats (ajouta-t-il au souvenir soudain des créatures que Stephen avait amenées à bord d'un commandement antérieur), de misérables coquins mesquins et bons à rien : des lâches, en un mot.

— Vous êtes injuste pour les wombats, Jack, et vous avez été injuste envers mon paresseux à trois doigts — quelle intolérance. Mais laissons de côté les wombats et restons-en à vos poltrons : Graham pourrait répondre qu'il a rencontré bon nombre de petites brutes dans la Navy, et pour lui, peut-être, les deux sont quasiment la même chose.

— Mais ce n'est pas vrai, vous le savez. Ce n'est pas du tout la même chose. Je l'ai cru, autrefois, quand j'étais tout jeune à bord de la *Queen* et que je me suis rebellé devant une brute tyrannique, tout à fait certain qu'elle se transformerait en coq de basse-cour et tournerait casaque. Grand Dieu, comme il m'a secoué (il riait de bon cœur à ce souvenir), et quand je n'ai plus été en mesure de voir, d'entendre ou de tenir sur mes pieds, il s'en est pris à moi avec une planche... (Depuis quelques minutes il observait un lointain tourbillon d'activité au pied du château le plus proche, entre la poterne et le rivage, et soudain il s'interrompit pour dire :) Ils mettent enfin un canot à l'eau, un caïque avec un dais. (Il attrapa sa lunette :) Oui, c'est quelque chose d'officiel : je vois un vieux monsieur avec une barbe que deux nègres embarquent. Killick, faites passer pour le professeur Graham. Dites à Mr Gill, avec mes compliments, qu'il doit être ramené sur le pont par les deux seconds maîtres ensemble. Grand Dieu, quel tas de maladroits (avec un signe de tête vers le lointain canot) : ils ont heurté un tronc d'arbre. À présent, ils empannent, que Dieu leur vienne en aide. Il se passera un bon moment avant que nous ayons à enfiler nos habits.

C'était aussi l'opinion générale du gaillard d'arrière. Tous les officiers qui n'étaient pas de quart retournèrent à leur jeu de palets dans le carré : une vaste compétition en cours depuis Malte, et si le prix de douze shillings et six pence semblait ridicule depuis la capture du *Bonhomme Richard*, ils continuaient à jouer avec la plus grande ardeur, aussi peu soucieux du ciel somptueux, de la mer parfaite, de la spectaculaire côte ionienne et même de Pyrrhus et des pélicans dalmates que s'ils étaient dans quelque convoi sans soleil, très loin sous la pluie, en mer du Nord. Pullings jeta un coup d'œil à son pont parfait, aux hommes de coupée en gants blancs et aux tire-veille nouvellement revêtues, prêtes à amener le visiteur à bord, à l'infanterie de marine poudrée et blanchie, prête à piétiner et claquer des pieds en compliment martial, au bosco et à ses aides, dans l'attente avec leur sifflet d'argent brillant ; puis il descendit en toute hâte pour pousser un palet, et n'émergea que lorsque le caïque fut à portée de voix. Sur le pont, Gill, officier de quart, avait tout parfaitement en main ; dans la chambre, Killick avait disposé des coussins à la manière orientale sous la direction du professeur Graham, et allumé le narguilé embarqué à cette fin à La Valette — la fumée de tabac s'élevait par la

277

claire-voie de la chambre et le gaillard d'arrière l'aspirait avidement.

Le caïque bouleversa toutes les prévisions naturelles en fonçant d'un coup, au dernier moment, vers les porte-haubans babord ; mais la Navy, accoutumée aux caprices sauvages des étrangers, résolut aussitôt la situation en faisant volte-face et en fournissant une image symétrique des cérémonies appropriées, qui conduisit le vieux monsieur à bord sans froisser une plume de la splendide aigrette de son turban.

On le conduisit dans la grand-chambre où Jack l'accueillit, Graham jouant le rôle d'interprète : sa seule fonction était d'inviter le capitaine Aubrey à dîner avec le bey et de présenter des excuses pour le retard de cette invitation — le bey était à la chasse dans les marais et la nouvelle de l'arrivée de la frégate ne l'avait pas atteint avant longtemps : il était désolé ; il se couvrait de cendres.

— Que chasse donc le bey ? demanda Jack qui s'intéressait à ces choses et qui pensait de toute manière qu'un peu de conversation polie pourrait compenser la version tiédasse du sorbet produite par Killick et l'organisation bizarre du narguilé, ni l'un ni l'autre ne paraissant tout à fait du goût de la compagnie.

— Les Juifs, dit Graham, transmettant la question et la réponse.

— Demandez, je vous prie, à l'effendi si les pélicans nichent ici, dit Stephen après une pause infime. Je sais que les Turcs ont une grande sympathie pour la cigogne, et ne la molestent jamais ; peut-être leur humanité s'étend-elle aux pélicans, en raison de la ressemblance superficielle.

— Je vous demande pardon, monsieur, dit Pullings qui entrait à cet instant, mais le caïque vient de couler le long du bord. Nous l'avons amarré par l'avant et l'arrière et son équipage est à notre bord.

— Très bien, Mr Pullings : je suis certain qu'ils aimeraient quelque chose à manger — n'importe quoi sauf du porc, vous savez. Dites-leur « No porco, pas porco ». Et que l'on mette mon canot d'apparat à l'eau : je vais à terre. Mr Graham, veuillez transmettre la triste nouvelle à l'effendi et lui dire que nos charpentiers seront probablement en mesure de réparer les dommages.

Le vieux monsieur ne sembla guère ému. Il dit que c'était manifestement la volonté de Dieu et que lui-même, pour sa part, n'avait jamais pris la mer sans un désastre de quelque sorte. D'ailleurs le contraire le surprendrait fort.

— Dans ce cas, espérons que l'effendi sera surpris lors de son voyage de retour, dit Jack, car il est manifeste qu'il doit le faire dans mon canot.

Jeudi, en mer

« ... J'ai donc conduit le vieux monsieur à terre, en disant à mes hommes de nager bien sec et par chance nous n'avons pas embarqué la moindre goutte d'eau, écrivit Jack dans sa lettre à Sophie, même si la navigation dans ce port envahi d'arbres entiers flottants ou échoués n'était pas de la petite bière. Mais quoi qu'il en soit, Bonden savait que notre honneur en dépendait et il nous a conduits à la jetée avec beaucoup de style : là j'ai eu le plaisir de voir qu'ils avaient étalé un tapis bleu parfaitement magnifique avec un dessin serré de fleurs roses, juste la taille qu'il faudrait pour la petite salle du matin à la maison. Debout au milieu se trouvait Ismail Bey, le souverain de ces régions, qui m'a accueilli fort civilement et m'a conduit vers un cheval absolument somptueux, un bel étalon alezan d'un peu plus de seize mains, pour me conduire trois cents yards plus loin dans le château. Nous avons traversé plusieurs cours et dans la dernière, qui était remplie d'orangers bien taillés, ils avaient déployé une tente et dressé la table — une table à pieds bien courts, je dois le dire, mais comme il n'y avait pas de chaises, rien que des coussins posés sur un banc bas, c'était aussi bien — ce qu'il y avait d'agréable c'est que par une embrasure de canon vide juste en face de moi je pouvais voir la chère *Surprise* exactement encadrée.

« Nous étions six à table : le bey et moi, son vizir et le professeur Graham, et son astrologue avec Stephen. Le Bulbuljibashi, le gardien des rossignols, et le Tournaji-bashi, le gardien des grues, avaient été amenés pour parler à Stephen des pélicans, mais ils ne furent pas admis à table. Nous n'avions ni assiette, ni couteau, ni fourchette (mais nous disposions chacun d'une cuiller en écaille de tortue) et le dîner n'était pas servi à notre manière non plus, car il n'y avait pas des mets présentés ensemble, en services, mais des plats suivant l'un l'autre, séparément, au nombre de trente-six, sans

279

compter les sucreries. Chacun arrivait au son des timbales, apporté par des Noirs qui les déposaient sur un superbe et monstrueux plateau d'or niché dans un coussin brodé, au milieu de la table : ensuite nous allongions tous le bras et prenions des morceaux avec les doigts, à moins que ce fût très mou, auquel cas nous utilisions nos cuillers. L'un des plats était un agneau rôti au ventre farci de riz jaune vif que le bey saisit par les pattes, le découpant proprement en morceaux pour nous. Graham fut d'une grande aide, entretenant activement la conversation en turc et nous disant comment nous conduire : vous auriez bien ri de l'entendre dire, de temps à autre et sans regarder Stephen : « Nourrissez le gardien des rossignols — nourrissez le gardien des grues », et Stephen déposait avec gravité un morceau dans les bouches en attente derrière lui. Et parfois il disait, avec les mêmes mots que Killick : « Capitaine A., votre manche est dans le plat », ce qu'elle faisait souvent, je le crains, un habit d'uniforme n'étant pas conçu pour plonger jusqu'au poignet dans un plat commun.
« Mais à part cela ce fut un repas solennel et grave, même rébarbatif, avec à peine un sourire du début à la fin. Nous n'avions à boire que de l'eau, jusqu'au bout, où l'on nous apporta du café versé dans d'étranges petites tasses de porcelaine sans anses, posées sur des supports en or tout incrustés de diamants, de rubis et d'émeraudes. Le mien était tout en émeraudes et j'eus l'imprudence de l'admirer : Ismail a aussitôt ordonné qu'il soit mis dans une boîte et transporté au canot, et seul Graham réussit à sauver la situation en déclarant avec fermeté et de manière répétée que pour les gens de notre nation c'était un jour particulièrement malencontreux pour donner ou recevoir des présents. Car il était absolument impensable que je me laisse imposer une obligation envers le bey : bien qu'il soit fort en faveur auprès de notre ambassade de Constantinople et bien qu'il ait sans aucun doute des manières aimables, obligeantes, caressantes, il m'est apparu comme un gentilhomme désagréablement huileux — pas du tout mon idée d'un Turc, et d'ailleurs Graham me dit qu'il est le petit-fils d'un apostat grec tandis que sa mère était égyptienne — et cela n'aurait pas convenu du tout à la fin du festin, quand la plupart de la compagnie fut renvoyée et qu'on se mit à parler du véritable sujet de

notre réunion. Je ne vous ennuierai pas avec le détail de nos négociations mais j'observerai simplement que si ma profession m'impose de souffrir pour mon roi et mon pays, la douleur d'être assis jambes croisées avec les boucles de culottes qui s'incrustent dans les os est, après les trois premières heures, très, très supérieure aux exigences du service. De toute manière je dois résumer notre conversation pour le commandant en chef et l'écrire deux fois serait fort ennuyeux, surtout du fait qu'elle s'est révélée insatisfaisante. »

Ce n'était que le deuxième épisode d'une nouvelle lettre, car il avait posté la sienne à Malte, et il la parcourut depuis le début : la chance extraordinaire d'avoir la *Surprise* avec un équipage trié sur le volet, même si ce n'était que pour cette croisière ; la jolie petite prise — pas une Golconde flottante, pas une *Santa Brigida,* pas une capture qui résoudrait toutes les difficultés domestiques, mais qui du moins lui donnerait un peu d'aisance aux entournures (et Sophie devait s'acheter une nouvelle pelisse, une belle étole neuve) ; Babbington et les femmes grecques ; le noble rivage de l'Épire. Il éprouva comme un remords de conscience en relisant les lignes où il souhaitait que ses filles cherchent l'Épire sur la carte et que son fils lise les pages sur Pyrrhus dans la *Polite Education* de Gregory, « car ce serait une honte que George se révèle ignorant de Pyrrhus en grandissant » : Jack n'avait jamais été hypocrite avant d'être père, et encore aujourd'hui cela ne lui venait pas aisément.

Puis il envisagea le document qu'il devait écrire, le compte rendu de sa conversation avec Ismail Bey. La conclusion était assez simple : si les canons anglais devaient être payés par une action effective contre les Français de Marga, Jack pensait qu'il pouvait les porter à un meilleur marché. Ismail lui avait paru, comme à ses conseillers, beaucoup plus politicien que guerrier : il n'avait pas de plan militaire cohérent pour prendre Kutali, et moins encore Marga, mais semblait penser que la ville tomberait nécessairement entre ses mains dès qu'il aurait les canons. Impossible également de l'amener à fixer le nombre exact des troupes qu'il mettrait en action pour ces deux opérations : « Il y en aurait beaucoup, beaucoup plus que nécessaire ; il aurait été ravi de les montrer, en parade sur la place, mais deux régiments et la plupart de ses meilleurs officiers étaient en déplacement, pour détruire des rebelles dans le nord, tandis que des milliers d'hommes étaient dispersés le long des frontières. Mais si le capitaine Aubrey voulait bien le prévenir un peu en avance avant son prochain passage à Mésentéron, il y aurait une superbe revue : le capitaine Aubrey verrait un splendide corps d'armée, tout dévoué à la cause britannique, brûlant de voir tomber les Français et parfaitement équipé, sauf pour les canons. » Pour la plupart cela sonnait faux, d'autant plus faux que c'était transmis par traduction, séparé des regards et des gestes significatifs qui accompagnaient les paroles originales : l'une des rares certitudes de Jack était que le bey avait une notion de l'urgence et même du temps très différente de la sienne.

Mais la plus grande partie du discours d'Ismail, et de loin, traitait de ses excellentes relations avec l'ambassade britannique et des personnalités de Mustapha et Sciahan, ses rivaux pour la possession de Kutali. C'était, semble-t-il, de tristes compères chez qui la cruauté et l'avidité rivalisaient avec l'incompétence et la lâcheté : ils chercheraient évidemment à tromper le capitaine Aubrey, mais le capitaine Aubrey se rendrait compte immédiatement que le premier n'était rien d'autre qu'un corsaire illettré, à peine mieux qu'un pirate, une personne dont aucun homme ne pouvait croire la parole, tandis que le second était un être d'une loyauté douteuse envers le sultan, totalement sous l'influence du trop célèbre Ali Pacha de Jannina, et aussi impuissant sur le champ de bataille qu'il l'était au harem, et tous deux dévoués à Napoléon.

Graham l'avait mis en garde contre la lenteur des négociations orientales et les différents niveaux de duplicité admissibles ; il avait dit également que le vizir d'Ismail, venu demander quels présents le capitaine Aubrey escomptait pour ses bons offices en la matière, avait offert au professeur une commission personnelle de huit cent quarante piastres pour chaque canon livré. Ce n'était pas un début encourageant et peut-être les autres beys seraient-ils tout à fait semblables : il n'était pas impossible que l'ambassade ait raison et que Ismail soit — triste chose — le meilleur du lot.

— Entrez, dit-il d'une voix basse et abattue, et Elphinstone, l'un des aspirants, entra, net et reluisant.

— Bonjour, monsieur, dit-il, vous avez désiré me voir ?

— Oh, Mr Elphinstone, oui. Vous avez trois hommes sur la liste des punis. Deux sont des cas sans gravité et quelques jours de tafia coupé en viendront à bout, mais vous notez Davis pour une affaire grave, une affaire qui mérite le fouet. Si personne ne parle pour lui et s'il ne peut le nier de manière convaincante, je devrai le condamner à douze coups au moins, quoique je n'aime pas du tout voir battre les hommes. Aimez-vous voir battre les hommes ?

— Oh non, monsieur ; mais n'est-ce pas nécessaire pour la discipline ?

— Certaines personnes le pensent, et avec certains hommes c'est peut-être vrai ; mais j'ai connu des capitaines qui passaient une année et plus sans le moindre coup de fouet, des capitaines exigeants sur des navires remarquables.

— Davis a répondu, monsieur : il a répondu de manière très grossière quand je lui ai dit de refaire l'estrope de la poulie — il a dit quelque chose du genre « chier encore jaune » qui a fait rire les autres.

— Davis est un cas particulier. Il est un peu bizarre et on lui a toujours accordé un peu plus de licence qu'aux autres. Il était déjà en mer bien avant votre naissance et s'il n'est pas encore très habile à estroper une poulie ou à fourrer un câble, il possède d'autres qualités marines dont vous êtes certainement conscient. Une force incroyable, tout d'abord ; il est toujours le premier à l'abordage et c'est une vision terrifiante sur le pont de l'ennemi : un taureau enragé ne lui arrive pas à la cheville. Mais j'allais oublier, vous n'avez pas encore eu l'occasion de voir cet aspect du service. C'est tout ce que j'ai à vous dire pour le moment, Mr Elphinstone : bonne journée. Appelez donc mon valet en passant.

— Que n'y a sacrément rien à faire, monsieur, dit Killick geignant de colère, en entrant avec le meilleur uniforme de Jack sur le bras. Cette saleté de mangeaille étrangère veut pas s'en aller, y a vraiment rien à faire, et maintenant j'ai essayé de le couvrir avec du safran par-dessus la dentelle d'or et c'est encore pire. Combien de fois je vous ai t'y pas dit « Votre manche est dans votre assiette, monsieur », quand c'était rien que du bœuf et du dessert ou un pudding ou autre chose, et c'était déjà assez difficile ; mais cette saleté de mangeaille étrangère, vraiment...

— Allons, Killick, du calme, donnez-moi mon habit, dit Jack, il n'y a pas une minute à perdre.

— Que ça vous retombe sur la tête, dit Killick en l'aidant à enfiler le lourd habit.

Et il ajouta à mi-voix quelque chose de proche de la rébellion, du genre « fait rire tout le monde ».

Le capitaine Aubrey ne fut pourtant pas accueilli par beaucoup de gaieté quand il surgit sur son gaillard d'arrière : on était mercredi et à six coups du quart du matin, le mercredi, l'habitude voulait que tout l'équipage soit convoqué à l'arrière pour assister aux punitions, occasion solennelle. On piqua six coups : les officiers et les jeunes messieurs étaient tous présents, tous en uniforme ; le caillebotis était gréé et les aides-bosco se tenaient à côté, prêts à saisir n'importe quel coupable sur un mot du capitaine et à le fouetter avec le chat à neuf queues que Mr Hollar tenait prêt dans son sac d'étamine.

Le chat ne fut pas nécessaire pour les premiers punis. Ce n'étaient que des cas bénins de jurons profanes, blasphèmes, imprécations, discours ou gestes réprobateurs ou provocateurs, saleté ou ivresse, et ils furent réglés par la suppression ou la dilution du tafia ou par des tâches supplémentaires ; mais quand on appela le nom de Davis et que son délit fut connu et admis, ou du moins ne fut pas nié, le bosco commença à défaire les cordons du sac d'étamine.

— C'est une sacrément sale affaire, Davis, dit Jack. Vous voilà, matelot qualifié depuis vingt ans et plus, qui répondez à un officier. Vous avez dû entendre lire les articles du Code de justice plusieurs centaines de fois, et vous voilà qui répondez à un officier ! Mr Howard, lisez-nous le numéro vingt-deux, la seconde partie.

— L'article vingt-deux du Code de justice navale, monsieur : la seconde partie, dit le secrétaire, et il poursuivit solennellement, d'une voix de stentor : « Si tout marin ou autre personne de la flotte se permet de se quereller avec l'un de ses officiers supérieurs, dans l'exécution de son office, ou désobéit à tout commandement légitime de l'un de ses officiers supérieurs, toute personne convaincue d'un tel délit par la sentence d'une cour martiale sera condamnée à mort. » Il fit une pause et répéta « sera condamnée à mort » avant de poursuivre pour la forme « ou à toute autre punition qui lui sera infligée, selon la nature et le degré de son délit, par la sentence d'une cour martiale ».

— Voilà, dit Jack en regardant Davis qui observait fixement le pont. Comment pouvez-vous espérer échapper au fouet ? Avez-vous quelque chose à dire pour vous-même ?

Davis ne répondit pas mais commença à ôter sa chemise.

— Quelqu'un d'autre a-t-il quelque chose à dire pour lui ? Dans ce cas...

— S'il vous plaît, monsieur, dit Elphinstone, ôtant le bicorne qu'il avait mis pour l'occasion, il est dans ma division et s'est toujours montré diligent et attentif jusqu'ici, obéissant aux ordres et respectueux. (À cela, l'un des compagnons de plat de Davis, perdu dans la foule, éclata d'un rire bruyant, mais Elphinstone, tout rougissant, poursuivit péniblement :) Je pense que ce n'était qu'un écart temporaire, monsieur, et j'aimerais vous prier de ne pas le punir.

— Eh bien, voilà qui est joliment dit, dit Jack. Avez-vous entendu, Davis ? Mr Elphinstone prie que l'on ne vous fouette pas.

Il prononça ensuite une homélie particulièrement ennuyeuse sur le bien et le mal, ayant pour seul mérite d'être assez courte et de le faire sourire intérieurement.

Il souriait ouvertement quand Stephen entra, l'air acariâtre. Comme beaucoup d'hommes grands, florissants et de bonne nature, Jack Aubrey était affligé d'une proportion inhabituelle d'amis petits, pâles, maigres et à tendance acariâtre. L'un de ses premiers compagnons de bord et de ses connaissances les plus proches, Heneage Dundas, s'était déjà vu affubler du sobriquet de Jo Vinaigre dans tout le service ; le valet de Jack était un râleur confirmé ; et parfois, même Sophie... Il était donc particulièrement sensible aux nuances de l'acrimonie et avant même que Stephen n'ouvre la bouche, Jack sut qu'il allait dire quelque chose de désagréable.

— Je ne pose cette question que pour information, dit Stephen, et sans la moindre intention personnelle : mais dites-moi, quand les capitaines s'érigent en juges et imposent la loi morale en même temps que militaire, prônant des vertus qu'ils ne pratiquent que peu ou prou, ressentent-ils souvent la sordidité spirituelle de leur conduite ?

— J'oserais dire qu'ils la ressentent, dit Jack, toujours souriant. Je sais que je me suis souvent émerveillé de ne pas être frappé par la foudre. Mais c'est ainsi — aucun navire ne possède un homme qu'on puisse qualifier de héros chrétien sans tache, aussi le capitaine doit faire ce qu'il peut pour maintenir la discipline.

— Je vois, dit Stephen. Donc ce n'est pas pour se glorifier à ses propres yeux, ce n'est pas pour exprimer ses propres vues devant un public qui n'ose bouger ou protester, ce n'est pas pour le plaisir profondément indigne, ou plutôt mauvais, d'exercer son pouvoir à peu près illimité ; ce n'est pas non plus que notre gentilhomme n'est pas conscient de la véritable nature de son acte. Non, non : tout ceci, c'est pour la discipline, pour le bien du pays. Parfait : je suis satisfait. (Il renifla et poursuivit :) S'il vous plaît, qu'est ceci que j'entends à propos de passer gentilhomme ?

Dans un éclair d'intuition, Jack comprit que Stephen avait parlé à Driver, le nouvel officier d'infanterie de marine embarqué à Malte, grand admirateur des rois, titres honorifiques, anciennes familles, armoiries, fonctions héréditaires et privilèges en général.

— Eh bien, dit-il, vous savez ce que veut dire passer lieutenant ? Quand un aspirant a servi ses six ans il se présente devant le Conseil avec ses certificats et ses livres, les capitaines présents l'examinent et s'ils constatent qu'il comprend sa profession, il passe lieutenant.

— Bien sûr, je l'ai entendu maintes et maintes fois, et je me souviens de l'anxiété tremblante du pauvre Babbington. Mais j'ai calmé ses esprits avec trois gouttes d'essence d'hellébore sur un morceau de sucre et il est passé pavillon flottant.

— Pavillon haut.

— Ne soyons pas pédants, je vous en prie.

— Mais, dit Jack, il en est passé tant depuis le début de la guerre, on a tant fait de lieutenants qu'ils sont à présent plus nombreux sur la liste qu'il ne peut y avoir d'emplois, sans même parler de promotion ; voici quelques années, les hommes n'ayant pas de relations familiales particulières ont donc constaté qu'ils restaient sur la plage. Ils n'étaient pas passés gentilshommes, et ils ne possédaient pas les amis ou les relations capables de les pousser, bien qu'ils fussent souvent des marins remarquables. Tom Pullings n'a pu trouver de navire pendant longtemps : et bien entendu, pas de navire, pas de promotion. J'ai fait de mon mieux, naturellement, mais j'étais loin d'ici pour une bonne partie de ce temps et d'ailleurs mes projets n'ont abouti à rien, l'un après l'autre : juste avant qu'on m'ait donné le *Worcester* je l'ai emmené dîner chez Slaughter avec Rowlands de l'*Hebe*, qui avait perdu un lieutenant par-dessus bord. Ils se sont assez bien entendus mais ensuite Rowlands m'a dit qu'il ne souhaitait pas avoir sur son gaillard d'arrière quelqu'un qui ne dise pas « balcon » et malheureusement le pauvre Tom avait dit « balecon ». C'est toujours la vieille histoire des capitaines gentilshommes et des hommes sortis du rang.

— Quel est votre avis sur cette affaire ?

— Je n'ai pas d'avis très tranché. Il y a tellement de facteurs ; et tant de choses dépendent de ce que l'on entend par gentilhomme. Mais supposons qu'il s'agisse simplement de la description habituelle, quelqu'un dont la famille possède une certaine quantité d'argent depuis deux ou trois générations, quelqu'un ayant des manières à peu près correctes et au moins une touche d'éducation — dans ce cas, à qualités marines égales, je préférerais le gentilhomme, en particulier parce qu'il est plus facile à des officiers de vivre ensemble s'ils ont à peu près les mêmes principes de comportement, mais plus encore parce que les matelots apprécient énormément la naissance, peut-être beaucoup plus qu'ils ne le devraient.

— Votre idéal est donc un gentilhomme qui soit aussi un marin.

— Je suppose. Mais cela exclurait Cook et bien d'autres hommes de toute première qualité. En règle générale cela pourrait convenir pour le commun, mais il me semble qu'un officier de marine véritablement bon est toujours un être exceptionnel, auquel les règles ordinaires ne s'appliquent guère. Tom Pullings, par exemple, ce n'est peut-être pas un nouveau Howe ou un nouveau Nelson, mais je suis absolument certain qu'il ferait un bien meilleur capitaine que la plupart — nous n'avons pas souvent l'occasion de parler de balcon en mer. J'ai essayé de le faire promouvoir maintes et maintes fois, comme vous le savez fort bien ; mais la protection ne fonctionne pas toujours, et si elle est trop forte elle peut nuire. Regardez ceci, dit-il, passant une lettre tirée des papiers qui jonchaient son bureau.

« Monsieur, lut Stephen, le Conseil n'ayant pas considéré le service (auquel vous faites allusion dans votre lettre du quatorze) accompli sous la direction du lieutenant Pullings comme du genre qui justifierait sa promotion, je dois avouer ma surprise de la manière dont vous avez jugé bon de vous adresser à moi à ce propos. Très sincèrement, votre humble serviteur, Melville. »

— Ceci remonte à des années, dit Jack, à la prise de la *Rosa*. Mais les choses ne sont pas plus favorables aujourd'hui — plutôt pires, en fait, avec mon vieux père qui fait ses caprices à la Chambre et qui jette le discrédit sur toutes mes recommandations — et le seul espoir de Tom est une victoire au combat. C'est pour cela que nous étions si déçus quand Emeriau s'est échappé et c'est pour cela que j'espère tellement que le prochain Turc, ce Mustapha, sera plus prometteur que le dernier. Chasser les Français de Marga serait certainement considéré comme un combat de frégates, avec une promotion pour le premier lieutenant. Avec cette brise nous devrions atteindre Karia demain, et nous faire quelque idée du capitan-bey.

En fait ils s'en firent une idée bien plus tôt. La *Surprise* faisait route au nord, entourée d'un nuage de sa propre fumée, quand la vigie annonça deux navires par la hanche tribord, deux navires sous la terre. L'homme aurait donné la nouvelle plus tôt s'il n'avait pas observé avec un intérêt si passionné la compétition entre les quarts, et à présent son appel était un peu anxieux, car les coques des navires étaient déjà visibles et c'était l'un des délits que le capitaine Aubrey négligeait rarement. En guise de couverture il ajouta quelques détails : « Frégate turque, approchant main sur main ; bonnettes hautes et basses ; l'autre doit être un vaisseau de vingt canons, turc aussi ; voilure de route ; tient son cap sous la terre ; très difficile à voir. »

Les tribordais venaient de fracasser un baril flottant à quatre cents yards, à la fin d'un exercice où ils avaient atteint un rythme tout à fait satisfaisant de tir précis. Jack dit :

— Amarrez vos canons. Les tribordais gagnent de deux points. Un exercice honorable, Mr Pullings.

Puis, s'approchant du couronnement, il dirigea sa lunette vers le nouveau venu et sa lointaine conserve. Graham et Stephen étaient à côté de la lanterne de poupe et il leur dit avec un sourire :

— La chance est avec nous. Nous avons là toute la marine turque de ce côté de l'archipel : c'est le *Torgud* qui s'approche et le *Kitabi* là-bas sous la terre, et je ne doute pas que le capitan-bey soit à bord de la frégate.

Élevant la voix, il donna l'ordre qui mit la *Surprise* au plus près, tribord amures, sur une route coupant celle du *Torgud*.

Jack gagna le gaillard d'avant tandis que le navire virait, pour étudier attentivement le Turc. Il était construit à la manière européenne, sans doute par un chantier français ou vénitien, et si les hommes sur son pont portaient des turbans ou des chéchias écarlates, ils naviguaient à la manière européenne aussi. Il était assez bien mené : beaucoup mieux que sa conserve maladroite, honteusement masquée au vent arrière, en doublant un cap, juste au moment où il y portait sa lunette.

Le *Torgud* levait une belle vague d'étrave sous sa vaste voilure — il était manifestement très rapide au largue — et comme la *Surprise* était toujours fort heureuse au près, les deux navires se rapprochèrent à vive allure. Pendant un moment ils furent presque en route de collision puis l'angle s'ouvrit quand le *Torgud* changea de route pour laisser largement porter et couper le sillage de la *Surprise* ; il pivota dans un bel éclat de canons de bronze tout au long de son flanc, et pour la première fois, Jack put vraiment l'observer : nettement plus lourd que la *Surprise* et avec une paire de canons en plus — des sabords bien bizarres au milieu, aussi —, mais il eut l'impression que cela le surchargeait, qu'il ne manœuvrerait pas facilement et qu'il pourrait être paresseux à virer : d'après la profondeur de son sillage, il devait être particulièrement ardent. Mais il n'eut pas beaucoup le temps de regarder.

— Monsieur, dit Pullings, j'ai l'impression qu'ils ont l'intention de venir sous notre arrière.

— Eh bien, voilà qui est civil, dit Jack. Professeur Graham, connaissez-vous l'étiquette navale turque ?

— Non, monsieur, point du tout, dit Graham, mais en général ils suivent la mode française.

— Les imbéciles, dit Jack. Quoi qu'il en soit, il veut être poli. Mr Borrell, soyez prêt à lui donner treize coups dès l'instant où il amènera son foc.

La frégate turque prit de l'élan, mit la barre dessous toute, et prit la cape sous le vent de la *Surprise*. Ce fut assez bien fait : pas tout à fait comme dans la Navy — la rentrée des bonnettes était beaucoup trop désordonnée pour cela et l'on constatait une triste absence de coordination dans la levée des lofs, un désordre général — mais bien peu de navires marchands ou de corsaires auraient fait mieux que le *Torgud*.

Et nul n'aurait pu lui en remontrer quant à la rapidité de mise à l'eau d'un canot. Il dégringola des bossoirs de hanche avec un énorme plouf et son équipage passa par-dessus la lisse d'une manière tout à fait étonnante, suivi presque aussi vite par des hommes en robe, sans doute des officiers. Jack s'était attendu à un long échange de civilités criées d'un

289

navire à l'autre, mais il eut à peine le temps de revenir au gaillard d'arrière que le canot turc était à mi-chemin. Ses nageurs n'étaient pas élégamment habillés (l'un ne portait rien d'autre qu'un caleçon en calicot déchiré), ils ne ramaient pas très joliment, mais leur hâte et leurs efforts concentrés n'auraient pas été plus grands à la poursuite d'une prise ; et face aux nageurs, en lieu et place de patron de canot, était assis un homme avec un turban pourpre, une barbe rouge tombant sur sa bedaine et d'amples pantalons pourpres, un homme d'un tel volume qu'on pouvait s'étonner que le canot ne soit pas terriblement enfoncé de l'arrière.

Jack se coiffa du bicorne que Killick lui passait en silence, jeta un coup d'œil de l'avant à l'arrière et vit que Pullings, d'esprit plus vif que son commandant, avait déjà mis en place l'infanterie de marine et préparé la réception. Puis il entendit le canot s'accrocher : regardant par-dessus la lisse, il vit le gros homme attraper les tire-veille — la *Surprise* prit un coup de gîte quand il s'y accrocha — et courir jusqu'en haut du flanc comme un gamin. En atteignant le gaillard d'arrière il porta la main à son front puis à son cœur en s'inclinant avec une magnificence qui aurait pu paraître excessive chez un homme plus petit ; mais Mustapha était immense, par sa personne et sa présence. Quoique un peu moins grand que Jack il était nettement plus large et son vaste pantalon turc pourpre rendait sa masse encore plus imposante : « Mustapha, capitan-bey », dit-il d'une voix résonante ; et l'officier tout menu qui le suivait en dit autant, ajoutant en grec et en quelque chose comme de l'anglais : « Commandant des navires du Grand Turc dans ces eaux et seigneur de Karia ».

— Bienvenue à bord, monsieur, dit Jack, faisant un pas en avant la main tendue. Professeur Graham, veuillez dire à ces messieurs qu'ils sont bienvenus à bord et suggérer que nous prenions le café dans la chambre.

— Ainsi vous parlez turc, dit Mustapha, tapotant doucement la joue de Graham. Très bien, très bien. Dans ce cas, Ulusan peut retourner dans le canot.

— Ne voudrait-il pas prendre quelque rafraîchissement dans le carré ? demanda Jack en voyant Ulusan s'incliner et se détourner.

— Le capitan-bey dit qu'il pourrait être tenté de boire du vin et même de l'alcool, interdits aux musulmans, dit Graham. Il sera mieux dans le canot.

Dans la chambre, Jack fut heureux de constater que le capitan-bey pouvait sourire et même rire. L'extrême gravité des hôtes à Mésentéron lui avait pesé, faisant d'une question déjà sérieuse quelque chose d'absolument funèbre ; de plus, Ismail et ses conseillers regardaient toujours la table en s'adressant à lui — manifestation de bonnes manières turques, peut-être, mais déconcertante ; à présent, avec les yeux rusés, le regard entendu et souvent amusé de Mustapha fixé sur lui, il se sentait beaucoup plus à l'aise. C'étaient d'étranges yeux, d'un jaune orangé et qui semblaient petits dans cette face énorme, plus petits encore quand Mustapha souriait. La barbe teinte en rouge s'ouvrait, montrant largement des dents éclatantes, et les yeux disparaissaient à peu près dans le poil dru et luxuriant. Cela se produisit de plus en plus souvent à mesure que l'après-midi passait et l'on constata que Mustapha se laissait facilement tenter à boire du vin et même de l'alcool.

Ils firent une visite de la frégate au cours de laquelle il devint évident que Mustapha, fort capable de juger un navire, était encore plus attaché aux canons. Il fut fasciné par les améliorations que Jack avait empruntées à Philip Broke, capitaine de la *Shannon*, du moins pour ses pièces de chasse, et il jubila positivement à la vue des lourdes caronades, vrais engins de massacre, qui garnissaient le gaillard d'arrière de la *Surprise* ; car pour lui le combat idéal était un furieux bombardement à portée de plus en plus brève, suivi d'un abordage.

— J'aime les canons, dit-il, quand ils furent revenus dans la chambre, fumant le narguilé et buvant du punch. On ne peut plus en avoir maintenant que Venise a disparu et j'ai besoin de tous ceux que je pourrai trouver pour prendre Kutali. Je suis ravi que vous m'en ayez apporté autant.

— Et je serais ravi de les donner à un marin comme moi, dit Jack en souriant. Mais ce sont les canons de mon maître et je dois les livrer à l'allié le plus utile pour nous aider à chasser les Français de Marga. Comme vous le savez certainement, d'autres gentilshommes ont proposé leurs services et en toute justice je dois entendre tout ce que les personnes concernées peuvent avoir à dire.

— Je peux vous dire ce qu'a dit Ismail, s'écria Mustapha. Il a dit que je suis un corsaire illettré, cul et chemise avec les Français, auquel on ne peut pas faire confiance. Et Sciahan vous dira que je suis l'allié d'Ali Pacha, que je complote une rébellion contre le sultan, qu'on ne peut pas me faire confiance, ha, ha, ha ! Mais ni l'un ni l'autre ne peuvent affirmer que je n'ai pas conquis Djerba et pacifié la Morée en deux ans de campagne — une centaine de villes et de villages en flammes ! Et ni l'un ni l'autre ne pourront vous aider à chasser les Français de Marga : Ismail n'est qu'un eunuque égyptien terrifié par le son et la vue de la bataille et Sciahan est trop vieux pour faire la guerre — la négociation, voilà son affaire, et cela ne peut pas convenir avec les Français. Alors que dès l'instant où je tiendrai Kutali, la chose est faite : nous attaquons par terre et par mer, en même temps que tous les musulmans de la ville se soulèvent. Rien ne pourra résister à ce choc — croyez-moi, capitaine, rien ne pourra résister à ce choc. Venez voir mon navire : vous verrez de quoi il est capable, vous verrez quel genre d'hommes j'ai à bord.

— Bougres poilus, murmura Bonden, les yeux levés pour suivre son capitaine qui montait à bord du *Torgud*, accueilli par le claquement des cymbales. Par ces mots il voulait dire non seulement barbus, mais sauvages, farouches, sombres, passionnés, rudes, violents, vicieux et barbares. Jack eut à peu près la même impression et à plus juste titre encore car il vit l'équipage entier, l'équipage étonnamment nombreux : ils avaient tous un certain air de famille bien qu'ils fussent de nombreuses couleurs et races différentes, du noir luisant au gris de fromage aigre des Bessarabiens ; ils étaient probablement unis par la religion, certainement par leur terreur du capitan-bey — à bord du *Torgud* les fautifs étaient coupés en morceaux pour servir d'appât — et tremblaient visiblement devant lui. Les officiers semblaient tous turcs et, à en juger par le zèle éclairé avec lequel ils montrèrent leurs grands canons et leur mousqueterie, ils connaissaient à fond la partie guerrière de leur profession, tandis que la manière dont le navire avait mis en panne suffisait à prouver la compétence navale d'au moins certains d'entre eux ; pourtant, aucun ne paraissait avoir la moindre notion d'ordre, de discipline ou de propreté, sauf pour ce qui était des canons. Tous en cuivre, ils brillaient noblement dans le soleil couchant ; en dehors de cela le *Torgud* ne semblait avoir ni premier lieutenant, ni bosco, ni responsable de la propreté. Le gréement était plus souvent noué qu'épissé quand il avait besoin de réparations, le bois du pont était invisible sous la crasse et entre les canons on apercevait de petits tas d'excréments humains. Malgré tout, le *Torgud* était manifestement un navire redoutable, comme une version plus grande et beaucoup plus dangereuse des navires pirates que Jack avait rencontrés dans les Indes occidentales. Il n'eut pourtant pas beaucoup de temps pour réfléchir car Mustapha, tout en lui montrant son navire, lui exposait son plan d'attaque sur Kutali, et l'expliquait avec une vitalité exubérante qui exigeait la plus grande attention, surtout du fait que Graham était parfois à court de termes maritimes. En essence, l'attaque serait un bombardement, par des canonnières de faible tirant d'eau armées des canons que Jack fournirait, suivi d'un assaut général. Mustapha disposait de près de quarante caïques appropriés tout le long de la côte ; ils ouvriraient une demi-douzaine de brèches dans le rempart, et ses hommes emporteraient la place. Il regardait Jack avec attention mais Jack, n'ayant rien à dire à propos d'une attaque sur une ville dont il ne connaissait pas le rivage et dont il n'avait jamais vu les défenseurs et les fortifications, se contentait d'incliner poliment la tête. De toute manière, une bonne partie de son esprit était occupée par l'extraordinaire spectacle, à demi visible, des canons milieu. La bouche à feu centrale, dans la longue rangée des pièces de dix-huit livres en cuivre, semblait dominer ses voisines de la plus étrange manière ; mais son sabord particulièrement grand était pour l'instant fermé et le voilier avait étalé son travail sur la masse.

— Voici la joie de mon cœur, dit Mustapha, en faisant écarter la toile d'un geste de la main.

Et à sa stupéfaction, Jack vit un canon de trente-six livres, arme inouïe, extravagante pour une frégate — même un vaisseau de ligne de premier rang n'embarquait rien de plus que des trente-deux livres, et uniquement pour la batterie basse — et si massive qu'elle écrasait pratiquement ses voisines. Et de l'autre côté, sur babord, se trouvait son homologue, son contrepoids indispensable.

— Je n'ai jamais vu un si beau canon ! s'écria Jack, examinant les dauphins qui s'enroulaient autour des armes du roi du Portugal et la culasse fort usée. Mais trouvez-vous vraiment qu'il convienne, malgré le poids et la confusion qu'il crée ? demanda-t-il en observant attentivement le pont et les flancs renforcés, les pitons à œil triplés ; jusqu'à leur retour dans la chambre ils discutèrent des avantages et des inconvénients de cet arrangement : l'incommodité des calibres différents dans la même batterie, le poids supplémentaire placé si haut dans le navire et son effet sur le rou-

293

lis par gros temps, par opposition à l'effet dévastateur de boulets de trente-six livres frappant l'ennemi à distance.

Dans la chambre même, pièce étonnamment luxueuse décorée de damas écarlate, l'apparition du café interrompit la conversation. De toute manière Jack était manifestement sur le point de partir : on ne put le persuader de rester plus longtemps ni de visiter le port tout proche de Karia car il avait rendez-vous avec sa conserve, la *Dryad*. Cela établi, Mustapha revint sur son plan d'attaque avec une description raisonnablement convaincante des forces dont il disposait, et répéta son opinion de Sciahan Bey et d'Ismail.

Le principal crime de Sciahan, en dehors de l'avidité et de l'avarice, était la vieillesse, la vieillesse froide, incompétente, et Jack eut l'impression que Mustapha, qui expulserait sans aucun doute Sciahan de Kutali s'il le pouvait, peut-être en le tuant au passage, ne le détestait pas totalement. Avec Ismail, c'était tout autre chose : là il y eut des accusations détaillées, persuasives, de déloyauté, d'hypocrisie et de trahison — la voix de Mustapha se faisait plus forte encore, son regard plus terrible : il demanda à Dieu de maudire les enfants de ses enfants s'il laissait jamais ce traître craintif et vil prendre le dessus sur lui.

Jack avait rencontré des hommes passionnés, mais aucun qui se dilatât de la sorte, ses gros poings serrés tremblant de rage, ses yeux totalement injectés de sang. Il y avait manifestement entre Ismail et Mustapha bien autre chose que la concurrence pour une ville ; par ailleurs on ne pouvait douter que Mustapha fût également très désireux de posséder Kutali.

La voix du capitan-bey résonnait comme celle d'un orgue, et dans le canot Bonden dit :

— Il en fait un vacarme, leur patron, on dirait un taureau dans une étable.

À cet instant le sabord du canon tribord de trente-six livres s'ouvrit et une face barbue, enturbannée, en sortit.

— Eh bien, tu me reconnaîtras, mon vieux, constata Bonden après une bonne minute d'observation sans un cillement.

— Barrett Bonden, dit le visage barbu, tu te souviens pas de moi ?

— J'peux pas vraiment dire, mon vieux, derrière tous ces poils.

— Ezekiel Edwards, aide-canonnier sur *Isis* quand tu

294

étais capitaine de la hune de misaine. Zeke Edwards : qu'a déserté au large de Tiberoon.

— Zeke Edwards, dit Bonden en hochant la tête, oui. Qu'est-ce que tu fais sur cette barque ? T'as été pris ? T'es prisonnier ?

— Non. Je suis de l'équipage. Second canonnier.

Bonden l'examina un moment puis dit :

— Comme ça, tu as tourné turc et tu t'en es fait pousser partout et tu t'es mis une toile à pudding autour de la tête.

— C'est ça, mon vieux. Comme que j'avais pas été élevé dans la religion ; et comme que j'étais déjà circoncis de toute façon.

Les autres nageurs regardaient obstinément Edwards, bouche ouverte ; puis, ils la fermèrent et se tournèrent vers le large avec une désapprobation visible. Mais l'homme avait parlé d'un ton si maladroit, urgent, suppliant, comme s'il avait besoin au-delà de toute expression d'entendre et d'émettre des sons chrétiens, que Bonden répondit. D'un ton assez sévère il demanda ce qu'Edwards faisait avec ce canon de trente-six livres — qu'est-ce qu'un canon de trente-six livres pouvait faire sur une frégate, pour l'amour de Dieu, un canon long de trente-six livres ?

Cela déclencha un flot de paroles, un torrent de confidences bafouillantes avec des fragments de grec, de turc et de *lingua franca* mélangés à l'anglais bourdonnant de la côte Ouest, le tout déversé dans l'oreille désapprobatrice et à demi détournée de Bonden. Les canons venaient de Corfou, du général français à Corfou ; et s'il les avait donnés au patron c'était pourquoi ? Parce qu'ils étaient portugais et qu'ils prenaient pas les boulets français de trente-six, ni aucune des saloperies de boulets qu'on faisait maintenant, voilà pourquoi. Mais le capitan-bey s'en foutait pas mal : il faisait faire des boulets de marbre par les Grecs sur l'île de Paros, lisses comme du verre. L'ennui c'était qu'ils se fendaient souvent si on les rangeait pas avec soin ; et puis ils coûtaient énormément. On pouvait pas gaspiller une demi-douzaine de coups rien que pour se faire la main — on pouvait pas jeter des boulets de marbre dans tous les sens, des boulets de marbre à dix-neuf piastres la pièce.

— Des boulets de marbre, dit Bonden, ressentant obscurément cela comme une remarque désobligeante à propos de la *Surprise* et de ses boulets de fer tout simples. Boulets de marbre, mon cul.

— J'ai jamais vu de ma vie une baille à merde aussi

dégueulasse que ça, remarqua l'aviron de tête, en crachant sous le vent. Est-ce qu'ils lavent jamais les poulaines ?

Edwards saisit immédiatement ce qu'impliquait cette réflexion et s'exclama très humblement qu'il avait pas eu l'intention de jouer les rupins ni d'en rajouter ; il n'avait pas l'intention de leur faire croire que le parc à boulets était plein de boulets de marbre — non, non, il n'y en avait que cinq pour le canon tribord et quatre pour l'autre, dont un écaillé. Il ne put en dire plus car les cymbales résonnèrent, les tambours battirent et les conques mugirent : le capitaine Aubrey faisait ses adieux et descendait avec le professeur Graham dans le canot où ils s'assirent, pensifs et silencieux, pour qu'on les ramène à leur bord dans le crépuscule.

Pensif et silencieux encore sur le gaillard d'arrière, à l'aube, tandis que Marga disparaissait par la hanche tribord, Jack ajusta sa lunette, jeta un dernier regard à la citadelle de roche, au long môle vénitien, et reprit sa promenade. Silencieux, d'une part parce qu'il était depuis longtemps dans ses habitudes de faire le va-et-vient du côté au vent de tout navire placé sous son commandement tant qu'il pouvait le faire sans troubler la routine du bord, et en partie parce qu'aucun de ses conseillers n'était réveillé, ayant discuté de Mustapha et d'Ismail jusqu'au milieu du quart de minuit. Pensif, car si Mustapha était par certains côtés un homme sympathique, il risquait de ne pas montrer beaucoup de zèle à chasser les Français de Marga s'il était en termes aussi amicaux avec le général Donzelot de Corfou ; le rapport de Bonden lui était parvenu par Killick avec sa première tasse de café, puis Bonden l'avait confirmé.

En se détournant, son œil saisit l'éclat d'une voile lointaine, bien au-delà de la *Dryad* : celle-ci les avait rejoints à la tombée de la nuit et tenait à présent son poste parallèlement à la *Surprise* ; ils s'étaient déployés dans le faible espoir de s'emparer de quelque navire en route vers les Français de Corfou, ou mieux encore envoyé par les Français de Corfou à leurs amis de Marga. Automatiquement, il pointa sa lunette, mais comprenant qu'il ne pourrait en aucun cas prendre le temps de poursuivre quelque chose à une telle distance — ce n'était d'ailleurs qu'un petit trabacollo —, il revint à la *Dryad* et se trouva regarder tout droit Babbington, appuyé à la lisse au côté d'une très jolie jeune femme en vêtement rose garni de dentelles. Il lui montrait quelque chose par-dessus bord et tous deux riaient très gaiement.

Jack referma sa lunette. Il se souvint que Babbington, venu au rapport, avait vaguement murmuré qu'il avait à bord une respectable matrone italienne, une veuve d'officier, à conduire de Céphalonie à Santa Maura, qu'il avait été obligé de la garder à bord, le vent ne portant pas vers Santa Maura, car il ne voulait à aucun prix retarder le capitaine Aubrey au rendez-vous. Une matrone, évidemment, pouvait n'avoir que vingt ans et une veuve pouvait parfaitement être joyeuse, mais cela n'allait pas — cela ne pouvait pas aller.

Le tour suivant l'amena face à face avec autre chose qui n'allait pas. Le jeune Williamson, aspirant de quart, avait à nouveau l'air terriblement chétif et malade : ce garçon n'était pas assez fort pour vivre en mer et Jack ne l'aurait jamais embarqué s'il n'avait pas été le fils de Dick Williamson. Il ne voulait aucun novice, aucun enfant incapable de prendre le quart à quatre heures du matin le ventre vide, et voilà qu'il était responsable envers leur mère de deux gamins, à l'heure où il avait besoin de toutes ses capacités pour des problèmes infiniment plus importants que le bien-être moral et physique d'une couple de garnements. Il allait inviter le garçon pour le petit déjeuner et en même temps prierait Stephen de s'occuper de lui. De toute manière, Stephen aurait dû être déjà levé : le cap Stavro commençait à apparaître par l'avant tribord et il ne devait pas manquer l'ouverture de la baie de Kutali.

— Mr Williamson, lança-t-il, et le garçon eut un sursaut coupable, veuillez, je vous prie, descendre dans la chambre du docteur Maturin et s'il est réveillé dites-lui, avec mes compliments, que nous allons ouvrir la baie de Kutali, spectacle que l'on dit prodigieusement beau. Et peut-être nous ferez-vous le plaisir de votre compagnie pour le petit déjeuner.

Tandis qu'il attendait Stephen, et l'attente fut longue, le docteur Maturin ayant enfin conquis le sommeil par quatre doses successives, Jack regarda défiler la côte, spectacle prodigieusement beau en lui-même à présent qu'ils s'approchaient de terre — un rivage abrupt de hautes falaises gris pâle sortant tout droit de l'eau profonde sur un fond de montagnes, montagnes escarpées, dentelées, s'élevant très haut dans le ciel et touchées par la lumière du jeune soleil, un peu dans le sud de l'est, de sorte qu'elles se dessinaient, en crêtes successives, au nombre de sept, avec de vastes forêts vertes du côté ensoleillé, et les roches nues d'un gris brillant. Ordinairement, Jack avait horreur d'être à proximité de n'importe quelle côte ; c'était un marin de haute mer, qui aimait avoir une grande étendue de mer libre sous son vent, au moins cinquante lieues ; mais ici il avait cent brasses sous la quille, à portée de canon de la terre, et de toute manière le temps était particulièrement aimable. Il leur offrait à présent un zéphyr à perroquets, un quart ou à peu près en avant du travers, qui aurait pu être commandé tout spécialement pour leur permettre de doubler le cap et d'entrer dans la baie : mais l'on pouvait douter qu'il veuille les conduire vers l'est jusqu'à Kutali ; il prenait un air languissant, mourant, et peut-être seraient-ils obligés d'attendre la brise de mer pour achever leur voyage et doubler la vaste péninsule.

En fait, le zéphyr tomba tout à fait avant qu'ils aient terminé leur petit déjeuner. Mais c'était un repas particulièrement prolongé et qui avait laissé le temps non seulement à la *Surprise* de doubler le cap et d'atteindre le milieu de la baie, mais au docteur Maturin de retrouver son humanité. Il avait entamé sa journée d'une humeur très maussade, obstinément insensible, opposé aux beautés naturelles de toutes sortes ; mais à présent, installé, bien nourri, bien imprégné de café, pour fumer son cigare du matin et admirer la vue, il était tout à fait disposé à admettre qu'il avait rarement vu chose aussi superbe que Kutali et son site. L'eau de la baie était doucement ridée à certains endroits mais lisse comme le verre ailleurs, et dans le plus pur de ces miroirs naturels ils pouvaient voir les pics surprenants surgis de la mer, avec toute la ville à leurs pieds — le tout inversé, avec, en superposition sur l'image, des navires et des bateaux, la plupart comme suspendus, immobiles, quelques-uns glissant à la surface, poussés par des avirons ou des godilles. Le calme plat, le ciel sans nuages, l'immobilité du navire et peut-être ce sentiment d'être sur — ou même dans — un miroir donnaient une impression extraordinaire de silence et tout le monde parlait anormalement bas.

Quant à la ville, toute serrée, elle ressemblait à un double cône — remparts gris, toits rouges, murs blancs répétés dans le miroir — jusqu'à ce qu'un souffle égaré vînt détruire le reflet. Cela n'affecta en rien les murs de la ville haute ou la citadelle mais, leur double s'évanouissant, les remparts de la ville basse perdirent la moitié de leur hauteur. Ils n'eurent soudain plus du tout l'air redoutables et Jack vit que le plan de Mustapha, un bombardement par des canonnières, était tout à fait réalisable.

Si au premier abord Kutali semblait compacte, s'élevant en une masse triangulaire de la mer jusqu'à la montagne, la ville était en fait en trois parties : la plus basse s'étalait irrégulièrement des deux côtés du port fortifié et à cet endroit la muraille était très longue, trop mince. Elle était vulnérable et pour autant que Jack put le voir grâce à une observation soutenue à la lunette, les défenses de la ville moyenne ne résisteraient pas non plus à un assaut déterminé. Mais, se dit-il en regardant la ville haute, solidement fortifiée, la ville chrétienne avec ses clochers dépassant des remparts, même une petite batterie de canons placée là-haut, trois ou quatre pièces de douze livres, simplement, bien servies, rendrait l'attaque impossible en coulant les canonnières dès qu'elles seraient à portée. Il n'y avait aucun besoin de fortification massive dans la partie inférieure aussi longtemps que la mer et le terrain bas étaient sous le feu de l'artillerie.

Mustapha jurait que les chrétiens n'avaient que deux canons, vieux et mangés de rouille, et quelques mangonels, mais que même s'ils en avaient une douzaine cela ne l'empêcherait pas d'attaquer Sciahan car les chrétiens n'interviendraient pas dans une querelle entre musulmans. C'était fort possible, pensa Jack, étudiant à présent le port en tant que base navale — une base navale belle et vaste avec de l'eau douce à proximité, des cales de réparation en eau profonde et du bois en quantité, d'excellents chênes de Valona.

— Là-haut, c'est la ville chrétienne, dit Graham à ses côtés. Vous verrez qu'aucune mosquée n'a été construite à l'intérieur des murs. Une communauté marchande mixte occupe la ville moyenne, et les marins, les charpentiers de marine et autres, le rivage. Les Turcs vivent surtout dans le faubourg à droite, de l'autre côté de la rivière, et vous pouvez apercevoir le kiosque du gouverneur derrière ce qui me semble être les ruines du temple de Zeus Pélasgien. Oui : j'aperçois la bannière de Sciahan. Il est alai-bey, l'équivalent d'un général de brigade : il a donc une seule queue de cheval.

Stephen était sur le point de dire « une galère s'écarte de la plage », mais comme il était debout sur le gaillard d'avant avec Jack, Graham et Pullings, tous les regards fixés dans cette direction, il n'ouvrit pas la bouche.

— Treize coups de canons pour un général de brigade, monsieur ? demanda Pullings.

Jack fit une pause, ajusta sa lunette avec le plus grand soin.

— Ce n'est pas un général de brigade, dit-il enfin. Jamais vu un général de brigade comme ça, qu'il ait une ou deux queues. Je crois que c'est un pasteur grec, ce qu'ils appellent un pope dans ces régions.

Les Surprises étaient moins sûrs de la réception à donner à un pope, un pope orthodoxe à capuchon noir et chapeau carré, qu'à un général de brigade, mais ils s'en tirèrent assez bien et dans la grand-chambre les personnes les plus directement chargées de le distraire perdirent très vite leurs expressions du dimanche quand il apparut que le père Andros était non seulement le représentant des chrétiens de Kutali mais aussi l'un des conseillers politiques du bey et son émissaire en cette occasion. Le bey était souffrant, et s'il serait évidemment follement heureux de voir le capitaine Aubrey dès qu'il serait remis, le besoin de promptitude était si grand qu'il avait demandé au père Andros d'aller voir le capitaine avec ses meilleurs compliments et de lui exposer la position, en transmettant en même temps les requêtes spécifiques du bey et ses propositions correspondantes. En guise de lettres de créance, le père Andros tendit à Jack un document magnifiquement écrit et portant un sceau, puis dit en aparté à Graham :

— Je vous apporte les meilleurs vœux d'Osman le Smyrniote.

— Est-il à Kutali ?

— Non, il a été appelé à Jannina, auprès d'Ali Pacha, le jour où vous avez vu Ismail.

— Ceci est une lettre fort élégante, dit Jack, donnant le document à Graham. Mais dites, je vous prie, à ce monsieur qu'il ne pouvait apporter de meilleures lettres de créance que sa robe et son visage.

Killick partageait manifestement l'impression favorable de son capitaine à l'égard du père Andros (qui était effectivement un fort beau prêtre, très viril) car à ce moment il apporta une carafe du meilleur madère de Jack, celui à cachet jaune. Le père Andros aussi se laissa tenter à boire du vin, mais même si la journée avait été beaucoup plus avancée, il n'aurait manifestement servi à rien de lui offrir de l'alcool ; il n'était pas non plus très porté au sourire ou au rire. Son affaire était trop sérieuse pour cela, et il l'exposa d'une manière directe, méthodique et, Jack en aurait juré, raisonnablement franche.

300

Les prétentions de Sciahan sur Kutali étaient parfaitement justifiées par la loi et la coutume turques et seraient sans aucun doute confirmées en temps utile par l'iradé du sultan, mais le père Andros ne voulut pas entrer dans ces détails : il se contenterait des questions pratiques immédiates. On savait que l'amiral anglais souhaitait utiliser Kutali comme base pour son attaque sur les Français de Marga et comme lieu de refuge et d'approvisionnement pour ses navires en mer Ionienne ; et qu'en échange de la base il offrait un certain nombre de canons, sous réserve que ces canons soient également utilisés contre les Français.

Marga ne pouvait être attaquée que des hauteurs surplombant la ville ; pour atteindre ces hauteurs, il fallait nécessairement passer par Kutali, et c'était uniquement à Kutali que l'on pouvait couper l'aqueduc de Marga. Ismail Bey, comme Mustapha, aurait à se battre très âprement pour prendre Kutali car, en dehors de ses propres troupes, Sciahan serait soutenu par les chrétiens, qui n'avaient aucune envie d'être gouvernés par Mustapha ou Ismail, tous deux étant non seulement notoirement rapaces mais aussi des musulmans bigots, cependant que Mustapha, qui en pratique ne différait guère d'un pirate ordinaire, était odieux à toute la classe marchande, aux armateurs et aux marins, musulmans et chrétiens ; de sorte que dans l'éventualité peu probable d'une victoire, les rares survivants des troupes du vainqueur ne serviraient pas à grand-chose contre les Français, même si Ismail ou Mustapha tenaient leur parole et se joignaient à l'attaque, ce dont le père Andros demandait la permission de douter extrêmement. Il s'ensuivait aussi que ni Ismail ni Mustapha ne pouvaient compter sur le moindre soutien des chrétiens de Marga, point essentiel pour que l'attaque réussisse immédiatement, au lieu de se prolonger en un long siège qui donnerait au parti français de Constantinople le temps d'intervenir. La plupart des Margiotes étaient chrétiens. Sciahan Bey, par ailleurs, était déjà en possession de Kutali. Il avait maintenu la règle légère et presque imperceptible du wali précédent, laissant aux chrétiens leurs tribunaux et la possession de la citadelle : il était en si bons termes avec les diverses communautés, les Albanais, les Vlaques et les Grecs, qu'on lui avait garanti six cent quatre-vingts combattants, dont beaucoup de Guègues mirdites. En fait, il était l'allié idéal de l'amiral anglais : sa réputation militaire reposait sur vingt-trois cam-

301

pagnes différentes, dont deux en Syrie et en Égypte en colla-
boration avec les Britanniques — qu'il estimait — contre les
Français — qu'il détestait. Il était un vrai Turc, un homme
de parole. Il n'était pas un descendant d'esclaves égyptiens
ou de renégats algériens, ni un homme qui, aussitôt après
avoir reçu les canons, découvrirait des besoins nouveaux ou
des raisons de refuser d'attaquer les Français. Il invitait le
capitaine Aubrey à descendre à terre, à passer en revue ses
troupes et à faire le tour de la ville avec le père Andros, pour
voir par lui-même ses forces et ses faiblesses reconnues.

— Eh bien, on ne peut pas dire mieux, dit Jack. Killick,
mon canot.

— Cette côte vous est familière, je crois, dit Stephen à
Graham en circulant dans la ville affairée derrière le capitaine Aubrey et le père Andros.

— Je ne suis encore jamais venu ici, dit Graham, mais
j'ai visité Raguse et Cattaro qui ne sont pas très différentes,
et certaines des régions intérieures.

— Vous pourrez donc sans aucun doute me dire ce que
sont ces aimables personnages en courts jupons blancs
bouffants et chapeau rouge, avec une telle quantité d'armes.

— Ce sont des Tosques, des Albanais du Sud. Mon bon
ami Ali Pacha est un Tosque. Il est musulman, bien
entendu, mais beaucoup de Tosques, peut-être la plupart
ici, sont des chrétiens orthodoxes. Observez la déférence
avec laquelle ils traitent ce digne prêtre.

C'était tout à fait vrai : tandis que le digne prêtre montrait
le chemin, escaladant d'un pas élastique et bondissant la
rue centrale, ou plutôt la volée de marches abruptes et
encombrées, les gens s'écartaient des deux côtés, s'incli-
naient, souriaient, repoussaient mules, ânes et enfants
contre le mur.

— Pourtant, tous ne sont pas aussi respectueux, remarqua Stephen un peu plus tard. L'homme dans la porte là-
bas, avec les plus belles moustaches du monde et une paire
de pistolets, une étrange épée et deux dagues dans la ceinture — la personne en pantalon écarlate et courte jaquette
à dentelle d'or — se mord discrètement le pouce, en geste
de mépris ou de méfiance.

— C'est un Guègue, du nord, dit Graham. Tristes personnages, prompts au meurtre et aux rapines. J'ose dire qu'il
s'agit d'un romaniste ou d'un musulman : cette étrange épée

est un yatagan. À présent, voici un Guègue qui est certainement romaniste — le bonhomme en longue tunique blanche avec une ceinture rouge et un pantalon blanc. Ne le regardez pas trop fixement : ils sont rapides à s'offenser et, comme vous voyez, il transporte un arsenal complet. C'est un Mirdite, d'une tribu de Guègues entièrement catholiques : il y en a une vaste colonie dans le voisinage, bien que leur foyer soit dans les hautes terres du nord.

— Ils doivent donc se sentir chez eux ici, dit Stephen, cette ville est construite pour le chamois et sa famille, ou le vrai capricorne de montagne.

La rue, encore plus abrupte, tourna tout à coup à gauche, de sorte qu'à présent, en grimpant, le fort soleil leur tapait sur le dos ; et le père Andros continuait, sa robe noire gonflée derrière lui tandis qu'il désignait du doigt les différents quartiers : vénitien, grec, juif, arménien et vlaque, tous fortifiés séparément à l'époque de la République.

À part quelques heures à Malte et à Mésentéron, Jack n'avait pas mis pied à terre depuis des mois, et ses bottes le tuaient. De même que son habit d'uniforme, enfilé pour passer en revue les troupes sur le maidan, là en bas, et sa culotte, son baudrier, sa cravate. Plus jeune, Jack aurait poursuivi son chemin, aveugle et haletant, jusqu'à éclater ; aujourd'hui, après un intervalle de souffrance décent, le capitaine Aubrey s'écria :

— Tenez bon. Tenez bon un moment. Vous allez tuer vos alliés.

Andros les conduisit à une placette avec une fontaine sous un orme immense à tronc gris et lisse, et pendant qu'il récupérait ainsi dans l'ombre verte, buvant du retsina glacé apporté d'une maison proche, Jack songea à l'usage qu'il venait de faire de ce mot « allié ».

C'était une placette active, avec un marché à l'extrémité, près de l'église, et des gens d'une demi-douzaine de races y circulaient dans tous les sens, la plupart des hommes armés, beaucoup de femmes voilées. Ils étaient tous d'une curiosité intense mais tous, et même les enfants, remarquablement discrets : à un moment, Stephen vit cependant un grand homme à l'air martial quitter un groupe de Guègues catholiques et venir délibérément vers eux, tortillant sa moustache d'une main ornée d'une superbe améthyste : il portait deux pistolets à monture d'argent dans la ceinture de ce qui ressemblait fort à une soutane, et un mousquet ou peut-être un fusil de chasse — non, un mousquet — sur

303

l'épaule, sa crosse cachant à demi une croix pectorale. Stephen sentit une tension, et remarqua qu'Andros et l'étranger calculaient leur salut avec la plus grande précision pour que ni l'un ni l'autre ne soit en avance d'une demi-seconde.

— Voici l'évêque catholique de Prizren, qui accompagne une partie de ses ouailles mirdites, dit le père Andros.

Jack et Graham se levèrent et s'inclinèrent : Stephen baisa l'anneau de l'évêque et ils conversèrent un moment en latin, l'évêque étant très anxieux de savoir s'il était vrai que le roi d'Angleterre fût sur le point de se convertir, et si l'amiral anglais pourrait être conduit à garantir l'indépendance de la république de Kutali. Stephen ne put le satisfaire sur aucun de ces points mais ils se séparèrent dans les meilleurs termes, et l'on put observer que les Guègues moroses regardaient le groupe d'un air plus favorable, à présent qu'on savait qu'au moins l'un de ses membres était de la confession appropriée.

Ce fut particulièrement évident quand ils atteignirent la citadelle, gardée à cette heure du jour par les seuls Guègues, bande fière, hautaine, sombre et morose qui s'épanouit en humanité souriante quand l'un des nombreux enfants qui les accompagnaient eut annoncé la nouvelle. Mais ni les enfants ni les autres compagnons ne furent admis au-delà des portes, et au-delà des portes, l'aimable conversation du père Andros cessa tout à fait. Plus grave que jamais, il les conduisit par un sentier serpentant à la dernière plate-forme, une batterie en demi-lune détachée de la roche vive des deux côtés, incurvée et dominant la mer, la ville basse et ses approches. En montant par le sentier, qui zigzaguait en travers de la falaise abrupte, Jack compta les embrasures de la batterie : elles étaient vingt et une, toutes remplies ; un nombre de canons plus que suffisant pour tenir en respect une escadre puissante, s'ils étaient bien servis. Mais au dernier tournant, au dernier guichet de fer, le père Andros hésita.

— Nous sommes d'une franchise totale, comme vous voyez, dit-il, déverrouillant enfin le portillon. Sciahan Bey a répété qu'il s'en remet entièrement à l'honneur d'un officier de marine anglais.

La remarque ne fut pas bien reçue. « S'il en est si certain, il n'a pas besoin de le dire, et moins encore de le répéter sans cesse », pensa Jack. Et Stephen se dit intérieurement : « Voilà une forme maladroite de chantage », tandis que le ton même de la traduction de Graham indiquait sa désapprobation. Andros était pourtant trop agité pour le remarquer : il les conduisit dans la batterie, et quand le petit groupe des canonniers qui l'occupaient se fut écarté, Jack vit la cause de son émotion : tous les canons, sauf trois, étaient faits de bois peint ; des autres, deux étaient dépourvus de tourillon, de sorte qu'on ne pouvait les pointer avec la moindre précision. Pour le troisième, pièce de cuivre archaïque ayant été autrefois enclouée, la personne qui avait repercé la culasse avait saboté le travail. Mustapha pouvait amener ses canonnières à midi s'il le souhaitait et bombarder les murs de la ville basse tout son content : il n'y avait à Kutali rien qui pût l'arrêter.

— Nous utilisons ces deux-là pour tirer les saluts, dit Andros, et pour tromper le monde en général. Nous n'osons pas toucher le troisième.

— Le bey n'a-t-il pas de pièces d'artillerie de campagne ? demanda Jack.

— Une seule, et elle ne tire que des boulets de trois livres. Il la garde dans son camp. Si on l'apportait ici, la population risquerait de soupçonner la réalité des choses.

Jack hocha la tête et, se penchant sur le parapet, il envisagea la possibilité d'épisser quatre câblots bout à bout et de faire monter au cabestan des canons amarrés sur des rocambeaux bien graissés, directement du rivage. Après tout, une pièce de dix-huit livres ne pesait pas plus que ses ancres de bossoir, et avec une demi-douzaine, la place serait parfaitement imprenable ; mais en faire monter une ou deux par ces rues impossibles, étroites, zigzagantes et plus semblables à des échelles, imposerait des semaines de travail. Le pivot, à cette extrémité, et bien entendu la tension prodigieuse seraient les difficultés principales... mais on résoudrait ce problème quand on y serait : on pouvait toujours compter sur Tom Pullings pour faire des merveilles en matière maritime.

— Paysage romantique, n'est-ce pas ? dit le père Andros.

Son inquiétude semblait avoir diminué, comme s'il avait lu dans l'esprit de Jack, et il parlait avec aisance, souriant peut-être pour la première fois depuis qu'ils avaient débarqué.

— Eh ? dit Jack, oh oui, je suppose.

Il se redressa et prit ses relèvements : le cap Stavro pointait vers le sud-ouest, long promontoire avec Marga à la base côté sud et Kutali côté nord, toutes deux séparées par trente milles de mer mais trois seulement de terre. Mais

305

trois milles si montagneux qu'il n'était pas facile de voir comment accomplir le trajet.

— Où se trouve l'aqueduc qui alimente Marga ? demanda-t-il.

— Vous ne pouvez le voir d'ici, dit Andros, mais je vous le montrerai facilement. Ce n'est pas loin du tout et il y a une superbe vue romantique et sauvage des rochers qui le surplombent. Je sais que les voyageurs anglais aiment beaucoup les vues romantiques et sauvages.

— Demandez-lui, s'il vous plaît, ce qu'il entend par « pas loin du tout », dit Jack.

— Moins d'une heure par le sentier de chèvres, dit Graham après traduction. Mais il dit que nous pourrions prendre des chevaux et passer par le chemin facile, si vous ne regrettez pas de manquer la vue romantique et sauvage.

— Je crains que nous ne soyons pas ici pour nous complaire aux vues romantiques et sauvages, dit Jack. Le devoir exige que nous prenions des chevaux.

Le chemin facile les fit passer entre les montagnes sur un gazon ferme, élastique, monter, descendre et descendre encore vers un col herbu où le prêtre démonta et dit :

— Ici.

— Où ? s'exclama Jack, cherchant aux environs une série de nobles arches traversant le paysage.

— Ici, dit le prêtre à nouveau, en tapant du pied sur une dalle de calcaire à demi enterrée dans l'herbe. Écoutez.

Penchant la tête dans le silence, ils purent entendre l'eau courir sous le sol. La source était sur le mont Shkrel et un canal couvert en pente douce transportait l'eau jusqu'aux hauteurs derrière Marga :

— Vous pouvez le voir, comme une route verte suivant la courbe des collines, là où il plonge tout droit, et je vous montrerai plusieurs endroits où l'on peut facilement le couper.

En regardant Marga d'en haut, Jack eut envie de dire qu'il n'aimerait pas être dans les bottes de l'officier commandant la place, privé d'eau douce et avec une batterie lui tirant dessus d'une telle hauteur, car il ne doutait pas que malgré la difficulté notoire de transporter canons et même caronades par voie terrestre et surtout montagneuse, il pourrait en faire passer un nombre suffisant sur cette belle herbe ferme et drue, en suivant le parcours du canal qui respectait à peu près la courbe de niveau, une fois qu'il aurait réussi à les faire monter jusqu'à la citadelle. Mais il n'aimait pas tenter le sort, que ce fût à terre ou en mer, et il se contenta d'observer « que peut-être il vaudrait mieux rentrer à présent ; quant à lui, il avait une si terrible faim qu'il pourrait dévorer un bœuf et en redemander ».

Ils repartirent donc à belle allure, les chevaux impatients de retrouver leur écurie, les hommes leur mangeoire ; et en chemin ils rencontrèrent un officier turc. Il échangea avec le père Andros quelques mots en privé — langage incompréhensible, mais satisfaction sensible — et le prêtre annonça, avec le peu de spontanéité qu'il put rassembler, que le bey, remis de son indisposition, serait heureux d'inviter le capitaine Aubrey à un...

— C'est un terme inhabituel, albanais d'origine, je crois, dit Graham, peut-être pourrait-on le traduire par casse-croûte, repas léger ou hâtif.

Une version plus exacte aurait été « mouton à queue grasse farci au safran précédé de trois plats et suivi de trois autres ». Pendant une partie du festin, pour que Graham puisse prendre le temps de manger, Sciahan parla par l'intermédiaire d'un drogman moldave, racontant à Jack la campagne de Syrie de 1799 où lui et Sir Sydney Smith avaient chassé Buonaparte de Saint-Jean-d'Acre, et ensuite ses manœuvres avec la Brigade navale durant les jours qui avaient conduit à la bataille d'Aboukir. Sir Sydney était un peu trop voyant pour que Jack le considère comme son personnage favori, mais un éloge sincère et raisonné de la Navy, surtout venant d'un combattant aussi couturé et ravagé que le bey, c'était tout autre chose, et Jack le regardait avec beaucoup de complaisance. Il aurait de toute façon aimé son hôte, petit homme compact à barbe grise empreint d'une grande dignité naturelle, direct, et, en dehors de sa maladie diplomatique et de l'envoi du père Andros pour que sa position soit présentée à Aubrey par un chrétien comme lui, sans artifices. Il était beaucoup plus proche de ce que Jack attendait d'un Turc : un homme honnête, et auquel il pouvait faire confiance. Vers la fin du repas, Sciahan dit :

— Je suis heureux d'apprendre du père Andros que vous avez vu l'état de Kutali. Je sais que votre amiral souhaite pouvoir utiliser le port pour ses navires et qu'il souhaite que nous l'aidions à chasser les Français de Marga. S'il me donne les canons, les Kutaliotes et moi nous ferons notre part.

— Très bien, dit Jack, j'enverrai ma conserve à Céphalonie chercher les canons dès que le vent passera au nord.

Chapitre onze

Matines et laudes, prime, tierce, sexte, none, vêpres et complies : à chacune des heures canoniques, et souvent même entre elles, des prières pour le vent du nord montèrent des églises de Kutali, des prières beaucoup plus ferventes que Jack ou ses conseillers ne l'avaient d'abord imaginé ; les Kutaliotes détestaient et redoutaient Ismail Bey, mais ils détestaient et redoutaient Mustapha plus encore. Ils le connaissaient, directement ou de réputation, comme un homme excessivement violent et cruel, sujet à d'énormes rages impossibles à maîtriser ; bien peu de Grecs n'avaient pas perdu des parents dans l'incendie des villages ou la dévastation des campagnes de Morée. Et c'était Mustapha qu'ils considéraient tous comme l'attaquant le plus probable, en raison de ses navires et de son activité immense. L'une des mesures de leur crainte se révéla dans leur amabilité pour les matelots à terre et leur coopération active lorsqu'on comprit que les officiers souhaitaient déterminer le parcours direct d'un énorme cordage courant du môle jusqu'à la citadelle, un cordage qui forcément s'incurverait quelque peu mais qui devait cependant avoir la voie libre entre ses supports. L'officier le plus directement concerné, Mr Pullings, « la demoiselle » comme l'appelaient les Kutaliotes en raison de son visage aimable et de ses manières douces, n'avait qu'à suggérer qu'un mur, un appentis, une cheminée, un pigeonnier risquait d'être gênant pour qu'aussitôt l'obstacle s'évanouisse, démoli sinon par ses propriétaires, du moins par ses voisins et le reste de la communauté.

Les prières pour le vent du nord ne furent pas exaucées tout de suite, et ce fut tant mieux, car cela donna au capitaine

Aubrey le temps d'écrire la dépêche que la *Dryad* porterait au commandant en chef, un récit long et détaillé de ses rencontres, ainsi qu'une demande d'un supplément d'infanterie de marine pour l'assaut final, d'au moins deux sloops pour des actions de diversion et pour empêcher que Corfou n'envoie renforts et approvisionnements à Marga, et d'argent afin d'enrôler trois troupes de Mirdites et une de Guègues musulmans pour trois semaines à raison de neuf piastres argyrokastro par mois calendaire, les hommes ayant à se procurer armes et victuailles. Jack espérait peu des sloops, mais pensait pouvoir compter sur l'argent, de même qu'il pouvait être sûr que la *Dryad* reviendrait avec les officiers et les hommes de l'équipage de prise, peut-être des nouvelles de l'expertise et de la vente du *Bonhomme Richard*, et toutes les lettres de la maison éventuellement arrivées en leur absence. Cela laissa aussi le temps à sa furieuse querelle avec le professeur Graham non pas de cesser ou de se résoudre, chacun conservant sa position initiale, mais du moins d'atteindre un stade où ils pouvaient être en désaccord avec les apparences extérieures de la civilité.

La querelle avait débuté à la table de Sciahan, quand Graham s'était étouffé sur ses feuilles de vigne farcies en entendant Jack dire : « Très bien. J'enverrai chercher les canons. »

— Sans cet infâme drogman moldave pragmatique, ces mots n'auraient jamais été transmis, s'écria-t-il dès qu'ils furent seuls. J'aurais refusé d'interpréter une indiscrétion aussi totale. (Une pause coléreuse, une forte respiration puis il explosa :) Vous aviez tous les avantages qu'un négociateur peut souhaiter. Et sans consultation, et même apparemment sans la moindre réflexion, vous avez pris sur vous de les jeter par la fenêtre. Les jeter par la fenêtre.

Il développa très longuement son thème : même si le capitaine Aubrey n'avait pas jugé bon de consulter ses conseillers quant à l'attitude à adopter avec Sciahan Bey, il devait sûrement s'être rendu compte qu'il était en position d'insister pour obtenir les termes les plus favorables. Avant tout engagement, il aurait pu exiger un accord détaillé, un traité correctement établi, avec une garantie d'observation de ses termes. Le bey aurait certainement donné l'un de ses neveux en otage, et les diverses communautés kutaliotes en auraient fait autant. Dans toute négociation, et a fortiori dans toute négociation orientale, chaque partie se devait de tirer tout le profit possible de l'équilibre des forces : si l'une ou l'autre ne le faisait pas, c'était à cause de quelque faiblesse cachée — l'acceptation simple et sans condition d'une demande étant nécessairement considérée comme la plus grande preuve de faiblesse. Et à part même les otages et les garanties pour la libre utilisation du port, d'innombrables autres aspects auraient dû être envisagés avant de parvenir à un accord quelconque : par exemple, Sciahan et ses conseillers, hommes intelligents, habitués aux affaires, auraient sans aucun doute envisagé la possibilité de désarmer Mustapha en lui offrant en compensation de la perte de Kutali une part du territoire de Marga, acquise par Sciahan et Mustapha en vertu des termes d'une alliance offensive et défensive qui les aurait aussi renforcés tous deux contre Ismail. Fort heureusement, il n'était pas trop tard ; les remarques mal à propos du capitaine Aubrey ne constituaient nullement une obligation ; elles pouvaient être expliquées comme une simple formule de politesse dans l'ambiance du festin, et les véritables négociations pouvaient à présent débuter entre les conseillers des deux côtés.

Jack répondit froidement qu'il considérait ses paroles comme un engagement total, qu'il était convaincu que Sciahan et lui se comprenaient parfaitement, et que de toute manière la responsabilité était entre les mains du capitaine de la *Surprise*. Ce fut la dernière remarque froide de la discussion qui aussitôt s'échauffa et devint même personnelle. Graham refusait d'entendre un mot de plus de cette prétention de responsabilité : si le pays perdait une possibilité d'une valeur extrême par erreur ou ignorance, le public furibond ne se consolerait guère à l'idée d'en attacher la responsabilité à l'un quelconque de ses serviteurs. Il était du devoir de toute personne engagée dans la guerre, et surtout dans les aspects politiques de la guerre, de considérer la situation avec l'impartialité d'un philosophe naturel observant l'action de l'esprit de sel sur la corne, du fluide électrique sur la patte d'une grenouille morte ; tous les sentiments et les préférences personnelles devaient être mis de côté ; et l'on se devait de rechercher d'autres opinions purement objectives et informées. Cependant, tout au long de cette malencontreuse journée, le capitaine Aubrey avait été manifestement guidé par ses sympathies et ses aversions personnelles et par le fait que ces gens se dénommaient eux-mêmes chrétiens ; il avait fondé son opinion sur des bases sentimentales. C'était évident dès le moment où ils avaient mis pied à terre et jusqu'à leur départ, et il ne lui servait à rien au capitaine Aubrey de jacasser de respect et de discipline. Le professeur Graham n'était pas l'un des subordonnés du capitaine Aubrey — le fouet cruel et sanglant qu'il avait vu, avec d'amers regrets, utiliser si scandaleusement sur ce navire même n'était pas pour lui — et même s'il était un subordonné, cela ne l'empêcherait pas de faire son devoir ou de protester, officiellement et avec la plus grande véhémence, contre cet acte malencontreux. Il ne servait à rien non plus au capitaine Aubrey d'avoir l'air grand et de parler fort ; le professeur Graham n'était pas un homme que l'on puisse bousculer. Si, comme tant d'autres militaires, le capitaine Aubrey confondait la force supérieure avec la raison supérieure, c'était l'affaire du capitaine Aubrey : rien n'empêcherait le professeur Graham de dire la vérité, calmement et sans élever la voix. Le volume sonore n'était en aucune manière lié au volume de véracité. Le capitaine Aubrey pouvait parler avec violence s'il le souhaitait ; cela ne faisait aucune différence à l'égard de la vérité. Si le capitaine Aubrey en venait à tourner ses canons — l'*ultima ratio regum*, et de bien d'autres brutes — contre le professeur Graham, la vérité resterait inchangée. Non, dit le professeur Graham, presque aphone à présent d'avoir tant crié, il ne pensait pas posséder le monopole de la sagesse — cette remarque, observerait-il en passant, était tout à fait inappropriée et aussi peu libérale que si le professeur Graham avait fait allusion à la masse remarquable du capitaine Aubrey ou à son manque d'éducation — mais dans ce cas particulier, un observateur impartial comparant le savoir non négligeable du professeur Graham en matière d'histoire, de langue, de littérature, de politique et de coutumes turques avec l'ignorance encyclopédique et la présomption de ceux qui le contredisaient pourrait être tenté de le croire. De plus... Parvenu à ce point, Stephen entra et émit un flux de paroles rapides, insipides, refusant de se laisser interrompre jusqu'à ce que le bienheureux roulement de tambour lui permît d'entraîner Graham invaincu vers le carré où, au milieu d'un silence consterné (car ces messieurs avaient été relativement audibles, les cloisons étant fort minces alors que même des planches de neuf pouces auraient à peine suffi à contenir un désaccord si passionné), il démembra sauvagement une couple de volailles kutaliotes.

Dans le courant de ce désaccord, Jack avait souffert de son habituel manque d'éloquence (les mots bien choisis surgissaient en foule de la bouche de Graham) et du fait qu'il n'avait pas reçu de Stephen le support escompté.

— Je trouve vraiment que vous auriez pu me soutenir un peu plus, dit-il. J'aurais beaucoup apprécié que vous sortiez un morceau de latin ou de grec, quand il m'a attaqué sur ma masse.

— Eh bien, mon frère, vous aviez déjà lâché quelques remarques sur les rats de bibliothèque maigres et ratatinés, vous en étiez l'un et l'autre à vous lancer des noms d'oiseaux, ce qui est la mort de tout discours. Un peu plus tôt, quand vous conversiez comme des chrétiens au lieu de rugir comme des Turcs, je ne suis pas intervenu parce que je pensais qu'il y avait du vrai dans les assertions de Graham.

— Pensez-vous que j'aie eu tort ? Dans les négociations de cet ordre et avec des hommes comme Sciahan, une parole naturelle et spontanée peut parfois faire plus qu'une masse de marchandages tortueux et de traités formels.

— Je pense que vous auriez dû consulter Graham auparavant — il est après tout une autorité éminente sur les affaires turques et vous l'avez blessé profondément en ne le faisant pas — et je pense qu'il a peut-être raison pour Mustapha. Plus j'entends parler du capitan-bey, plus je réfléchis à la situation et plus je me persuade qu'il s'intéresse moins à la possession de Kutali qu'à empêcher Ismail d'y pénétrer, et plus généralement à damer le pion à Ismail, comme on dit. J'entends de tous côtés le récit de sa haine obsessionnelle pour cet homme ; et je pense que si vous ne vous étiez pas engagé aussi profondément envers Sciahan, vous auriez été bien avisé d'en tenir compte. Après tout, on peut estimer qu'en guerre il n'y a ni Turcs, ni chrétiens, ni considérations morales.

— Une guerre de ce genre ne vaudrait pas la peine qu'on la livre.

— Et pourtant, Dieu sait que la guerre n'est pas un jeu.

— Non, dit Jack. Peut-être aurais-je dû dire ne mérite pas qu'on la gagne.

La brise vint au nord ; la *Dryad* partit pour Céphalonie et Malte ; le bey déclara l'embargo sur toute navigation, afin que les nouvelles n'atteignent pas Marga avant le premier coup de canon et la première sommation ; et les Surprises entreprirent de gréer leur transporteur aérien.

Ils avaient espéré l'achever avant qu'on ne puisse escompter le retour des transports de Céphalonie — quatre ou cinq jours, avec les habituelles brises variables de cette saison —, mais on s'aperçut très vite que ce premier plan était trop optimiste et qu'il faudrait au moins une semaine, la bonne volonté des Kutaliotes n'allant pas jusqu'à la destruction de trois clochers particulièrement aimés et d'un cimetière surélevé où les morts reposaient comme dans les niches d'un pigeonnier. Le seul moyen de les éviter était de repartir à zéro, tout au bout du môle, entreprise beaucoup plus considérable. Cependant, ils firent un début vigoureux, les marchands et les armateurs de Kutali ayant fourni d'énormes guindeaux et de grandes quantités de cordages (mais rien que la Navy pût considérer comme des câbles), et le système prit sa forme générale, avec des aussières légères montant par étapes du bas jusqu'en haut. Ce n'était qu'un début, bien entendu. De vrais câbles, des câbles de dix-sept pouces, longs chacun de cent vingt brasses, épissés bout à bout et étarqués aussi raide que l'ingéniosité humaine pouvait le permettre, remplaceraient les aussières.

Mais si les prières des Albanais catholiques, des Grecs orthodoxes et des diverses minorités telles que melchites, coptes, juifs et nestoriens pour le vent du nord avaient été excessives, la réponse le fut aussi : le vent du nord vint, mais s'il emporta la *Dryad* à toute vitesse jusqu'à Céphalonie, il y bloqua aussi les transports et leva très vite une mer si forte qu'il était impossible de se tenir sur la pointe exposée du môle. Pullings, le bosco et leurs hommes durent se limiter aux travaux de finesse, au sommet ou aux étapes intermédiaires, circulant jour après jour du haut en bas de la ville ensoleillée, se familiarisant tout à fait avec sa géographie et sa population, qui leur parlait sans crainte en albanais naval, en grec ou les deux à la fois.

Au début, Jack divisa son temps entre le transporteur et la route que les canons choisis devraient prendre pour attaquer Marga : il emmena aussi son canonnier et l'officier d'infanterie de marine étudier les sites possibles pour les batteries ; mais on jugea imprudent d'y passer trop de temps, de peur d'éveiller les soupçons, et il fut heureux d'accepter l'invitation de Sciahan Bey d'aller chasser le loup. Il emmena avec lui Williamson, son aspirant maladif, pensant que prendre l'air ferait du bien au garçon, et il l'adjura de rester avec les neveux du bey qui lui montreraient ce qu'il fallait faire et peut-être l'empêcheraient d'être dévoré par leur gibier. Ce fut une journée agréable, si ce n'est que le cheval de Jack, quoique de la célèbre race épirote, n'était pas à la hauteur du poids de son cavalier. Vers le soir le loup se retira dans une forêt froide et humide, séjour de bon nombre de ses congénères, et là, dans une clairière, le cheval refusa d'aller plus loin. Ils étaient seuls, le bey, ses neveux, Mr Williamson et la meute hétéroclite s'étant évanouis depuis quelque temps parmi les arbres ; et Jack, assis sur sa monture tremblante et suante dans le crépuscule, se rendit compte que la persuasion ne servirait à rien : le cheval n'en pouvait plus. Il démonta et l'entendit souffler de soulagement ; il passa les rênes sur son bras et ils repartirent tranquillement à pied, dans l'intention de sortir de la forêt par où ils étaient entrés, une prairie herbue près d'un ruisseau. De temps à autre, le cheval le regardait de ses yeux brillants et (pour un cheval) intelligents, comme pour exprimer quelque chose — le doute, peut-être, car l'obscurité s'accumulait sous les arbres et la prairie herbue n'apparaissait pas. Puis, alors que Jack observait le peu de ciel qu'il pouvait voir entre les feuilles pour trouver ses repères, ils entendirent la voix d'un loup quelque part à droite, et une autre au-delà. Le cheval se mit aussitôt à danser, il avait retrouvé toute sa vigueur et Jack, qui le tenait solidement par la tête, ne pouvait le monter. Ils tournèrent l'un autour de l'autre, de plus en plus vite, jusqu'à ce que Jack réussisse à lui pousser la croupe contre un arbre, ce qui lui donna juste le temps de bondir comme une grenouille, s'asseoir dans la selle et repartir. Quand il eut récupéré ses deux étriers — ce fut très long — et à peu près la maîtrise de sa bête, ils se trouvèrent hors des arbres, à remonter une pente de fougères, les oreilles du cheval inclinées vers un vallon peu visible, juste devant. À nouveau le cri du loup, à gauche et à droite, puis surgi du vallon même, et suivi presque immédiatement du cri « Capitaine Aubrey, holà ! ». Il distingua Williamson et l'un des plus jeunes neveux du bey qui se détachaient sur le ciel en sortant du vallon ; ils hurlèrent à nouveau en descendant vers lui, et il leur demanda :

— Pourquoi faites-vous ce vacarme infernal, jeunes gens ?

— Nous imitons les loups, monsieur, Suleyman le fait si bien qu'ils lui répondent presque chaque fois. Ce que c'est drôle ! Comme les autres vont nous envier.

Stephen aussi s'amusait quelque peu pendant que le vent du nord maintenait les canons à Céphalonie. Il n'avait jamais de toute sa vie vu l'aigle criard, que l'on appelle aussi aigle tacheté : il avait fort envie de voir un aigle tacheté et comme c'était un pays dans lequel on pouvait raisonnablement compter voir des aigles tachetés, il fit connaître son souhait. Le père Andros ne connaissait rien aux aigles, tachetés ou pas, mais il y avait derrière Vostitsa une famille de bergers dont on disait qu'ils savaient tout des oiseaux, comment leur parler et comment les appeler par leur nom : ils capturaient des faucons au nid et les dressaient pour la chasse. La mère de ces jeunes gens, quand on l'appela, affirma qu'elle connaissait fort bien l'aigle tacheté, intimement même, que son mari le lui avait fréquemment montré quand ils étaient ensemble dans les montagnes et que ses fils trouveraient certainement pour le gentilhomme un aigle très tacheté. Stephen croyait à son bon vouloir, mais sans plus ; elle s'était montrée d'accord avec toutes les descriptions qu'il lui proposait et dans son désir de plaire au prêtre elle serait très probablement allée jusqu'à lui promettre un casoar. Ce n'est donc pas avec beaucoup d'espoir qu'il entreprit une chevauchée de six lieues dans les montagnes ; mais c'est dans un état de bonheur singulier et de satisfaction contenue qu'il entra, titubant, raide et jambes arquées, dans la grand-chambre et dit :

— Jack, félicitez-moi : j'ai vu cinq aigles tachetés, deux adultes et trois jeunes.

Le professeur Graham, d'autre part, passait ses journées en conférence avec l'évêque mirdite, le père Andros et les autres chefs chrétiens, avec les conseillers turcs du bey et certains officiers itinérants du gouvernement, anciennes relations de ses séjours à Constantinople. Quand il parlait turc ou grec, son arrogance de maître d'école tendait à s'effacer : il devenait un homme plus aimable et un agent de renseignement plus efficace, et au cours de cette période, il recueillit une quantité étonnante d'informations sur les relations d'Ismail avec les Français, les diverses et complexes trahisons des pachas de l'intérieur, l'appel du vice-roi égyptien aux Anglais pour le soutenir dans une révolte contre le sultan, et l'histoire de l'amitié, de la querelle et de la réconciliation entre Mustapha et Ali Pacha de Jannina. Il résuma tout cela pour le plus grand profit de Stephen ; car comme il le disait, même si son avis n'était ni requis ni apprécié, il avait encore sa conscience ; et il était possible que la voix du docteur M. puisse être entendue quand la sienne ne l'était pas. Graham put consacrer à cette tâche un très long temps, bien plus long qu'il ne l'avait escompté, car si la forte mer tomba, autorisant la poursuite des travaux sur le môle, le vent restait obstinément de nord. En fait, le transporteur aérien fut achevé avant qu'ils n'aient la moindre nouvelle de l'arrivée des transports ; la totalité du poste des aspirants et tous les mousses du bord avaient, sous un prétexte ou un autre, parcouru à pied, à bras et finalement accrochés la totalité de la majestueuse courbe caténaire, du bas jusqu'en haut ; une caronade de trente-deux livres et un canon long de douze livres avaient déjà fait le voyage d'essai, avec succès, aller et retour. En un mot, tout était prêt, sauf les canons indispensables ; et les espions envoyés à Marga par les sentiers de montagne annonçaient que nul là-bas n'avait la moindre idée d'une attaque.

Mais le vent du nord soufflait toujours : jour après jour, le vent du nord soufflait. Et c'est alors, comme cette attente devenait non seulement ennuyeuse mais à peine tolérable, comme le moment était mûr à point et commençait peut-être à blettir, comme Jack était hanté du sentiment que cet excellent début était extrêmement menacé (pour la simple raison que les nouvelles finiraient par filtrer et que l'effet de surprise serait perdu, car avec l'embargo de Sciahan le port affairé s'encombrait de plus en plus de bateaux de toutes sortes et la cause en serait bientôt évidente), c'est à ce moment, comme il était avec Stephen dans la chambre, silencieux entre deux morceaux de musique, la frégate roulant doucement le long du môle de Kutali, que Graham embarqua, particulièrement tard dans la soirée. Ils entendirent la sommation de la sentinelle ; ils entendirent la réponse de Graham, bourrue et peu aimable comme à l'habitude ; et quelques instants plus tard, Killick entra pour dire que le professeur voulait voir le capitaine.

— J'ai à vous faire un rapport, monsieur, dit-il d'un ton froid et formel. La rumeur court dans le camp turc qu'Ismail a été nommé gouverneur de Kutali, que le sultan a signé l'iradé et que le document a déjà atteint Nicopolis.

La pensée « Ah, mon Dieu, j'ai misé sur le mauvais cheval » traversa comme l'éclair l'esprit de Jack avec tout un train d'autres réflexions amères tandis qu'il déposait son violon sur le coffre.

— Qu'y a-t-il de vrai là-dedans, à votre avis ? demanda-t-il.

— Je ne sais pas, dit Graham. Il serait inhabituel pour la Porte de parvenir si vite à une décision sur un sujet de cette espèce, mais par ailleurs notre ambassade a été fort affairée, je le crains, peut-être irrémédiablement affairée.

— Pourquoi irrémédiablement affairée ?

— Parce que si Ismail est installé, c'en est fait de notre attaque sur Marga. Comme le docteur Maturin vous l'a peut-être dit, j'ai la preuve indéniable de ses relations avec les Français : ils sont pour lui source de très grand profit.

— Connaissez-vous l'origine de la rumeur ?

— L'origine la plus probable est un courrier passé par ici, en route vers Ali Pacha : le récit peut être exagéré mais il a probablement certaines bases. Un homme serait peu tenté d'inventer des nouvelles aussi malvenues.

— Si c'est vrai, que pensez-vous que nous devions faire ?

— Me demandez-vous mon avis, monsieur ?

— Oui, monsieur, je vous le demande.

— Je ne saurais vous donner une réponse réfléchie. Je n'ai attrapé qu'un bout du récit, de troisième main, et sans doute déformé. Je dois voir le bey demain matin ; heureusement il se lève tôt.

Le vieux Turc sortit de son kiosque pour monter à cheval avant l'aube, mais il n'était pas levé plus tôt que le capitaine Aubrey, car Jack ne s'était pas couché du tout. Il avait passé la plus grande partie de la nuit sur le pont, regardant les nuages accourir du nord, faisant les cent pas, irritant le quart de mouillage et terrifiant tout à fait Mowett qui revenait discrètement de quelque rencontre vénusienne ; ce faisant, un critique quelque part au fond de son esprit le harcelait sans profit sur ce qu'il aurait dû faire, en décrivant les différentes solutions qui auraient infailliblement conduit à la réussite. Il aurait dû par exemple s'entendre avec Mustapha d'emblée et envoyer aussitôt chercher les transports : le vent était tout à fait favorable, Mustapha aurait pris Kutali haut la main et en ce moment ils seraient en train d'assiéger Marga ensemble ; car le capitan-bey, tout voyou explosif et imprévisible qu'il fût, était du moins un homme d'action. Ridicule, répondait-il : il aurait fallu conquérir Kutali rue après rue, si même on avait pu y réussir, malgré la destruction des murs et des maisons par les canons. Et Mustapha était parfaitement indigne de confiance en ce qui concernait Marga. Quand il en eut assez et plus qu'assez de ces reproches, Jack descendit et après avoir observé un moment les cartes du trajet vers le nord à partir de Céphalonie — cartes qu'il connaissait par cœur —, il revint à sa lettre inachevée.

« ... Et voilà, ma chérie, pour le côté public, le côté service, pour le temps, l'occasion et les trésors perdus, si cela se confirme vrai, écrivit-il. À présent, puisque nous sommes tous deux une même personne, je peux vous parler du côté personnel : si l'expédition retourne à Malte avec sa cargaison de canons, n'ayant rien accompli, les expressions de bienveillance et de soutien de Harte ne tiendront guère. Elles ne l'empêcheront certainement pas de me jeter par-dessus bord. Il dira que j'ai misé sur le mauvais cheval et je ne pourrai le nier. La responsabilité et le blâme seront pour moi et aucune justification de ma part (quoique je puisse en fournir beaucoup) ne fera la moindre différence quant au résultat final. Avec de la malveillance, cela pourrait être présenté de manière très mauvaise, et même avec un rapport amical (que je ne saurais espérer) mon nom sera entaché d'une marque bien noire ; et ceci venant après le fiasco de Medina ne me fera aucun bien à Whitehall. Ce qui m'attriste particulièrement, c'est que je serai encore plus incapable de faire quoi que ce soit pour Tom Pullings. S'il doit être promu capitaine de frégate et *employé à ce rang*, il faut que ce soit assez vite ; car nul ne veut de barbe grise sur un sloop de guerre, ni même un homme de trente-cinq ans. Mais par ailleurs je sais à présent que le peuple de Kutali aurait résisté à Mustapha, malgré toute la violence de son bombardement ; et quand je pense à ce que ses hommes auraient fait dans la ville, je suis heureux de n'y avoir pas eu de part ».

Ses pensées passèrent à Andrew Wray, à cette alliance contre nature entre Harte et Wray ; au grand nombre d'hommes influents qu'il avait réussi à désobliger d'une manière ou d'une autre ; à son père...

Huit coups. Ses réflexions furent interrompues par le sifflet perçant de l'appel *En haut le monde* au panneau principal et le rugissement étouffé des aides-bosco, « Les tribordais, eh, ho, les tribordais ! Debout les hommes, debout les hommes. Je viens avec mon couteau et la conscience claire. Debout les hommes. En haut ou en bas, paresseux », et un rire lointain quand on coupa les attaches du hamac de Parslow le Dormeur.

Huit coups. Killick ôta les contre-hublots de la fenêtre de poupe, laissant entrer le matin gris et l'expression de curiosité de son visage de fouine. Curieux et fouineur, sans doute, mais aussi brillant de propreté : comment y parvenait-il, Jack n'en avait pas la moindre idée, d'après le souvenir de son temps dans la batterie basse et de l'absence totale de tout ce qui pouvait permettre de se laver avant le quart du matin, et bien peu même ensuite. Propre, et bienveillant aujourd'hui, car manifestement Jack n'avait pas le moral : Killick, comme le partenaire d'une balançoire, était souvent particulièrement acariâtre quand la gaieté de Jack était au sommet, et l'inverse. Il annonça le vent, toujours nord nord-est, et le temps, moyennement beau, puis s'en alla chercher le café.

— Le professeur a débarqué, monsieur, dit-il sur le ton de la conversation en rapportant le pot, bien plus tôt que d'habitude.

— Vraiment ? Je serai heureux de le voir quand il reviendra. Prévenez-moi dès l'instant où il embarquera.

Après un long intervalle pendant lequel on nettoya les ponts avec le vacarme habituel des pierres à briquer, des fauberts et des flots d'eau, où l'on siffla la sortie des hamacs dans les filets au bruit d'une ruée furieuse de plus de deux cents hommes, dont beaucoup gueulaient, ruée répétée presque immédiatement quand on siffla le petit déjeuner pour la même horde, Stephen entra et ils attendirent ensemble Graham, en mangeant des toasts beurrés sans le moindre appétit.

— Du moins, dit Jack, le baromètre commence à descendre.

— Qu'est-ce que cela signifie ?

— Un changement de temps, avec le vent passant presque certainement à l'est ou même au sud de l'est. Grand Dieu, combien je l'espère. Il suffirait de quelques quarts vers l'est pour que les transports remontent : je connais Venable et Allen, ce sont des hommes entreprenants, enthousiastes, et je suis sûr qu'ils appareilleront dès que ce sera possible. Cela ne représente guère plus de deux jours de trajet, avec une bonne brise à huniers pleins, portant ne serait-ce que d'un quart. Bonjour, Tom, dit-il en levant les yeux avec surprise, asseyez-vous et mangez un morceau.

— Je vous demande pardon de faire irruption comme ceci, monsieur, dit Pullings, mais j'arrive du môle et des travaux, et la ville est en effervescence. Pour autant que j'aie pu comprendre, c'est cet Ismail qui doit devenir gouverneur et on nous demande de débarquer les canons pour les protéger contre lui. Il y a un groupe qui vient pour vous voir, monsieur, ils sont dans un état si pitoyable que j'ai dit que vous les recevriez certainement.

— Ah, juste ciel, Pullings... commença Jack. Mais il était trop tard : le groupe était à bord et rien n'aurait pu les empêcher d'entrer. C'étaient pour la plupart des prêtres des différents clergés — quoique le père Andros ne fût pas là — mais aussi des laïcs, marchands âgés ou d'âge moyen, sénateurs à l'époque de la République, et ils exposèrent au capitaine Aubrey qu'il était de son devoir de protéger ses coreligionnaires : de garantir, sinon l'indépendance, du moins le statut privilégié de Kutali. La ville était turque, turque en théorie, plutôt que partie de la république des Sept Iles, mais seulement par une erreur que les Puissances redresseraient bientôt. Jack dit qu'il n'était rien de plus qu'un officier obéissant aux ordres ; il ne pouvait engager son amiral, et moins encore le gouvernement de son roi. Ils expliquèrent la position spéciale de Kutali, position garantie en premier lieu par la possession de la citadelle et que Sciahan Bey avait respectée ; Ismail ne la respecterait pas et l'on savait à présent la citadelle nue — une menace en l'air. Vingt canons, pas plus, leur permettraient d'imposer leurs conditions à Ismail. Ils insistèrent beaucoup pour que le capitaine Aubrey envoie au moins les canons de son pont supérieur à la citadelle et reprenne son dû sur les transports qui ne tarderaient pas désormais à arriver : d'après l'un des anciens sénateurs, armateur et homme de grande expérience, à Céphalonie le vent devait déjà être dans l'est ; avec cette formation de nuages, il l'avait vu maintes et maintes fois.

Jack répondit que ce qu'ils lui demandaient était impossible : ce navire et tout ce qui était dessus appartenaient à son maître. Ils lui décrivirent alors la prise d'une cité chrétienne par les troupes turques, en particulier les troupes irrégulières, les bachi-bouzouks totalement indisciplinés employés par Ismail : meurtres, bien sûr, femmes violées, hommes et enfants sodomisés, mais aussi profanation monstrueuse des églises, des tombes et de toutes choses sacrées. C'était extrêmement pénible : Jack n'avait jamais rien connu d'aussi pénible que ces hommes âgés et dignes à genoux devant lui dans la grand-chambre.

— Messieurs, messieurs, s'écria Stephen, nous nous laissons entraîner beaucoup trop loin. Tout ceci n'est qu'une rumeur, des mots portés par le vent. Laissez-moi vous implorer, avant que vous ne preniez des mesures désespérées, n'importe quelle mesure en fait qui pourrait donner aux Turcs une juste cause de ressentiment, d'aller voir Sciahan Bey pour savoir où se trouve la vérité et quelles mesures il a l'intention de prendre.

— Avez-vous déjà rencontré une rumeur néfaste qui ne soit pas vraie ? demanda un grand homme à barbe blanche.

— Que Dieu leur vienne en aide, pauvres gens, pauvres gens, marmonna Jack en les regardant franchir la passerelle. (Et tout haut :) Mr Gill, déhalez-nous d'une encablure dans le chenal.

Car les femmes, en voiles ou en châle, se rassemblaient très vite sur le môle et il ne pouvait supporter de les voir monter à bord pour l'implorer. Les hommes portant au large l'ancre à jas et larguant les amarres savaient fort bien ce qu'ils faisaient ; eux-mêmes, leurs officiers, leur capitaine, avaient un air misérable de chiens battus honteux, tandis que la frégate, cette puissante batterie de canons, s'écartait du quai et de sa foule silencieuse.

Il était midi quand Graham revint. Il portait des vêtements turcs, si naturels sur lui qu'au bout d'un instant, ni Jack ni Stephen n'en remarquèrent plus l'étrangeté, et il dit :

— Je suis parvenu au fond des choses, je crois : j'ai atteint la vérité sous-jacente. La situation semble être celle-ci : le tsarfetim, une sorte de nomination préliminaire, a été établi en faveur d'Ismail, mais le sultan n'a pas signé l'iradé, et aucun iradé n'a atteint Nicopolis ou n'importe quel endroit. Le tsarfetim l'a peut-être fait, car il n'est pas inhabituel que l'on envoie ces ... ces annonces dans les régions concernées pour voir comment elles sont reçues. Il y a une certaine analogie avec les bans du mariage. Je propose de courir la poste jusqu'à Constantinople pour présenter le cas à l'ambassade. Quand je leur apporterai la preuve des relations intimes d'Ismail avec les Français je ne doute pas qu'ils retireront immédiatement leur soutien, mais aussi qu'ils s'efforceront d'obtenir la révocation du tsarfetim. De plus, Sciahan et aussi les Kutaliotes m'ont remis des traites pour une somme d'argent qui devrait sans aucun doute obtenir cette révocation, et presque certainement la nomination finale de Sciahan. Ils m'ont aussi fourni une garde de cavaliers albanais.

— Vous me soulagez extrêmement, professeur, dit Jack. Nous pourrons donc encore effectuer notre attaque sur Marga.

— Je l'espère, sans aucun doute, dit Graham, mais Scia-han conserve quelques doutes superstitieux à propos de l'iradé et de toute manière, il ne peut, sans risquer d'être étranglé, bouger avant que le tsarfetim soit retiré. Une fois que ce sera réglé, toutefois, il dit qu'il accomplira sans aucun doute sa part de l'accord, et d'ici là les canons ont plus de chances d'être arrivés.

— Avec le vent tel qu'il est, je pense que nous pouvons compter dessus pour après-demain, dit Jack. Mais dites-moi, professeur, n'est-ce pas une chevauchée terriblement pénible que vous entreprenez ? Ne préféreriez-vous pas l'un de ces jolis caïques ? Ils sont capables de serrer le vent de très près et j'en ai vu parcourir deux cents milles d'une méri-dienne à l'autre. Et cette brise est aussi bonne pour des-cendre que pour monter.

— Sans aucun doute, dit Graham, mais la mer est un élé-ment lunaire, féminin, incertain, capricieux et aléatoire : vous avancez d'un mille à la surface et pendant ce temps toute la masse d'eau s'est retirée d'une lieue. Je préfère l'honnête terre où la progression est absolue, quoique pé-nible ; et je ne suis pas plus marin qu'un Turc ou un chat. À présent, messieurs, avez-vous des instructions pour Constantinople ? Sinon je dois prendre congé.

Stephen l'accompagna au rivage et tandis qu'ils se ren-daient au maidan où les chevaux l'attendaient, Graham dit :

— Je passerai par Jannina où Ali Pacha me dira comment les choses se passent au palais et où j'aurai une conférence avec ses conseillers grecs chrétiens et avec Osman le Smyrniote qui connaît beaucoup de choses sur le fonctionnement de la Porte — c'est lui l'auteur des rapports de Pera que vous admirez tant.

— Vous êtes en bons termes avec Ali Pacha ?

— J'ai eu l'occasion de lui rendre service un jour et bien que ce soit un homme de sang, il n'est pas ingrat. Il m'of-frira une garde plus nombreuse, mais je ne la prendrai pas.

— Et pourquoi donc, collègue ?

— Parce qu'Ali est fortement soupçonné de déloyauté, de vouloir s'établir en souverain indépendant, comme tant de pachas l'ont fait ou tenté ; et si seulement il pouvait être débarrassé de Mustapha, qui est en position de le gêner par la mer, je suis convaincu qu'il le ferait. De sorte que moins l'on me verra avec lui ou ses hommes et mieux cela vaudra. Voici mes Guègues. Bonne journée à vous, Maturin.

L'intention du capitaine Aubrey était de prendre la mer

jusqu'au moment probable du retour de Graham, de récupérer ses transports venus du sud et d'aller avec eux visiter Paxos, Corfou et d'autres lieux tenus par les Français, en partie pour harceler l'ennemi si l'occasion s'en présentait, et en partie parce qu'un séjour aussi long dans un port aussi accueillant était néfaste à la santé et à la discipline du navire, mais surtout, et de très loin, parce qu'un séjour encore plus long mettrait forcément le commandant français de Marga mal à l'aise. Car, embargo ou pas, les nouvelles se répandaient dans ce pays comme portées par le vent, et le père Andros, venu lui apporter un chevreuil offert par Sciahan, lui dit que diverses versions de la rumeur à propos d'Ismail étaient déjà connues dans les villages de montagne les plus lointains. Mais le capitaine Aubrey, son premier lieutenant et surtout son bosco répugnaient extrêmement à prendre la mer en laissant autant de leurs câbles, et les meilleurs, tendus entre le môle et la citadelle : un navire est fréquemment amené à filer une grande longueur de câble en cas de mauvais temps, deux et parfois trois bout à bout ; et ils passeraient vraiment pour des crétins, chassant sur leurs ancres avec une côte sous le vent, en ayant laissé un demi-mille d'excellents câbles de dix-sept pouces derrière eux, accrochés à la montagne. D'autre part, si les gens de Kutali étaient un peu moins agités qu'au début, il y avait encore des processions continuelles vers les églises et Jack hésitait à donner l'ordre de dégréer le transporteur aérien.

Il n'avait pas l'habitude de discuter ses ordres avec quiconque, étant de l'opinion qu'un navire et surtout un vaisseau de guerre n'est pas « une maudite société de discussion » ni même « une infernale chambre des Communes », mais en cette occasion, il dit en privé à Pullings :

— Qu'en pensez-vous, Tom ?

— Je pense qu'il y aurait une émeute, monsieur, dit Pullings, ils seraient certains que nous les abandonnons ; je sais que si je touchais ne serait-ce qu'un bout de merlin, Annie ferait une crise de nerfs.

— Qui est Annie ? demanda Jack.

— Oh, monsieur, s'écria Pullings, écarlate, ce n'est qu'une jeune personne chez qui je vais parfois prendre une tasse de café — une toute petite tasse de café — et apprendre un peu la langue, les coutumes du pays.

Stephen demanda son opinion au père Andros et le père Andros, ayant tiré sur sa barbe et pris un moment l'air inquiet, admit qu'il serait peut-être préférable d'attendre un jour ou deux pendant que la population s'habituait à l'idée que ses craintes étaient exagérées, que les choses allaient probablement s'arranger de manière satisfaisante et que le départ du navire n'était pas définitif.

— On peut faire bien des choses avec une rumeur, avec un bruit qui court, correctement employé, dit-il avec un regard qui étonna Stephen. Si vous me l'aviez demandé, je m'en serais occupé plus tôt.

Très tard le vendredi soir, donc, la *Surprise* se trouvant sur une seule ancre, très à l'aise face au vent modéré de sud-est et espérant récupérer ses câbles le lendemain matin, le capitaine et le chirurgien jouaient de l'archet fortissimo, en bonne voie vers le point culminant de leur Corelli en *ut* majeur, quand la porte s'ouvrit d'un coup et Graham apparut. Cette apparition était si extraordinaire que ni l'un ni l'autre ne dirent mot, ils se contentèrent de le regarder ; tout bruit s'éteignit dans la pièce et Graham s'exclama :

— Mustapha est en mer. Il s'est emparé des transports. Vous pourrez le rattraper si vous faites vite.

— Où donc ? demanda Jack.

— Il les emmène à Antipaxos, et de là il va tout droit retrouver Ali Pacha à Makeni, appareillage à l'aube.

Jack traversa la grand-chambre, la chambre du devant, et escalada l'échelle du gaillard d'arrière dans l'obscurité : il était fortement tenté de filer son câble mais l'idée de prendre la mer sans presque rien pour le maintenir au fond était si intolérable, si contraire à toutes ses convictions, si proche du sacrilège, qu'il modifia son ordre, appela « Tout le monde à virer l'ancre », et quand il quitta le pont, les barres du cabestan se mettaient déjà en place et la tête avait fait un ou deux tours préliminaires, au cliquetis musical des linguets. Trois lanternes de hune et quelques lanternes de combat sur le pont et dans l'entrepont étaient toute la lumière dont ils disposaient, mais ce fut merveille de voir comment un équipage bien entraîné de matelots de guerre pouvait travailler en coordination, vite, avec précision, fort peu de bruit et pas la moindre confusion, bien que la moitié d'entre eux aient été endormis dans les hamacs à peine cinq minutes auparavant.

Quand il regagna la chambre, Stephen ôtait les bottes de Graham et épongeait les endroits où elles lui avaient arraché la peau.

— Vous avez fait une rude chevauchée, professeur, dit Jack. D'où venez-vous ?

— De Jannina seulement.

— C'est déjà bien assez loin, en conscience. Ne devriez-vous pas peut-être boire un verre de brandy et manger quelque chose ? Killick, Killick, holà !

— Vous êtes très bon. Si l'on pouvait me donner un peu de cacao, avec du lait, et un œuf à la coque ; mais on me les prépare déjà.

— Quand vous aurez un peu repris vos esprits, il faudra nous raconter comment Mustapha en est venu à faire cette chose extraordinaire.

Le cacao vint, mais les mains de Graham tremblaient si fort qu'il pouvait à peine boire au gobelet : toutefois le navire était d'aplomb, aussi posa-t-il le récipient sur le lutrin de Diana pour aspirer sa boisson.

— Voilà qui fait du bien, dit-il en tendant le gobelet pour en avoir davantage. Je vais vous raconter. Mustapha est en rébellion ouverte. Il a rejeté son allégeance au sultan et levé son étendard. Il avait besoin des canons, alors il les a pris.

— Y a-t-il eu combat ? A-t-il blessé beaucoup de nos gens ?

— Non. Il les a pris par la ruse. Il les traite bien, dans l'espoir d'un arrangement.

— Et il va d'Antipaxos à Makeni, en appareillant à l'aube ? Vous en êtes sûr ?

— Aussi sûr que je peux l'être de quelque chose dans ce monde de faux-semblants, dit Graham. Il a rendez-vous avec Ali Pacha à Makeni demain soir et il y va avec le *Torgud*.

— Pardonnez-moi un moment, dit Jack. Sur le pont, le cabestan tournait régulièrement, le navire glissait sur l'eau noire et tranquille et quand Jack entra dans la chambre de veille du maître, en demandant une lumière, il entendit sur le gaillard d'avant le bosco crier « A pic, monsieur » et Pullings répondre « Haute et claire ».

Il étudia la carte à la lueur de la lanterne. D'Antipaxos à Makeni, vent régulier de sud-est, brise à perroquets : il traça la route de Mustapha et une autre pour l'intercepter dans les approches du chenal de Corfou, où le rétrécissement du passage corrigerait même les plus grandes fantaisies de la navigation turque. Il refit deux fois les calculs, avec les éléments connus sur la marche des deux navires, et il lui sembla qu'ils ne pouvaient guère manquer de se rencontrer.

Mr Gill, tout bâillant et pas rasé mais cependant vif, rapide et précis avec ses chiffres, parvint indépendamment à la même conclusion. Réfléchissant à cette route, Jack alla jusqu'à l'avant voir l'ancre au bossoir et là il ressentit l'humeur du navire — ardeur et excitation à la perspective d'un combat, curiosité intense sur leur adversaire et attente animée de l'ordre d'un coup de tafia, rafraîchissement non réglementaire que quelques capitaines particulièrement humains, dont Aubrey, attribuaient parfois quand tout l'équipage avait été tiré du lit, surtout durant un quart de mouillage, à une heure plus indue que d'habitude. Il revint par le passavant tribord, en regardant glisser lentement vers l'arrière les dernières lumières de Kutali, et parvenu au gaillard d'arrière il dit à l'officier de quart :

— Plein nord pour doubler le cap ; donnez-lui beaucoup de tour, Mr Mowett, je vous en prie, et quand nous serons dégagés, ouest par sud un demi ouest : huniers et foc.

— Route au nord et beaucoup de tour, monsieur, ensuite, ouest par sud et un demi ouest. Huniers et foc.

Le professeur Graham était assis devant ses œufs inentamés, un morceau de pain beurré intact dans la main : il avait l'air vieux, étonnamment frêle, souffrant.

— Voilà, monsieur, lui dit Jack, nous faisons route au large. Si vos informations à propos de Mustapha sont correctes, et si la brise tient bon, nous pouvons espérer le rencontrer à un moment quelconque dans l'après-midi de demain.

— Je les crois correctes, dit Graham. Laissez-moi vous exposer les circonstances.

Un silence plein d'attente, avec seulement les bruits du navire prenant de la vitesse, le crissement léger d'innombrables cordages, poulies et espars, le froissement de l'eau le long des flancs, la gîte de plus en plus nette quand on brassa les voiles pour prendre le vent.

— Je suis trop fatigué et abruti pour aller au-delà du récit le plus bref, dit-il, et j'oublierai peut-être quelques points importants. Eh bien, voyons : toute cette histoire à propos d'Ismail n'était qu'une blague, une supercherie inventée et lancée par Ali Pacha. Elle a trompé tout le pays — elle m'a trompé, j'ai honte de l'avouer — et elle a trompé Mustapha, ce qui était l'objectif.

— Pourquoi Mustapha ?

— Pour le pousser à bout et à la rébellion : il en était très près de toute manière. La nouvelle du succès d'Ismail était absolument intolérable et elle a jeté Mustapha dans un déchaînement de rage et de jalousie ; et Ali avait sur place un ami confidentiel pour l'aiguillonner — Ali et lui joindraient leurs forces et se partageraient les provinces de l'Ouest — et pour l'engager à frapper immédiatement le premier coup d'audace, en s'emparant des transports pendant qu'ils étaient à sa portée, puis en venant discuter avec Ali pour mettre au point leur campagne contre Ismail.

— Quels étaient les motifs d'Ali ?

— Il a l'intention de se rebeller lui-même : un Mustapha loyal était l'un des rares hommes qui pouvaient s'opposer à lui. Si Ali envoie la tête de Mustapha à Constantinople, non seulement cela réduit à néant les soupçons quant à sa fidélité au sultan mais cela lui laisse le champ libre. Par ailleurs, il y avait entre eux une vieille inimitié, plus ou moins raccommodée mais qu'Ali Pacha n'avait jamais oubliée.

— Ali a donc l'intention de lui couper la tête à cette conférence.

— Oui, si Mustapha y parvient. Mais je pense qu'Ali compte en fait sur vous pour résoudre la situation d'abord tandis qu'il se contente de confisquer le trésor de Mustapha, son harem et son beylikat au nom du sultan. C'est pour cela que ses conseillers m'ont fourni des informations aussi précises sur les mouvements de Mustapha.

— C'est à peine croyable.

Graham dit :

— Non... non, d'une voix vague et sans timbre, puis pria qu'on l'excuse : il ne pouvait en dire plus.

Pour la dix millième fois Jack s'éveilla au bruit des pierres à briquer sur le pont : la *Surprise* livrerait peut-être combat plus tard dans la journée, mais elle le livrerait tirée à quatre épingles et on entendait le premier lieutenant réclamer avec son insistance habituelle la suppression de trois taches de goudron. Toute la personne massive de Jack était parfaitement détendue, doucement balancée par le roulis et le tangage : il était monté deux fois sur le pont depuis le quart de minuit, mais avait ensuite trouvé quelques heures d'un sommeil profond, profond et velouté, et il se sentait parfaitement reposé, positivement en excellente forme. La tension de cette interminable attente des transports avait disparu et avec elle son incertitude et son désarroi à propos de Kutali avec toutes ces faussetés et ces fourberies terrestres : ce qu'il devait faire à présent était net et enfin tout à fait direct, une opération qu'il était parfaitement qualifié pour entreprendre par sa formation, son inclination et le splendide instrument dont il disposait, et pour laquelle il n'avait besoin du conseil de personne.

Malgré les profondeurs dans lesquelles il avait plongé, la pensée de leur rencontre probable avec le *Torgud* ne l'avait jamais quitté : il s'était endormi en calculant le poids de sa volée et à présent qu'il était réveillé, son esprit poursuivait l'addition. Mais fallait-il compter avec les effroyables gros canons de trente-six livres ? Pouvait-on croire le renégat quand il disait qu'il n'y avait que neuf boulets pour ces deux canons ? Et quel était le niveau d'artillerie des Turcs ? Bien des choses en dépendraient. Si elles n'étaient pas supérieures à leurs qualités marines, ce ne serait pas très effrayant ; mais cela n'allait pas forcément ensemble. Quant au nombre, le *Torgud* avait probablement à bord quelque cent cinquante hommes de plus que la *Surprise*, quand il l'avait rencontré, mais il avait dû en perdre un certain nombre pour les équipages de prise, de quoi compenser largement les Surprises actuellement à Malte ou sur le chemin du retour avec la *Dryad*. Il était sur le point de s'exclamer « Heureusement, mon Dieu, que la *Dryad* n'est pas là », car même une boîte à beurre aussi pataude déséquilibrerait cette confrontation à peu près égale et en effacerait toute la gloire, quand il se rendit compte que rien ne pourrait être plus présomptueux et de mauvais augure, et, ravalant jusqu'à l'énonciation de cette pensée, il jaillit de sa bannette en chantant « Oh lys, oh lys, je t'offre une rose, l'aube t'apporte l'amour que je te porte » de sa basse puissante et mélodieuse.

Killick jaillit comme un diable d'une boîte à l'horizontale, apportant l'eau pour le rasage ; et en se barbouillant de mousse, Jack lui dit :

— Culottes, aujourd'hui, Killick, il y a des chances que nous ayons un combat.

Réduit aux soins de Killick, Jack n'aurait jamais porté rien d'autre que de vieux pantalons de nankin ravaudés et un habit usé jusqu'à la corde et sans dentelles, ses bons uniformes restant emballés dans le papier de soie, hors de portée du soleil et de l'humidité. Le valet exprima son opposition à tout changement en affirmant qu'un Turc, et surtout un Turc rebelle, ne méritait pas des culottes.

— Sortez-moi les culottes et mettez une sourdine, dit Jack fermement, quand ses reproches eurent assez duré.

Mais en se retournant, en ôtant sa chemise de nuit, il constata que son ordre, obéi à la lettre, ne l'était pas, comme d'habitude, en esprit — ce qui était posé devant lui, c'était une paire à peine acceptable de culottes réparées, des bas à échelles, la chemise d'hier, et l'habit dont il avait gâché la manche dans le dîner d'Ismail. De sa propre autorité, il ouvrit un coffre et sortit la tenue superbe qu'il portait pour rendre visite aux amiraux, pachas et gouverneurs ; ainsi vêtu, il gagna le gaillard d'arrière déjà encombré et après un « Bonjour » général, observa la scène. Journée brillante, ciel pommelé très haut, le soleil un travers de main au-dessus de l'horizon sur l'arrière ; brise régulière ; mer mouchetée de blanc là où le vent accrochait le reste de la houle mourante de nord. D'après le renard et le casernet, il était clair que la *Surprise* se trouvait presque exactement là où il l'avait souhaité : le cap Doro se relèverait un peu en arrière du travers sur l'horizon tribord, et droit devant Phanari devrait apparaître d'ici une heure ou deux. Il fit un ou deux tours sur toute la longueur du navire, respirant profondément la senteur de la mer après le manque d'air de sa chambre à coucher, et en même temps l'odeur humide et fraîche des planches bien récurées : la plus grande partie de l'équipage se trouvait sur le pont et il circulait parmi des visages qu'il connaissait parfaitement. Les hommes avaient mangé leur petit déjeuner et le regardaient gaiement d'un air entendu, d'un air d'attente, avec un peu de connivence ou de complicité ; certains étaient occupés à embellir les longues coutures du passavant babord avec une préparation d'un noir brillant inventée par Mr Pullings, mais la plupart s'occupaient de choses telles que les palans des grands canons ou le piquetage des boulets pour les rendre plus parfaitement sphériques, pour qu'ils volent plus droit et soient plus mortels. L'armurier, à sa meule sous le gaillard d'avant, était entouré d'un groupe de matelots qui se relayaient à la manivelle et donnaient leur avis ; il avait à ses pieds des monceaux de coutelas brillants, de haches d'abordage, d'épées d'officiers, et ses aides vérifiaient les pistolets par dizaines tandis qu'un peu plus en arrière, les hommes de l'infanterie de marine, l'air presque humain, en bras de chemise, polissaient leurs mousquets et leurs baïonnettes déjà impeccables.

Deux tours, puis, disant à l'officier de quart : « Mr Gill,

veuillez me prêter votre lunette », il se hissa par-dessus les hamacs bien serrés dans leurs filets et s'élança dans le grée-ment pour le plaisir de grimper, de ce mouvement puissant, aisé. La vigie, avertie par le craquement des haubans, s'écarta comme un singe sur la vergue de perroquet pour faire place et Jack s'installa aux barres de hune, observant autour de lui le vaste disque bleu bien lisse sous ses pieds, jusqu'au ciel de tous côtés : à tribord, le cap Doro, là où il devait être, à un demi-quart près ; et il lui semblait bien apercevoir tout juste Phanari en avant.

— Simms, lança-t-il à l'homme sur la vergue, veillez bien, vous m'entendez ? Notre bonhomme devrait venir du sud mais comme il est Turc, il peut sortir de n'importe où.

Cela dit, il regagna le pont, où il trouva Stephen et Gra-ham. Il les invita au petit déjeuner ainsi que Pullings et deux des jeunes messieurs, Calamy et Williamson ; et pendant que le repas se préparait il parla au canonnier du nombre de gargousses remplies et au charpentier de la préparation de tapes pour boucher des trous de boulets de quarante livres.

— Car, dit-il, notre adversaire possible — et je dis seule-ment *possible*, Mr Watson...

— Ou hypothétique, pourrait-on dire, monsieur.

— Exactement... est le *Torgud*, et il porte deux canons portugais de trente-six, ce qui correspond à notre quarante livres, à un cheveu près.

— Hypothétique, murmura Killick avec mépris. (Puis très fort, pour noyer la réponse du charpentier :) C'est prêt, monsieur, s'il vous plaît.

Ce fut un repas joyeux. Jack était un hôte aimable et quand il avait le temps de s'en occuper, il aimait bien les petits garnements du poste des aspirants ; de plus, il était d'une humeur merveilleuse et il amusa beaucoup les jeunes messieurs ainsi que lui-même, en s'étendant sur le fait que le pays qu'ils venaient de quitter était à peu près la même chose que la Dalmatie — si célèbre pour ses chiens tachetés. Lui-même en avait vu une quantité, il avait même chassé derrière une ou deux paires — des chiens tachetés dans une meute, juste ciel ! — tandis que la ville de Kutali était positi-vement infestée de jeunes gens et de jeunes filles tout tachetés et à présent, le docteur jurait qu'il avait vu des aigles tachetés... Jack rit jusqu'à ce que les larmes lui vien-nent aux yeux.

— Dans une auberge de Dalmatie, dit-il, on pourrait

demander pour dessert un pudding tacheté, en donner des morceaux à un chien tacheté et jeter le reste aux aigles tachetés.

Tandis que les autres développaient toutes les possibilités de la chose, Graham dit à Stephen à voix basse :

— Qu'est-ce que c'est que cet aigle tacheté ? S'agit-il d'une plaisanterie ?

— C'est *aquila maculosa* ou *discolor* de certains auteurs, l'aigle criard *aquila clanga* de Linnaeus. Le capitaine se plaît à faire le plaisantin. Il est souvent plaisantin le matin.

— Je vous demande pardon, monsieur, s'écria l'aspirant de quart, entré en courant. Les compliments de Mr Mowett, et deux voiles par le travers babord, huniers visibles de la tête de mât.

— Deux, dit Jack, s'agit-il de navires ?

— Il ne peut pas le dire encore, monsieur.

— Puis-je y aller, monsieur ? demanda Pullings à moitié levé, le visage tout animé.

— Oui, faites, dit Jack, nous mangerons votre bacon.

C'étaient bien des navires. C'étaient des navires turcs, malgré l'heure précoce, et des vaisseaux de guerre : le *Torgud* et le *Kitabi*. Mustapha avait appareillé beaucoup plus tôt qu'on ne s'y attendait ; et comme il avait peut-être perdu une partie de sa confiance dans la bonne foi d'Ali, il avait amené sa conserve.

— Oh, quelle chose scandaleuse, s'écria Graham quand le fait fut établi sans l'ombre d'un doute. Oh, quelle déception amère, amère. Et pourtant je suis sûr qu'Osman m'a donné tous les renseignements dont il disposait.

Il se tordait presque les mains et Jack lui dit :

— Ne vous faites pas tant de souci, monsieur : ce sera un peu plus difficile, c'est certain, mais nous ne devons pas désespérer de la République.

— Vous ne pouvez en aucun cas les attaquer tous les deux, dit Graham en colère, le *Torgud* porte trente-deux canons en tout et près de quatre cents hommes et le *Kitabi* vingt canons et cent quatre-vingts hommes. Ils ont au moins cent quatre-vingts hommes de plus que vous. Il n'y a pas de honte à se retirer dans de telles conditions.

En entendant ces mots, quelques-unes des personnes présentes sur le gaillard approuvèrent de la tête ; d'autres adoptèrent une expression lointaine, réservée ; seuls Pullings et Mowett froncèrent les sourcils, avec une désapprobation manifeste. Stephen crut détecter un sentiment prédominant d'accord avec la remarque de Graham ; quant à lui, il ne se jugeait pas qualifié pour exprimer une opinion navale, mais il savait avec quelle passion Jack souhaitait effacer la pénible affaire de Medina et il soupçonnait que ce désir puisse fausser son jugement.

— Eh bien, professeur, dit Jack plaisamment, il me semble que vous êtes presque en danger de venir braconner sur mes terres.

Et Graham, se reprenant, demanda pardon et se retira.

Appuyé sur les filets de hamacs tribord, Jack les observait par-dessus la mer étincelante : la frégate et le navire de vingt canons n'étaient pas à beaucoup plus de deux milles, toujours sur leur route initiale, sous toute la voilure normale, tandis que la *Surprise* se dirigeait vers eux babord amures, avec le vent de sud-est portant d'un quart.

« Grand Dieu, comme je suis heureux d'avoir levé l'ancre aussi tôt », se dit-il. Il sourit à la pensée de sa frustration totale s'ils étaient arrivés trop tard, pour avoir récupéré les câbles et aussières laissés à terre : il sourit et gloussa même tout haut.

Le gaillard d'arrière était à présent chargé de tous ses officiers et jeunes messieurs, tous les gabiers d'artimon, signaleurs, messagers et timoniers, ainsi que toute personne à bord ayant le droit de s'y tenir, et Stephen et le professeur Graham étaient coincés contre le fronteau, derrière le secrétaire du capitaine et le commis.

— Cette attente paraît bien longue avant que quelque chose ne se produise, dit Graham à voix basse. Je suppose que vous avez vu nombre de combats en mer ?

— J'ai vu le début d'un certain nombre, dit Stephen, mais dès que cela devient dangereux je me retire en bas dans un lieu sûr.

— Vous êtes tous fort plaisantins et facétieux, ce matin, dit Graham mécontent. (Puis, avec un geste du menton vers l'autre côté où Jack et Pullings discutaient un point de leur approche en riant de bon cœur, il ajouta :) Connaissez-vous le mot *fey*, que nous utilisons dans le nord ?

— Non point, dit Stephen.

Il connaissait parfaitement le sens de ce terme, désignant la gaieté de celui qui va mourir, mais il ne souhaitait pas discuter avec Graham la bonne humeur dangereuse de son ami.

— Je ne suis pas un homme superstitieux, mais si ces messieurs sont mariés et si leurs épouses...

— Tout le monde à l'arrière, dit Jack.

Les beuglements et le son de centaines de pieds couvrirent les paroles de Graham.

— Je ne vais pas vous faire un discours, dit le capitaine Aubrey à ses hommes. Nous nous connaissons trop bien pour parler du devoir. Parfait. Quand nous sommes allés à Medina j'ai dû vous dire de ne pas tirer les premiers sur l'ennemi et comme il n'a pas voulu commencer, nous avons été obligés de ressortir sans rien faire. Certains d'entre vous n'ont pas été satisfaits. Cette fois ce sera différent. Ces deux vaisseaux de guerre turcs là-bas se sont révoltés contre leur sultan.

Les malheurs du sultan de Turquie laissaient les Surprises insensibles : leur expression ne changea pas le moins du monde ; ils regardaient attentivement leur capitaine qui poursuivit :

— Et de plus ils ont capturé nos transports. Il est donc tout à fait normal qu'on aille leur mettre un peu de bon sens dans la tête, et récupérer nos prisonniers, nos navires et nos canons. Comme je suis sûr que vous le savez, ils sont très chargés en hommes, nous n'allons donc pas les aborder très vite mais plutôt les bombarder à distance. Vous devez tirer dans la coque, droit dans la coque. Attention : tirez bas et droit, à feu délibéré, chaque boulet en port payé. Mr Pullings, faites le branle-bas et rappelez aux postes de combat.

Il n'y avait pas grand-chose à faire. Tous les officiers mariniers et les seconds maîtres, avertis bien à l'avance, avaient pris leurs mesures : Mr Hollar, par exemple, avait tous ses bourrelets et ses boudins en place dans les hunes depuis plusieurs heures. Killick avait déjà descendu les meilleurs uniformes et les biens de Jack, et le nécessaire de toilette de Diana, horriblement taché et marqué par le cacao de Graham, reposait dans la soute à pain, au sein de sa double boîte capitonnée. Il ne restait plus que les feux de la cuisine à éteindre, les cloisons des chambres de Jack et du maître à abattre pour les charpentiers, et pour les servants de canons, à prendre possession des brutes énormes qui avaient tenu compagnie à Jack, et tout fut prêt.

Les différents officiers firent rapport à Pullings, qui s'approcha de Jack, salua, et dit :

— Tout est clair, monsieur, s'il vous plaît.

— Merci, Mr Pullings, dit Jack.

Et ils restèrent côte à côte, souriant, les yeux fixés par l'avant tribord, à l'avenir immédiat qui s'approchait d'eux.

La *Surprise* était silencieuse, la plupart de ses hommes graves comme ils l'étaient en général avant un combat : graves mais pas très soucieux, car bien peu n'avaient pas déjà couru souvent vers l'ennemi comme cela. D'autre part, bien peu avaient affronté de tels enjeux, et certains pensaient que cette fois le patron avait eu les yeux plus grands que le ventre. La plupart des hommes savaient fort bien que Medina lui pesait et les quelques ignorants furent bientôt au courant.

— Tout ça, c'est très bien et très beau, dit William Pole en entendant la nouvelle. Très bien et très beau, tant que c'est pas moi qui paie avec ma peau.

— T'as pas honte, Bill Pole, dirent le reste des servants.

La *Surprise* courait donc, sous sa voilure de combat, avec son maître à la gouverne, ses canons en batterie, ses mousses gargoussiers assis bien en arrière sur leurs porte-gargousses en cuir, les parcs à boulets pleins, les filets casse-tête en place, les charniers remplis d'eau, les ponts arrosés et sablés, et les écrans de combat humides couvrant les descentes conduisant à la Sainte-Barbe, tout là-bas, où le canonnier était assis parmi ses petits barils de mort. Mowett avait la division avant des canons du pont principal, Honey, le plus âgé des seconds maîtres, la division arrière ; les aspirants étaient répartis, trois de chaque côté — c'est-à-dire les plus vieux, car Jack gardait sur le gaillard d'arrière comme aides de camp les gamins qui avaient pris leur petit déjeuner avec lui. Les hommes de l'infanterie de marine qui n'étaient pas détachés aux canons garnissaient le passavant, l'air particulièrement net, avec leurs habits rouges éclatant sur le blanc des filets de hamacs et le bleu à présent intense de la mer sous le soleil puissant. Leur lieutenant se tenait au milieu avec le commis et le secrétaire du capitaine, tous silencieux mais le regard fixé sur les Turcs.

Dans ce silence, Graham se tourna vers Stephen qui n'était pas encore descendu à son poste de combat et lui dit à l'oreille :

— Que voulait dire Mr Aubrey en demandant à ses hommes d'envoyer leurs boulets en port payé ?

— Selon la loi anglaise, arrêter le courrier de Sa Majesté est un crime : par extension, arrêter tout objet marqué port payé est mortel. D'ailleurs, l'homme qui arrête un boulet de canon ne risque guère d'y survivre.

— C'était donc une plaisanterie ?

— Exactement.

— Une plaisanterie en un moment comme celui-ci, grand Dieu, pardonnez-lui ! — Un tel homme badinerait à l'enterrement de son père.

Au cours des dernières minutes, les navires s'étaient rapprochés presque à portée de canon, les Turcs, sur l'avant tribord de la *Surprise*, tenant leur cap sans la moindre déviation, avec le *Kitabi* par le travers du *Torgud* un quart de mille sous le vent. Bonden, capitaine de la pièce de chasse tribord, maintenait son canon braqué sur l'étrave du *Torgud*, en modifiant sans cesse le réglage à l'anspect. Ils se rapprochaient à une vitesse combinée de dix milles à l'heure, et juste avant d'être à portée, le silence fut déchiré par une vaste sonnerie de trompettes turques, aigres et stridentes.

— Dieu, comme cela vous chauffe le cœur, dit Jack, et il donna l'ordre : Les couleurs à la misaine et au grand mât.

Il observait à la lunette le pont encombré du Turc : il vit l'homme à la drisse, suivit les pavillons qui montaient en réponse, et voyant les couleurs turques normales se déployer il se dit : « Il pense que nous ne savons pas encore : peut-être espère-t-il nous glisser entre les doigts. Mais ses canons sont armés. » Et tout haut :

— Professeur Graham, venez, je vous prie, à mes côtés. Mr Gill, virez lof pour lof, tribord amures, et menez-moi à portée de pistolet de son flanc tribord.

Les qualités marines démontrèrent leur valeur : les régleurs de voiles quittèrent leurs canons en courant ; misaine, voiles d'étai et focs fleurirent ; la frégate bondit comme un cheval éperonné et fit son virement rapide, serré, comme Jack savait qu'elle le ferait, plaçant sous le feu de ses canons babord les Turcs qui l'attendaient encore de l'autre côté.

— A faseyer le petit hunier, lança Jack, les yeux sur le gaillard d'arrière du *Torgud* et son imposant capitaine, juste sous son vent. Mr Graham, annoncez-lui qu'il doit se rendre immédiatement. Canons babord parés.

Graham lança la sommation, claire et forte. Jack vit la barbe rouge de Mustapha se fendre sur un éclat blanc quand il rugit sa réponse, une longue réponse.

— En fait, il refuse, dit Graham.

— Feu !

Toute la volée de la *Surprise* jaillit en une explosion unique qui secoua les deux navires de la quille à la pomme du mât, tuant le vent pour un moment ; et dans l'épaisse fumée qui roulait sous le vent, par-dessus le *Torgud*, le grand bombardement commença, éclairs rouges dans l'obscurité, boulets frappant les coques des deux côtés ou sifflant au-dessus des têtes, vacarme énorme envahissant, cordages coupés, chutes de poulies, morceaux de bois arrachés aux lisses, aux bastingages, aux ponts et passant en sifflant. Après un départ hésitant, pris à contre-pied, les Turcs tiraient dur et vite, quoique sans chercher la régularité, et le premier boulet de leur pièce tribord de trente-six livres arracha un grand morceau aux filets de hamacs, creusa une rainure de dix-huit pouces dans le grand mât mais, chose extraordinaire, ne tua pas un homme. Toutefois si le *Torgud* tirait assez bien, ou du moins assez vite, la *Surprise* se dépassait : à présent que les volées n'étaient plus simultanées, les canons étant décalés après la troisième ou quatrième décharge, on ne pouvait être tout à fait sûr, mais à en juger d'après le numéro sept, juste sous lui, ils réalisaient quelque chose comme un coup toutes les soixante-dix secondes, tandis que les caronades du gaillard d'arrière faisaient encore mieux. Et Jack était absolument certain d'une précision très supérieure à celle des Turcs. Un coup d'œil au vent lui montra une vaste surface de mer déchiquetée par la mitraille et les boulets turcs qui devaient avoir manqué leur but de vingt ou trente yards ; en faisant le va-et-vient il regarda sous le vent, tentant de percer la fumée :

— Je m'étonne que le Turc le supporte aussi longtemps, dit-il.

Et tout en parlant il vit les huniers du *Torgud* s'orienter comme il laissait porter pour rejoindre le *Kitabi* sous son vent. Il saisit l'œil du maître : Gill acquiesça — il suivait déjà le mouvement.

Après quelques minutes de rotation graduelle, la fumée se dégagerait en avant et les tireurs d'élite auraient leur chance. Il se pencha vers les jeunes aspirants et cria très fort, dans le vacarme et la surdité générale dont souffraient tous les hommes :

— Mr Calamy, sautez dans les hunes et dites-leur de tracasser les pièces de trente-six du Turc. Mr Williamson, dites à Mr Mowett et Mr Honey de réduire les charges d'un tiers. Mr Pullings, faites-en autant.

À ce rythme infernal, les canons surchauffaient et à chaque coup le recul était plus violent : au moment même où il s'approchait du couronnement, en cherchant à voir à travers la fumée, l'une des caronades du gaillard d'arrière rompit ses palans et se renversa.

Comme il se penchait pour raidir un palan de côté, le souffle du boulet de trente-six survolant le pont à un pied de sa tête le fit chanceler ; puis, dans la grêle de fer qui s'abattait furieusement sur la *Surprise*, boulets, mitraille et barres, dans un bruit de tonnerre continu, avec par-dessus cela le crépitement de la mousqueterie, une note nouvelle se fit entendre. Le *Torgud*, suivi de la *Surprise*, s'était rapproché du *Kitabi* et à présent celui-ci ouvrait le feu de ses pièces de douze à la voix aiguë. Jusqu'à ce moment, la *Surprise* n'avait pas beaucoup souffert sauf peut-être dans la coque ; mais cette nouvelle averse projeta l'un des canons avant jusqu'au milieu du pont, le frappant au moment du recul et mutilant trois de ses hommes ; puis le canon de trente-six rugit à nouveau : son fracas énorme fut suivi d'un hurlement, en bas, qui pendant deux minutes perça même le vacarme de la canonnade. À présent, une trace sanglante sur le pont indiquait le chemin suivi pour transporter les blessés à l'infirmerie.

Mais le feu de la frégate avait à peine ralenti son rythme extravagant : la poudre et les boulets montaient régulièrement de la Sainte-Barbe, les servants des canons manœuvraient leurs bouches à feu massives avec un zèle superbe, écouvillonnaient, chargeaient, mettaient en batterie, tiraient, avec une coordination et une rapidité qui faisaient plaisir à voir. Malgré l'impossibilité de distinguer encore clairement, Jack était certain qu'ils avaient déjà très durement malmené le *Torgud*, qui ne tirait plus aussi vite ni d'autant de pièces, et il s'attendait à le voir virer dans la fumée, soit pour fuir, soit pour présenter sa volée babord encore intacte, quand il entendit à nouveau la sonnerie rauque des trompettes. Le *Torgud* s'apprêtait à aborder.

— Mitraille, dit-il à Pullings et à ses messagers. (Et, très haut :) Régleurs de voiles, paré à virer.

Le feu du *Torgud* cessa en dehors de ses pièces de chasse ; la fumée s'éclaircit : il était là, virant vent devant, faisant route droit sur la *Surprise*, son beaupré et même son bâton de foc chargés d'hommes, prêt à prendre le risque d'un feu d'enfilade pour pouvoir aborder.

— Attendez-le, cria Jack.

Virer vent devant avant que le Turc ne puisse l'aborder, virer dans un si bref espace de temps et de mer, comme un cotre, était effroyablement dangereux ; mais il connaissait à fond son navire et tout en calculant la force du vent, l'erre de la frégate et la force vive de l'eau, il lança à nouveau :

— Attendez-le. Attendez. Feu ! (Puis, à l'instant où sa voix put être entendue :) À virer de bord.

La *Surprise* vira, mais tout juste, et le *Torgud* ne réussit pas. Il resta là, pris à contre, et en passant, les Surprises acclamant comme des fous, Jack vit que le tir à mitraille avait vidé d'hommes tout son avant, une boucherie terrifiante.

— Ça chauffe, professeur, dit-il à Graham dans la pause momentanée.

— Ah oui, vraiment ? C'est mon premier combat naval de quelque importance.

— Ça chauffe vraiment, je vous assure, mais les Turcs ne peuvent tenir longtemps. C'est l'inconvénient des canons de cuivre. Si l'on tire longtemps à ce rythme, ils fondent. Ils sont très jolis, c'est vrai, mais ils ne peuvent tenir le rythme. Mr Gill, nous allons nous placer sur sa hanche babord, s'il vous plaît, et le prendre d'enfilade par là.

Le *Torgud*, laissant porter, s'enfuyait vent arrière et la *Surprise* fit voile à sa poursuite ; aucun canon sauf la pièce de chasse ne pouvait être orienté de manière à porter, et d'un bout à l'autre du navire, les hommes se redressèrent, prirent leurs aises. Certains s'approchèrent des charniers pour boire ou se mouiller la figure ; la plupart étaient torse nu, brillants de sueur ; tous avaient un moral d'acier. À l'une des caronades du gaillard d'arrière, un jeune homme montrait à ses compagnons qu'il avait perdu un doigt.

— Je m'en suis jamais aperçu, répétait-il, je me suis pas aperçu qu'il était parti.

Mais à présent, contre toute attente, voilà que le *Kitabi* remontait, très vite, dans l'évidente intention de passer entre la *Surprise* et le *Torgud* puis sans doute de remonter au vent pour prendre la *Surprise* entre deux feux.

— Cela ne marchera pas, mon ami, dit Jack en observant son approche, c'est très hardi mais cela ne peut pas marcher. Chargez à boulets, et tirez à la suite, de l'avant à l'arrière : tirez à mon commandement.

Quelques minutes plus tard, quand la position relative des trois navires fut telle que le *Torgud* se trouvait directement sous le vent de sa conserve et incapable de lui fournir le moindre soutien, Jack fit faseyer le grand hunier et le hunier d'artimon, et bifurqua vers le *Kitabi* sans répondre à son feu rapide, nerveux, élevé et peu efficace jusqu'à ce qu'ils ne fussent plus qu'à une encablure à peine de distance.

Il lui envoya six volées délibérées, transformant en un seul cinq de ses sabords milieu et le réduisant au silence. À la sixième volée il y eut une violente explosion à bord du *Kitabi* et le début d'un incendie : la *Surprise* passa, le laissant dériver devant le vent, son équipage courant en tous sens avec seaux et tuyaux.

La brise s'était évanouie, peut-être tuée par la canonnade, et la *Surprise* envoya ses perroquets pour poursuivre le *Torgud* : non pas que le Turc fût manifestement en fuite — il n'avait pas fait force de voiles —, mais il suivait obstinément sa route initiale, peut-être dans l'espoir d'atteindre Ali Pacha ; et droit devant on apercevait à présent la terre, avec des sommets de montagnes qui mordaient l'horizon tandis que les îles Morali, très basses, devaient être encore plus proches. Dans cette pause d'un merveilleux silence, tandis que le bosco et ses aides s'activaient dans le gréement, nouant ou épissant, Jack observa un moment le *Torgud* : il le vit jeter ses morts par-dessus bord — une file de cadavres dans son sillage —, puis il fit un rapide tour de son navire. Il y trouva moins de dommages qu'il ne l'avait craint : un canon démonté, la muraille percée par trois boulets de trente-six et quelques autres, mais aucun de ces trous n'était périlleusement bas, et entre les mains de Stephen il n'y avait guère que six hommes méchamment blessés et trois cousus dans leur hamac, nombre remarquablement réduit pour un si furieux combat.

Revenu sur le pont, il vit que la brise avait repris et que la *Surprise* rattrapait rapidement le *Torgud*. Ils étaient déjà à portée de boulet, mais la terre étant en vue il apparut à Jack qu'aussi longtemps qu'il pourrait éviter d'être abordé, le combat rapproché était le plus approprié ; ce n'est qu'en parvenant à sa hauteur, assez près pour voir clairement les visages des hommes, qu'il réduisit la toile et que la canonnade reprit. C'était la batterie babord du *Torgud*, inactive jusque-là et intacte, et les Turcs tiraient avec autant d'ardeur qu'auparavant : un nouveau boulet de trente-six frôla de si près la tête de Jack qu'il le fit trébucher — il vit même passer la forme sombre et vague — et il dit à Driver, l'officier d'infanterie de marine :

— Que vos hommes du milieu se concentrent sur celui qui charge ce foutu canon lourd.

Graham, qui se trouvait tout près, demanda :

— Puis-je avoir un mousquet, monsieur ? Je pourrais faire œuvre utile et je me sens mal à l'aise, inutile et exposé ici.

Il était effectivement très exposé. À présent que les deux navires marchaient vent arrière, la fumée se dégageait vers l'avant : le *Torgud* tirait avec plus de précision qu'auparavant et ses boulets, en frappant les bastingages ou les œuvres mortes de la *Surprise*, levaient des averses de fragments de bois qui traversaient le pont, parfois négligeables, parfois mortels. Graham avait déjà été renversé deux fois et la plupart des hommes présents sur le pont avaient reçu quelques coups.

Le *Torgud*, toujours très combatif, avait encore un nombre d'hommes étonnant. Après une salve particulièrement violente il mit la barre dessous, à nouveau dans l'intention d'aborder, et à nouveau son équipage s'accumula sur l'étrave et le beaupré. Cette fois, la *Surprise* n'avait pas la place de virer mais elle avait sa misaine dans les cargues pour un cas de ce genre : la bordant d'un coup, elle bondit, mais tout juste assez vite car le bâton de foc du *Torgud* se prit dans les galhaubans du perroquet d'artimon. Elle bondit tout de même, ses pièces de retraite bombardant à mitraille la foule des Turcs, massacre sanglant qui freina même les acclamations des servants de canons, et dès qu'elle eut assez d'erre, elle coupa le sillage du *Torgud*, lui infligeant un tir d'enfilade. La *Surprise* choqua les écoutes et le *Torgud*, se remettant en route, engagea à nouveau le combat de sa volée tribord, effroyablement ravagée par la première partie de la lutte, avec au moins sept pièces démontées, des sabords noircis et démolis, les dalots et même la muraille ruisselant de sang.

Ravagé, mais toujours dangereux : alors que certains adversaires auraient amené leurs couleurs, il tira de douze ou treize canons dont deux firent plus de dégâts que tous les coups précédents. L'un frappa l'aiguillot supérieur, bloquant le gouvernail, et l'autre, le dernier de ses gros boulets, prit la *Surprise* en haut du roulis, comme elle montrait son cuivre, et fit un énorme trou sous la flottaison. Un troisième, tiré au moment où Jack donnait un ordre à Williamson, coupa le bras du garçon au coude. Jack vit son visage stupéfait devenir blanc comme la craie — pas de douleur, mais de surprise, d'inquiétude, d'incrédulité —, enveloppa le moignon d'un mouchoir, le serra très fort pour arrêter l'hémorragie et le passa à un quartier-maître pour qu'il le transporte en bas.

Le temps que la *Surprise* ait résolu la question du gouvernail et de la voie d'eau, le *Torgud* fut beaucoup plus près de terre. En dehors de quelques coups tirés par ses pièces de retraite tandis qu'il se détachait, il n'avait pas cherché à tirer profit de son avantage et moins encore à aborder. Peut-être n'était-il pas conscient des dégâts qu'il avait infligés : sans aucun doute le dernier affrontement, le dernier tir d'enfilade avait tué bon nombre de ses hommes. Il s'éloignait, par conséquent, et dans son sillage le *Kitabi* courait, ayant poursuivi la même route sans en varier depuis que la *Surprise* l'avait abandonné : les deux Turcs faisaient manifestement route vers le même port.

— Toute la toile qu'on peut porter, Mr Pullings, dit Jack, passant sur l'avant pour étudier le *Torgud* avec une lunette d'emprunt — une balle de mousquet avait cassé la sienne : le tube fracassé, sa main intacte. Le *Torgud* avait terriblement souffert, aucun doute sur ce point ; il était lourd, bas dans l'eau, et bien que la *Surprise* soit en train d'accélérer rapidement comme Pullings établissait les perroquets et même des bonnettes au vent dans son ardeur passionnée, le *Torgud* semblait peu décidé à en faire autant, ou incapable. Les corps continuaient à tomber par-dessus bord.

— Non, dit Jack à Bonden, à la pièce de chasse tribord, quand ils parvinrent à portée de la poupe du Turc, progressant de plus en plus vite. Ne tirez pas. Nous ne devons pas le ralentir. L'abordage est la seule chose à faire et le plus tôt sera le mieux.

— De toute façon, monsieur, dit Bonden, cette espèce d'imbécile est dans nos jambes.

C'était le *Kitabi*. Convaincu que la *Surprise* le poursuivait, il avait établi la plus extravagante surface de voilure pour rejoindre le *Torgud* et se trouvait à présent exactement entre les deux.

Jack revint à l'arrière ; en passant, les matelots d'abordage, dans chaque équipe de canons, lui sourirent, firent un signe de tête ou dirent « Ça va venir maintenant, monsieur » ou d'autres paroles joyeuses dans le même esprit ; il sentit une fois de plus monter en lui l'excitation considérable du combat immédiat, très supérieure à tout ce qu'il pouvait avoir connu dans le monde.

Il parla aux hommes de l'infanterie de marine, qui allaient maintenant jouer leur rôle, et après quelques tours de plus il descendit les échelles jusqu'à l'amphithéâtre, éclairé par ses lanternes.

— Stephen, dit-il discrètement, comment va le garçon ?

— Il s'en tirera, je crois.

— Je l'espère vraiment. Dès que nous les aurons rattrapés, nous allons aborder.

Ils se serrèrent la main et il remonta en courant sur le pont. Pullings amenait déjà les bonnettes, pour ne pas dépasser le *Torgud* : et là, toujours devant, toujours ridicule, fuyait le *Kitabi*, entre les deux frégates. Il ne tirait pas un coup : il semblait avoir totalement perdu la tête.

— Holà, de l'avant, lança Jack aux pièces de chasse : envoyez un boulet par-dessus son pont.

— Mon Dieu, s'écria le maître à l'embardée que le *Kitabi* fit au coup de canon, il va aborder le *Torgud* s'il ne fait pas attention ; mon Dieu, il ne peut plus l'éviter ; mon Dieu, il l'a fait.

Dans un choc déchirant qu'ils entendirent clairement à quatre cents yards, le *Kitabi* enfonça son étrave dans le flanc tribord du *Torgud*, son mât de misaine s'abattant par-dessus l'embelle de la frégate

— Amenez-moi en travers de sa poupe ! s'exclama Jack. (Puis, très fort :) Une volée à mon commandement, et abordez dans la fumée.

Tandis que la *Surprise* entamait son virement, il avança jusqu'à la vaste brèche creusée par les Turcs dans les filets de hamacs tribord, libérant son épée, dégageant ses pistolets. Pullings était à sa droite, les yeux brillants, et de nulle part était sorti le sinistre Davis, pressé contre Bonden à gauche, l'air tout à fait fou avec une ligne d'écume blanche entre les lèvres et un coutelas de boucher à la main.

Un dernier mouvement arrondi, le contact des flancs des navires, qui cédaient, et le rugissement des grands canons au commandement de Jack. Puis, lançant « A l'abordage ! », il sauta dans la fumée sur le pont du *Kitabi*. Il y avait là peut-être quarante Turcs, une ligne indécise presque aussitôt débordée et repoussée ; dans les tourbillons qui se dégageaient, un officier tendait son épée, la garde en avant, et disait en pleurant « Rendre, rendre ».

— Mr Gill, à vous, dit Jack. (Et pendant que le *Torgud* tirait de ses dernières pièces arrière, droit dans le *Kitabi*, il courut à travers les volutes de fumée jusqu'à l'étrave en criant :) Venez, venez, venez avec moi !

Ce ne fut pas un très grand bond, car le *Torgud* était bas, très bas dans l'eau, la mer envahissait les sabords milieu fracassés et ressortait rougie ; d'une enjambée aérienne il fut sur la lisse du gaillard.

Là tout était différent. Là, malgré les ponts sanglants et labourés par les boulets, il y avait encore beaucoup d'hommes : la plupart faisaient face à l'arrière dans la fumée mais l'un d'eux se retourna et l'attaqua directement. Jack reçut la lame sur son épée et de sa hauteur, perché sur la lisse, il repoussa le Turc d'un grand coup de pied qui l'envoya voler dans l'embelle du navire, dans l'eau envahissant l'embelle du navire qui s'enfonçait, sur le point de couler.

Il sauta sur le pont : jamais il ne s'était senti plus fort, plus agile, plus en forme, et quand une pique surgit de toute cette confusion, poussée droit vers son ventre, il la frappa avec tant de force et de précision qu'il détacha la pointe de sa tige. Presque aussitôt le combat s'ordonna. Jack, Pullings et la plupart des abordeurs envahissaient l'angle tribord avant du gaillard d'arrière du *Torgud*, s'efforçant de se frayer un chemin vers l'arrière à partir de là et du passavant. Quelques autres et toute l'infanterie de marine faisaient de leur mieux pour s'emparer des fenêtres de poupe et du couronnement.

C'était l'habituelle mêlée furieuse, avec énormément de cris et d'efforts, fort peu de place pour bouger entre amis et ennemis, guère d'habileté à l'épée — bousculade énorme, poussées, estocades au hasard, coups de lame rapides dans le tumulte, coups de poing, coups de pied : le poids physique des deux côtés, le poids moral des deux côtés.

La masse oscillait d'avant en arrière : turbans, chéchias, yeux jaunes injectés de sang, visages basanés et barbus d'un côté, pâles de l'autre, mais tous habités de la même violence extrême, nue, meurtrière ; masse prodigieusement vigoureuse, véhémente, dégageant parfois un espace entre les deux fronts pour une brève bouffée de combats individuels, directs et souvent mortels ; puis elle se refermait, les hommes face à face, poitrine contre poitrine, en contact immédiat. Et jusqu'ici nul n'avait clairement l'avantage : la centaine d'hommes de Jack avait gagné quelques yards pour combattre mais ils étaient bloqués ; et les gens de l'arrière semblaient avoir perdu leur emprise. Jack avait ressenti deux ou trois blessures — la brûlure sanglante d'une balle de pistolet en travers du torse, la pointe d'une épée à demi parée de l'autre côté, et une fois c'était Davis qui avait bien failli l'abattre du revers de son coutelas, lui ouvrant une entaille dans le front — et il savait avoir donné quelques coups très habiles. Et tout ce temps il cherchait Mustapha, sans jamais le voir, quoiqu'il pût entendre son énorme voix.

Il y eut tout à coup de la place devant lui, un bref répit comme quelques Turcs reculaient en combattant toujours. À la droite de Jack, Pullings plongea dans cet espace, poussant une estocade vers son adversaire, se prit le pied dans un piton à œil et tomba. Une fraction de seconde son visage ingénu fut tourné vers Jack, puis l'épée du Turc s'abattit et le combat se referma. « Non, non, non », rugit Jack, poussant en avant avec une force énorme. Il tenait son lourd sabre à deux mains et sans plus se garder il taillait de droite et de gauche, le corps de Pullings entre les jambes. Les hommes se dispersaient devant sa fureur extrême ; ils reculaient ; l'avantage moral était pour lui. Criant à Davis de tenir bon, de monter la garde, de porter le corps sous l'échelle, il chargea vers l'arrière, suivi de tous les autres. En même temps, l'infanterie de marine, repoussée sur la poupe et reformée en avant, se précipitait par les deux passavants, baïonnette au canon.

La foule des Turcs se dispersa ; certains couraient, la plupart faisaient retraite vers le couronnement ; et là, en arrière de l'artimon vacillant, Mustapha était assis à une table couverte de pistolets, la plupart déchargés. Sa jambe, cassée dans les débuts du combat, reposait sur un tambour taché de sang. Deux de ses officiers lui tenaient les mains sur la table et un troisième lança à Jack : « Nous nous rendons. » C'était Ulusan, venu à bord de la *Surprise* avec Mustapha : il s'avança, amena les couleurs et détacha le pavillon. Les autres obligèrent enfin Mustapha à rendre son épée : Ulusan, l'enveloppant du pavillon, offrit les deux à Jack dans le silence irréel. Mustapha se leva, cramponné à la table, et se jeta sur le pont dans un paroxysme de rage ou de chagrin, sa tête cognant contre le bois comme un maillet. Jack le regardait avec une indifférence glaciale.

— Je vous félicite, monsieur, dit Mowett à ses côtés. Vous voilà enfin l'égal de Nelson.

Jack tourna vers lui un visage dur et pâle :

— Avez-vous vu Pullings ? demanda-t-il.

— Comment, mais oui, monsieur, dit Mowett l'air surpris, ils ont à peu près gâché son gilet et lui ont un peu cogné sur la tête, mais il n'a pas perdu le moral pour autant.

— Vous feriez mieux de regagner la barque, monsieur, dit Bonden à voix basse, calant sous son bras le pavillon et les épées des autres officiers. Celui-ci ne fera pas de vieux os.

MAITRE A BORD

Le 1er avril 1800, lors d'une audition du quatuor en ut majeur de Locatelli, dans la salle de musique de la résidence du gouverneur britannique de Port Mahon à Minorque, un médecin irlandais désargenté envoie un méchant coup de coude dans les côtes d'un lieutenant de vaisseau sans affectation.

C'est peut-être l'affront le plus productif de la littérature depuis ce jour d'avril 1625 où d'Artagnan, dévalant les escaliers de la demeure de M. de Tréville, à la poursuite du chevalier de Rochefort, insulta trois mousquetaires.

Napoléon règne sur l'Europe. Seule à ne pas subir l'emprise de l'Ogre, l'Angleterre du roi George III, grâce à la plus belle marine de guerre de tous les temps, exerce contre le continent un blocus implacable.

Le robuste lieutenant Jack Aubrey en est un des maillons. Tout comme Stephen Maturin, le médecin, son antithèse.

Et pourtant, une étrange complicité va lier ces deux hommes, au point de les entraîner autour du monde, dans une épopée maritime qui s'échelonne sur dix-huit volumes et qui constitue à coup sûr l'une des plus extraordinaires fresques historiques du xxe siècle.

A travers les aventures de Jack Aubrey et de Stephen Maturin, Patrick O'Brian fait revivre une civilisation, en restituant admirablement l'atmosphère de ces temps tourmentés et cruels.

Il hisse ainsi ces superbes romans de mer, ces étonnants romans d'aventures, ces magnifiques romans historiques au rang de grands romans.

« Avec l'humour des vrais tragiques, O'Brian creuse d'incroyables zones d'ombre autour de ses personnages. Des zones de tempête et de silence. Et cela, c'est le propre des grands romanciers. »

Frédéric Vitoux, *Le Nouvel Observateur*.

« Ecrivain culte outre-Manche. »

François Rivière, *Libération*.

CAPITAINE DE VAISSEAU

Jack Aubrey et Stephen Maturin, les deux complices de *Maître à bord*, sont de retour. Ce deuxième volume de leur épopée navale et guerrière se déroule à l'aube du XIXᵉ siècle. Il s'agit d'empêcher Napoléon, qui vient de rompre la paix d'Amiens, de continuer à étendre son ombre sanglante sur l'Europe. Aubrey reçoit enfin le grade tant envié de capitaine de vaisseau. Maturin, lui, est toujours médecin de bord et agent de renseignements. Leurs aventures sont plus mouvementées que jamais. La trahison de Bonaparte contraint Aubrey, qui s'était réfugié en France pour fuir ses créanciers, à traverser clandestinement les Pyrénées... déguisé en ours. Il n'échappera à la prison, à une menace de mutinerie et aux tirs des canons français que pour répondre à une provocation en duel de son alter ego Maturin, froissé dans une affaire de femmes et d'honneur bafoué.

« On rit, c'est un délice, on est épouvanté par les cruautés de la vie à bord, la précision machiavélique des combats. »

Gérard Pussey, *Elle.*

« Gare à la déferlante ! »

André Clavel, *L'Express.*

LA SURPRISE

Jack Aubrey, désormais capitaine de vaisseau de la Navy, s'empare d'une canonnière française dans un port du Roussillon et prend d'assaut un nid d'espions ennemis qui retiennent prisonnier son ami Stephen Maturin, médecin de bord, musicien et agent secret. Puis il reçoit le commandement d'une frégate, la *Surprise*, avec pour mission de convoyer aux Indes un ambassadeur de Sa Majesté britannique.

Dérive jusqu'aux côtes du Brésil, descente vers la pointe de l'Afrique avec passage des tempêtes sous le cap de Bonne-Espérance, puis remontée vers l'Asie. Epidémie de scorbut, tornades et mousson... Les aventures dramatiques ou tragi-comiques se succèdent, à bord et aux escales, dans des contrées de plus en plus exotiques.

L'expédition entraîne nos deux héros vers les paysages et les senteurs inhabituelles du sous-continent indien — où se noueront et se dénoueront d'autres intrigues, d'ordre sentimental, scientifique ou diplomatique...

Après *Maître à bord* et *Capitaine de vaisseau*, *La « Surprise »* est la recréation, sous nos yeux émerveillés, d'un monde fascinant.

EXPEDITION A L'ILE MAURICE

Jack Aubrey n'est pas dans une période faste : capitaine de vaisseau sans commandement, en demi-solde et réduit à la vie domestique, il supporte avec peine les irritations du quotidien. Fort heureusement, l'arrivée de Stephen Maturin, porteur d'instructions secrètes qui vont le conduire dans l'océan Indien, vient éclaircir son horizon.

Nommé commandant d'une frégate, la *Boadicea*, et chef d'une petite escadre, Aubrey est chargé de prendre aux Français la Réunion et l'île Maurice, qui servent de base à la marine de Bonaparte, afin de faire sauter ces verrous sur la route des Indes, de les transformer en colonies de la Couronne et d'y installer un gouverneur. Pour y parvenir, il aura l'appui de son ami Maturin, agent secret dont la discrétion est aussi remarquable que l'habileté et la science médicale. L'entreprise est délicate : Aubrey est pris en étau entre les ordres de l'amirauté, le caractère et les initiatives des autres capitaines de l'escadre, et les caprices du temps. Il lui faut maintenir la discipline, préserver ses navires, harceler l'ennemi, protéger Stephen Maturin dans ses entreprises secrètes. La tâche est rude. Pour la mener à bien, le nouveau commodore devra mobiliser tous ses talents. Et s'en inventer quelques autres.

L'époustouflante saga de Patrick O'Brian continue ! Combats navals et détails pittoresques de la vie à bord d'un navire de la Royal Navy à l'époque des guerres napoléoniennes, incursions cocasses dans les sciences naturelles et la médecine, humour omniprésent, *Expédition à l'île Maurice* présente toutes les qualités qui ont fait de Patrick O'Brian un auteur majeur.

L'ÎLE DE LA DÉSOLATION

    Chargés par l'Amirauté d'aller porter secours au capitaine Bligh à Botany Bay, Jack Aubrey et Stephen Maturin, respectivement capitaine de vaisseau et espion de Sa Très Gracieuse Majesté britannique, doivent conduire le *Leopard* en Australie avec une cargaison peu ordinaire : des hors-la-loi condamnés à la déportation. Parmi ceux-ci se dissimulent une espionne aussi belle que dangereuse et un non moins redoutable microbe, qui décime l'équipage.

    Mais les périls ne se limitent pas à cela ! Aubrey et Maturin devront également affronter la férocité des mers australes, entre Quarantièmes rugissants et Cinquantièmes hurlants, latitudes extrêmes où rôdent les icebergs et où soufflent des vents inconnus ailleurs, ainsi qu'un certain *Waakzaamheid*, vaisseau de haut bord, fleuron de la flotte hollandaise. Celui-ci les pourchassera sans merci dans les parages des îles Kerguelen, notamment la Grande Terre, baptisée par les marins « île de la Désolation ». Réussiront-ils jamais à atteindre le havre enchanteur de Botany Bay ?

FORTUNE DE GUERRE

Tout le monde croyait Jack Aubrey et Stephen Maturin disparus, engloutis à jamais par les mers australes. Tout le monde, à l'exception de Sophie Aubrey et de l'Amirauté britannique. Qui avaient bien raison de ne pas désespérer...

Après avoir réussi à quitter l'île de la Désolation et retrouvé des rivages plus hospitaliers, Aubrey et son complice Maturin arrivent aux Indes orientales, où Jack reçoit l'ordre de rentrer d'urgence en Angleterre. Au début, le voyage de retour se déroule sans incident, mais bientôt c'est le désastre : *La Flèche*, le courrier sur lequel les deux amis ont embarqué, est victime d'un incendie. Recueillis par une frégate de la Navy, Jack et Stephen semblent de nouveau tirés d'affaire. Comment pourraient-ils savoir que la guerre vient d'être déclarée avec les Etats-Unis et que la jeune marine américaine remporte victoire sur victoire ?

Or voici qu'un navire surgit à l'horizon. Arborant la bannière étoilée.

LA CITADELLE DE LA BALTIQUE

« Garde-toi, ô marin, des périls de la terre. Ils menaceront ta vie bien plus que tous ceux de l'océan. »

Alors que Halifax en fête célèbre leur récente victoire sur la goélette américaine *Chesapeake*, Jack Aubrey et Stephen Maturin ne tardent pas à apprécier la sagesse de cette antique maxime. Pourchassé par les services secrets des tout jeunes Etats-Unis, Stephen n'aspire qu'à rentrer au pays en compagnie de sa chère Diana, avec qui il espère convoler sans délai. Quant à Jack, il souhaite lui aussi retrouver au plus vite les rivages d'Albion, ne serait-ce que pour échapper aux griffes de l'intrigante qui, à la suite d'une faiblesse passagère, l'a attiré dans sa couche et aimerait bien l'y voir rester.

Les vrais ennuis commencent dès que la *Diligence*, courrier rapide sur lequel ils ont embarqué, perd de vue les côtes canadiennes. Deux navires corsaires américains, placés en embuscade, engagent une chasse mortelle dans les parages glacés de Terre-Neuve, où rôdent les icebergs...

Ce volume a été achevé d'imprimer
sur les presses de l'imprimerie Gagné
à Louiseville
en septembre 1999

Imprimé au Canada